中印经典和当代作品
互译出版项目
CHINA-INDIA TRANSLATION PROJECT

格比尔双行诗集

Kabir Dohavali

【印】格比尔◎著
张忞煜◎译

中国大百科全书出版社

图书在版编目（CIP）数据

格比尔双行诗集 /（印）格比尔著；张忞煜译. —
北京：中国大百科全书出版社，2019.6
ISBN 978-7-5202-0465-1

I. ①格… II. ①格… ②张… Ⅲ. ①诗集—印度—
中世纪 IV. ①I351.23

中国版本图书馆CIP数据核字（2019）第042780号

译　　者：张忞煜
审　　校：薛克翘　姜景奎
责任编辑：王　宇
封面设计：许润泽　叶少勇
责任印制：魏　婷

中国大百科全书出版社 出版
（北京阜成门北大街17号　邮政编码：100037　电话：010–68315606）
网址：http: //www.ecph.com.cn
北京杰瑞腾达科技发展有限公司排版
三河市华成印务有限公司印刷
开本：710 毫米 × 1000 毫米　1/16　印张：35　字数：471千字
2019 年 6 月第 1 版　2019 年 6 月第 1 次印刷
ISBN 978-7-5202-0465-1
定价：138.00元

中印经典和当代作品互译出版项目
中方专家组

印度经典的汉译
——总序

一、概念界定

何谓经典？经，“织也”，本义为织物的纵线，与“纬”相对，后被引申为典范之作。典，在甲骨文中上面是“册”字，下面是“大”字，本义为重要的文献，例如传说中五帝留下的文献即为“五典”。[①] 又《尔雅·释言》中有“典，经也”一说，可见早在战国到西汉初年间，“经”、“典”二字已经成为近义词，“经典”也被用作一个双音节词。

---

① “典，五帝之书也。”——《说文》

先秦诸子的著作中有不少以“经”为名，例如《老子》中有《道经》和《德经》，故也名为《道德经》，《墨子》中亦有《墨经》。汉罢黜百家之后，“经”或者“经典”日益成为儒家权威著作的代称。例如《白虎通》有“五经何谓？谓《易》、《尚书》、《诗》、《礼》、《春秋》也”一说，《汉书·孙宝传》有“周公上圣，召公大贤。尚犹有不相说，著于经典，两不相损”一说。然而，由印度传来的佛教打破了儒家对这一术语的垄断。自汉译《四十二章经》以来，“经”便逐渐成为梵语词 sutra 的标准对应汉译，“经典”也被用以翻译“佛法”（dharma）[①]。随着佛教在中国的传播和发展，类似以“经典”指称佛教权威著作的说法也多了起来。[②]到了近代，随着西学的传入，“经典”不再局限于儒释道三教，而是用以泛指权威、影响力持久的著作。

来自印度的佛教虽然影响了汉语“经典”一词的语义沿革，但这又可以反过来帮助界定何为印度经典。汉译佛经具体作品的名称多以 sutra 对应“经”，但在一般表述中，“佛经”往往也囊括经、律（vinaya）、论（abhidharma）三藏。例如法显译《摩诃僧祇律》（*Mahasanghika-vinaya*）、玄奘译《瑜伽师地论》（*Yogacarabhumi-sastra*），均被收录在“大藏经”之中，其工作也统称为“译经”。来华译经的西域及印度学者多为佛教徒，故多以佛教典籍为“经典”。不过也有一些非佛教徒印度学者将非佛教著作翻译为汉语，亦多冠以“经”之名，其中不乏相对世俗、与具体宗教义理不太相关的作品，例如《婆罗门天文经》、《婆罗门算经》、《啰嚩拏说救疗小儿疾病经》（*Ravankumaratantra*）等。如此，仅就译名对应来说，古代汉语所说的“经典”可与 sutra, vinaya, abhidharma, sastra, tantra 等梵语词对应，这也基本囊括了印度古代大多数经典之作。

然而，古代中印文化交流也有一定的局限性，若以现在对经典的理解以及对印度了解的实际情况来看，吠陀、梵书、森林书、奥

①“又睹诸佛，圣主师子，演说经典，微妙第一。”——《妙法莲华经》卷一·《序品》（T09, no. 262, c18-19）

②“佛涅槃后，世界空虚，惟是经典，与众生俱。”——白居易《苏州重玄寺法华院石壁经碑》

义书、往世书等古代宗教文献，两大史诗、古典梵语文学著作等文学作品，以及与语法、天文、法律、政治、艺术等相关的专门论著都是印度经典不可或缺的部分。从语言来看，除梵语外，巴利语、波罗克利特语、阿波布朗舍语等古代语言，伯勒杰语、阿沃提语等中世纪语言，印地语、孟加拉语、乌尔都语等现代语言，以及殖民时期被引入印度并在印度生根发芽的英语都在不同的历史时期承载了印度经典的传承。

二、古代中国对印度经典的汉译

经典翻译，是将他者文明的经典之作译为自己的语言，以资了解、学习，乃至融合、吸纳。这一文化行为首先需要一个作为不同于自己的“他者”客体具有足以令主体倾慕的经典之作，然后需要主体“有意识”地开展翻译工作。印度文明在宗教、哲学、医学、天文等方面的经典之作具有较高的知识水平，在不同时代对中国社会各阶层产生了独特的吸引力。中印文明有着甚深渊源，很早就有了互通记录，在商品贸易、神话传说、天文历法等方面已有学者尝试考证。[①] 随着张骞出使西域，佛教传法僧远来东土，中印之间逐渐建立起“自觉”的往来，古代中国对印度经典的汉译也在汉代以佛经翻译的形式得以展开。

1. 佛教经典汉译

毫无争议，自已佚的《浮屠经》[②] 以来，佛教经典汉译在古代中国对印度经典的翻译中占有主流地位。译经人既有佛教僧人，也有在家居士，既有本土学者，也有西域、印度的传法僧人。仅以《大唐开

① 季羡林:《中印文化交流史》（北京：新华出版社，1993 年）及薛克翘:《中国印度文化交流史》（北京：昆仑出版社，2008 年）中部分内容均介绍了相关观点。

② 学术界关于第一部汉译佛经的认定，历来观点不一。不少学者认为，《四十二章经》是第一部汉译佛经；但有学者经过考证发现，西汉哀帝元寿元年（公元前 2 年）大月氏使臣伊存口授的《浮屠经》应该是第一部，可惜原本失佚，后世知之甚少。目前，学术界基本倾向于认为《浮屠经》为第一部汉译佛经，并已意识到《浮屠经》在中国佛教史及学术史上的重要地位。参见方广錩:《〈浮屠经〉考》,《法音》，1998 年第 6 期。

元释教录》以及《贞元新定释教目录》的统计为例，从东汉永平十年至唐贞元十六年的734年间，先后有185名重要的译师翻译了佛经2 412部7 352卷（见表1），成为人类历史上少有的翻译壮举。

表1　东汉至唐代汉译佛经规模[①]

朝代	时代	重要译师人数	部数	卷数
东汉	永平十年至延康元年（154年）	12	292	395
曹魏	黄初元年至咸熙二年（46年）	5	12	18
孙吴	黄武元年至天纪四年（59年）	5	189	417
西晋	泰始元年至建兴四年（52年）	12	333	590
东晋	建武元年至元熙二年（104年）	16	168	468
符秦[②]	皇始元年至太初九年（45年）	6	15	197
姚秦[③]	白雀元年至永和三年（34年）	5	94	624
西秦	建义元年至永弘四年（47年）	1	56	110
前凉	永宁元年至咸安六年（76年）	1	4	6
北凉	永安元年至承和七年（39年）	9	82	311
刘宋	永初元年至升明三年（60年）	22	465	717
萧齐	建元元年至中兴二年（24年）	7	12	33
前梁	天监元年至太平二年（56年）	8	46	201
后魏	皇始元年至武定八年（155年）	12	83	274
高齐[④]	天保元年至承光元年（28年）	2	8	52
周[⑤]	闵帝元年至大定元年（25年）	4	14	29
陈	永定元年至祯明三年（33年）	3	40	133
隋	开皇元年至义宁二年（38年）	9	64	301
唐[⑥]	武德元年至贞元十六年（183年）	46	435	2 476

自东汉以来的约6个世纪中，大量佛教经典被译为汉语，其历

① 本表主要依据《大唐开元释教录》整理而成，其中唐代的数字引用的是《贞元新定释教目录》。

② 即前秦。

③ 即后秦。

④ 包括北魏、东魏、西魏。

⑤ 即北齐。

⑥ 唐代数据至德宗贞元十六年（800）为止，并不完整。但考虑到贞元年后，大规模译经基本停止，故此数据亦有相当高的参考价值，至贞元十六年，唐代已经译经435部2 476卷，足以确立其在中国译经史上的地位。

程与佛教在中国的传播历程基本同步。在这一过程中，涌现出了许多重要译师，仅译经 50 部或 100 卷以上的译师就有 16 人（见表 2），其中又以鸠摩罗什、真谛、玄奘、义净、不空做出的贡献最为卓越，故此他们被称为“汉传佛教五大译师”。他们的生平事迹和具体贡献在许多佛教典籍中均有叙述，此不赘述。

表 2　译经 50 部或 100 卷以上的译师

时代	朝代	人名	译经部数	译经卷数
三国西晋	孙吴	支谦	88	118
	西晋	竺法护	175	354
东晋十六国	东晋	竺昙无兰	61	63
		瞿昙僧伽提婆	5	118
		佛陀跋陀罗	13	125
	北凉	昙无谶	19	131
	姚秦	鸠摩罗什	74	384
南北朝	刘宋	求那跋陀罗	52	134
	魏	菩提留支	30	101
	陈	真谛	38	118
隋唐	隋	阇那崛多	39	192
	唐	玄奘	76	1 347
		实叉难陀	19	107
		义净	68	239
		菩提流志	53	110
		不空	111	143

自唐德宗之后，译经事业由于政局等多方面因素影响而受阻，此后又经历了唐武宗和后周世宗两次灭佛，佛教在中国的发展受到冲击。直到 982 年，随着天竺僧人天灾息和施护的到访，北宋朝廷才重开译经院，此时距唐德宗年间已有约两百年，天灾息等僧人不得不借助朝廷的力量重新召集各地梵学僧，培养本土翻译人才。在此后的约半个世纪中，他们总计译出五百余卷佛经。此后，汉地虽有零星译经，却再也不复早年盛况，古代中国对印度经典的汉译逐

渐落下帷幕。

2. 非佛教经典汉译

佛教经典汉译占据了古代中国对古代印度经典汉译的主流，除此之外，其他一些印度经典也被译为汉语。这些文献大致可以分为两类：一类是在翻译佛教经典的过程中无意之中被译为汉语的，尤其是佛教文献中所穿插的印度民间故事等。[①] 一类是在翻译佛教经典之外，有意翻译的非佛教经典，例如婆罗门教哲学、天文学、医学著作等，尽管数量无法与佛教经典相提并论，但这些非佛教经典的翻译在一定程度上体现了中华文明对印度文明的关注开始逐渐由佛教辐射到印度文明的其他领域，不过从译者的宗教信仰以及对经典的选择来看，这类汉译大部分是佛教经典翻译的附属产品。

其他哲学经典汉译

自产生以来，佛教与印度其他思潮之间既有争论，也有共通之处。因而，在佛教经典的汉译过程中，中国人也逐渐接触到了印度的其他哲学。有关这些哲学派别的基本介绍散见于包括佛经、梵语工具书、僧人传记的作品中，例如《百论疏》对吠陀、吠陀支、数论、胜论、瑜伽论，甚至与论释天文、地理、算术、兵法、音乐法、医法的各种学派相关的记载、注释和批判也可以在这些作品中找到。[②] 很有可能出于佛教对数论派和胜论派知识的尊重，以及辨析外道与佛法差别的需要等原因，真谛和玄奘才分别译出了数论派的《金七十论》和胜论派的《胜宗十句义论》。[③] 这两部经典的汉译在一定程度上拓宽了中国知识界对印度哲学的视野，但其翻译在很大程

---

① 新文化运动以来，这一领域已有多部论著问世，此不赘述。

② 宫静：《谈汉文佛经中的印度哲学史料——兼谈印度哲学对中国思想的影响》，《南亚研究》，1985 年第 4 期，第 52~59 页。

③《金七十论》译自数论派的主要经典《数论颂》(*Samkhya-karika*)，相传为三四世纪自在黑 (Isvarakrsna) 所作。《胜宗十句义论》的梵文原本已佚，从内容看属于胜论派较早的经典著作。参见黄心川：《印度数论哲学述评——汉译〈金七十论〉与梵文〈数论颂〉对比研究》《南亚研究》，1983 年第 3 期，第 1~11 页。

度上受到了佛教对其他哲学派别好恶的影响，依然是在佛教经典汉译的主导思路下完成的。

非哲学经典汉译

除宗教哲学经典外，古代印度的天文学、数学、医学在人类科学史上也具有重要地位，其中一些著作也被译为汉语。早期印度天文学经典多以佛教经典的形式由传法僧译出。① 隋唐时期，天文学著作汉译逐渐出现了由非佛教徒印度天文学家主导的潮流。据《隋书》记载，印度天文著作有《婆罗门天文经》、《婆罗门竭伽仙人天文说》、《婆罗门天文》。② 瞿昙氏（Gautama）、迦叶氏（Kasyapa）和拘摩罗氏（Kumara）三个印度天文学家氏族曾先后任职于唐代天文机构太史阁，其中瞿昙氏的瞿昙悉达翻译了印度天文学经典 *Navagraha-siddhanta*，即《九执历》。③ 此外，印度的医学、数学、艺术经典也因其实用价值通过不同渠道被介绍到中国，其中一些著作或部分或完整地被译为汉语。

3. 落幕与影响

中国古代的印度经典汉译在唐代达到巅峰，此后逐渐走向低谷，无论是数量还是质量都难以达到唐代的水平。造成这一现象的原因主要有两个方面：一方面，唐代中后期，阿拉伯帝国的崛起以及唐朝与吐蕃关系的恶化阻断了中印之间两条重要的陆路通道：西域道和吐蕃道，之后五代十国以及宋代时期，这两条通道均未能恢复，只有南海道保持畅通。④ 另一方面，中国宗教哲学的发展和印度佛教的密教

① 例如安世高译《佛说摩邓女经》、支谦等译《摩登伽经》、竺法护译《舍头谏太子二十八宿经》等。

②《隋书·经籍志》，北京：中华书局，1982 年，第 1019 页。

③ 参见 P.C.Bagchi, *India and China: A Thousand Years of Cultural Relations*. 1981, Calcutta, Saraswat Library, p.212. 此后，依然有传法僧翻译佛教天文学著作的记载，具体参见郭书兰：《印度与东西方古国在天文学上的相互影响》，《南亚研究》，1990 年第 1 期，第 32~39 页。

④ 菩提迦耶出土的多件北宋时期前往印度朝圣的僧人所留下的碑铭证明，宋代依然有僧人前往印度朝圣，且人数不少。法国汉学家沙畹（E. Chavannes）、荷兰汉学家施古德（G. Schlegel）、印度学者师觉月（P. C. Bagchi）等国外学者在这方面均有讨论，具体参见周达甫：《改正法国汉学家沙畹对印度出土汉文碑的误释》，《历史研究》，1957 年第 6 期，第 79~82 页。

化这两种趋势决定了中国对印度佛教经典的需求逐渐下降。在近千年的历程中，佛教由一个依附于黄老信仰的外来宗教逐渐在汉地生根发芽，成为汉地宗教生活不可缺少的一部分，其作为“中国佛教”的独立性日益增强。甚至权威如玄奘，也不能将沿袭至那烂陀寺戒贤大师的“五种姓说”完全嵌入汉地佛教的信仰之中。汉地“伪经”的层出不穷也从某种角度反映了佛教的中国本土化进程。不空等人在中国传播密教虽然形成了风靡一时的“唐密”，但未能持久。究其根本在于汉地佛教的发展受到本土儒家信仰的影响，很难与融合了婆罗门教信仰的佛教密宗契合。此外，本土儒家、道家也在吸纳佛教哲学的基础上有了新的变革。至宋代，三教合一的趋势逐渐显现，源自印度但已本土化的佛教与儒家、道家的融合进一步加深，致使对印度经典的诉求越来越少。由此，义理上的因素使得中国的知识分子不再追求印度佛教的哲学思想；再者，随着佛教在印度的衰落，以及中国佛教自身朝圣体系的建立和完善，前往印度朝圣也失去了意义。

古代中国对古代印度经典的汉译始于佛教，也终于佛教。尽管如此，古代中国对以佛教经典为主的印度经典汉译已经在中国历史上烙下了深刻的印记，其影响是持久和多方面的。在这一过程中，译师们开创的汉译传统给后人翻译印度经典留下了巨大财富：

其一，汉译印度经典除早期借助西域地方语言外，主要翻译对象都是梵语经典，本土学者和外来学者编写了不少梵汉工具书。其二，一套与印度宗教哲学术语对应的意译和音译相结合的汉译体系得以建立。由于佛教经典的流传，很多术语已经成为汉语的常用语，广为人知。其三，除术语对应外，梵语作品译为汉语需要克服语法结构、文学体裁等方面的限制，其实践在一定程度上影响了汉语的一些表达法。[①] 如此等等都为后人继续翻译印度经典提供了便利之处。

更为重要的是，历史上重要的译师摸索出了一套大规模翻译经典的方式方法，他们的努力对于后继的翻译工作来说具有很高的参

① 例如汉语中常见的“所＋动词”构成的被动句就可能源自对佛经的翻译。参见朱庆之《汉译佛典中的‘所V’式被动句及其来源》（载《古汉语研究》，1995年第1期，第29~31、45页）及其他相关著述。

考价值。经过早期的翻译实践，鸠摩罗什译经时便开始确立了译、论、证几道基本程序，并辅之以梵本、胡本对勘和汉字训诂，经总勘方定稿。在姚秦朝廷的支持下，鸠摩罗什建立了大规模译场，改变了以往个人翻译的工作方式，配合翻译方法上的完善，大大提高了译经的效率和质量。唐代译场规模更大，翻译实践进一步细化，后世记载的翻译职司包括译主、证义、证文、度语、笔受、缀文、参译、刊定、润文、梵呗等十余种之多。

此外，先人还摸索出了一套翻译人才的培养模式，隋代译师彦琮曾以“八备”总结了译师需具备的一系列条件，具体内容为：

“一诚心受法，志在益人；二将践胜场，先牢戒足；三文诠三藏，义贯五乘；四傍涉文史，工缀典词，不过鲁拙；五襟抱平恕，器量虚融，不好专执，耽于道术，淡于名利，不欲高衒；六要识梵言；七不坠彼学；八博阅苍雅，粗谙篆隶，不昧此文。”①

这八备之中，既有对译者宗教信仰、个人品行的要求，也有对梵语、汉语表达的语言技能以及对佛教义理的知识掌握等方面的要求，今天看来，依然有很大的借鉴意义。

三、近现代中国对印度经典的汉译

佛教在印度的衰落及消亡使中印失去了最为核心的交流主题。中国对印度经典的汉译停留在以梵语为主要媒介、以佛教经典为主要对象的时代，自 11 世纪末②至 20 世纪初，这一停滞状态持续了数个世纪之久。19 世纪中后期，印度士兵和商人随着欧洲殖民者的战舰再次来到中国，中印之间的交往以一种并不和谐的方式得以恢复。中印孱弱的国力和早已经深藏故纸堆的人文交往传统都不足以阻挡西方诸国强势的物质力量和文化力量，中印人文交往便在这新的格

①《释氏要览》卷 2，T54, no. 2127, b21-29。
② 宋神宗元丰五年（1082）废置译经院，佛教经典汉译由此不再。

局中，借助西方列强构建起来的“全球化”体系开始复苏。

由于缺乏对印度现代语言和文化的了解，早期对印度经典的译介在语言工具和主题设置两个层面均在一定程度上受制于西方的话语体系。20 世纪上半叶中国对泰戈尔作品的译介便是明证。1913 年，泰戈尔自己译为英语的诗集《吉檀迦利》以英语文学作品的身份获得诺贝尔文学奖，这在当时的世界文坛引起了轩然大波，对当时正在探索民族出路的中国知识分子来说同样具有很大的震撼力和吸引力。陈独秀在 1915 年 10 月 15 日出版的《青年杂志》上刊载了自己译自《吉檀迦利》的四首《赞歌》，为此后持续了近一个世纪、并且至今依然生机勃勃的泰戈尔著作汉译工程拉开了序幕。据刘安武统计，至 1949 年中华人民共和国成立止，“我国翻译介绍了印度文学作品 40 种左右（不包括发表在报刊上的散篇）。这 40 种中占一半的是泰戈尔的作品”。[①] 泰戈尔之所以在中国受到格外关注固然始于西方学术界对他的重视，但他的影响如此之大亦在于他的作品恰好满足了当时中国在文学思想领域的需求。首先，从语言文学来看，泰戈尔的主要创作语言是本土的孟加拉语，而非印度古典梵语。这引起了当时正致力于推广白话文的中国知识分子的广泛关注，并被视为白话文替代古文的成功榜样。[②] 此外，泰戈尔的文学创作，尤其他的散文诗为当时正在摸索之中的汉语诗歌提供了一个重要的参考对象。其次，从思想上来说，泰戈尔的思想与当时作为亚洲国家“先锋”的日本截然相反，为当时正在探索民族出路的中国知识分子提供了另一个标杆。于是，泰戈尔意外地成为中印之间自佛教之后的又一重大交流主题。尽管中国知识分子对其思想和实践的评价并不一致，许多学者依然扎实地以此为契机重启了中国翻译印度经典的进程。当时中国尚未建立起印度现代语言人才培养机制，因此早期

① 刘安武：《汉译印度文学》，《中国翻译》，1991 年第 6 期，第 44~46 页。

② 胡适向青年听众强调泰戈尔对孟加拉语文学的贡献时说：“泰戈尔为印度最伟大之人物，自十二岁起，即以阪格耳（孟加拉）之方言为诗，求文学革命之成功，历五十年而不改其志。今阪格耳之方言，已经泰氏之努力，而成为世界的文学，其革命的精神，实有足为吾青年取法者，故吾人对于其他方面纵不满足于泰戈尔，而于文学革命一段，亦当取法于泰戈尔。”（载《晨报》，1924 年 5 月 11 日）

对泰戈尔作品的汉译多转译自英语。凭借译者深厚的文学功底，不少经典译作得以诞生，尤其是冰心、郑振铎等人翻译的泰戈尔诗歌，时至今日依然在中国广为流传。

与泰戈尔一同被引介到中国的还有诸多印度民间故事文学作品。① 如前文所述，古代翻译印度经典时就有不少印度民间故事被介绍到中国，但多以佛教经典为载体。② 近现代以来，印度民间文学以非宗教作品的形式被重新介绍过来。这在很大程度上是因为"中国缺少创作儿童文学的传统"③，印度丰富的民间文学正好满足了中国读者的需求。与此同时，印度民间文学与中国文学之间的关系也日益进入中国学者的视野，"中印文学比较研究"这一新的研究领域开始初露端倪，其研究领域最广为人知的课题之一便是《西游记》中孙悟空形象与《罗摩衍那》中哈奴曼形象渊源，当时许多新文化运动的大家都参与其中，鲁迅、叶德均认为孙悟空形象源于本土神话形象"无支祁"，胡适、陈寅恪、郑振铎则认为孙悟空形象源于哈奴曼。④

自西方语言转译印度经典的尝试为增进对印认知、重燃中国知识界和民众对印度文化的兴趣起到了积极作用，许多掌握西方语言的汉语作家投身其中，其翻译作品受到读者喜爱。然而，转译的不足也显而易见，因此，对印度经典的系统汉译需要建立一支如古代梵汉翻译团队一样的专业人才队伍。

1942 年，出于抗战需要，民国政府在云南呈贡建立了国立东方语文专科学校，设有印度语科，开始培养现代印度语言人才。1946 年，季羡林自德国学成回国，在北京大学创设东语系；1948 年，金克木加盟东语系。1949 年，国立东方语文专科学校并入北京大学东语系。东语系开设梵语 – 巴利语、印地语、乌尔都语三科印度语言

① 参见刘安武：《汉译印度文学》，《中国翻译》，1991 年第 6 期，第 44~46 页。
② 参见薛克翘：《中国印度文化交流史》，北京：昆仑出版社，2008 年，第 261~265 页。
③ 刘安武：《汉译印度文学》，《中国翻译》1991 年第 6 期，第 44~46 页。
④ 参见鲁迅：《中国小说史略》，《鲁迅全集》第 9 卷，北京：人民文学出版社，1981 年；鲁迅：《中国小说的历史的变迁》，《鲁迅全集》第 9 卷，北京：人民文学出版社，1981 年、胡适：《〈西游记〉考证》，《胡适文存》第 2 集第 4 卷，上海：亚东图书馆，1924 年；陈寅恪：《〈西游记〉玄奘弟子故事之演变》，《金明馆丛稿二编》，上海：上海古籍出版社，1982 年、郑振铎《〈西游记〉的演化》，《郑振铎全集》第 4 卷，石家庄：花山文艺出版社，1998 年；叶德均：《无支祁传说考》，《戏曲小说丛考》，北京：中华书局，1999 年。

专业，并很快培养出了第二代印度语言专业队伍。随之，印度经典得以从原文翻译。第一代学者季羡林、金克木领衔的梵语团队翻译了印度大史诗《罗摩衍那》及以迦梨陀娑为代表的印度古典梵语文学作家的许多作品，如《沙恭达罗》、《优哩婆湿》、《云使》、《伐致呵利三百咏》等，并启动了《摩诃婆罗多》等经典作品的翻译；旅居印度的徐梵澄翻译了“奥义书”[①]及奥罗宾多创作、注释的诸多哲学著作。季羡林、金克木的弟子黄宝生等延续师尊开创的传统，完成了《摩诃婆罗多》、奥义书[②]、《摩奴法论》、古典梵语文论、故事文学作品等一系列著作的翻译。与此同时，由第二代学者刘安武领衔的近现代印度语言团队译介了大量的印地语、乌尔都语、孟加拉语等语言的文学作品，其中尤以对印地语 / 乌尔都语作家普列姆昌德和孟加拉语作家泰戈尔的作品的汉译最为突出。[③]殷洪元对印度现代语言语法著作的翻译以及金鼎汉对中世纪印度教经典《罗摩功行之湖》的翻译也开拓了新的领域。巫白慧等学者陆续将包括“吠檀多”在内的诸多婆罗门教哲学经典译为汉语。[④]文献资料是学术研究的基础，这一系列经典汉译成果打破了古代中国对古代印度经典汉译中存在的“佛教主导”的局限，增加了现代视角，并以经典文献为契机，首次较为全面、系统地介绍了印度文明，奠定了现代中国印度学研究的基础。由这两代学者编订的《印度古代文学史》、《梵语文学史》、《印度印地语文学史》等著作成为中国现代印度学研究的必读文献。[⑤]

---

① 参见徐梵澄译：《五十奥义书》，北京：中国社会科学出版社，1995 年。

② 参见黄宝生译：《奥义书》，北京：商务印书馆，2010 年。

③ 刘安武自印地语译出的普列姆昌德作品（集）有《新婚》（贵阳：贵州人民出版社，1982 年）、《如意树》（上海：上海译文出版社，1983 年）、《普列姆昌德短篇小说选》（北京：人民文学出版社，1984 年）、《割草的女人：普列姆昌德短篇小说新集》（长沙：湖南人民出版社，1985 年）等，加之其他学者的译介，普列姆昌德的重要作品几乎全被译为汉语。此后，刘安武又主持编译出版了 24 卷本《泰戈尔全集》（石家庄：河北教育出版社，2000 年），泰戈尔的主要作品均被收录其中。

④ 其中重要的译著成果包括巫白慧译《圣教论》（乔荼波陀著，北京：商务印书馆，1999 年）、姚卫群译《古印度六派哲学经典》（节译六派哲学经典，北京：商务印书馆，2003 年）、孙晶译《示教千则》（商羯罗著，北京：商务印书馆，2012 年）等。

⑤ 单就印度文学翻译而言，据不完全统计，1950~2005 年，中国翻译印度文学作品（以书记）约 400 余种，其中中印关系交好的 1950~1962 年约有 70 种，关系不好的 1962~1976 年仅有 4 种，关系改善后的 1976~2005 年则有 300 余种。不过，2005 年之后，除黄宝生、薛克翘等少数学者仍笔耕不辍外，其他前辈学人逐渐“离席”，这类汉译工作进入某种冬眠期。

由于印度文化的独特之处及其在历史上形成的巨大影响力，以现代学术研究的方式开展的印度经典汉译所产生的影响进一步辐射了包括语言、文学、哲学、历史、考古等多个学科领域，并形成了一些跨学科研究领域：

其一，中印文化比较研究。由胡适等老一辈学者开创的“中印文学比较”取得了新的进展，其中一部分研究形成了“中印文化交流史”这一新的学术研究领域；另一部分研究成为“东方文学”研究领域最重要的组成部分，东南亚、西亚等区域文学研究也受益于印度文学研究的开展和所取得的成就。此外，从具体作品到文艺理论的印度文学译介也从整体上进一步拓展了比较文学研究的视野。

其二，佛教研究。现代中国对印度经典汉译的范围不再局限于传统的汉语系佛教传统经典，在许多领域都取得了新的突破。在佛教文献来源方面，开拓了对巴利语系和藏语系佛教的研究。①由于梵语人才的培养，中国学者得以恢复梵汉对勘的学术传统。②对非佛教宗教思想典籍的译介也使得对佛教的认识跳出了佛教自身的范畴，对其与其他宗教思想之间的互动与联系有了更加全面的认识。

其三，语言学研究。对梵语及相关语言的研究推动了梵汉对音，以及对古汉语句法的研究。一些接受了梵语教育的汉语言学学者结合古代语料，尤其是汉译佛经，对古汉语的语音、句法等做出了研究。

四、现状和汉译例解

尽管取得了上述成就，但由于印度文明积累深厚、经典众多，目前亟待翻译的印度经典还有很多。其中，以梵语创作的经典包括四部吠陀本集、梵书、森林书、往世书、《诃利世系》、《利论》、《牧

① 相关成果包括郭良鋆译《佛本生故事选》（与黄宝生合译，北京：人民文学出版社，1985年）、《经集：巴利语佛教经典》（北京：中国社会科学出版社，1998年），以及段晴等译《汉译巴利三藏·经藏·长部》（上海：中西书局，2012年）等。

② 自2010年以来，黄宝生主持对勘出版了《入菩提行论》（北京：中国社会科学出版社，2011年）、《入楞伽经》（北京：中国社会科学出版社，2011年）、《维摩诘经》（北京：中国社会科学出版社，2011年）等佛经的梵汉对勘本，叶少勇以梵藏汉三语对勘出版了《中论颂》（上海：中西书局，2011年）。

童歌》等；以南印度语言创作的经典包括桑伽姆文学、《脚镯记》、《玛妮梅格莱》、《大往世书》、《甘班罗摩衍那》等；以波罗克利特语创作的经典包括《波摩传》等；以中世纪北印度地方语言创作的经典包括《地王颂》、《赫米尔王颂》、《阿底·格兰特》、《苏尔诗海》、《莲花公主》以及格比尔、米拉巴伊等人的作品等；以现代印度语言创作的经典包括帕勒登杜、杰耶辛格尔·伯勒萨德、般吉姆·钱德拉·查特吉、萨拉特·钱德拉·查特吉、拉默金德尔·修格尔、默哈德维·沃尔马、阿格叶耶等著名现当代文学家的作品以及迦姆达普拉沙德·古鲁、提兰德尔·沃尔马等人的语言学著作等。此外，20世纪以来，一些印度思想家、政治家、文学家以英语创作的作品也可列入印度现代经典之列，目前中国仅对圣雄甘地、贾瓦哈拉尔·尼赫鲁、辨喜、纳拉扬、安纳德、拉贾·拉奥、奈都夫人等人的个别作品有所译介，大量作品仍然处于有待翻译的名单之中。

这些经典汉译的背后离不开相关学者的努力。进入21世纪以来，中国从事印度经典汉译工作的人员大致有两支队伍：第一支是自20世纪四五十年代以来成型的印度语言专业队伍，其人员构成以高等院校和研究机构从业人员为主，兼有相关外事机构从业人员，他们均接受过系统、专业的印度语言训练。第二支是20世纪初译介包括泰戈尔作品在内印度文学作品的作家和出版业者，随着80年代改革开放以来，越来越多接受过英语教育的人或全职或兼职地参与到印度作品的汉译工作之中。相比第一支队伍，这支队伍的人员构成较为复杂，水平也参差不齐，但在市场经济的推动下，一些能够成为市场热点的著作往往很快就翻译过来，例如两位与印度相关的诺贝尔文学奖得主泰戈尔和奈保尔的作品一版再版，四位印度裔布克奖得主萨尔曼·拉什迪、阿兰达蒂·罗伊、基兰·德塞、阿拉文德·阿迪加的作品也先后译出；此外，由于瑜伽的普及，包括克里希那穆提在内的一些现代宗教家的论著也借由英语转译为汉语。一方面，随着市场化改革的需求，第二支队伍日益蓬勃发展，但其翻译质量往往难以保障。另一方面，由于现行科研体制对从事翻译和研究者的不利状况，第一支队伍也面临着诸多问题。如何在接下来的实践中取长补短，或者说既要尊重市场机制的要求，又要以学术传统克服市场失灵的状况等，这也是需要进一步思考的问题。

应该说，印度经典汉译主要依靠第一支队伍，原文经典翻译比通过其他语言转译更为重要。20 世纪 80 年代以来，这支队伍勤勤恳恳，笔耕不辍，为印度经典汉译做出了巨大贡献，取得了丰硕成果。然而，就现状看，除黄宝生、薛克翘等极少数学人外，这支队伍的第一代和第二代学人已然“离席”，后辈学人虽然已经加入进来，但毕竟年轻，经验不足，加之现行科研体制自身问题的牵制，后续汉译工作急需动力。好在已有些年轻人在这方面产生了兴趣，其汉译意识很强，对印度梵文原典和中世纪及现当代原典的汉译工作的理解也令人刮目。可以预见，印度经典汉译将会迎来又一个高潮，汉译印度经典的水平也将有新的提升。

从某种角度说，在前文罗列的种种有待翻译的印度经典中，印度中世纪经典首当其冲。中世纪时，随着传统婆罗门教开始融合包括佛教、耆那教等在内的异端信仰与民间的大众化宗教传统，加之伊斯兰教的进入，印度进入了一个新的“百家争鸣”时代。这一时期留下了许多经典之作，它们对后世印度的宗教、社会、文化均产生了重要影响。长期以来，中国对印度中世纪经典的译介几乎一片空白，仅有一部《罗摩功行之湖》和零星的介绍。近年来，笔者组织团队着手翻译印度中世纪经典《苏尔诗海》，并初步总结了以下心得：

第一，经典汉译并非简单的语言转换，除需要精通相关语言外，还需要译者具备与印度文化相关的背景知识，以便能够精准地理解原文含义。例如，在一首描写女子优雅体态的艳情诗中，作者直接以隐喻的修辞手法描述了包括莲花、大象、狮子、湖泊等在内的一系列自然景象和动植物，若不熟悉印度古代文学中一些固定的比喻意象，则很难把握这首诗的含义。[①] 由于审美标准不同，被古

① 参见姜景奎等：“《苏尔诗海》六首译赏”，载《北大南亚东南亚研究》（第一卷），北京：中国青年出版社，2013 年，第 261~262 页。

代印度诗人视为美丽的“象腿”在当今语境中已经成为足以令女子不悦的比喻。此类审美视角需要辅之以例如《沙恭达罗》中豆扇陀国王对沙恭达罗丰乳肥臀之态的称赞才能理解。

第二，古代中国对印度经典汉译的传统在很大程度上为现代翻译经典提供了便利，许多专有词汇在汉语中已有完全对应的词汇可供选择，省去了译者的诸多麻烦。但是，这也要求译者了解相关传统，并能将其中的一些内容为己所用；同时，还应避免由于古代中国对印度经典翻译在视角、理解上的偏差所带来的问题。例如，triguna 这一数论哲学的基本概念已由真谛在《金七十论》中译为“三德”，后来的《薄伽梵歌》等哲学经典的汉译也已沿用，新译经典中便不宜音译为“三古纳”之类的新词。此外，由于受佛教信仰的影响，一些读者在看到“三德”时往往容易将之与佛教中所说的法身德、般若德、解脱德等其他概念联系起来，对此需要给出注释加以说明以免误解。

第三，现代中国对印度经典的汉译虽然已经取得了不俗的成绩，但由于时间、人员等条件的限制，在翻译体例、内容理解等方面依然存在不少可改进之处。

笔者以《苏尔诗海》中黑天的名号为例予以说明。黑天是印度教大神毗湿奴最重要的化身之一，梵语经典中通常称之为 Krsna，字面义为“黑”，汉语之所以译为“黑天”，很可能是因为汉译佛经将婆罗门教诸神（deva）译为“天”，固在 Krsna 的汉语译名“黑”之后加上了“天”，大约与 Brahma 被译为“梵天”、Indra 被译为“帝释天”以及 Sri 被译为“吉祥天”等相当。后世对相关经典文献的介绍都沿用了这一名称。然而，若实际对照各类经典，可以发现毗湿奴名号繁多。[①] 中世纪印度语言继承并发扬了这一传统，在伯勒杰语《苏尔诗海》中，黑天的名号有数十之多，其中仅字面义为“黑”的常见名号就有四个，分别是 Krsna, Syama, Kanha,

① 参见葛维钧《毗湿奴及其一千名号》（载《南亚研究》，2005 年第 1 期，第 48~53 页），及相关著述。

Kanhaiya。这四个名号之中只有Krsna是标准的梵语词，且使用最少，只用于黑天摄政马图拉之后人们对他的尊称；其他三个均为伯勒杰语词，多用于父母家人、玩伴女友对童年和少年黑天的称呼。因此，汉译中如果仅使用天神意义的“黑天”一名就违背了《苏尔诗海》所描述的黑天的成长情境。为此，结合不同名号的使用情状以及北印度农村生活的实际情况，笔者重新翻译了其他三个名号，即将多用于牧女和同伴对少年黑天称呼的Syama译为“黑子”，多用于父母和其他长辈对童年黑天称呼的Kanha和Kanhaiya分别译为“黑黑”和“黑儿”。此外，还有一些名号或表明黑天世俗身份，或描述黑天体态，或宣扬黑天神迹，笔者也重新进行了翻译，例如：nanda-namdana“难陀子”、madhava“摩图裔”等称呼说明了黑天的家族、家庭身份，kesau“美发者”、srimukha“妙口”等以黑天身体的某一部分代指黑天，giridhara“托山者”、manamohana“迷心者”等以黑天在其神迹故事中的表现代指黑天，等等。

结合以上几方面的思考，《苏尔诗海》汉译实际上兼具深入而系统的研究性质，包括四部分：第一，校对后的原文。到目前为止，印度出版了多个《苏尔诗海》版本，各版本虽大同小异，但仍有差异，笔者团队搜集到了影响较大的几个主要版本，并进行核对比较，最后确定一种相对科学的原文进行翻译研究。第二，对译。从经典性和文献性出发，尽可能忠实于原文，在体例选择上尽量保持诗词的形态，在内容上尽量逐字对应，特殊情况则以注释说明。第三，释译。从文献性和思想性出发，尽可能客观地阐明原文所表现的文献内容和宗教思想。该部分为散文体，其中补充了原文省略的内容并清楚地展现出情节的发展、人物的心理变化以及作品的思想内涵。第四，注释。给出有关字词及行文的一些背景知识，例如神话传说故事、民间信仰、生活习俗、哲学思想等，以及翻译中需要说明的其他问题。

试以下述例解说明：

【原文】略①

【对译】

此众得乐自彼时

听闻诃利② 你之信，当时即刻便昏厥。

自隐蔽处蛇③ 出现，欣喜尽情吸空气。

鹿④ 心本已忘奔跃，复又撒开四蹄跑。

群鸟大会高高坐，鹦鹉⑤ 言称林中王。

杜鹃⑥ 偕同自家族，咕咕欢呼唱庆歌。

自山洞中狮子⑦ 出，尾巴翘到头顶上。

自密林中象王⑧ 来，周身上下傲慢增。

如若想要施救治，莫亨⑨ 现今别耽搁。

苏尔言，

如若罗陀⑩ 再这般，一众敌人大欢喜。

【释译】

黑天离开牛村很久了，养父难陀、养母耶雪达以及全村的牧人牧女都非常思念他，希望他能回来看看。牧女们对黑天的思念尤为强烈，其中又以罗陀最甚。罗陀是黑天的恋人，两人青梅竹马，两小无猜，曾经你欢我爱，形影不离。可是，黑天自离开后就再也没有回来过，甚至连信也没有寄过一封。伤离别，罗陀时刻处于煎熬中。为了教育信奉无形瑜伽之道的乌陀，也为了看望牧区故人，黑天派乌陀来到牛村，表面上让他传授无形瑜伽之道，实则置他于崇

① 由于原文字体涉及较为复杂的排版问题，这里仅呈现该首诗的对译、释译和注释三部分，原文略。本诗为《苏尔诗海》（天城体推广协会版本）第 4760 首，参见 Dhirendra Varma, *Sursagar Sara Satika*, Sahitya Bhavan Private Ltd., 1986, No. 181, p.334.

② 诃利，原文 Hari，“大神”之义，黑天的名号之一。

③ 此处以蛇代指罗陀的发辫，意在形容发辫柔软纤长、乌黑发亮。

④ 此处以鹿的眼睛代指罗陀的眼睛，意在形容眼睛大而有神、灵动美丽。

⑤ 此处以鹦鹉的鼻子代指罗陀的鼻子，意在形容鼻子又挺又尖、美妙可爱。

⑥ 此处以杜鹃的声音代指罗陀的声音，意在形容声音甜美悠扬、清脆嘹亮。

⑦ 此处以狮子的腰代指罗陀的腰，意在形容腰身纤细柔顺、婀娜灵活。

⑧ 此处以大象的腿代指罗陀的腿，意在形容腿脚步态从容、端庄稳重。

⑨ 莫亨，原文 mohana，黑天的名号之一。

⑩ 罗陀，原文 Radha，黑天最主要的恋人。

尚有形之道的牛村人中间，让他迷途知返。乌陀的到来，打乱了牛村人的生活，一者，牛村人沉浸在思念黑天的离情别绪之中，乌陀破坏了气氛，于表面的宁静之中注入了不宁静。二者，牛村人本以为乌陀会带来黑天给予牛村的好消息，但适得其反，乌陀申明自己是为传授无形的瑜伽之道而来，甚至说是黑天派他来传授的，牛村人对此不解、迷茫。他们崇尚有形，膜拜黑天，难道黑天完全抛弃了他们？他们陷入了更深一层的痛苦之中。三者，对牧区女来说，与黑天离别本就艰难，但心中一直抱有再次见面再次恋爱的期望，乌陀的到来打消了他们的念头，从精神上摧毁了她们。其中，罗陀尤甚，她所遭受的打击要比别人更甚。由此，出现了本诗开头提及的罗陀晕厥以及晕厥之后乌陀“看到”的情况，具体内容是乌陀向黑天口述的：

乌陀对黑天说道：“黑天啊，你的恋人罗陀非常思念你，她忍受离别之苦，渴望与你相见。可是，你却让我去向她传授无形的瑜伽之道。唉，她一听到是你让我去的，当即就昏了过去，倒在地上，不省人事。唉，真是凄凉啊，这边罗陀昏迷不醒，那边动物界却出现了一派喜气景象：黑蛇从洞里出来了，它高兴地尽情享受空气；此前，罗陀的又黑又亮的长发辫曾使它羞于见人，认为自己形体丑陋，不得不躲藏起来。已经忘记奔跑的小鹿出来了，它撒开四蹄，愉悦地到处奔跳；此前，罗陀那明亮有神的大眼睛曾使它羞于见人，认为自己的眼睛丑陋，不敢出来乱逛。鹦鹉出来了，它参加群鸟大会，坐在高高的枝丫上，声称自己是林中之王；此前，罗陀又尖又挺的鼻子曾使它羞于见人，认为自己的鼻子丑陋，躲藏起来。杜鹃鸟出来了，它和同族一起，咕咕叫个不停，欢庆胜利；此前，罗陀那甜美悠扬的声音曾使它感到拘束，认为自己的声音难听，不敢开口。狮子从山洞中出来了，他得意扬扬，悠闲自在，尾巴翘到了头顶上；此前，罗陀纤细柔软的腰肢曾使它羞于见人，认为自己的腰肢粗笨僵硬，不敢示人，躲进山洞。大象从茂密的森林里出来了，它一步一昂头，傲慢自大，目中无人，盛气凛然；此前，罗陀稳重美丽的妙腿曾使它自惭形秽，认为自己的腿丑陋不堪，羞于展露，躲进森林。唉，黑天啊，你快救救罗陀吧，如果再不行动，稍后想要施救就来不及了……”

“此众得乐自彼时”是本诗的标题，意思是罗陀晕倒之时，即是众动物高兴之时，它们羞于与罗陀相比，虽然视罗陀为敌，却不敢直面罗陀，纷纷逃遁躲藏。听说罗陀遭到黑天抛弃，晕厥不醒，它们自然高兴，便迫不及待地恢复了原来的自由生活。“如若罗陀再这般，一众敌人大欢喜”。是诗外音，是苏尔达斯的总结性话语。在这首诗里，苏尔达斯主要展现了罗陀的美，但整首诗中没有出现任何对罗陀的溢美之词，没有提到罗陀的名字，更没有提到她的发辫、眼睛、鼻子、声音、腰肢和腿等，甚至没有提到蛇、鹿、鹦鹉、杜鹃鸟、狮子和大象的相关部位，仅以这些动物对罗陀晕厥不醒后的反应进行阐释，这就给听者和读者留下了巨大的想象空间，似形似景，情景交融。这种手法似乎是印度特有的，其审美视角值得深入研究。

上述例解仅为笔者及笔者团队之于印度中世纪经典汉译的一己之见，希望能开拓印度经典汉译与研究的新视角、新路子，以期印度经典在中国能得到更为深入系统的翻译与研究。

五、中印经典及当代作品互译出版项目

2013年初，笔者与中国大百科全书出版社时任社长龚莉女士、副总编辑马汝军先生和社科分社社长滕振微先生合作，提出了“中印经典和当代作品互译出版项目”的动议。该动议得到相关单位的积极回应。2013年5月李克强总理访印期间，国家新闻出版广电总局和印度外交部签署合作文件，决定启动“中印经典和当代作品互译出版项目”，并写入两国发表的联合声明（第17条）。2014年9月，习近平主席访问印度，该项目再次被写入两国发表的联合声明（第

11 条）。该项目成为中印两国的重大文化交流项目之一。双方商定，双方各翻译对方的 25 种图书，以 5 年为期。2016 年 5 月，国家新闻出版广电总局印发“关于实施《“十三五”国家重点图书、音像、电子出版物出版规划》的通知”，该项目被列入“‘十三五’国家重点图书出版规划”。在此期间，笔者与薛克翘先生商量组织翻译团队事宜。我们掰着指头算，资深的老辈学人几乎都不能相扰，后辈学人又大多刚刚走上工作岗位，有的还在求学，翻译资质存疑。我俩怎一个愁字了得！然，事情得做，学人得培养。我们决定抓住机遇，大胆启用后辈学人，为国家培养出一支新的汉译团队。因此，除薛克翘、刘建、邓兵等少数几位前辈学人外，我们的翻译成员绝大多数在 40 岁左右，有的还不过 30 岁。两三年的实践证明，我们的决定完全正确。新生代学人知识全面，学习能力强，执行能力更强。从已完成待出版的成果看，薛克翘先生对审读过的一本书的评价最能说明问题：“字里行间，均见功夫。”译文质量是本项目的重中之重。除薛克翘、刘建和笔者外，我们邀请了黎跃进教授、石海军研究员和邓兵教授作为特约编审，约请了尼赫鲁大学的狄伯杰（B. R. Deepak）教授以及德里大学的阿妮达·夏尔马（Anita Sharma）教授和苏林达尔·古马尔（Surinder Kumar）先生作为印方顾问，对译文质量进行全面把关。译者完成翻译后，译稿首先交予编审审校，有如遇大问题时向印方顾问咨询，之后返予译者修改。如有必要，修改稿还需经过编审二次审校，译者再次修改。这以后，稿件才会交予出版社编辑进行审读，发现问题再行修改……我们认为，唯如此，译文质量才能得到保障，译者团队才能得到锻炼。

本项目是中印两国的重大文化交流项目之一。因此，印度方面也有相应团队，负责汉译印的工作，由上文提及的狄伯杰教授领衔，由印度国家图书托拉斯负责实施。需要指出的是，双方翻译的作品并非译者自选，而是由双方专家通过充分沟通磋商确定。汉译作品的选定过程是这样的，笔者先拟定了 50 多种印度图书，这些书抑或是中世纪以来有重要影响的经典巨著，比如《苏尔诗海》、《格比尔诗歌》和《献牛》等，抑或是印度独立以后获得过印度国家级奖项的作家之名作，如默哈德维·沃尔马、毗什摩·萨赫尼、古勒扎尔的代表作等。而后，笔者请相熟的印度学者从中圈定出30种。之后，国家新闻出版广电总局的相关领导、中国大百科全书出版社的龚莉社长和滕振微先生以及笔者本人专赴印度，与印方专家组进行面对面的交流探讨，最终确定了25种汉译印度图书名录。印度团队的印译中国图书名录的选定过程与此类似。具体的汉译书单如下表：

序号	书名	作者	备注
1	苏尔诗海 *Sursagar*	苏尔达斯 Surdas	诗歌
2	格比尔双行诗集 *Kabir Dohavali*	格比尔达斯 Kabirdas	诗歌
3	献牛 *Godan*	普列姆昌德 Premchand	长篇小说
4	帕勒登杜戏剧 *Bharatendu Natakavali*	帕勒登杜 Bharatendu	戏剧
5	伯勒萨德作品集 *Prasad Rachna Sanchayan*	杰耶辛格尔·伯勒萨德 Jaishankar Prasad	戏剧、诗歌、短篇小说
6	鹿眼女 *Mriganayani*	沃林达沃纳拉尔·沃尔马 Vrindavanalal Verma	长篇小说
7	献灯 *Deepdan*	拉默古马尔·沃尔马 Ramkumar Verma	独幕剧
8	灯焰 *Dipshikha*	默哈德维·沃尔马 Mahadevi Verma	诗歌
9	谢克尔传 *Shekhar: Ek Jeevani*	阿格叶耶 Ajneya	长篇小说
10	黑暗 *Damas*	毗什摩·萨赫尼 Bhisham Sahni	长篇小说
11	肮脏的边区 *Maila Anchal*	帕尼什瓦尔那特·雷奴 Phanishwarnath Renu	长篇小说
12	幽闭的黑屋 *Andhere Band Kamare*	莫亨·拉盖什 Mohan Rakesh	长篇小说
13	宫廷曲调 *Raag Darbari*	室利拉尔·修格勒 Shrilal Shukla	长篇小说

序号	书名	作者	备注
14	鸟 *Parinde*	尼尔莫勒·沃尔马 Nirmal Verma	短篇小说
15	班迪 *Aapka Bunti*	曼奴·彭达利 Mannu Bhandari	长篇小说
16	一街五十七巷 *Ek Sarak Sattavan Gali*	格姆雷什沃尔 Kamleshwar	长篇小说
17	被抵押的罗库 *Rehan par Ragghu*	加西纳特·辛格 Kashinath Singh	长篇小说
18	印度与中国 *India and China*	师觉月 P. C. Bagchi	学术著作
19	向导 *Guide*	纳拉扬 R. K. Narayan	长篇小说
20	烟 *Dhuan*	古勒扎尔 Gulzar	短篇小说、诗歌
21	那时候 *Sei Samaya*	苏尼尔·贡戈巴泰 Sunil Gangopadhyaya	长篇小说
22	一个婆罗门的葬礼 *Samskara*	阿南特穆尔蒂 U. R. Ananthamurthy	短篇小说
23	芥民 *Chemmeen*	比莱 T. S. Pillai	短篇小说
24	印地语文学史 *Hindi Sahitya ka Itihas*	罗摩金德尔·修格勒 Ramchandra Shukla	学术著作
25	棋王奇着 *The Chessmaster and His Moves*	拉贾·拉奥 Raja Rao	长篇小说

毫无疑问，这些作品均是印度中世纪以后的经典之作，基本上代表了印度现当代文学，特别是印地语文学的概貌。我们以为，通过这些文字，中国读者可以大体了解印度现当代文学的基本情况。

就本项目而言，笔者在这里需要表达由衷谢意：

首先，感谢国家新闻出版广电总局的相关领导，没有他们的认可，本项目不可能成立。其次，感谢中国大百科全书的前社长龚莉女士、前副总编辑马汝军先生和前社科分社社长滕振微先生，没有他们的奔走，本项目不可能成立。再次，感谢中国大百科全书出版社社长刘国辉先生，社科学术分社社长郭银星女士、副社长王宇女士以及诸位编辑大德，没有他们的付出，本项目不可能实施。感谢另两位主编薛克翘先生和刘建先生，两位前辈不仅担当主编、审校工作，还是主要译者；他们是榜样，也是力量。十分感谢黎跃进和邓兵两位教授，两位是特邀编审，邓兵教授也是译者，他们认真负责的精神令人起敬。感谢印度尼赫鲁大学的狄伯杰教授以及德里大学的阿妮达·夏尔马教授和苏林达尔·古马尔先生，他们的付出为本项目的实施提供了某种保障。特别感谢石海军研究员，他是特邀编审之一，可惜天不假年，他于2017年5月13日凌晨突然辞世，享年仅55岁，天地恸哭，是中国印度文学研究的一大损失！最后，感谢翻译团队的诸位译者，他们是新时代的精英，是中国印度研究领域的后起之秀，他们的成就由读者面前的文字可见一斑。

祝福诸位，祝福所有为本项目的立项和实施有所付出的先生大德们！

自《浮屠经》以来，汉译印度经典已有两千多年的历史。这一人类历史上少有的浩大文化工程背后既有对科学技术的追求，也有对宗教信仰的热忱；既有统治者的意志，也有普通民众的需求。印度经典汉译一方面极大地丰富了中华文化，另一方面也保存和传播了印度文化；既形成了自己的学术传统，又推动了许多相关领域研究的发展。时至今日，在中印关系具有特殊意义的大背景下，继续推进对印度经典的汉译在两国关系层面有助于加深两国之间的认知和了解，构建更为均衡、更为深厚的国际关系，在学术研究层面也有助于推动相关领域研究的继续发展。

姜景奎

北京燕尚园

2017年12月31日

《格比尔双行诗集》——序

格比尔达斯，也作格比尔，是印度最为著名的哲人、宗教家之一，被誉为印度中世纪四大诗人之一，著述丰，影响大。

中国对印度中世纪文学文化的研究不算丰富，研究者也不多。刘安武的《印度印地语文学史》（人民文学出版社，1987 年 3 月）是较早涉及这一主题的重要著作。该书以三章篇幅对中世纪印地语文学进行了较为系统的评介，还专设“诗人格比尔达斯”一节，简要介绍和分析了格比尔达斯的生平、著述、活动和影响，具有填补国内相关研究空白的意义。1991 年出版的《印度古代文学史》一书对印度中世纪印地语文学也有专门研究，也设“格比尔达斯”章节，但均出自刘安武之手，与《印度印地语文学史》中的相关内容大体相似。金鼎汉是研究印度中世纪文学文化的另一位大家，译有《罗摩功行之湖》（人民文学出版社，1988 年 1 月），对印度中世纪四大诗人之一杜勒西达斯有深入研究，但对格比尔达斯几无涉猎。在 2011 年出版的《印度中世纪宗教文学》中，薛克翘和笔者等对印度中世纪印地语文学进行了更为系统详细的探究，书中专设一章，从宗教哲学、文学创作和历史地位三个方面对格比尔达斯进行了评述。

2011 年，“《苏尔诗海》翻译与研究”获批为教育部人文社会科学重点研究基地重大项目。继之，笔者与硕博研究生一起开始了紧张的翻译和研究工作，成果见于 2016 年出版的三卷本译著《苏尔诗海》（中国大百科全书出版社，2016 年 1 月）及散发的相关文章。笔者计划译完《苏尔诗海》后，接着翻译格比尔达斯的相关著述，但团队成员之一张忞煜勇于担当，敢于接受挑战，提出独立翻译格比尔达斯的诗歌。张忞煜 2005 年入北京大学学习印地语，成绩优异；2009 年成为本专业硕士研究生，以印地语语言研究作为学位论文选题（具体题目为《印地语静动结构研究》），获得成功；2012 年攻读本专业博士学位，决定将格比尔研究作为自己的博士学位论文选题，翻译与研究并举，收获颇丰，其博士学位论文《从格比尔到“格比尔”——印度思想史案例研究》获得 2016 年北京大学优秀博士学位论文奖。因此，张忞煜的学术能力自不待言，其学术信心和决心也令人钦佩。于是，经过师生协商，翻译格比尔达斯诗歌的担子便落在了张忞煜一个人肩上，这便有了这本摆在读者面前的《格比尔双行诗集》。顺便说一句，中国的印度研究虽水平不低，但队伍不大，研究面虽广，但研究点嫌少；所以，中国的印度研究仍是亟待开采的矿山，处处宝藏，只要愿意，哪里都能挖出金子。张忞煜独立翻译格比尔达斯诗歌，恰好让笔者等腾出精力进行其他方面的研究。

张忞煜是位优秀的年轻学人。他 2005 年开始学习印地语，随即迈入印度研究的殿堂，之后便“如痴如醉”，步步攀升，不断进步，在学习、学术方面取得了骄人的成绩。他的论文和译文，原创性、独立性很强。在翻译《苏尔诗海》的过程中，经过比对探讨，我们决定采取“对译、释译、注释”并存的形式，对照原文，对译部分不重逻辑无视文法，不求平仄无视韵律，7字一断，14字一行，有则有无则无，不添加，不删减；对译之后缀以释译，完整阐释整首诗歌的意思及意义；辅以注释，解决个别字词及其他问题。张忞煜全程参与了《苏尔诗海》的翻译，但他不囿于“成规”，不满足于苏译的独到，而是更加灵活地处理译文；根据原文，有添有减，添不加意，减不失义；不仅忠于原文，而且释出文采，可读可赏，值得推崇。相关信息读者可参阅本书附录四“本书校勘、翻译和注释体例”，此不赘言。除附录四外，书末还有三个附录，分别是“格比尔生平及其历史影响”“格比尔诗歌的主要版本系统”和“格比尔双行诗的体裁特点”，这三部分实际上是张忞煜之于格比尔的相关研究成果，较之前辈们的评述显然进了一大步，可贺。

中国对印度中世纪的研究远远不够，近年来，有几位年轻学人逐渐认识到了该研究的重要性，并已申报课题，着手实质工作。张忞煜是这几位年轻人中的一员，《从格比尔到“格比尔”——印度思想史案例研究》是他博士生学习阶段的成果，《格比尔双行诗集》是他近年翻译实践的呈现。作为从事相关专业学习、研究30多年的先行者，笔者感到欣慰，对他们心存谢意。可以想见，他们的研究必然结出硕果，更多的翻译和研究成果会不断问世，中国的印度中世纪研究乃至整体印度研究必将因此更上一层楼。

以上，为序。

姜景奎

北京燕尚园

2019年2月13日

目　录

168–183　|　十三、末那支（मन कौ अंग）

184–190　|　十四、窄道支（सूषिम कौ अंग）

191–192　|　十五、细生支（सूषिम जनम कौ अंग）

193–208　|　十六、摩耶支（माया कौ अंग）

209–222　|　十七、阇那迦耶支（चांणक कौ अंग）

223–225　|　十八、只说不做支（करणीं बिना कथणीं कौ अंग）

226–228　|　十九、只做不说支（कथणीं बिना करणीं कौ अंग）

229–242　|　二十、好色之徒支（कामी नर कौ अंग）

243–245　|　二十一、俱生支（सहज कौ अंग）

246–255　|　二十二、真理支（साँच कौ अंग）

256–261　|　二十三、迷惘而死支（भ्रम बिधौंसण कौ अंग）

262–274　|　二十四、伪装支（भेष कौ अंग）

275–278　|　二十五、恶伴支（कुसंगति कौ अंग）

279–283　|　二十六、结伴支（संगति कौ अंग）

284–285　|　二十七、不善支（असाध कौ अंग）

286–292　|　二十八、贤士支（साध कौ अंग）

293–304　|　二十九、亲证贤士支（साध साषीभूत कौ अंग）

305–310　|　三十、贤士伟大支（साध महिमा कौ अंग）

311–317　|　三十一、中道支（मधि कौ अंग）

一、师尊支

（गुरुदेव कौ अंग）

“师尊支”为本诗集开篇第一支，共收录双行诗 35 首。印度各宗教传统均强调尊师重道。格比尔受密教瑜伽士思想影响，对上师更是推崇备至。本支主要从以下几个方面阐述上师的重要性：第一，世间众生受困于摩耶制造的种种幻觉，必须借助具有功德神力的上师方得解救；第二，上师的教诲即“圣言”（शब्द），如箭矢一般直指人心，帮助弟子大彻大悟；第三，真实、贤良的上师，亦即真师（सद्गुरु），既可以是开悟弟子的个人，也可以是每个信徒心中的至高存在。故弟子尊师与信徒敬神并无二致。

（一）

【原文】

सतगुर सवाँन(1) को सगा, सोधी सईं न दाति ।

हरिजी सवाँन(2) को हितू, हरिजन सईं न जाति ।।१।।

【校记】

（1）सवाँन：各注释本皆作सवाँ न“没有一样的”，语义相近。

（2）同上。

【译文】

有何亲人同真师[1]，无人像他予圣洁[2]。

有何善人[3]同诃利[4]，无种姓[5]同诃利徒[6]。

【注释】

[1] 真师：सतगुर，通सद्गुरु。由गुरु“上师”加上前缀सत्“真实、善良、好的”构词而来，指“真实、贤良的上师”。在早期无形派文献中，真师既可以指现实生活中开悟他人的精神导师，也可以指不生不灭的至高存在，是无形派宗教生活的核心概念之一。中世纪印度伊斯玛仪派同样使用这一术语指代伊玛目阿里。在后期格比尔道团文献中，真师特指格比尔及继承格比尔祖师的历代祖师。

[2] 圣洁：सोधी通शुद्धि，指“纯洁、圣洁”，古译“清净”。

[3] 善人：हितू，通हितैषी，指“好心人、善良的人、朋友”。

[4] 诃利：हरि，多义词，可指狮子、马、太阳等。在婆罗门教神话中可用于指称不同神祇，并逐渐成为最高神的名号。大史诗《摩诃婆罗多》中的“诃利”常指毗湿奴的化身黑天。此后，“诃利”多指毗湿奴。但是，根据《罗摩功行之湖·后篇》记载，中世纪北印度低种姓民众多将湿婆视为“诃利”。另有融合毗湿奴、湿婆两大教派信仰的神祇“诃罗诃利”（हरहरि）。无形派受毗湿奴教派影响较大，多以包括“诃利”在内的毗湿奴名号指称至高存在。

[5] 种：जाति，多义词，基本义为“出生”，亦译“阇提”。在不同时期可以被用来指代包括种姓、民族在内种种与个体出身相关的

社会身份。第四足指“没有哪个种姓可以和诃利信徒相提并论”，在诗人看来，是否虔诚信奉诃利，而非俗世众生谈论的种姓出身，才是衡量一个人是否高贵最重要的标准。

［6］诃利信徒：**हरिजन**，由“诃利”（**हरि**）和“信徒”（**जन**）二者复合而来。**जन**一词在梵语中指“男女、众生”。进入中世纪，**जन**逐渐增加了“信徒、奴仆”之意。中世纪北印度各派圣人均热衷于使用“诃利信徒”这一术语自称，其中尤以古吉拉特诗人纳拉辛哈·梅赫塔（**नरसिंह मेहता**）的下述诗句最为有名：

能晓他人苦痛者，方可自称诃利徒。
帮助其他受苦人，傲慢从不入心中。[①]

圣雄甘地受此启发，择“诃利信徒”一词（亦译作神之子、哈里真）称呼不可接触者，以期高种姓印度教徒接纳不可接触者。

（二）

【原文】

बलिहारी गुर आपणैं, द्यौं हाड़ी[(1)] कै[(2)] बार ।[(3)]
जिनि[(4)] मानिष तैं देवता[(5)], करत न लागी बार ।।२।।

【校记】

（1）**द्यौं हाड़ी**：古本、蒂本作**द्यौंहाड़ी**，辛本作**घरी घरा**。

（2）**कै**：蒂本、辛本作**सौ**。希本、古本文义并无差异，唯句读有别。

（3）如依蒂本则本足译为“一日之中便百次”，如依辛本则本足译为“片刻之间便百次”。

（4）**जिनि**：辛本无。

（5）**देवता**：古本、蒂本、辛本该词后另有**कीया**“作”。

① 转译自 Neelima Shukla-Bhatt, *Narasinha Mehta of Gujarat: A Legacy of Bhakti in Songs and Stories*, New York: Oxford University Press, 2015, P.91.

【译文】

一日之间屡献身[1]，牺牲自我为上师。

他将凡胎作天神，无需耗费几多时。[2]

【注释】

[1] 献身：बलिहारी。古时婆罗门教推崇杀生祭祀，经沙门思潮批判改革，至中世纪时正统婆罗门教以及大多数教派均已经放弃这一传统习俗。但是，一些萨克蒂派和湿婆派分支依然践行杀生祭祀的习俗，西部尚武的拉其普特同样为鼓舞士气将战死沙场解读为为神献身牺牲。及至推崇导师崇拜的无形派兴起，这一观念有增无减。日后锡克教逐渐发展成为政教合一的军事集团亦受此教义影响。

[2] 后期密教认为上师可以令人瞬间开悟，肉体凡胎亦可即身成佛。无形派亦受此影响。这一行诗便认为上师可以在一瞬间令凡人成为天神。

（三）

【原文】

सतगुर की महिमा अनँत, अनँत किया उपगार ।

लोचन अनँत उघाड़िया, अनँत दिखावणहार ।।३।।

【译文】

真师伟大无边际，施予恩惠无边际。

令我开启无量目，得以看见无量者[1]。

【注释】

[1] 无量者：अनँत，通 अनंत，指无边无际、不可度量之最高存在。

（四）

【原文】

राम नाम कै पटंतरै, देबे कौं कुछ नांहि ।

क्या ले गुर संतोषिए, हौंस रही मन मांहि ।।४।।

【译文】

想要换取罗摩名[1]，我却无何可交换。

取悦上师乃心愿，却不知该怎么做。[2]

【注释】

[1] 罗摩名：反复诵读“罗摩——罗摩——”被视为助人解脱的重要圣言。中世纪时的瑜伽士多以此明咒超度亡灵。格比尔在诗歌中反复强调他所说的罗摩并非史诗《罗摩衍那》的主人公、十车王之子罗摩·占陀罗，而是 rā-ma- 两个音节构成的神奇明咒。由此也可以看出格比尔、无形派与同样强调明咒功用的密教之间的渊源关系。

[2] 中世纪时印度人加入某一教派普遍需要经宗教导师传授明咒。该明咒也成为各宗教派别区分信徒与非信徒的重要标志。本诗描述了诗人希望拜入上师门下，获得上师传授明咒，却不知该如何感谢、回报上师的焦虑情状。据罗摩难陀教团编写的《格比尔传》记载，格比尔希望拜罗摩难陀为师，但担心因为自己出身穆斯林织工家庭而不受待见。于是，他心生一计，清晨匍匐在大师沐浴必经之地。果不其然，罗摩难陀踩到了格比尔，并习惯性地口诵“罗摩——罗摩——”。格比尔从此便以“罗摩——罗摩——”明咒视为罗摩难陀向他传授的入门明咒。

（五）

【原文】

सतगुर के सदकै करूं, दिल अपणीं का साछ ।

कलियुग हम स्यूं लड़ि पड़्या, मुहकम मेरा बाछ ।।५।।

【译文】

我愿牺牲为真师，皆是出于己真心。

迦利时代[1]我抗争，尤须坚定我信念。[2]

【注释】

[1] 迦利时代：कलियुग，印度宗教四时代说的最后一个时代。根据婆罗门教的说法，迦利时代始于摩诃婆罗多的最后大战。由此，人类进一步堕落，不断自相残杀，终将导致世界毁灭。

[2] 虽然迦利时代人类陷入自相残杀的宿命，但是这行诗依然教导人应当努力与这种时代宿命相抗争，坚定自己敬师信神、勿害他人的信念。

（六）

【原文】

सतगुर लई(1) कमांण करि, बांहण लागा तीर ।
एक जु बाह्या प्रीति सूं, भीतरि रह्या(2) सरीर ।।६।।

【校记】

（1）लई：辛本作शब्द“圣言”。

（2）रह्या：辛本作बिंधा“刺穿”。

【译文】

真师拉开弓，射出一支箭。
用爱射一箭，留在身体中。

【注释】

本支第六至十首为一组将上师直指人心的教诲比作弓箭的诗歌。这种意象最早见诸有关成就师萨罗诃（सरह）的传说。据说萨罗诃得道之后与一名制作弓箭的女子结为瑜伽伴侣，开始以制作弓箭为生。面对慕名而来的请教者，萨罗诃每制作一支弓箭就唱出一首道歌。他的道歌也如弓箭一般射入人心。[①]

① 白玛僧格：《唐卡中的八十四大成就者》，北京：紫禁城出版社，2009 年，第 134 页。

（七）

【原文】

सतगुर साँचा सूरिवाँ, सब्द जु बाह्या एक ।

लागत ही भैं(1) मिल गया, पड़्या कलेजै छेक ।।७।।

【校记】

（1）भैं：希本作मैं，盖因भ、म形近致讹。古本作भ्वैं，蒂本作भुइं，今据辛本改。

【译文】

真师真英雄[1]，射出一圣言[2]。

射中倒在地，脏腑受伤害。[3]

【注释】

［1］英雄：西传写本格比尔诗歌常将圣人比作勇武的战士，并以军事术语作为喻体。这种技法在后文“英勇支”中体现得尤为明显，很有可能受到了西部尚武民风的影响。

［2］圣言：सब्द，通शब्द。基本义为声音，引申为单词、言辞。在印度正理派哲学传统中，शब्द被称作“言量”，即“可信赖之人的言教”（《正理经》1.1.7），是可用作推理依据的四比量（अनुमान）之一。① 这种理解至中世纪逐渐为各派所接受。此处“圣言”指上师教诲，与《正理经》的理解相近。更多解读可参考后文“圣言支”。

［3］这组诗中常将弟子蒙上师启发痛彻大悟比作中箭受伤。

（八）

【原文】

सतगुर मार्या बाण भरि, धरि करि सूधी मूठि ।

अंगि उघाड़ै लागिया, गई दवा सूँ फूटि ।।८।।

① 姚卫群：《古印度六派哲学经典》，北京：商务印书馆，2003 年，第 64~65 页。

【译文】

紧握于手瞄精准，真师全力射一箭。
赤身露体被击中，如同林火爆燃起。

【注释】

上师的教诲如英雄全力射出的弓箭，弟子如毫无防备的敌人。在上师的教诲面前，弟子毫无招架躲闪之力。上师一针见血的教诫令人痛苦不堪，如同树林被大火吞噬。但也只有经历这样的痛苦，才有可能幡然醒悟。

（九）

【原文】

हँसै न बोलै उनमनीं, चंचल मेल्ह्या मारि ।
कहै कबीर भीतरि भिद्या, सतगुर कै हथियारि ।।९।।

【译文】

格比尔说，
真师用兵刃[1]，刺中扎心中。
击杀不安者[2]，超意[3]不谈笑。[4]

【注释】

[1] 兵刃：与上文所说的“弓箭”相似，比喻真师的“圣言”。

[2] 不安者：**चंचल**，此处指 **मनस्**“意、末那”。具体参见下注。

[3] 超意：**उनमनीं**，通 **उन्मनस्**，由前缀 **उद्**“上、超过”与“意、**मनस्** 末那”构成，字面义为“超越末那（的状态）”，一般理解为激动、迷狂。不同教派、文献对该词的含义解读不一。萨克蒂教派将“超意”理解为第七重欢喜（**उल्लास**）；它也被视为印度哲学的心理四位说中的第四位（**तुरीय**）——前三位分别是醒位（**जागृति**）、梦位（**स्वप्न**）、熟睡位（**सुषुप्ति**）。[a] 包括格比尔在内的无形派诗人对该词的

① 心理四位说是印度哲学的常见论题之一。参见乔荼波陀、巫白慧译:《圣教论》，北京：商务印书馆，2007 年，第 1 页。

理解与纳特瑜伽派相近，认为人的“意”（末那）是不安、疑惑的，只有超越这种有缺陷的意识，即达成“超意”才有可能证悟。这种观念类似佛教唯识宗中“转识成智”的命题，疑受佛教瑜伽行派认识论影响。在实践层面，纳特瑜伽士认为，末那平时占据头顶的千瓣莲脉轮（**सहसरार चक्र**，也称顶轮）[a] 控制人的思想。只有当瑜伽士激发体内的军荼利尼（**कुण्डलिनी**，也称拙火），并使其升入千瓣莲脉轮，杀死末那[b]，方可得到“超意”，进而达到终极状态。总的来说，如果说军荼利尼瑜伽描述的是密教瑜伽的一种具体修行法门，那么，通过反转“意”来达成“超意”便是对这种瑜伽修行在认识论层面的解读。

［4］本诗语序颠倒因果先后，体现了密教诗歌的“反转”法则。为便于理解，译文除诗人落款之外的各足顺序调整为 4-3-2-1，即先以真师的圣言开悟内心，然后杀死末那，进而达成超意。

（十）

【原文】

गूंगा हूवा बाबला, बहरा हूआ कान ।

पाऊँ थैं पंगुल भया, सतगुर मार्या बाण ।।१०।।

【译文】

真师一箭射，双脚变成疾。

耳朵听不见，变得哑又疯。

【注释】

本诗将真师开悟所引发的剧烈变化比作各类伤残现象。跛脚意味着失去行动能力，耳聋意味着失去听觉，发疯意味着摆脱了正常心智，聋哑意味着失去口头表达能力。只有这样，凡人才能摆脱各类感觉器官对人的束缚，进而证悟超越一切经验现象的非凡智慧。

---

① 不同流派、文献中的脉轮名称不一，本文仅以一种目前较为通行的说法为例。

② 纳特瑜伽派和无形派文献中时常使用“杀死末那”的意象，但这种“杀死”只是一种文学手法，比喻密教所说的“反转”。

本诗语序颠倒因果先后，译文各足顺序调整为 4-3-2-1。

（十一）

【原文】

पीछैं लागा जाइ था, लोक बेद के साथि ।

आगैं थैं[(1)] सतगुर मिल्या, दीपक दीया हाथि ।।११।।

【校记】

（1）**आगैं थैं**：蒂本作 **पैंडे मैं**。

【译文】

原本几欲反身退，俗世吠陀[1]相作伴。

遇见真师在前方，明灯交予我手中。

【注释】

［1］吠陀：**बेद**，通 **वेद**，即婆罗门教天启经典“吠陀”。相当一部分密教色彩浓厚的格比尔诗歌不敬吠陀，并将不可言说的秘密知识称为“反吠陀”（**उल्ट वेद**）。言下之意，吠陀所言皆为虚妄，只有反转、颠覆吠陀，方可明了真理。

（十二）

【原文】

दीपक दीया तेल भरि, बाती दई अघट्ट ।

पूरा किया बिसाहुणां, बहुरि न आँवौं हट्ट ।।१२।।

【译文】

灯油已打满，灯芯燃不尽。[1]

买卖已做完，不再来集市[2]。

【注释】

［1］诗人将真师的开悟比作明灯，为了让开悟的明灯一直燃烧，需要供给足够的灯油，诗人希望真师的开悟能够持续照亮自身，避

免再次堕入黑暗。

［2］集市：**हट्ट**，通 **हाट**，比喻尘世轮回。虽然俗世有诸多苦恼困惑，但若是能够明辨真假，便可以在这轮回集市中遇到真师，并“买到”永不熄灭的长明灯。只有这样，凡人才能获得解脱，不再深陷轮回。

（十三）

【原文】

ग्यान(1) **प्रकास्या गुर मिल्या, सो जिनि बीसरि जाइ।**

जब गोबिंद कृपा करी, तब गुर मिलिया आइ॥

【校记】

（1）**ग्यान**：希本作 **म्यान**，讹。今据古本、辛本改。

【译文】

牛得[1]施予恩惠时，上师方能来相会。

遇见上师智慧耀，再也不会将他忘。

【注释】

［1］牛得：**गोबिंद**，通 **गोविन्द**，字面义为“得到牛（的人）”，亦译作牧人，常指毗湿奴化身之一的黑天。格比尔诗歌沿用了这个名号指称自己理解的至高存在，绝大多数情况下与黑天神话无关，例如本支第二十六首便将牛得等同于真师。然而，也有少量以格比尔之名传世的诗歌对该词的解读类似有形派黑天诗歌。

（十四）

【原文】

कबीर गुर गरवा मिल्या, रलि(1) **गया आटैं लूंण।**

जाति पाँति कुल सब मिटे, नाँव धरौगे कौंण॥१४॥

【校记】

（1）रलि：蒂本作 मिलि。

【译文】

格比尔说，

遇伟大上师，如盐入面粉。[1]

抹去家族姓，该用什么名？[3]

【注释】

［1］“如盐入面粉”：印度民谚常用表述，比喻两个不同的事物相互交融之后难以分辨，无法分离。

［2］在印度宗教传统中，追随上师出家常常意味着放弃了自己的俗家姓名、种姓、家族等一切社会身份。出家人常另择符合教派传统的法名，从此以僧团为家，以上师为父，融入僧团生活。由于格比尔诗歌中的“上师”既可以指人间的精神导师，也可以指至高无上的神圣存在，故这首诗同样既可以理解为描述弟子放弃一切俗世身份，追随上师出家，也可以理解为描述信徒摒弃一切俗世成见，一心敬神。

（十五）

【原文】

जाका गुर भी(1) अंधला, चेला खरा निरंध(2) ।

अंधै अंधा ठेलिया, दून्यूं कूप पड़ंत ।।१५।।

【校记】

（1）भी：蒂本作 है。

（2）खरा निरंध：古本、蒂本作 है जाचंध，意为“天生眼盲”。

【译文】

徒弟眼神差得很，找个师傅也眼瞎。

瞎子跟着瞎子走，两人纷纷落井中。

【注释】

本诗讽刺了不能明辨是非的愚夫和误人子弟的所谓宗教导师，也可以理解为对膜拜其他神明之人的抨击。

（十六）

【原文】

नां गुर मिल्या न सिष भया, लालच खेल्या डाव ।
दून्यूं बूडे धार मैं, चढ़ि पाथर की नाव ।।१६।।

【译文】

师不师来徒不徒，[1] 只会贪婪掷骰子[2]。
两人登上石头船，淹没汹涌洪流[3]中。

【注释】

[1] 师不师来徒不徒：原文字面义为“未曾遇见真正合格的上师，自己也没有成为真正合格的弟子”。结合上下文及前后其他诗歌，应当旨在抨击一些所谓师徒皆不务正业、荒度人生。

[2] 掷骰子：印度古代游戏赌博的方式之一，最有名的例子是《摩诃婆罗多》中坚战因为掷骰子赌博而输掉了所有国土的故事。此处用来比喻世人贪恋俗世享乐，不知虔心修行。

[3] 汹涌洪流：比喻尘世轮回。

（十七）

【原文】

चौसठि दीवा जोइ करि, चौदह चंदा मांहि ।
तिहिं घरि किसकौ चानिणौं , जिहि घरि गोबिंद(1) नांहि ।।१७।।

【校记】

（1）**गोबिंद**：蒂本作 **सतगुर**“真师”。

【译文】

已在十四月亮[1]中，还要串灯六十四[2]。

若是家中[3]无牛得，空有光照有何用？

【注释】

[1] 十四月亮：指十四种知识，一种通行的说法认为包括四吠陀、六吠陀支、往世书、弥曼差、正理论、法论。此处为虚指，泛指各类知识。

[2] 六十四：指六十四种技艺，根据《湿婆怛特罗》，六十四种技艺包括音乐（**गीत**）、伎乐（**वाद्य**）、舞蹈（**नृत्य**），等等。此处为虚指，泛指各类技艺。

[3] 家中：体内，心中。格比尔诗歌常用比喻之一。

本诗劝诫世人应当重敬神、轻技艺，即如果心中没有神的话，那么一切技艺、知识都会失去意义。

（十八）

【原文】

निस अँधियारी कारणैं, चौरासी लख चंद ।

अति आतुर ऊदै किया(1), तऊ दिष्टि नहिं(2) मंद ।।१८।।

【校记】

（1）**अति आतुर ऊदै किया**：蒂本作 **गुर बिनु अति ऊदै भए**。

（2）**नहिं**：蒂本作**रहि**。

【译文】

正因夜晚黑，皓月疾升空。

八百四十万[1]，盲人犹不觉。

【注释】

[1] 八百四十万：印度文学作品中常用虚指，形容数量大。又因为印度各宗教多认为世间共有各类众生八百四十万种，不能证悟大道者难逃不断轮回的命运，故此处也可以理解为纵使轮回

八百四十万次，毫无觉悟的愚人也无法摆脱尘世轮回。

（十九）

【原文】

भली भई जु गुर मिल्या, नहीं तर होती हांणि ।
दीपक दिष्टि[1] पतंग ज्यूं, पडता पूरी जाणि ।।१९।।

【校记】

（1）दिष्टि：蒂本作 जोति“光”。

【译文】

幸好得以遇上师，如若不是必毁灭。
如同飞蛾见灯火，奋不顾身扑向它。

【注释】

飞蛾扑火是格比尔诗歌常用意象之一。该意象在不同诗歌中所指不同，有时指尘世众生为摆脱凡俗欲望的束缚而自我毁灭，有时指虔诚信徒为敬师奉神而奋不顾身地牺牲自己。

（二十）

【原文】

माया दीपक नर पतँग, भ्रमि भ्रमि इवैं[1] पडंत ।
कहै कबीर गुर ग्यान थैं, एक आध उबरंत ।।२०।।

【校记】

（1）इवैं：蒂本作 मांहि。

【译文】

摩耶如灯人如虫，彷徨迷失落其中。
格比尔说，
正因上师之智慧，一个盲人获解救。

（二十一）

【原文】

सतगुर बपुरा क्या करै, जे सिषही मांहै चूक ।
भावै त्यूं प्रमोधि ले(1), ज्यूं बांसि(2) बजाई फूक ।।२१।।

【校记】

（1）प्रमोधि ले：蒂本、辛本作 प्रमोधिए。

（2）बांसि：希本作 बंसि，讹。今据古本、蒂本改。

【译文】

真师啊——
可怜弟子怎么办？已经深陷迷惑中。
如果想要来开悟，如同鼓气吹竹节[1]。

【注释】

[1] 如同鼓气吹竹节：竹节并不像竹笛，任凭人如何吹气也不会出声。这种表述类似汉语“对牛弹琴”，指白费力气，毫无作用。

（二十二）

【原文】

संसै खाया सकल जुग, संसा किनहुँ न खद्ध ।
जे बेधे गुर अष्षिरां, तिनि संसा चूणि चुणि खद्ध [1] ।।२२।।

【校记】

（1）第四足合 13 拍，较双行律多 2 拍。

【译文】

世间一切疑惑噬，有何不被疑惑吃？
上师音节[1]所刺者，反把疑惑咀嚼咽。

【注释】

[1] 音节：अष्षिरां，通 अक्षर，指字母、音节，引申为不灭的、不朽的。密教相信特定的音节本身具有殊胜功德。例如在北印度，“罗

摩”（ रा-म- ）除了可理解为毗湿奴的化身，还被瑜伽士视为修行时诵读的明咒之一，据说湿婆经常念诵这个明咒。[①] 格比尔诗歌同样主张反复念诵罗摩的名号，其中有一首以“不用做其他事或是建造庙宇，罗摩名号的真谛只是两个音节”（ W155/S125 ）[②] 强调了这一观点。今天北印度一些地区依然流行以 **राम राम** 作为口头禅互相问候。此处对音节的理解和描述都类似上文提到的“圣言”（ **शब्द** ），诗人将其比作兵刃，将传授明咒比作以兵刃刺伤弟子。

（二十三）

【原文】

चेतनि चौकी बैसि करि, सतगुर दीन्हाँ धीर ।

निरभै होइ निसंक भजि, केवल कहै कबीर ।।२३।।

【译文】

坐上觉悟座，真师赐坚定。

格比尔说，

无畏[1]无疑惑，且祷念唯一。[3]

【注释】

[1] 无畏：在格比尔以及其他无形派诗人的作品中指通过修行达成的最终状态。

[2] 第二行可以作多种解读。译文现将第四足 **कहै कबीर** 理解为诗人落款。如若不然，第二行可以理解为“无畏无惑且祷念，格比尔所说唯一”。如果将 **कबीर** 理解为 **कहै** 的对象，即“伟大者（神）”或格比尔本人，将 **केवल** 理解为副词，则第二行可以理解为“无畏无惑且祷念，唯有念说伟大者 / 格比尔。”

---

① Charlotte Vaudeville, *A Weaver Named Kabir: Selected Verses With a Detailed Biographical and Historical Introduction*, Delhi: Oxford University Press, 1993, pp.98-99.

② 本书引用格比尔唱词原文出自 Winand M. Callewaert, Swapna Sharma, Dieter Taillieu. *The Millennium Kabīr Vānī*. Delhi: Manohar, 2000.“W155/S125”为唱词在该书中的编号，下同。译文为译者所译。

（二十四）

【原文】

सतगुर मिल्या त का भया, जे मन पाड़ी भोल ।

पासि बिनंठा कप्पड़ा, क्या करै बिचारी चोल ।।२४।।

【译文】

若心深陷迷误中。遇见真师又如何?

布匹已经染尘土，可怜茜草[1]有何用?[2]

【注释】

[1] **चोल** 茜草：，亦作 **मजीट**，通 **मंजिष्ठा**。又称梵茜草，拉丁学名 *Rubia manjith Roxb. ex Flem.*。攀援草本植物，根茎可提炼染料，根部亦可入药。

[2] 在生产实践中，如果布匹沾染尘土则难以印染。诗人将弟子比作布匹，将上师的教诫比作茜草。在诗人看来，执迷不悟的人纵使遇到上师也不会获得解脱。证悟大道需要师徒双方的努力，缺一不可。

（二十五）

【原文】

बूड़े थे परि ऊबरे, गुर की लहरि चमंकि ।

भेरा देख्या जरजरा, ऊतरि पड़े फरंकि ।।२५।।

【译文】

上师波浪耀，解救溺水人。

既见舟筏破，下船离身去。[1]

【注释】

[1] 按照常理，渡河涉水当乘船，但作者将其他虚假、伪善的教诫比作破败不堪的船，已然无法帮助他人前往彼岸。相反，上师的教导虽然看似波浪，不像一般舟船，反而可以帮助信徒弟子渡过苦海。

（二十六）

【原文】

गुर गोबिंद तौ एक है, दूजा(1) यहु (2) आकार ।

आपा मेट जीवत मरै, तौ पावै करतार(3) ।।२६।।

【校记】

（1）**दूजा**：希本作 **दूधा**，讹。今据古本、蒂本、辛本改。

（2）**यहु**：希本作 **यहू**，与双行律不符。蒂本作 **सब**“一切”。今据古本、辛本改。

（3）**करतार**：蒂本作 **दीदार**“目睹、看见”。

【译文】

上师、牛得同一个，其他皆是他形式。[1]

消灭自我活着死[2]，就会得到创造者。

【注释】

［1］印度各宗教派别均重视上师的作用。受密教化影响，中世纪以来宗教导师的地位不断提升。本诗明确将上师与至高存在牛得等同起来。若将牛得理解为毗湿奴，则这种表述可以为宗教团体强化师徒纽带、构建宗教共同体提供依据；若将牛得理解为每个人内心中的至高存在，则这首诗可以被理解为信徒当以自身觉悟为师，勿要盲从他人。

［2］消灭自我活着死：密教瑜伽修行追求的一种神秘境界，即修行者一方面保持肉身不死，另一方面又通过消灭一切欲望、消灭一切感官而实现解脱。这种状态与佛教后期所说的“即身成佛”相似，在认识论层面类似上文所说的“超意”状态。后文另有一章名为“活死支”，专门探讨这种神秘状态。

（二十七）

【原文】

कबीर सतगुर नाँ मिल्या, रही अधूरी सीष ।
स्वाँग जती का पहरि करि, घरि घरि माँगै भीष ।।२७।।

【译文】

格比尔说，
未曾遇真师，所学不完整。
穿上苦行衣，挨家挨户乞。[1]

【注释】

[1] 第二行一语双关，一方面既可以指字面义，指四处云游乞食；另一方面可以比喻诗人不断向各方贤者求教。

（二十八）

【原文】

सतगुर साँचा सूरिवाँ, तातैं लोहिं लुहार ।
कसणी दे कंचन किया, ताइ लिया ततसार ।।२८।।

【译文】

真师才是真英雄，铁匠把铁[1]掷火中。
摩擦检测得黄金，烈火炼就真精华[2]。

【注释】

[1] 此处的“铁匠”和“铁”泛指冶金匠人和各类金属。就本诗来看，分别对应金匠和混合了黄金的金属。

[2] 真精华：**ततसार**，通 **तत्त्वसार**，真谛精华。此处指合金中的黄金成分，或者指每个人体内无垢不染、不朽不灭的至高存在。

本诗将上师指导弟子比作金匠炼金。金匠需要以试金石测试金属中是否有黄金，然后再把金属投入火中炼金。同样地，上师需要以种种考验测试弟子，然后才能真正指导他修行。

（二十九）

【原文】

थापणि पाई थिति भई, सतगुर दीन्हीं धीर ।
कबीर हीरा बणजिया, मानसरोवर तीर ।।२९।।

【译文】

真师赐坚忍，固守得安定。
格比尔说，
玛纳斯湖[1]畔，买卖金刚钻[2]。

【注释】

[1] 玛纳斯湖：**मानसरोवर**，通 **मानस सरोवर**，字面义为“心之湖”，亦可简称 **मानस**。指中国西藏阿里地区的玛旁雍错。本教、佛教、印度教、耆那教等许多宗教都将此湖视为圣地，朝觐者络绎不绝。中国新疆境内另有湖泊以此为名，不可混淆。

[2] 金刚钻 **हीरा**：，印度古时为钻石主产地之一，钻石贸易盛极一时。格比尔诗歌常以钻石比喻真理、每个人体内的神圣存在，取其坚硬不灭、珍贵难求之意。“玛纳斯湖畔，买卖金刚钻”是以一种普通民众容易理解的方式描绘修行之后达成的至高状态。

（三十）

【原文】

निहचल निधि मिलाइ तत, सतगुर साहस धीर ।
निपजी मैं साझी घणां, बाँटै नहीं कबीर ।।३०।।

【译文】

不动[1]真谛之财富，勇气坚忍真师赐。
多人想要分收成[1]，格比尔无法分配。

【注释】

[1] 不动：不增不减，不生不灭。此处将真谛比作不动的财富。

[2] 收成：比喻在上师指导下通过修行所得的种种收获。因为每个人只有身体力行才可以知晓其中奥妙，所以这一行的意思是纵使有许多人想要分一杯羹却无法得偿所愿。

（三十一）

【原文】

चौपड़ि माँड़ी चौहटै, अरध उरध बाजार ।

कहै कबीरा राम जन, खेलौ संत बिचार(1) ।।३१।।

【校记】

（1）蒂本第二行作**सतगुर सेती खेलतां, कबहुँ न आवै हारि**“真师相伴同游戏，永远不会尝败绩。”

【译文】

十字路口铺棋盘[1]，前后左右[2]皆集市[3]。

格比尔说，

罗摩信徒真士啊，考虑清楚再嬉戏！[3]

【注释】

[1] 棋盘：**चौपड़ि**，通 **चौसर**，亦作 **पचीसी**。十字棋，一种源自古印度的棋类游戏。棋盘一般为布制，铺在地上，分为四边，可供二至四人共同游戏。基本规则如下：玩家轮流掷骰子，并移动各自的棋子，率先让所有棋子绕棋盘行走一圈的玩家获胜。

[2] 前后左右：**अरध उरध**，通 **अधः ऊर्ध्व**，字面义为“上上下下”。该词在密教瑜伽术语体系中另有所指，参见本诗注 [4]。

[3] 集市：**बाजार**。与前文 **हट्ट** 相似，比喻尘世轮回。

[4] 这首诗的深层含义可作两种解读。第一，警告世人。传说《摩诃婆罗多》中的坚战因为沉溺于类似十字棋的游戏而失去了王国，加之现实生活中不乏玩物丧志之人，故诗人以十字棋为比喻，劝诫世人勿要沉溺俗世享乐。第二，暗指瑜伽修行法。沃本和蒂本注释持此观点，盖因 **अरध उरध** 为常用瑜伽术语。相关术语对应如

下：十字路口——眉心命令脉轮（आज्ञा चक्र），被认为是体内左、中、右三脉交汇之处，称三峰（त्रिकुटी）；前后左右（上上下下）——上指位于头顶的千瓣莲脉轮（सहस्रार चक्र），下指位于底端的根持脉轮（मूलाधार चक्र），上下亦可指呼吸吐纳。若照此理解，则这首诗隐喻瑜伽修行的法门。[①] 如果这首诗单独出现，似乎第一种解读更容易理解，但结合下一首诗和蒂本异文就会发现第二种解读亦有合理之处。这两种解读一正一反，看似矛盾。从传播史的角度来看，格比尔思想在传播过程中同时存在“去密教化”和“密教化”两种倾向，这首诗的两种解读恰恰反映出这两种倾向博弈的情况。

（三十二）

【原文】

पासा पकड़्या प्रेम का, सारी किया सरीर ।

सतगुर दाव बताइया, खेलै दास कबीर ।।३२।।

【译文】

紧紧握住爱之骰，以我躯体作棋子。

真师说下哪一步，奴仆格比尔照做。

【注释】

本诗以下十字棋比喻修行，可以视作对上一首诗的注释。根据这首诗的描述，修行有以下几大要素：第一，爱。这种爱既可以理解为对神明、对上师的虔爱，也包含了对同道乃至世间众生的仁爱。第二，身体。格比尔反对偶像崇拜、朝觐、斋戒等宗教仪式，主张个人应求诸自身，神圣的至高存在就在每个人体内。第三，上师的指导。修行之路并非一马平川，而是险象丛生的难行之路，每走一步都需要上师指导。可参见下文“窄道支”等相关章节诗作。

---

① 相关注释参见 Charlotte Vaudeville, *Kabir Granthavali (Doha)*, Pondichéry: Institut Français d'Indologie, 1957, p.101, note 21. 以及 Jayadev Siṃh, Vāsudev Siṃh, *Kabīr Vā□may: Sākhī*, Varāṇasī: Viśvavidyālay Prakāśan, 1976, pp. 16-17.

（三十三）

【原文】

सतगुर हम सूँ रीझि करि, एक कह्या प्रसंग ।
बरस्या बादल प्रेम का, भीजि गया सब अंग ।।३३।।

【译文】

真师甚欣慰，教我一秘密[1]。
爱云降大雨，周身尽湿透。[2]

【注释】

[1] 秘密：**प्रसंग**，语义众多，如爱恋、关系、主题、交合等，此为意译。历史上，对格比尔思想一些内容的解读和实践受密教左道影响。根据早期传教士记载，格比尔道团中存在带有性力色彩的修行方式。① 此处 **प्रसंग**一词既可以理解为教诫，也可以理解为某种带有性力色彩的秘密修行。

[2] 下雨身湿的意象常见诸瑜伽隐喻之中，可作两种解读：第一，外部灌顶，即以具有神秘功用的液体淋湿受礼之人，促其开悟。第二，内部修炼，即在体内借助军荼利尼瑜伽等法门修炼成不朽甘露，滋润体内的瑜伽细身，进而达成长生不老等神秘状态。

（三十四）

【原文】

कबीर बादल प्रेम का, हम परि बरष्या आइ ।
अंतरि भीगी आत्मां, हरी भई बनराइ ।।३४।।

【校记】

蒂本无此诗。

① 18 世纪天主教耶稣会传教士马尔科 · 德拉通巴（Marco Della Tomba）记载了一种格比尔道团的修行法：“为了宣誓信仰，他们发誓控制精液，并握在手中，发誓不射精。一旦没能控制住必须自己吃下。”如果德拉通巴的记载确切，则可见这是一种左道色彩强烈的修行法。参见 David N. Lorenzen, *The Scourge of the Mission: Marco della Tomba in Hindustan*, New Delhi: Yoda Press, 2010, p.79.

【译文】

格比尔说，
爱意之云朵，对我降雨露。
内中自我湿，润泽林王翠。[1]

【注释】

[1] 参见上一首诗注 [2]。第二行“内中自我”既可以指精神、灵魂，也可以理解为修行人的瑜伽细身；“林王”指肉身，或者说粗身。这首诗讲述了如何通过精神修行、细身修行来滋养粗身、强身健体的方法。格比尔思想中的一些表述受密教影响，虽然反对沉溺俗世享乐，但并不以肉身皮囊为解脱的阻碍，反而将其视为修行必不可少的工具。这也是密教后期俱生乘思想的一大特点。

（三十五）

【原文】

पूरे सूँ परचा भया, सब दुख मेल्या दूरि ।
निर्मल कीन्हीं आत्मां, ताथैं सदा हजूरि ।।३५।।

【校记】

蒂本无此诗。

【译文】

一旦见到圆满者，便可远离一切苦。
已将自我作无垢[1]，必将永远供奉他。

【注释】

[1] 自我作无垢：在这两首诗中，诗人并不将“自我”（**आत्मा**）视为至高存在。就这两首诗的表述来看，每个个体的“自我”尚须经过修行方可成为“无垢”（**निर्मल**），并归于至高存在的俱生本性。这种理念或受瑜伽行派哲学影响，和“杀死末那得超意”的理念一致，参见本文第九首诗注 [3]。

二、思念支
（सुमिरण कौ अंग）

“思念支”共收录双行诗 32 首，是诗集中最重要的章节之一。思念（**सुमिरण**，通**स्मरण**）是诗人表达对至高存在的虔爱之情、践行帕克蒂理念的基本方法之一。在信仰和情感层面，诗人劝诫世人尊奉、爱戴至高存在，要求信徒时时默念、心系神明。在具体实践层面，诗人相信至高存在的名号，尤其是“罗摩”和“诃利”，便是至高存在的精华所在。因此，发出声音祷念（**जप**），或是在心中默念（**अजप**）名号都具有其他修行方式无法比拟的殊胜之处。格比尔的这种理念受印度本土宗教传统，尤其是密教影响甚深，有助于简化宗教仪式。此外，同时代伊斯兰教苏非修行法之一的“齐克尔”（**ज़िक्र**）也要求信徒不出声默念安拉名号或《古兰经》的经文。可以说，以情感、诵名为基础的宗教实践在中世纪北印度宗教生活中占据了重要地位。

（一）

【原文】

कबीर कहता जात हूँ, सुणता है सब कोइ ।

राम कहें भला होइगा, नहिं तर भला न होइ ।।१।।

【译文】

格比尔说，

我要说的话，大家且听好。

祷念罗摩好，否则定不妙。

（二）

【原文】

कबीर कहै मैं कथि गया, कथि गया ब्रह्म महेस । (1)

राम नाँव ततसार है, सब काहू उपदेस ।।२।।

【校记】

（1）第一、二足分别合 14、12 拍，较双行律多 1 拍。

【译文】

格比尔说，

大自在天[1]和梵天，所说与我皆相同。

一切教导真精华，正是罗摩之名号。

【注释】

[1] 大自在天：महेस，通 महेश，常与 महेश्वर 混用，一般指代婆罗门教三大神之一湿婆。此处诗人自比梵天、湿婆，将不同宗派的种种说教的精华都归结为罗摩名号，规劝世人听取自己的教诫。

（三）

【原文】

तत तिलक तिहूँ लोक मैं, राम नाँव निज सार ।

जन कबीर मस्तक दिया, सोभा अधिक(1) अपार ।।३।।

【校记】

(1)：**अधिक** 蒂本作 **अनंत** “无边无际”。

【译文】

罗摩名为己[1]精华，三界之中真符志[2]。

信徒格比尔前额，点志放光广无边。

【注释】

[1] 己：**निज**，字面义为“天生的、自己的”。在中世纪印地语文献中该词逐渐成为 **सहज**“俱生、自然、与生俱来的”的近义词，指个体与生俱来的本性。这种本性也被认为是永恒不变的存在。

[2] 符志：**तिलक**，印度人以各类香料、彩泥混合点在眉心的痣的通称。其中，女子所点的痣常被称为吉祥痣。此外，普通民众在欢迎客人等场合也会为他人点痣。本诗的符志特指各教派点在信徒额头上的特殊符号。外人可以根据符号的形状、所用材料分辨所属教派。诗人在此处将罗摩名号称作“真正的符志”，强调世人不应关注形式上的额间符志，而应当将名号牢记于心、念诵于口。

（四）

【原文】

भगति भजन हरि नाँव है ,दूजा दुक्ख अपार ।

मनसा बाचा क्रमनां, कबीर सुमिरण सार ।।४।।

【译文】

念诃利名为虔爱[1]，其他方法苦无边。

格比尔说，

心口如一躬身行，如此思念是真谛。

【注释】

[1] 虔爱：**भगति**，通**भक्ति**。亦译作帕克蒂、虔诚、虔信、奉爱、信顺等，印度宗教核心概念之一，强调信徒对神的虔诚信仰和炽热之爱，与智慧、行动一同被视为达成解脱的三条主要途径。有关帕

克蒂概念的早期表述见诸《薄伽梵歌》《帕克蒂经》等婆罗门教经典。中世纪时，南印度宗教导师罗摩奴阇及其弟子逐渐将其与南印度虔诚文学相结合，为婆罗门教转型成为囊括社会各阶层的印度教打下基础。① 北印度帕克蒂思想除婆罗门教传统之外，兼有密教和伊斯兰教色彩，尤其是伊斯兰教苏非推崇的 ishq 理念与帕克蒂在实践中有颇多相似之处，例如两者都将念诵至高神的名号视为践行虔爱之情的方式之一。

包括本诗在内的几首诗都将思念名号视为唯一的解脱方法，反复强调念诵诃利 / 罗摩名号才是真谛，其他方法只能将人带入歧途，难逃死亡的罗网。然而通览全书不难发现格比尔诗歌中还包括其他修行方法。考虑到格比尔诗集为后人汇编而成，章节之间有所矛盾亦在情理之中。

（五）

【原文】

कबीर सुमिरण सार है, और सकल जंजाल ।
आदि अंति सब सोधिया, दूजा देखौं काल ।।५।।

【译文】

格比尔说，
唯有思念是真谛，其他一切皆罗网。
由始至终皆寻遍，他法所示皆死亡[1]。

【注释】

[1] 死亡：**काल**，多义词，基本义为时间，因一切众生终究敌不过时间，终有死去的一天，故衍生出死亡之意。除意译为死亡之外，译者亦将人格化的 **काल** 音译作迦罗。印度后期密教有一支名为“时

① 有关帕克蒂概念的由来及帕克蒂运动参见朱明忠:《印度教虔信派改革运动及其影响》(载《南亚研究》2001 年第 1 期，第 36~43 页)、姜景奎:《一论中世纪印度教帕克蒂运动》(载《南亚研究》2003 年第 2 期，第 72~76 页)等。

轮乘”，以典籍《时轮本续》为基础，形成了庞大的教义体系。密教另有神祇名为摩诃迦罗（**महाकाल**），汉译作“大黑天”。湿婆派将其视为湿婆，佛教将其视为护法神。格比尔双行诗并不推崇迦罗崇拜，主要以 **काल** 的“死亡”之意警告世人，参见后文“迦罗支”。后期格比尔道团神话将迦罗塑造为蛊惑世人、残害众生的邪神。

（六）

【原文】

च्यंता तौ हरि नाँव की, और न चिंता दास।
जे कुछ चितवैं राम बिन, सोइ काल की पास॥६॥

【译文】

唯独思念诃利名，奴仆再无他念想。
若不思量罗摩名，落入死亡套索中。

（七）

【原文】

पंच सँगी पिब पिब करै, छठा जु सुमिरे मंन।
आई सूति कबीर की, पाया राम रतंन॥७॥

【译文】

五个女伴[1]唤情郎[2]，第六末那心思念。[3]
格比尔的角星[4]来，终得罗摩之珍宝。

【注释】

［1］五个女伴：**पंच सँगी**，此处指人的五种感官，分别是眼、耳、鼻、舌、身，加上第二足中的“第六末那”便是常说的六根。这一行诗将人的六种感官比作思念情郎的妙龄女子，展现诗人对至高存在的虔爱之情。

［2］情郎：**पिब**，亦写作 **पीव**、**पीय** 等，通 **प्रिय**，一方面可以理解

为“情郎”，另一方面也可以被视为拟声词，模仿杜鹃啼鸣。印度文学作品常将思念情人之人比作杜鹃，以杜鹃啼比喻对情人的呼唤。故本诗除了将感官比作女子之外，还隐含了将女子比作杜鹃的第二重比喻。

[3] 第二足字面可以作两种理解，既可以理解为“第六个思念（的人）是末那”，也可以理解为“第六个人在心中思念”。目前的译法将两种译法加以融合，将“末那”翻译了两次。

[4] 角星：**सूति**，通 **स्वाति**，英文名 Arcturus，恒星名。印度民间认为杜鹃鸟以饮用角星所降之雨维生。根据这种说法，杜鹃啼叫呼唤角星，角星降雨滋养杜鹃。此外，还有另一则与角星相关的故事认为角星所降之雨落入海中为珠蚌所饮，由此形成珍珠。这两则故事皆符合本诗立意。如果采纳第一则故事，则第四足“罗摩珍宝”指维系杜鹃鸟（信徒）生命的雨滴；如果采纳第二则故事，则“罗摩珍宝”指宝贵的珍珠。利用不同比喻的共用喻体将不同故事串联起来，进而以有限的文字呈现丰富的意象，是印地语双行诗的常用手法。

（八）

【原文】

मेरा मन सुमिरै राम कूं, मेरा मन रामहिं आहि ।(1)

अब मन रामहिं है रह्या, सीस नवावौं काहि ।।८।।(2)

【校记】

（1）第一、二足分别合 15、13 拍，较双行律多 2 拍。

（2）蒂本无此诗。

【译文】

我心只把罗摩念，唯有罗摩入我心。

心中现已住罗摩，又能向谁把头低？

（九）

【原文】

तूं तूं करता तूं भया, मुझ मैं रही न हूँ ।
वारी फेरी बलि गई, जित देखौं तित तूँ ।।९।।

【译文】

声声唤你终成你，我中不再有自己。
献出自己作牺牲，各处所见皆是你。

【注释】

本诗认为通过反复念诵至高存在的名号，可以将“我”（凡人）转化为“你”（神）。这种由凡入圣的转化与前文所说的杀死末那、成就超意的思想较为接近。

（十）

【原文】

कबीर निरभै राम जपि, जब लग दीवै बाति ।
तेल घट्या बाती बुझी, (1) सोवैगा दिन राति ।।१०।।

【校记】

（1）तब：希本作 ब，今据其余诸本改。

【译文】

格比尔说，
只要油灯[1]息尚存，便应无畏念罗摩。
待到油尽灯枯时，日日夜夜陷沉睡。

【注释】

[1] 油灯：比喻生命。

自本诗开始，以下的几首诗歌皆劝人应在有生之年思念罗摩，与正统宗教不同，诗人并不相信死后解脱的说法。

（十一）

【原文】

कबीर सूता क्या करे, जागि न जपै मुरारि ।

एक दिनां भी सोवणां, लंबे पाँव (1) पसारि ।।११।।

【校记】

（1）**पाँव**：蒂本作 **गोड** “腿”。

【译文】

格比尔说，

一味沉睡有何用？醒来祷念牟罗敌[1]！

总有一天让你睡，笔直伸开两条腿。

【注释】

[1] 牟罗敌：**मुरा**，黑天名号，因他曾杀死名为 **मुर** 的妖魔而得名。格比尔诗歌中使用该名号的情况较为罕见。因受字数所限，第二足将反问句译为祈使句。

（十二）

【原文】

कबीर सूता क्या करै, काहे न देखै जागि ।

जाका सँग तैं बीछुड्या, ताही के सँग लागि ।।१२।।

【译文】

格比尔说，

一味沉睡有何用？怎不醒来好生看？

曾经与谁分别离，便应再与他相聚！

【注释】

在诗人看来，所有个体原本都是至高存在的一部分，但因为种种原因与他分离。修行的最终目的便是复归于至高存在，诗人将此比作找回曾经的同伴。

（十三）

【原文】

कबीर सूता क्या करै, उठि किन(1) रोवै दुक्ख ।
जाका बासा गोर मैं, सो क्यूं सोवै सुक्ख ।।१३।।

【校记】

（1）**किन**：希本作 **न**“不”，与双行律不符，少 1 拍。今据蒂本、辛本改。

【译文】

格比尔说，
一味沉睡有何用？怎不起身来痛哭？[1]
人若住在焚尸场[2]，怎能欢喜入梦乡？

【注释】

[1] 起身来痛哭：比喻人觉察自己所处的痛苦境地，诗人将其视为积极的表现。比起沉溺迷梦、不知险恶，能够了解自己所处的困境是获得解脱的第一步。

[2] 人若住在焚尸场：指世间众人。人终究难逃一死，所以众生都是将死之人。

（十四）

【原文】

कबीर सूता क्या करै, गुण गोबिंद के गाइ ।
तेरे सिर परि जम खडा, खरच कदे का खाइ ।।१४।।

【校记】

蒂本无此诗。

【译文】

格比尔说，
一味沉睡有何用？牛得功德来歌唱！

阎摩站在你头上，还要挥霍到几时？

【注释】

本诗将人生比作一笔财富。善用财富之人可以把握机会，达成解脱；不知珍惜之人只会虚度光阴，浪费时日。

（十五）

【原文】

कबीर सूता क्या करे, सूताँ होइ अकाज ।

ब्रह्मा का आसण खिस्या(1), सुणत काल की गाज ।।१५।।

【校记】

（1）**खिस्या**：蒂本、辛本作 **डिगा**，同义。

【译文】

格比尔说：

一味沉睡有何用？沉睡丝毫无益处。

闻听迦罗[1]一声吼，梵天之座亦晃动。

【注释】

[1] 迦罗：即“死亡”（**काल**），此处将其人格化形象译为迦罗，与“阎摩”同义。

（十六）

【原文】

केसौ कहि कहि कूकिये, ना सोइयै असार (1) ।

रात दिवस कै कूकणैं, कबहुँक(2) लगै पुकार ।।१६।।

【校记】

（1）**असार**：希本作 **असरार**，蒂本、辛本亦如是，然与双行律不符。今据古本改。

（2）**कबहुँक**：希本作（**मत**）**कबहू**，古本作 **मत कबहू**，皆与双行律不

符。今据蒂本、辛本改。

【译文】

声声呼唤凯沙瓦[1]，时时刻刻不得憩。

日日夜夜唤不停，某月某日或闻悉。

【注释】

[1] 凯沙瓦：**केसौ**，通 **केशव**，字面义为拥有秀美头发之人，亦译为“美发者”，常指毗湿奴的化身黑天。

（十七）

【原文】

जिहि घटि प्रीति न प्रेम रस, फुनि रसना नहिं(1) राम ।

ते नर आइ(2) संसार में, उपजि षये बेकाम ।।१७।।

【校记】

（1）**नहिं**：希本作 **नहीं**，多 1 拍，今据蒂本、辛本改。

（2）**आइ**：希本作 **इस**“这个”，少 1 拍，今据古本、蒂本改。

【译文】

罐[1]中没有爱汁液[2]，舌尖之上无罗摩。[3]

这些俗人入尘世，一生无为空蹉跎。

【注释】

[1] 罐：**घट**，指陶罐，引申为身体，古译瓶。

[2] 汁液：**रस**，多义词，基本义为液体、汁液，引申为情味、情感，此处指虔爱之情。但在一些格比尔诗歌中亦可指明咒、水银、烈酒。参见后文“汁液支”。

[3] 舌尖之上无罗摩：格比尔诗歌中常见表述，指念诵罗摩的名号，在特定语境中可以影射军荼利尼瑜伽修行中品尝瑜伽仙液。

（十八）

【原文】

कबीर प्रेम न चषिया, चषि न लीया साव ।

सूनें घर का पाहुणां, ज्यूं आया त्यूं जाव ।।१८।।

【校记】

蒂本无此诗。

【译文】

格比尔说，

或是不曾品尝爱，或是尝后不知味。

如同客人来空屋，来去之间无差别。

【注释】

本诗将虔诚敬神视为人生最重要的任务。因此，无论是未曾虔爱神明，或是虽表面敬神，但未能深层次感悟，这样的人生皆为虚度。

（十九）

【原文】

पहली बुरा कमाइ करि, बाँधी विष की पोट ।

कोटि करम फिल पलक मैं, आया[1] हरि की आट ।।१९।।

【校记】

（1）**आया**：诸本皆作 **जब आया**，多 2 拍，故希本、辛本括注 **जब**。

【译文】

之前造下诸恶业，毒药重负身上缚。

待到诃利庇护所，千万业障瞬间恕。

（二十）

【原文】

केटि क्रम पेलै(1) पलक मैं, जे रंचक आवै नाउँ ।

अनेक जुग जे पुन्नि करै, नहीं राम बिन ठाउँ ।।२०।।(2)

【校记】

（1）पेलै：蒂本作 फिल，同义。

（2）本诗与双行律不符，各足拍数为 15-13-14-11。

【译文】

只要稍许念名号，瞬间消除千万业；

纵使积德数时代，不念罗摩亦无用[1]。

【注释】

[1] 无用：原文字面义为“无处（立足）”。全诗强调唯有思念罗摩方可获得解脱。

（二十一）

【原文】

जिहि(1) हरि जैसा जांणियां, तिन कूं तैसा लाभ ।

ओसों प्यास न भाजई, जब लग धसै न आभ ।।२१।।

【校记】

（1）जिहि：古本作 जिनि，蒂本作 जिन，同义。

【译文】

一朝知诃利，当即得利益。

露水不解渴，除非入水中。

（二十二）

【原文】

राम पियारा छाँड़ि करि, करै आन का जाप ।

वेस्वां केरा पूत ज्यूं, कहैं कौन सूँ बाप ।।२२।।

【译文】

抛弃亲爱的罗摩，转而祷念他者名。

如同妓女生儿子，说说谁是他父亲？

（二十三）

【原文】

कबीर आपण राम कहि, औरां राम कहाइ ।

जिहि मुखि राम न ऊचरे, तिहि मुख फेरि कहाइ ।।२३।।

【校记】

（1）蒂本无此诗。

【译文】

格比尔说，

既要自己念罗摩，也让人把罗摩念。

从不口念罗摩者，定要让他反复念。

（二十四）

【原文】

जैसें माया मन रमैं, यूं जे राम रमाइ ।

तौ(1) तारा-मंडल छाँड़ि करि,(2) जहाँ के सो तहाँ जाइ(3) ।।२४।।

【校记】

（1）**तौ**：希本、辛本括注该词，算上该词后第三足共有15拍，较双行律多2拍。

（2）第三足蒂本、辛本作 **तौ तारा मंडल बिधि कै**，即“便可穿透星辰轮”。

（3）第四足蒂本作 **सो अमरापुर जाइ**，即“前往不朽之城邑”。第三、四足唯蒂本、辛本符合双行律。

【译文】

末那沉溺喜摩耶，如能同等喜罗摩。

便可摆脱星辰轮[1]，到他所住之处去。[2]

【注释】

［1］星辰轮：原文作 **तारा-मंडल**，可音译为多罗曼荼罗。其中 **तारा** 既可以指星辰，也可以指密教中的多罗（菩萨）、度母；**मंडल** 既可以指圆圈、轮，也可以指密教坛城。此处 **तारा-मंडल** 可做两解：其一为译文“星辰轮”，即星空，盖密教修行人将修行所达到的终极状态比作“空轮”（**शून्य मंडल**），即无日月星辰的终极天空，则星空指相对低一级的成就状态；其二可理解为“多罗曼荼罗”或者“度母坛城”，暗指借助佛母 / 女神的密教修行。诗人继承的是戈勒克等瑜伽士的观点，排斥左道修行，认为修行人应当抛弃这种层面的修行。然而，无论理解为“星辰轮”或是“多罗曼荼罗 / 度母坛城”，诗人均将其视同摩耶幻世，反对世人沉溺其中，主张应当喜爱罗摩，越过种种障碍，径直抵达终极罗摩所在之处。

［2］第三足辛本与希本、古本不同，但由于第四足相同，故诗义无甚差别。唯蒂本由于第三、四两足皆有明显差别，故诗义亦有别。蒂本第二行诗句为“便可穿透星辰轮，前往那不朽城邑”。与其余三本只是简单地说“去往他所在之处”不同，蒂本将修行达成的最终状态称作“不朽城邑”，这既可以视为是对终极存在所在之处的比喻，也暗指了成就师修行追求长生不死的传统。根据民间传说，曾有成就师通过各类修行法门获得长寿，本诗集中亦有部分暗指炼丹术的诗句。

（二十五）

【原文】

लूटि सकै तौ लूटियौ, राम नाम है लूटि ।

पीछैं ही[(1)] पछिताहुगे, यहु तन जैहे छूटि ।।२५।।

【校记】

（1）**पीछैं ही**：蒂本作 **फिरि पाछैं**，辛本作 **फिर पाछे**，同义。

【译文】

尽力多抢夺，洗劫罗摩名。

否则必后悔，离开此身时。

【注释】

诗人在本诗中以一种浅显易懂的表达方式劝诫世人念诵罗摩名号。诗人将罗摩名号比作一笔财宝，号召世人积极抢夺。人生苦短，应尽早开始念诵罗摩名号，否则待到将死之时便无法再享受念诵名号所带来的殊胜福报。下一首诗同样采用了这种以凡人的作恶之心引导向善的方法。

（二十六）

【原文】

लूटि सकै तौ लूटियो[(1)], राम नाम भंडार ।

काल कंठ तैं गहैगा, रूंधै दसूं दुवार ।।२६।।

【校记】

（1）**लूटियो**：希本作 **खूटियौ**，讹，今据古本改。蒂本、辛本分别作 **लूटि लै**，**लुटियौ**，同义。

【译文】

尽力多抢夺，罗摩名宝库。

掐住迦罗[1]脖，堵住第十门[2]。

【注释】

[1] 迦罗：死神，参见本支第五首注释。

[2] 第十门：后期瑜伽修行体系中认为人的瑜伽细身共有十门，有一种说法将第十门称作梵穴（ब्रह्मरंध्र），认为人死后灵魂即由此离开肉身。故此处“堵住第十门”的说法指的便是不让灵魂离身，进而达成长生不老的大成就，这同样既可以视为一种文学化的比喻修辞，也可以从中看出格比尔思想与密教成就师之间的思想传承关系。

（二十七）

【原文】

लंबा मारग दूरि घर, बिकट पंथ बहु मार ।
कहौ संतौ क्यूं पाइये, दुर्लभ हरि दीदार ।।२७।।

【译文】

路途漫漫家[1]尚远，艰险路途多磨难[2]；
真士你说怎能得？要见诃利着实难。

【注释】

[1] 家：此处指诃利之家，即终极存在所在之处，比喻修行达成的最终状态。

[2] 磨难：原文作 **मार**。**मार** 为多义词，若理解为由梵语词根√**मृ** 派生而来的印地语词，则可以指打击、损失、死亡等，若理解为波斯语词，则指蛇。由于两种理解均指修行人在觐见诃利途中遇到的种种险阻挑战，故译为磨难。

（二十八）

【原文】

गुण गायें गुण ना(1) कटै, रटै न राम बियोग ।

अह निसि हरि ध्यावै नहीं, क्यूं पावै दुलभ जोग ।।२८।।(2)

【校记】

（1）：**ना** 希本作 **नाम**，讹，今据辛本改。古本作 **नां**，同义。

（2）蒂本无此诗。

【译文】

不颂功德索不断，不念罗摩终别离；

不能日夜思诃利，难得瑜伽[1]怎可得？

【注释】

［1］瑜伽：原文作 **जोग**，通 **योग**。盖因 **योग**“瑜伽”一词原本就有“结合”之义，故包括格比尔在内的帕克蒂诗人常用此词作双关，既可以指自比为女子的信徒与被比作情郎的神合二为一的“相遇”，也可以指某种瑜伽修行法门。故本诗第四足既可以理解为“如何能够学会高妙、深奥的瑜伽修行法”或“如何能够把握住难得的与神合二为一的机会”。

（二十九）

【原文】

कबीर कठिनाई खरी, सुमिरंता हरि-नाम ।

सूली ऊपरि नट विद्या(1), गिरूं त नाहीं ठाम ।।२९।।

【校记】

（1）**नट विद्या**：蒂本作 **खेलनां**“游戏、玩耍”。

【译文】

格比尔说，

默念名号思诃利，确实并非容易事。

枪戟之上现舞艺，如若跌落无处立。

【注释】

一般来说，念诵名号被视为相对简便易行之法。格比尔在此却说念诵诃利名号十分不易。注释家多对此进行宗教性解读，即要诚心诚意地念诵诃利，而非流于表面形式很难。然而，亦可对此作另一种社会性解读，考虑到格比尔出身卑微的穆斯林纺织工朱拉哈种姓，念诵诃利既有可能受到高种姓婆罗门的歧视，也有可能受到阿訇、毛拉的打压，因为穆斯林不应念诵印度教神祇名号。

（三十）

【原文】

कबीर राम ध्याइ लै, जिभ्या सौं करि मंत ।

हरि सागर जिनि बीसरै, छीलर देखि अनंत ।।३०।।

【校记】

蒂本无此诗。

【译文】

格比尔说，

口舌念明咒，冥想思罗摩。

纵览无数池[1]，不忘诃利海。

【注释】

[1] 池：比喻其他无法与诗人所虔敬的诃利 / 罗摩相提并论的神祇、学说。

（三十一）

【原文】

कबीर राम रिझाइ लै, मुखि अंमृत गुण गाइ ।

फूटा नग ज्यूं जोड़ि मन, संधे संधि मिलाइ ।।३१।।

【校记】

蒂本无此诗。

【译文】

格比尔说，

取悦罗摩讨欢心，口颂功德实不朽[1]。

如同镶连[2]碎宝石，末那破碎亦可修。

【注释】

[1] 不朽：原文作 अंमृत，通 अमृत，除理解为“不朽”外，亦可作“(令人长生不死的)甘露”。格比尔诗歌中的 अमृत 往往可作两解，以本句为例，既可以指歌颂罗摩的不朽功德，也可以指罗摩功德如令人长生不死的甘露一般。

[2] 镶连：以镶嵌贵金属的工艺修复碎裂宝石的工艺。

（三十二）

【原文】

कबीर चित चमंकिया, चहुँ(1) दिसि लागी लाइ ।

हरि सुमिरण हाथूं घड़ा, बेगे लेहु बुझाइ ।।३२।।

【校记】

(1) चहुँ：蒂本作 दहुँ“两个”。

【译文】

格比尔说，

心识已然被点着，四方尽皆烈火烧。

思念诃利罐[1]在手，你且速速把火灭。

【注释】

[1] 罐：此处指盛水用的陶罐，比喻“思念诃利”，即只有诚心诚意思念诃利才可以平定心绪，熄灭心火。

三、离别支（विरह कौ अंग）

“离别支”共收录双行诗 45 首。抒发离愁别绪是印度文学自古以来常见的主题之一，梵语诗人迦梨陀娑《云使》便是代表作之一。一般认为，这种凡俗情感纳入宗教诗歌，并以此表达信徒虔心爱神之情的实践始于南印度泰米尔语黑天虔诚诗。中世纪印地语黑天文学同样不乏此类作品，例如《苏尔诗海》便有大量表达牧区女郎对黑天思念之情的离别诗。已有的文学批评较少谈及格比尔诗歌中的离别诗，盖因自修格尔《印地语文学史》以来，格比尔强调智慧的形象已经深入人心，后世研究对格比尔诗歌中的宗教情感关注较少。值得注意的是，东传本《比杰克》中几乎没有类似诗歌。出现这种情况可能有以下几种原因：第一，东传写本《比杰克》删去了离别诗。第二，包括《格比尔音集》在内的西传写本在传播过程中加入了大量离别诗。虽然不完全排除第一种可能性，但第二种可能性较大。北印度西部存在以下有利于离别诗传播的条件：第一，北印度西部生活着许多经常需要离家远行的商人、武士，这些家庭的女子时常需要忍受与丈夫分离的生活，北印度西部民歌便有许多离别诗。第二，西传写本格比尔诗集成书的地区毗邻黑天信仰、包括苏尔达斯等黑天诗人作品盛行的伯勒杰地区，离别诗正是黑天文学的一大题材。此外，除了印度本土的思想元素，苏非教义中的凡人与主分离，故需要追求与主合一的理念同样可能影响了格比尔的离别诗。不过，也应该看出，除了思念远行在外的丈夫的女子，格比尔离别诗中还巧妙地使用了许多其他意象。与紧紧围绕黑天故事展开的黑天—牧女离别诗相比，格比尔离别诗的意象更加多样，思想内容更加纷杂。

（一）

【原文】

रात्यूं रूंनी बिरहनीं, ज्यूं बंचौ(1) कूं कुंज ।

कबीर अंतर प्रजल्या(2), प्रगट्या बिरहा(3) पुंज ।।१।। (4)

【校记】

（1）**बंचौ**：辛本作 **बच्चों** “孩子”。

（2）**प्रजल्या**：辛本作 **प्रगट्यो** “显现”。

（3）**प्रगट्या बिरहा**：辛本作 **बिरह अग्नि** “离别之火”。

（4）蒂本无此诗。

【译文】

离别之女夜夜泣，如同离群之苍鹭[1]。

格比尔说，

内心之中烈火烧，离愁别绪苦深重。

【注释】

[1] 离群苍鹭形单影只，常被用来比作与丈夫分离的女子，是印度离别诗常用意象。

（二）

【原文】

अंबर कुंजां कुरलियाँ, गरजि भरे सब ताल ।
जिनि थैं गोबिंद बीछुटे, तिनके कौण हवाल ।।२।।

【译文】

苍鹭向天啼，雷鸣湖泊满。[1]
离开牛得者，落得何境地？

【注释】

本诗承上一首，依然使用了苍鹭的意象。离群苍鹭悲恸哀鸣，震撼了天空，为了回应它，天空轰然雷鸣，并降下大雨，宛如离别女子潸然泪下。

（三）

【原文】

चकवी बिछुटी रैणि की, आइ मिली परभाति ।
जे जन(1) बिछुटे राम सूं, ते दिन मिले न राति ।।३।।

【校记】

（1）**जन**：蒂本作 **नर**，同义。

【译文】

红雁[1]别离在夜晚，白日尚可来相会。
人与罗摩若分别，日日夜夜不得见。

【注释】

[1] 红雁：亦称赤麻鸭（拉丁学名 *Tadorna ferruginea*），欧亚大陆常见鸭科鸟类。在印度文学中常用来比喻恩爱夫妻，故也被称为印度鸳鸯。自古以来，印度诗人认为雌雄红雁甚是恩爱，但雌雄鸟在夜间却不得不分离。

（四）

【原文】

बासुरि सुख नाँ रैंणि सुख, नाँ सुख सुपिनै माहिं ।

कबीर बिछुट्या(1) राम सूं, नाँ सुख धूप न छाँह ।।४।।

【校记】

（1）बिछुट्या：蒂本、辛本作 बिछुड़ें，同义。

【译文】

日无欢愉夜无喜，梦中亦无欣悦景。

格比尔说，

离开罗摩无喜乐，无论日照或荫下。

（五）

【原文】

बिरहनि ऊभी पंथ सिरि, पंथी बूझै धाइ ।

एक सबद कहि पीव का, कबर मिलैंगे आइ ।।५।।

【译文】

离女伫立路尽头，奔向旅人疾询问：

“但求郎君一音信，何时可以来团聚？”

【注释】

古时商旅往来各地，夫妻聚少离多。书信难求之时，只能依靠往来旅人传递信息。诗人自比期盼夫君回家的女子，不知何时可以和至高存在团聚。

（六）

【原文】

बहुत दिनन की जोवती, बाट तुम्हारी राम ।

जिब[1] तरसै तुझ[2] मिलन कूं, मनि नाहीं विश्राम ।।६।।

【校记】

（1）**जिब**：蒂本作 **जिय**，同义；古本作 **जीव**“命”。

（2）**तुझ**：古本作 **तुम**，同义。

【译文】

罗摩你将循路来，我已翘首盼多日。

思绪不定难平静，一心只盼得见你。

（七）

【原文】

बिरहिन ऊठै भी पड़ै[1], दरसन कारनि राम ।

मूवां पीछैं देहुगे, सो दरसन किहि काम ।।७।।[2]

【校记】

（1）蒂本本足作 **बिरहिन उठि उठि भुइं परै**，语义相近。

（2）蒂本本行作 **मूएं दरसन देहुगे, सो आवे कौंने कांम**，语义相近。

【译文】

离女起身又跌倒，只为能够见罗摩。

若是死后方能见，此种相见有何用？

【注释】

本诗描述了一个苦盼夫君的离别之女。若取字面义，可以理解为女子备受离别之苦的煎熬，央求夫君早日归来，以免因自己不堪忍受，先夫君而去，令夫妇阴阳相隔。若取其深层次的宗教含义，则暗讽诸多说教只教人死后方能见证至高存在，不能令人即身解脱。

（八）

【原文】

मूवां[1] पीछैं जिनि[2] मिलै, कहै कबीरा राम ।

पाथर घाटा लोह सब,[3] तब पारस कौणें काम[4] ।।८।।

【校记】

（1）मूवां：蒂本作 मूएं。

（2）जिनि：蒂本作 मति，同义。

（3）蒂本第三足为 लोहा माटी मिलि गया“铁与泥土混一块”。

（4）第四足合 13 拍，较双行律多 2 拍。

【译文】

格比尔说，罗摩啊——

死后不用再相见！

石头已把铁磨尽，点金石还有何用？

【注释】

印度自古以来流传着可以“点铁成金”的点金石的传说。这种意象或出自古代冶金术实践。本诗将人生比作铁，若凡人可以亲证如点金石一般的至高存在，则可以达成诸如永生不灭等大成就，是为“点铁成金”。但是，如果凡人的生命已经耗尽，即第三足所说的“石头已把铁磨尽”，那么纵使学会高妙法门，即拥有“点金石”，也没有任何意义。

（九）

【原文】

अंदेसड़ा[1] न[2] भाजिसी, संदेसौ कहियां[3] ।

कै हरि आयां भाजिसी, कै हरि[4] पासि गयां[5] ।।९।।[6]

【校记】

（1）अंदेसड़ा：蒂本、辛本作अंदेसौ，同义。

（2）न：蒂本、辛本作 नहिं，同义。

（3）कहियां：蒂本作 कहियांह，同义。

（4）हरि：希本、古本、辛本作 हरि ही，与双行律及夏尔马写本不符，今据蒂本改。

（5）**गयां**：蒂本作**गयांह**，同义。

（6）本诗非双行律，各足拍数分别为12-10-13-10，第一、二、四足比标准双行诗少1拍。蒂本为二、四足各增加一个音节**ह**，然未见诸夏尔马写本，故未采纳。

【译文】

但凭所说之音讯，心绪焦虑除不去。
或由诃利来消除，或我前往诃利处。

【注释】

在前文诗作中，离别女子央求旅人告知夫君讯息，但得知信息之后女子的思夫之情和离别之苦也无法缓解。因此，女子进一步要求或者夫君归家，或者打算启程前去寻找夫君。诗人试图以此传递如下信息，即种种教导终究无法解决世人所面临的终极问题，最终还是需要个体亲证大我小我合一，方可获得解脱。

（十）

【原文】

आइ न सकौं(1) तुझ(2) पैं, सकूं न तुझ(3) बुलाइ ।(4)
जियरा यौंही लेहुगे, बिरह तपाइ तपाइ ।।१०।।

【校记】

（1）**सकौं**：蒂本、辛本作**सकौं**，同义。

（2）**तुझ**：蒂本作**तुज्झ**、辛本作**तुझझ**，同义。

（3）**तुझ**：蒂本、辛本作**तुज्झ**，同义。

（4）本诗第一行与双行律不符，第一、二足分别为11拍和10拍，然蒂本、辛本增改未见诸夏尔马写本，故未采纳。

【译文】

既不能把你唤来，也不能往你处去。
离别之苦烧不停，如是将把命夺去。

【注释】

本诗内容承上一首诗。女子明知只有见到夫君才能消除离别之苦，但却无能为力，只能忍受此种煎熬。诗人以此比喻修行亲证大我之路充满艰难险阻。

（十一）

【原文】

यहु तन जालौं मसि करूं, ज्यूं धूवां जाइ सरग्गि ।[1]
मति वै राम दया करै, बरसि बुझावै अग्गि ।।११।।

【校记】

（1）第二足合 13 拍，较双行律多 2 拍。

【译文】

燃烧此身成炭墨，化作烟尘升天国。
唯愿罗摩行怜悯，降雨熄灭这烈火。

【注释】

本诗与下一首诗皆承上一首诗。女子既知难以与夫君相会，故发愿以离别之火焚烧自己，进而让罗摩感知到自己的思念之情。这种理念也是虔诚诗可以吸纳凡夫俗子“离别之苦”的关键所在，即信徒需要先忍受不能亲证大我之苦，然后由此生出一心向神的坚定信念，乃至于奋不顾身，如此方可达成成就。

（十二）

【原文】

यहु तन जालौं मसि करौं, लिखौं राम का नाउँ ।
लेखणिं करूं करंक की, लिखि लिखि राम पठाउँ ।।१२।।

【译文】

我将此身燃作墨，以之书写罗摩名。
我将枯骨做成笔，遍遍抄写寄罗摩。

（十三）

【原文】

कबीर पीर पिरावनीं, पंजर पीड़ न जाइ ।

एक ज पीड़ परीति की, रही कलेजा छाइ ।।१३।।

【译文】

格比尔说，

病根藏体内，煎熬难消除。

唯一爱之苦，[1]一直刺脏腑。

【注释】

[1] 第三足可作两解。第一，可以将原文 **एक** 理解为“唯一”，即至高一元之神，则第二行指的是对唯一的神的虔爱之情一直刺痛内心；第二，可以将原文 **एक** 简单理解为“有一种”，则第二行指的是有这么一种因爱而生的苦会一直刺痛内心。

（十四）

【原文】

चोट सताणीं बिरह की, सब तन जर जर होइ ।

मारणहारा जांणिहै, कै जिहिं लागी सोइ ।।१४।।

【译文】

离别伤痛折磨人，浑身上下被灼烧。

伤人之人与伤者，唯有他们可知晓。[1]

【注释】

[1] 离别之苦是两人之间异常亲密的关系所致，故诗人说这种痛苦只有“伤人之人”（被思念的夫君，即至高存在或上师）与“伤者”（思念夫君的女子，即信徒或弟子）知晓，他人无从理解，更无法化解。

（十五）

【原文】

कर कमाण सर साँधि करि, खैंचि जु मार्या मांहि ।
भीतरि भिद्या सुमार है, जीवै कि जीवै नाहि ।।१५।।(1)

【校记】

（1）蒂本无此诗。第三、四足分别合 14、12 拍，较双行律多 1 拍。

【译文】

手握弓箭搭上弦，瞄准开弓射内中。[1]
刺穿内心美妙击，不知是生还是死。[2]

【注释】

[1] 第十五至十七首双行诗以弓箭为主题，所述内容与上文第一支“师尊支”第六至十首相近。鉴于编者将这三首诗收入“离别支”，故可以理解为其将刺痛人心的离别之苦同样比作帮助人觉悟的弓箭。故有第三足“刺穿内心美妙击”一说。

[2] 不知是生还是死：在诗人看来，被离别之苦刺穿内心之人实际上进入了一种超越了生死的神秘状态。参见后文“活死支”。

（十六）

【原文】

जबहूँ मार्या खैंचि करि, तब मैं पाई जांणि ।
लागी चोट मरम्म की, गई कलेजा छांणि ।।१६।।

【译文】

待到被射中，我方得智慧。
脏腑俱穿透，终被秘密伤[1]。

【注释】

[1] 秘密伤：**चोट मरम्म की**，即 **मर्म की चोट**。在本诗中，“秘密”即第二足所说的“智慧”。第一行和第二行表述的意思相近。

（十七）

【原文】

जिहि सरि मारी(1) काल्हि, सो सर मेरे मन बस्या ।

तिहि सरि अजहूं मारि, सर बिन सच पाऊँ नहीं ।।१७।।(2)

【校记】

（1）**मारी**：蒂本作 **भारा**“重”。

（2）本诗诗律名为索拉塔（soraṭhā），其各足节拍与双行诗律相反，即 11-13-11-13。

【译文】

昨日我被弓箭射，弓箭留在我心里。

今日务必再射箭，无箭我不得真理。

（十八）

【原文】

बिरह भुवंगम तन बसै, मंत्र न लागै कोइ ।

राम बिवोगी ना जीवै, जिवै तो बौरा होइ ।।१८।।

【译文】

离别之蛇住身中，没有咒语[1]能管用。

离开罗摩无法活，苟延残喘成癫狂。

【注释】

[1] 咒语：**मंत्र**。印度民间医师治疗蛇毒时常使用一些神秘的咒术，另有一些宗教诗歌将黑天等毗湿奴化身比作治疗蛇毒的医生，可以祛除包括离别之苦在内的种种“毒”。

（十九）

【原文】

बिरह भुवंगम पैसि करि, किया कलेजै घाव ।
साधु अंग न मोड़ही, ज्यूँ भावै त्यूँ खाव ।।१९।।

【译文】

离别如毒蛇，钻入伤脏腑。
贤士[1]不挪身，任由它吞噬。

【注释】

[1] 贤士：**साधु**。亦作善人，圣人。格比尔诗歌中的重要概念之一，指具有高尚品德、信念坚定之人，教派色彩不明显。在本诗中，诗人认为贤士能够忍受离别之苦的巨大伤痛，因为正是离别之苦才能帮助信徒坚定信念，体会虔信之心。从本诗开始，诗人逐渐向听众讲解离别之苦的重要性。

（二十）

【原文】

सब रग(1) तंत रबाब(2) तन, बिरह बजावै नित्त ।
और न कोई सुणि सकै, कै साईं कै चित्त ।।२०।।

【校记】

(1) **रग**：希本作**रंग**，今据其余诸本改。

(2) **तंत रबाब**：希本作 **तंतर बाबतन**，今据其余诸本改。

【译文】

诸脉[1]为弦身作琴，离别演奏响不停。
唯有主人和我心，再无他人可聆听。[2]

【注释】

[1] 脉：人体内的各种经脉。

[2] 由于信徒与神之间的亲密虔爱十分私密，只有参与其中的

双方可以体会，故此处说这种神秘的琴声“唯有主人或我心”可以听到。

（二十一）

【原文】

बिरहा बुरहा जिन कहौ, बिरहा है सुलितान।
जिस(1) घटि बिरह न संचरै, सो घट सदा मसान।।२१।।

【校记】

（1）जिस：蒂本作 जिहिं，辛本作 जा，同义。

【译文】

莫要说离别坏话，离别乃是苏丹王[1]。
离别若不去此罐，此罐永在焚尸场。[2]

【注释】

［1］苏丹王：सुलितान，通 सुलतान。中世纪时，统治较大地域的穆斯林统治者多以苏丹自称，如德里苏丹、古吉拉特苏丹等。此外，一些印度教王公也不介意使用苏丹一词自称。

［2］根据诗人的理解，世人只有首先体会到与神分离的痛苦，才有可能坚定信念，追求解脱。因此，离别之苦固然令人煎熬万分，但若是没有离别之苦的感悟，人便只是一具行尸走肉，注定只能一遍一遍毫无意义地死去，永堕轮回不得解脱。锡克教《阿底·格兰特》中另有一首落款为苏非弗里德的双行诗与本诗十分相近：

声声呼唤离别苦，离别乃是苏丹王。
弗里德说，
不生离别之苦者，生身不过焚尸场。

（二十二）

【原文】

अंषड़ियां झांई पड़ी, पंथ निहारि निहारि ।

जीभड़ियां[1] छाला पड़्या, राम पुकारि पुकारि ।।२२।।

【校记】

（1）**जीभड़ियां**：蒂本、辛本作 **जिभ्या मैं** “舌上”。

【译文】

凝视望路途，双眼陷黑暗。

遍遍唤罗摩，舌头起水泡。

（二十三）

【原文】

इस तन का दीवा करौं, बाती मेल्यूं जीव ।

लोही सींचौं तेल ज्यूं, कब मुख देखौं पीव ।।२३।।

【译文】

我以此身作油灯，生命编成灯芯绳。

滴血浸透作灯油，何时能见夫君面？

（二十四）

【原文】

नैंना नीझर लाइया, रहट बहै दिन जाम ।

पपीहा[1] ज्यूं पिव पिव करौं, कबरु मिलहुगे राम ।।२४।।

【校记】

（1）**पपीहा**：蒂本、辛本作**पपिहा**，如此则合双行律；若依希本、古本则第三足合 14 拍，较双行律多 1 拍。

【译文】

双眼瀑布流不停，如同水车日夜转。

声声唤郎如杜鹃，何时方能见罗摩？

（二十五）

【原文】

अंषड़ियाँ प्रेम कसाइयां, लोग[1] जांणैं दुखड़ियां ।

सांई अपणैं कारणैं, रोइ रोइ रतड़ियां ।।२५।।

【校记】

（1）**लोग**：蒂本作 **जग**“世间（众生）”。

【译文】

双眼染上爱之色，世人只道我甚苦。

恸哭不止呈血色，只为自己主人故。

（二十六）

【原文】

सोई आंसू सजणां, सोई लोक[1] बिडांहि[2] ।

जे लोइण लोंहों चुबै, तौ जांणैं हेत हियांहि[3] ।।२६।।

【校记】

（1）**लोक**：蒂本作 **लोग**“人”。

（2）**बिडांहि**：古本作 **बिडां**，同义。

（3）第四足合 13 拍，较双行律多 2 拍。

【译文】

为了夫君所流泪，世间众人亦会流。

待到双眼滴鲜血，方知心中有真爱。

【注释】

世间众人也会因为种种原因而流泪。这种眼泪从本质上讲与“我”因为不忍与神离别而流的泪都是眼泪。但是不同的是，“我”会一直哭泣直至泣血，以这种巨大的悲痛来证悟对神的虔诚之爱，但凡人不过一时哭泣，终究无法体悟这种巨大的离别之苦。

（二十七）

【原文】

कबीर हसणां दूरि करि, करि रोवण सौं चित्त ।[(1)]

बिन रोयां क्यूं पाइए, प्रेम पियारा मित्त ।।२७।।[(2)]

【校记】

（1）辛本第二足作 **रोवन सो करु चित्त**，同义。

（2）蒂本无此诗。

【译文】

格比尔说，

且远离欢笑，且用心哭泣。

不哭如何得，可亲可爱友？

【注释】

在婆罗门教神话中，毗湿奴的化身罗摩、黑天都曾与人为友，但这种友情与哭泣、离别并无特别的关联。南印度虔诚诗和北印度黑天派虔诚诗中亦无此题材。相比之下，伊斯兰教什叶派和部分苏非道团将阿里称作“真主之友”，并有专门的挽歌表达对阿里的思念。什叶派，尤其是伊斯玛仪派曾在北印度西部影响甚大，且与包括格比尔道团、达都道团在内的无形派宗教群体在教义、实践层面有许多相似之处。

（二十八）

【原文】

जौ रोऊं तौ बल घटै, हँसौ तौ राम रिसाइ ।[(1)]

मनही मांहि बिसूरणां, ज्यूं घुणं काठहि खाइ ।।२८।।[(2)]

【校记】

（1）第二足合 12 拍，较双行律多 1 拍。

（2）蒂本无此诗。

【译文】

我哭则力竭，笑则罗摩怒。

心中沮丧忧，如有虫噬木。

【注释】

本诗进一步描绘了受离别之苦折磨的场景。若痛哭则精疲力竭，若嬉笑则不敬神明。心中忧愁万分，如有蛀虫咬噬。

（二十九）

【原文】

हँसि हँसि कंत न पाइए, जिनि पाया तिनि रोइ ।

जो हँसेही हरि मिले,(1) तौ नहीं दुहागनि कोइ(2) ।।२९।।

【校记】

（1）蒂本第三足为 हांसी खोलां पिउ मिलै “嬉笑之间得情郎”。

（2）第四足合 13 拍，较双行律多 2 拍。

【译文】

嬉笑无法得夫君，得到之人皆恸哭。

若能因笑遇诃利，绝不会有苦命妇。

【注释】

本诗及下一首都反对嬉笑之间便可证得至高存在的观念，强调痛苦和哭泣的重要性。这种表述是否受到了什叶派或苏非派以恸哭的方式悼念阿里的实践影响，或未可知。

（三十）

【原文】

हाँसी खेलौं हरि मिलै, तौ कौण सहै षर सान ।

काम क्रोध त्रिष्णां तजै, ताहि मिलै भगवान ।।३०।।

【校记】

蒂本无此诗。

【译文】

嬉笑之间得诃利，谁还愿意受利石[1]？

抛开情欲贪嗔者，方可见到薄伽梵[2]。

【注释】

［1］受利石：忍受锋利的石头的割划，比喻离别之苦。

［2］薄伽梵：**भगवान**，亦意译为“世尊”，多用作对宗教导师和神的称谓。如佛教文献中常以此称呼佛陀，《薄伽梵歌》则以此指代黑天。

（三十一）

【原文】

पूत पियारो पिता कौं, गौहनि लागा धाइ ।

लोभ मिठाई हाथि दे, आपण गया भुलाइ ।।३१।।

【译文】

儿子深深爱父亲，紧贴身旁齐奔跑。

贪婪之糖塞入手，父亲令儿失自我。

【注释】

本诗及下一首以儿子对父亲的追逐来表达信徒对至高存在的孜孜探求。这种题材并不多见。从本诗描述来看，父亲为了摆脱儿子，让儿子吃下了贪婪的甜食，也就是说人有贪欲终究也是至高存在所致。这种观念和毗湿奴派所说的“游戏”观念相似，即世间善恶皆为神有意创造。

（三十二）

【原文】

डारी खाँड पटकि करि, अंतरि रोस उपाइ ।

रोवत रोवत मिलि गया, पिता पियारे जाइ ।।३२।।

【校记】

蒂本无此诗。

【译文】

扔下糖块用脚踩，内心之中生愤怒。
哭着哭着终相会，抵达慈爱父亲处。

（三十三）

【原文】

नैनां अंतरि आव तूं(1), निस दिन निरषैं(2) तोंहि ।
कब हरि दरसन दोहुगे, सो दिन आवै मोंहि ।।३३।।

【校记】

（1）**आव तूं**：希本作 **आचरूं**，讹，今据古本、蒂本、辛本改。

（2）**निरषैं**：古本作 **राखौं**“放置、保持”。

【译文】

映入双眼里，日夜将你看。
何时见诃利？那天我期盼。

【注释】

本诗可以将各足顺序颠倒为 4-3-2-1 来理解，即我期盼见到诃利，届时我将日夜凝望诃利，将其映入双眼。

（三十四）

【原文】

कबीर देखत दिन गया, निस भी देखत जाइ ।
बिरहणि पिव पावै नहीं, जियरा तलपै माइ ।।३४।।

【译文】

格比尔说，
守望之间白昼过，守望之间夜亦逝。

女伴啊[1]——

离别之女不得郎，心中痛苦难平息。

【注释】

[1] 女伴啊：**माइ**，字面义为“妈妈”，但在印地语诗歌中常与**सखी**混用，用于年轻女性之间互相称呼。

（三十五）

【原文】

कै बिरहणि कुं मींच दे, कै आपा दिखलाइ ।

आठ पहर का दाझणां, मोपैं सह्या न जाइ ।।३५।।

【译文】

或杀离别女，或请自现身。

整日[1]烈火烧，我无法忍受。

【注释】

[1] 整日：原文为**आठ पहर**，其中**आठ**为数词 8，**पहर**为印度计时单位，相当于 3 小时，**आठ पहर**即一整天。

（三十六）

【原文】

बिरहणि थी तौ क्यूं रहीं, जली न पिव(1) की नालि(2) ।

रहु रहु मुगध गहेलडी, प्रेम न लाजूँ मारि ।।३६।।

【校记】

（1）**पिव**：希本、古本作**पीव**，如此则第二足合 12 拍，较双行律多 1 拍，今据夏尔马写本改。蒂本、辛本作**पिउ**。

（2）**नालि**：辛本作**साथ**，同义。

【译文】

已成离女怎独活？不与情郎同燃烧？

傻子疯子停一停！莫让虚名伤爱情。

【注释】

本诗晦涩难懂，各注释本的解释亦不尽如人意。如古本注释并未考虑**रहु रहु**，辛本的解释又有过度诠释之嫌。译者认为本诗或为驳斥寡妇殉葬所作，第一行为他人提问，第二行为诗人的回应，即不应以世俗虚名为借口要求寡妇殉葬，反而令她无法践行对神的虔诚之爱。

（三十七）

【原文】

हौं बिरह की लकडी,(1) समझि समझि धूंधाउं(2) ।

छूटि पडौं या बिरह तैं, जे सारी ही जलि जाउं(3) ।।३७।।

【校记】

（1）蒂本第一足作 **बिरह की ओदी लाकडी** “离别的湿木”。

（2）（3）希本均以 **ऊं** 落尾，多 1 拍，今据古本、辛本改。

【译文】

我是离别火中柴，思念之间化烟尘。

如若我能焚一切，便可摆脱这离别。

（三十八）

【原文】

कबीर तन मन यौं जाल्या, बिरह अगनि सूं लागि ।

मृतक पीड न जांणई, जांणौंगी यहु आगि ।।३८।।

【译文】

格比尔说，

沾上离别火，身心被点燃。

死人[1]不觉痛，由火方知他[2]。

【注释】

[1] 死人：格比尔诗歌中多处以“活死人”指代得道之人。参见后文“活死支”。

[2] 他：此处指最高存在。

（三十九）

【原文】

बिरह जलाई मैं जलौं, जलती जलहरि जाउं(1) ।
मो देख्यां जलहरि जलैं, संतौ कहां बुझांउं(2) ।।३९।।(3)

【校记】

(1)(2) 希本均以 ऊं 落尾，多 1 拍，今据古本、辛本改。

(3) 蒂本无此诗。

【译文】

离别之火将我烧，身上着火奔水池；
真士啊——
水池见我亦自燃，能往何处去灭火？

（四十）

【原文】

परबति परबति मैं फिर्या, नैंन गवाये रोइ ।
सो बूटी पाँऊं नहीं, जातैं जीवनि होइ ।।४०।।

【译文】

遍寻一山又一山，哭泣终致双眼盲。
那种草药终不得，可以起死回生者。

【注释】

格比尔诗歌中部分诗歌将至高存在比作妙手回春的医生，并将与之相关的修行方法比作可以令人起死回生的草药。参见后文第四十七章“还魂草支”。

（四十一）

【原文】

फाड़ि पुटोला धज करौं, कामलड़ी पहिराउं ।
जिहि जिहि भेषां हरि मिलै, सोइ सोइ भेष कराउं ।।४१।।(1)

【校记】

（1）蒂本无此诗。

【译文】

衣裳撕成碎布条，或把毛毯披身上。[1]
只要可以会诃利，何种装束我皆扮。

【注释】

[1] 第一行诗描述了两种常见的印度修行人衣着。第一足描述的是以碎布条制成的僧衣，印度本土各教派云游僧常着此类僧衣；第二足描述的是一类毛毯，部分苏非以及瑜伽士常披毛毯。诗人由此引出第二行诗，强调修行的核心在于证得至高存在，而非具体衣着。

（四十二）

【原文】

नैन हमारे जलि गए, छिन छिन लोड़ैं तुझ ।
नां तूं मिलै न मैं खुसी, ऐसी बेदन मुझ ।।४२।।

【译文】

时时刻刻渴求你，我眼已经被烧毁。
我之所求唯此事，见不到你我不喜。

（四十三）

【原文】

भेला पाया सरप[(1)] सौं, भौसागर के माहि ।

जे छांडौं तौ डूबिहौं, गहौं त डसिये बांह ।।४३।।

【校记】

（1）**सरप**：希本作 **श्रम**，讹，今据蒂本、辛本改。

【译文】

轮回汪洋[1]中，所得唯蛇舟[2]。

若弃必溺毙，手抓定被咬。

【注释】

[1] 轮回汪洋：原文为 **भौसागर**，通 **भवसागर**，字面义为一切存在之物的汪洋大海，即俗世轮回。

[2] 蛇舟：诗人将离别之苦比作蛇。参见本支第 18、19 两首双行诗。

（四十四）

【原文】

रैंणा दूर विछोहिया, रहु रे संष म झूरि ।

देवलि देवलि धाहड़ी, देसी ऊगे सूरि ।।४४।।[(1)]

【校记】

（1）蒂本无此诗。

【译文】

夜晚时分远别离，海螺[1]深深陷苦痛；

待到太阳升起时，呼喊哀号诸庙中。[2]

【注释】

[1] 印度各派宗教常将海螺用作法器，诗人以海螺从海边被捡走比喻个体与至高存在分离。

[2] 本诗文思奇妙，释义如下：夜晚时分，海螺被人从海边拾走送到神庙当作法器。海螺从此与大海分离，深感哀伤。天亮时，各处神庙响起作法的海螺声，实际上就是海螺痛苦的哀号。

（四十五）

【原文】

सुखिया सब संसार है, खायै(1) अरू सोवै ।

दुखिया दास कबीर है, जागै अरू रोवै ।।४५।।(2)

【校记】

（1）खायै：古本作 खाइ अर。

（2）蒂本无此诗。

【译文】

一切喜乐皆轮回，饕餮食罢又昏睡。

格比尔是苦奴仆，[1]清醒难眠嚎啕哭。

【注释】

[1] 后世常将格比尔称作“格比尔达斯”，“达斯”即本足所说的“奴仆”。历史上不乏以神的名号加上“达斯”作为自己名号之人，这也是表达自身或者家族宗教信仰的方式之一。例如著名梵语诗人迦梨陀娑（Kālidās）名字的字面义是迦利女神的奴仆，中世纪印地语诗人凯沙瓦达斯（Keśavadās）名字的字面义是“美发者（黑天）的奴仆”，锡克教四祖拉姆达斯（Rāmadās）名字的字面义是“罗摩的奴仆”。但包括本诗在内的早期格比尔诗歌中并无“格比尔达斯”的用法。本诗将“格比尔”这一落款文印融入诗歌内容之中，这种情况在格比尔诗歌中偶有出现。

四、离别智慧支

（ग्यान बिरह कौ अंग）

“离别智慧支”共收录双行诗 10 首。尽管其部分表述与“离别支”接近，如同样推崇如烈火、箭镞一般的离别之苦对于教诫世人方面的功用。然而，差别在于，“离别支”的双行诗更倾向于将离别之苦比作世间男女之情，尤其是在家女子对远离故乡夫君的思念，“离别智慧支”的双行诗则多使用反话诗，以对种种不可思议现象的描述破除世人对尘世现象的理解，进而帮助听众反转意识，接近终极。如果说“离别支”主要受到民间文学和提倡宗教虔诚的“帕克蒂”思想影响，那么“离别智慧支”受到纳特瑜伽士的影响更为明显。历史上，格比尔与纳特瑜伽士相互影响。一方面，格比尔诗歌中的许多思想元素源自纳特瑜伽士，个别诗歌与戈勒克纳特的诗歌采用了相近的意象；另一方面，纳特瑜伽士在格比尔诗歌流传过程中出力甚大，在格比尔诗歌文本不断扩大的过程中亦有贡献。

（一）

【原文】

दीपक पावक आंणिया, तेल भी आंण्या संग ।

तीन्यूं मिलि करि जोइया, तब(1) उडि उडि पड़ैं पतंग ।।१।।

【校记】

（1）**तब**：希本、辛本括注该词，算上该词后第四足合 13 拍，较双行律多 2 拍。

【译文】

拿来灯与火，同时添灯油。

三者[1]相会时，飞蛾落其中。

【注释】

［1］三者：即第一行所说的火、灯、油三者。古本注释未说明其具体所指。辛本将灯视为弟子，将火视为智慧，将油视为虔诚之情，将飞蛾视为凡尘俗念，亦可为一家之言。

（二）

【原文】

मार्या है जे मरेगा(1), विन सर थोथी भालि ।

पड़्या पुकारै(2) ब्रिछ तरि, आजि मरै कै काल्हि ।।२।।

【校记】

（1）**जे मरेगा**：蒂本作 **मरि जाइगा**，同义。

（2）**पुकारै**：蒂本作 **कराहै**，同义。

【译文】

将死之人被击中，空有箭身无箭头[1]。

宛如树下呻吟者，或今或明终将死。[2]

【注释】

［1］无头之箭所指不明，疑指缺乏智慧的离别之苦。如前文所

述，格比尔诗歌将令人痛彻大悟的教诲、点化、情感比作弓箭，但缺乏了智慧的离别之苦并不能起到这种作用。这种箭非但不能解救众生，反而加速了注定难逃一死的芸芸众生的死亡。以格比尔为代表的无形派诗人虽然和其他帕克蒂诗人一样推崇对至高存在的虔诚之情，但多提醒弟子门人不要陷入为了虔诚而虔诚的宗教迷狂，在情感之外犹需强调智慧的意义。

[2] 或今或明终将死：在诗人看来，芸芸众生终究难逃一死，遇人不淑者同样如此。只有遇到真师，并获得了如有头之箭一般的点拨开悟者方能摆脱这种宿命。

（三）

【原文】

हिरदा भीतरि दौं बलै, धूवां न प्रगट होइ ।
जाके लागी सौ लखै, कै जिहि(1) लाई सोइ ।।३।।

【校记】

（1）जिहि：古本作 जिनि，同义。

【译文】

心中森林起大火，烟雾丝毫不显现。
纵火之人、被烧者，唯有他们可看见。

（四）

【原文】

झल ऊठी झोली जली, खपरा फूटिम फूटि ।
जोगी(1) था सो रमि गया, आसणि रही विभूति ।।४।।

【校记】

（1）जोगी：希本作 जोमी，讹，今据古本、蒂本、辛本改。

【译文】

火苗燃起焚布囊[1]，乞食饭碗[2]亦破碎。

瑜伽行者入终极，座上所存唯灰烬。

【注释】

［1］布囊：云游的瑜伽士用于携带随身物品的布包，亦可引申为肉身，类似“皮囊”。

［2］乞食饭碗：云游瑜伽士的常备器具之一，古时多以椰子壳、葫芦等物制成。原文为 **खपरा**，通 **खरपर**，亦可指头颅。历史上亦有苦行者被称作“骷髅外道”（**कापालिक**），以头骨为饭碗，即藏地所说的嘎巴拉。今有另一支尊奉湿婆化身陪啰嚩（Bhairava，亦被佛教视为怖畏金刚）的无惧（aghora）瑜伽士亦持此类骨器行乞、作法。

（五）

【原文】

अगनि जु लागी नीर मैं, कंदू जलिया झारि ।

उतर दषिण के पंडिता, रहे(1) बिचारि बिचारि ।।५।।

【校记】

（1）**रहे**：蒂本、辛本作 **मुए**“死”。

【译文】

水中有火熊熊烧，淤泥亦被火点燃。

南南北北诸智者，不得其解陷沉思。

【注释】

本诗为格比尔诗歌中常见的反话诗。这类诗歌常描述各种不可思议的现象，如本诗中的“水中点火”的意象，旨在考验听众的智慧，帮助听众颠覆习以为常的认知，进而破除对凡俗尘世的种种思维定式。

（六）

【原文】

दौं लागी साइर जल्या, पंषी बैठे आइ ।

दाधी देह न पालवै, सतगुर गया लगाय ।।६।।

【校记】

蒂本无此诗。

【译文】

树林着火海亦烧，却有鸟儿来飞落。

无枝无叶身体燃，只因真师点着火。

【注释】

本诗可以颠倒顺序，作如下解读：真师向弟子传授离别之苦。这种教诫令弟子痛彻，就如同点燃了一根干枯的树干。这大火如此强烈，以至于大海都可以被点燃。即便如此，渴望得到解脱的灵魂（飞鸟）却依然来到这里，接受这烈火一般的教诫教化。下一首诗寓意相近。

（七）

【原文】

गुर दाधा चेला जल्या, विरहा लागी आगि ।

तिणका वपुडा ऊबर्या, गलि पूरे कै लागि ।।७।।

【译文】

师父放火烧徒弟，点燃离别之烈火。

可怜稻草被拯救，紧紧拥抱完满者。

（八）

【原文】

अहेडी दौं लाइया, मृग पुकारे रोइ ।
जा बन में क्रीला करी, दाझत है बन सोइ ।।८।।

【校记】

蒂本无此诗。

【译文】

猎人[1]点燃林中火，鹿儿[2]恸哭痛苦号。
曾经嬉戏之树林，如今正在被火烧。

【注释】

[1] 猎人：比喻真师。

[2] 鹿：比喻意识、灵魂。

凡人贪恋俗世，留恋肉身（树木），因此只有当猎人（真师）纵火焚烧树林，鹿（意识）才会痛彻大悟。

（九）

【原文】

पाणीं महिं प्रजली, भई अप्रबल आगि ।
बहती सलिता रहि गई, मंछ रहे जल त्यागि ।।९।।

【译文】

火于水中燃，烈焰熊熊起。
流水停下来，鱼儿离水居。

（十）

【原文】

समंदर लागी आगि, नादियां जलि कोइला भई ।

देखि कबीरा जागिं, मंछी रूषां चढ़ि गई ।।१०।।[1]

【校记】

（1）本诗为索拉塔律诗，各足拍数为 11-13-11-13。

【译文】

大海已着火，河水烧成炭；

格比尔说，

目睹方醒悟，鱼儿爬上树。

【注释】

本诗与上一首诗使用了几个相近的意象，其中鱼为个体意识，水为尘世，树为终极。诗人旨在劝诫世人远离凡俗（鱼儿离水），以离别之苦烧灭凡俗（以火烧水），并最终亲证终极（鱼儿上树）。此外，鱼儿上树的意象也可以进一步解读为在瑜伽修行中激发军荼利尼冲入千瓣莲脉轮。

五、相会支

（परचा कौ अंग）

“相会支”共收录双行诗48首。相比前几支，本支诗歌神秘主义色彩更加浓厚。本支借描述女子与丈夫的相会阐释亲证大我的神秘体验，也可以进一步引申为神或者上师对信徒弟子的开悟。与热衷于描述神在人间化身的有形派诗人不同，格比尔双行诗虽然也使用了丈夫这一意象，但并没有描绘其具体形象，而是转而使用“光”（二～四）、“无像”（十二）、“离垢”（十五）、“无相”（四十一）等词汇。尽管本支也反复提及“爱”这一关键词，但诗人最终的目的在于用神爱消除对尘世的痴迷（三十一，三十二）。在这个过程中，需要借助瑜伽开展功修。本支中出现了大量与军荼利尼瑜伽相关的术语，如比喻千瓣莲脉轮的“莲花”（五～七，四十三）、“倒悬之井”（四十五）、“空”（八，十一，三十二），比喻军荼利尼的“汲水女”（四十五），比喻中脉的“险途”（九）、“芭蕉树”（四十）等，也出现了对军荼利尼瑜伽修行法的描述（二十，二十一，三十九，四十，四十五，四十六，四十八）。此外，如何将未那（意）转变为“超意”（十五,十六）、如何体验神秘的“无乐”“无击之声”（二十二～二十四）等也在本支中有所探讨。可以说，本支是诗集中对功修法门和神秘体验阐述得最为详细的一支，同时也是上承前四支，下启“窨道支”“汁液支”等进一步阐述功修秘诀的关键章节。

（一）

【原文】

कबीर तेज[1] अनंत का, मानौ ऊगी सूरज सेणि[2] ।
पति सँगि जागी सुंदरी, कौतिग दीठा तेणि ।।१।।

【校记】

（1）**तेज**：希本作 **तेल**“油”，今据其余诸本改。

（2）第二足合 15 拍，较双行律多 4 拍。

【译文】

格比尔说，
光芒无边又无际，如同日出现晨曦。
美人伴夫不眠休，方得目睹真稀奇。

【注释】

本诗若去掉第二足的“如同”（**मानौ**），则仅从字面看，本诗描述的是女子与丈夫夜不能寐，一起等待欣赏日出美景。“如同”如引子一般提醒读者这里只是比喻。诗人在此以美人比喻众生，以夫君比喻至高存在、神或者上师，以彻夜不眠不休比喻保持清醒、不沉溺俗世，认为只有坚信终极、不堕尘俗的人方有可能亲证终极的秘密。

（二）

【原文】

कौतिग दीठा देह बिन, रवि ससि बिना उजास ।
साहिब सेवा मांहिं है, वेपरवांही दास ।।२।।

【校记】

蒂本无此诗。

【译文】

不显身躯稀奇者，唯有光明无日月。[1]
只要敬奉侍主人，奴仆无忧又无虑。[2]

【注释】

[1] 第一行描述的是终极存在，他没有可以为人们所看见的身体，虽放射光芒，却找不到如日月一般的光源。对此，可以作两种解释：第一，这是一句类似前文出现过的反话诗，旨在以不可思议的景象来描述终极；第二，这句诗的描述受到了伊斯兰教的影响，这里的“稀奇者”指的是安拉，“光明”对应安拉的美名之一“努尔”。《古兰经》第24章经文说“真主是天地的光明”，后世许多什叶派和苏非学者均在此基础上衍生出许多神秘教义。

[2]“主人”一词选用的是阿拉伯语词 **साहिब**，该词在阿拉伯半岛并无特别的宗教含义，但在印度却被部分本土宗教团体用于指称教长，如格比尔道团多称呼教长为 **साहिब**。“奴仆”一词则选用了梵语词 **दास**。许多宗教都强调神或者教长与信徒之间类似主仆的关系。结合对第一行诗的分析，这首双行诗实际上可以同时适用于各宗教信徒，这也反映出格比尔思想融通各教的特点。

（三）

【原文】

पारब्रह्म के तेज का, कैसा है उनमान ।
कहिबे कूं सोभा नहीं, देख्याही परवान(1) ।।३।।

【校记】

（1）**परवान**：辛本作 **परमान**，同义。

【译文】

上梵[1]之光芒，如何可测量？

光辉不可说，眼见方为实。

【注释】

［1］上梵：原文作 **पारब्रह्म**，通 **परब्रह्म**，吠檀多哲学常用概念之一。尽管如此，诗人的“上梵”并非严格意义上商羯罗不二论所说的“无属性上梵”，因为从第二行诗可以看出，虽然上梵“不可描述”，但是它放出的光芒却是可以见到的。

（四）

【原文】

अगम अगोचर गमि नहीं, तहां जगमगै जोति ।

तहां(1) कबीरा बंदगी, जहां(2) पाप पुन्य नहीं छोति ।।४।।(3)

【校记】

（1）**तहां**：希本、古本作 **जहां**，今据辛本及夏尔马写本改，语义略微有别。

（2）**जहां**：古本作 **तहां**，希本括注 **तहां**，辛本无。今据夏尔马写本改。第四足合 14 拍，较双行律多 3 拍。

（3）蒂本无此诗。

【译文】

光辉闪烁照耀处，不可感知无法去。

那里善恶难触及，格比尔[1]顶礼致意。

【注释】

［1］此处“格比尔”可作三解：若将其视为诗人落款，则格比尔是全知叙事者，第二行诗的意思是“格比尔说，在那善恶都无法触及的地方向他（至高存在）致敬”；若将格比尔视为内部观察者，则第二行意为“格比尔在那善恶都无法触及的地方向他（至高存在）致敬”；若取“格比尔”本义，即真主的九十九美名之一“至大者”，则第二行意为“去那善恶都无法触及的地方，向至大者（格比尔）致敬”。

（五）

【原文】

हदे छाडि बेहदि गया, हुवा निरंतर वास ।
कवल ज फूल्या फूल बिन, को निरषै निज दास ।।५।।

【校记】

蒂本无此诗。

【译文】

抛开有限往无限，住所绵延不断绝。
无花之莲[1]已绽放，自家奴仆[2]方目睹。

【注释】

[1] 无花之莲：此处可以理解为千瓣莲脉轮（参见前文第一支第九首、第三十一首注释）或存在于个体内的大梵。

[2] 自家奴仆：至高神自己的奴仆。

（六）

【原文】

कबीर मन मधकर भया, रह्या(1) निरंतर बास ।
कवल जू फूल्या जलह बिन, को देखै निज दास ।।६।।

【校记】

（1）रह्या：蒂本、辛本作 करै。

【译文】

格比尔说，
末那已经成蜜蜂，住在绵延不绝处。
无水莲花已绽放，自家奴仆方目睹。

（七）

【原文】

अंतरि कवल प्रकासिया, ब्रह्म वास तहाँ होइ ।
मन भवरा तहां लुवधिया, जांणैंगा जन कोइ ।।७।।

【译文】

内中莲花放光芒，那里便是梵之家。
末那蜜蜂恋彼处，信徒方知在哪里。

【注释】

以上三首双行诗为一系列。诗人将末那 / 心意（मनस्）比作蜜蜂，将体内的千瓣莲脉轮或者梵比作不可思议的奇妙莲花，并强调只有虔心皈依至高神的奴仆、信徒才有可能目睹并证悟如此奇妙景象。

（八）

【原文】

सायर नाहीं सीप बिन, स्वांति बूंद भी नाहिं ।
कबीर मोती नीपजैं, सुन्नि सिषर गढ़ मांहि ।।८।।

【译文】

无海无贝壳，亦无角星雨。[1]
格比尔说，
空[2]峰城堡中，却生出珍珠[3]。

【注释】

[1] 印度民间传说认为，自大角星（Arcturus）降下的雨滴，落在贝壳中，形成了珍珠。

[2] 空：सुन्नि，通 शून्य。格比尔诗歌中的“空”与“虚空”（आकाश）、“天空”（गगन）两词基本混用，表达终极的状态，类似“俱生”（सहज），而与早期大乘佛教哲学将“空”视为否定性概念有

一定差别。此处的“空峰”在瑜伽修行的语境中也是对千瓣莲脉轮的一种隐喻。

［3］珍珠：具体所指不明，可视为比喻通过瑜伽修行得来的神妙“汁液”，详见后文。

（九）

【原文】

घट माँहैं औघट पाइया(1), ओघट माँहैं घाट ।

कहि कबीर परचा भया, गुरू दिखाई बाट ।।९।।

【校记】

（1）**पाइया**：希本作**लह्या**，今据古本、蒂本及夏尔马写本改，语义相近。

【译文】

罐中得险途[1]，彼岸在其中；

格比尔说，

上师把路指，终于得相见。

【注释】

［1］险途：此处指人体瑜伽细身中的中脉。参见有关瑜伽修行的注释和说明，以及后文“窄道支”。

（十）

【原文】

सूर समांणां चंद मैं, दहूं किया घर एक ।

मनका च्यंता तब भया, कछू पूरबला लेख ।।१०।।

【译文】

太阳融入月亮中，两人同住在一屋。[1]

此时心中有所悟，只因前世已注定。[2]

【注释】

[1] 太阳、月亮：日月为以瑜伽修行为主题的诗作的常用意象，一般比喻左右两脉，因部分瑜伽修行法认为中脉平时并不显现，需要瑜伽士调和左右两脉方能感知中脉，进而逆行军荼利尼直抵千瓣莲脉轮。但此处可能只是笼统地指二元对立的两股力量。诗人认为瑜伽士需要将两股看似对立的力量融为一体才有可能证悟，而这种观点并不仅仅适用于瑜伽修行，在诗人反对教派隔阂、种姓歧视等社会观点中也可以看到这种思想的影子。

[2] 第二行诗体现出业报轮回的观点，认为只有前世积累善业的人今世方有可能证悟。

（十一）

【原文】

हद छाड़ि बेहद गया, किया सुन्नि असनान ।

मुनिजन महल न पावई, तहाँ किया विश्राम ।।११।।

【译文】

抛开有限往无限，[1] 我在空中把澡洗。

牟尼未得之宫殿，我却在那里休憩。

【注释】

[1] 本诗第一足同本支第五首第一足，而第五首第二足又与第六首第二足相同。格比尔双行诗中类似重复足现象甚多，很有可能是口耳相传的过程中产生的新作、异文最终均编入写本所致。

（十二）

【原文】

देखौ कर्म कबीर का, कछु पूरब जनम(1) का लेख ।

जाका महल न मुनि लहैं, सो दोस्त कीया(2) अलेख ।।१२।।

【校记】

（1）**जन्म**：希本、古本、辛本皆作**जनम**，蒂本将 **पूरब जनम** 改为同义词 **पूरबला**。然此皆与双行律不符，今据夏尔马写本改。

（2）**दोस्त कीया**：希本、蒂本、辛本作 **दोसत किया**，今据古本及夏尔马写本改。

【译文】

看看格比尔的业，原来前世已注定。[1]

不把宫殿给牟尼，无像[2]却成他朋友[3]。

【注释】

[1] 本足与本支第十首第四足相近，均认为此世觉悟源于前世善业。

[2] 无像：**अलेख**，没有形象者，指最高存在，后世学者多以“无形”（**निराकार**）“不可描述者”（**अलक्ष्य**）解释。

[3] 印度教神话中不乏与神为友的信徒，但与无形无相之神为友的描述多出自伊斯兰教，尤其是苏非圣人。

（十三）

【原文】

पिंजर प्रेम प्रकासिया, जाग्या जोग(1) अनंत ।

संसा खूटा सुख भया, मिल्या पियारा कंत ।।१३।।

【校记】

（1）**जोग**：希本作 **जौग**，讹；底本、辛本作 **जोति**“光”；今据古本、夏尔马写本改。

【译文】

爱情之光照牢笼[1]，无尽结合[2]令人醒。

疑惑消除喜乐生，亲爱夫君终相见。

【注释】

[1] 牢笼：即肉身。

［2］无尽结合：此处可作多种解读。**जोग** 通 **योग**，此处既可视为一般意义上的“结合”，也可特指“瑜伽”。**अनंत** 可视为形容词“无尽”修饰“结合”，或者视为至高存在的称号“无尽者”，作“结合”的对象或是“瑜伽”的传授者。故此足可有四种解读：①信徒（女子）与至高存在（丈夫）永远（“无尽”）地融为一体（“结合”），大彻大悟；②信徒（女子）与至高的“无尽者”融为一体（“结合”），大彻大悟；③高妙（“无尽”的）“瑜伽”令人大彻大悟；④“无尽者”传授的“瑜伽”令人大彻大悟。因本诗取女子与丈夫相会之意象，故译文取第一种字面义，但其他三种解读亦与本支双行诗主旨相符，可视为引申义。

（十四）

【原文】

प्यंजर प्रेम प्रकासिया, अंतरि भया उजास ।

मुख कसतूरी महमहीं(1), बांणी फूटी बास ।।१४।।

【校记】

（1）**महमहीं**：希本作 **नहमहीं**，讹，今据其余诸本改。

【译文】

爱情之光照牢笼，内中生出大光芒。

口中如有麝鹿香，言语妙音放芬芳。

（十五）

【原文】

मन लागा उनमन्न सौं, गगन पहुँचा जाइ ।

चंद(1) बिहूँणां चांदिणां, तहां(2) अलख निरंजन राइ ।।१५।।

【校记】

（1）希本、古本在 **चंद** 前另有 **देख्या**“看见”，衍，今据蒂本、辛本、夏尔马写本改。

（2）**तहां**：蒂本、辛本无此词，若删去则第四足符合双行律拍数。

【译文】

末那入天际，终于抵超意。[1]

无月却放光，无相离垢[2]王。[3]

【注释】

[1] 此处天际即前文所说的“空”或“虚空”，本行诗兼有转识成智及瑜伽修行之意，参见第一支第九首注释[3]。

[2] 离垢：字面义为免于一切尘俗无垢者，是对至高存在的一种称谓。

[3] 第二行与本支第二首第一行表述相近，“无月却放光”对应前文“唯有光明无日月”，“无相离垢王”对应前文“不显身躯稀奇者”。

（十六）

【原文】

मन लागा उनमन सौं, उनमन मनहि बिलग ।

लूंण बिलगा पाणियां, पांणीं लूंण विलग ।।१६।।

【译文】

末那抵超意，超意入末那。

如盐溶于水，水亦入盐中。

【注释】

本诗第一足与上一首诗第一足完全相同，但相比上一首，本诗对“超意”与“意”（末那）关系的阐述更进一步。如前所述，“超意”由“意”进一步升华得来，类似表述可以在一定程度上追溯至佛教瑜伽行派所说的“阿赖耶识”。但是无论是纳特瑜伽士所说的“超意”，还是瑜伽行派所说的“阿赖耶识”均高于“意”，上一首诗也持此观点。本诗则进一步提出即便“超意”高于“意”，但两者终究也可以达成一种如盐水中的盐与水一般你中有我、我中有你，无法分离的同一状态，在更高层面强调了一元论。

（十七）

【原文】

पांणीं ही तैं हिम भया, हिम है गया बिलाइ ।

जो कुछ था सोई भया, अब कछू कह्या न जाइ ।।१७।।

【译文】

冰雪本由水所生，冰雪融化又成水。

本是何物终复原，如今再无话可说。

【注释】

这首诗依然折射出诗人的一元论思想，认为世间万物出自终极，最终也会归于终极。中世纪活跃于北印度的各宗教均有此类表述。

（十八）

【原文】

भली भई जु भै पड्या, गई दसा सब भूलि ।

पाला गलि पांणी भया, ढुलि मिलिया उस कूलि ।।१८।।

【译文】

幸亏堕尘世，诸事皆忘却。

冰雪化作水，奔流入那湖。

（十九）

【原文】

चौहटै च्यंतामंणि चढ़ी, हाडी मारत हाथि ।

मीरां मुझसूं मिहर करि, इब मिलौं न काहू साथि ।।१९।।

【校记】

蒂本无此诗。

【译文】

如意宝珠抵岔口，卑贱之人忙抢夺：[1]

长官求你可怜我，我不再见其他人！

【注释】

[1] 第一行各本注释差异甚大，未能令人信服。译者理解如下："如意宝珠"既可以指稀世珍宝，也可以指通过瑜伽修行达成的秘密仙液（参见后文汁液支）；"岔口"既可以指集市，也可以比喻体内三脉相会之处。如此理解则第一行字面上说的是卑贱的小偷如何在集市偷窃珍宝，实际暗指瑜伽士如何通过修行，在体内三脉相会之处炼成瑜伽仙液。

（二十）

【原文】

पंषि उडाणीं गगन कूं, प्यंड रह्या परदेस ।

पांणी पीया चंच बिन, भूलि गया यहु देस ।।२०।।

【译文】

放飞鸟儿入天际，身体滞留在异乡[1]。

没有鸟喙却饮水[2]，此地[3]已然被遗忘。

【注释】

[1] 异乡：俗世。飞鸟原本便是天空的一部分，如同人的灵魂终究将归于大我，只留下无用的肉身在世间。

[2] 水：所指不详，辛本将其注解为"梵喜"，即小我与大我合一之后的无上欢喜。鉴于本支浓厚的瑜伽修行色彩和后文"汁液支"的相关叙述，译者认为理解为瑜伽修行得来的秘密仙液更为妥帖。

[3] 此地：第二足所说的"异乡"，即俗世。

（二十一）

【原文】

पंषि उडानीं गगन कूं, उड़ी चढ़ी असमान ।

जिहिं सर मंडल भेदिया, सो सर लागा कान ।।२१।।

【校记】

蒂本无此诗。

【译文】

鸟儿飞升入天际，飞翔高升抵虚空。

击穿坛城之箭矢，那支箭矢[1]入耳中。

【注释】

[1] 此处所说的箭矢指的是“声音之箭”，尽管也可以理解为上师的教导，但从前三足对“天际”“虚空”“坛城”等瑜伽修行意象的引用，可以看出这种声音指的并非“圣言之箭”，而是军荼利尼升抵千瓣莲脉轮之后发出的神秘声音。参见后文“圣言支”对圣言多重含义的说明。

（二十二）

【原文】

सुरति समांणी निरति मैं, निरति रही निरधार ।

सुरति निरति परचा भया, तब खूले स्यंभ दुवार ।।२२।।

【译文】

妙乐[1]融入无乐[2]中，无乐不依他者存。

妙乐无乐终相逢，开启自生者之门[3]。

【注释】

[1] 妙乐：**सुरति**，本为后期金刚乘术语，指通过性力修行达成的大乐。然经纳特瑜伽士去性力化之后逐渐被解读为 **श्रुति**“所闻”。“所闻”在其他语境中多指天启圣典，但在瑜伽修行的语境中指通过

修行在体内激发的神秘声音 **नाद**，亦可被视为另一种圣言 **शब्द**。格比尔沿用了这一概念。另有注释家将格比尔诗歌中的 **सुरति** 注解为 **स्मृति**，指对至高存在的思念。

[2] 无乐：格比尔诗歌中的各类否定概念并非一般意义上的“没有”，更强调“无”对“有”的超越。此处的“无乐”亦指较“妙乐”更加殊胜的秘密状态。传统的瑜伽修行以达成“妙乐”为追求，诗人在此处更强调须追求更高层次的“无乐”。

[3] 自生者之门：原文为 **स्यंभ दुवार**，通 **स्वयम्भू द्वार**。其中 **स्वयम्भू** 指不依靠他者而存在的事物，常指梵天。“自生者之门”即一般所说的“梵穴”（**ब्रह्मरंध्र**），亦指通过瑜伽修行打开的人体第十门。

（二十三）

【原文】

सुरति समांणीं निरति मैं, अजपा माँहिं जाप ।

लेख सनांमां अलेख मैं, यूं आपा माहैं आप ।।२३।।

【译文】

妙乐融入无乐中，无诵之中有念诵。

诸像融入无像中，如同我中有自我[1]。

【注释】

[1] 我、自我：此处两个词可以理解为大我或者小我。故第四足虽短，实际上表达了“小我中有大我，大我中有小我”两重含义。

（二十四）

【原文】

आया था संसार मैं, देषण कौं बहु रूप ।

कहै कबीरा संत हौ, पड़ि गया नजरि अनूप ।।२४।।

【译文】

他已来到轮回中，乍看形态许多种；

格比尔说，真士啊——

我已眼见非凡者。

（二十五）

【原文】

अंक भरे भरि भेटिया, मन मैं नाहीं धीर ।[1]

कहै कबीर ते क्यूं मिलैं, जब लग दोइ सरीर ।।२५।।

【校记】

（1）蒂本、辛本第二足为 **मन नहिं बांधै धीर**，语义相近。

【译文】

满满拥入怀，心中难平静。

格比尔说，

身体仍有别，如何得到他？

【注释】

诗人认为，修行的终极目标应当是与丈夫（至高存在）合为一体，消除大小我之间的界限。所以，即便是“相拥”依然有所不足。

（二十六）

【原文】

सचु पाया सुख ऊपनां, अरु दिल दरिया पूरि[1] ।

सकल पाप सहजैं गये, जब[2] सांई मिल्या हजूरि ।।२६।।[3]

【校记】

（1）辛本第二足作 **दिलदरिया भरपूरि**。

（2）**जब**：唯辛本无，疑为合诗律而减。

（3）蒂本无此诗。

【译文】

得到真理喜乐生，进而充满心之海。

待我见到主人时，所有罪过自然消。

（二十七）

【原文】

धरती गगन पवन नहीं होता, नहीं तोया नहीं तारा ।

तब हरि हरि के जन होते, कहै कबीर बिचारा ।।२७।।

【校记】

本诗各足拍数分别为 17-14-14-12。蒂本无此诗。

【译文】

尚无天地亦无风，尚无星辰亦无水。

格比尔说且思量！[1]

诃利信徒与诃利，那时就已经存在。

【注释】

[1] 本诗因第三足译名音节较多，故将原文第四足译为落款行。格比尔诗歌中常有“格比尔说且思量”的表述，旨在提醒听众仔细理解格比尔所说的话。如本诗就重点强调诃利和诃利信徒远在创世之前便已经存在。

（二十八）

【原文】

जा दिन कृतम नां हुता, होता हट न पट(1) ।

हुता कबीरा राम जन, जिनि देखै औघट घट(2) ।।२८।।

【校记】

（1）希本、古本及夏尔马写本第二足均为 **होता हट न पट**（合 9 拍），与双行律不符。蒂本、辛本作 **होता हाट न बाट**（合 11 拍）“没有集市没道路”。

（2）घट：蒂本、辛本作 घाट “路、堤岸”。

【译文】

那时万物皆未造，没有集市[1]没小偷[2]。

格比尔成罗摩徒，已见罐中难行路[3]。

【注释】

[1] 集市：尘世轮回。

[2] 小偷：凡人沉迷于尘世之心。

[3] 罐中难行路：罐为肉身，难行路指瑜伽细身中的中脉苏殊那或艰难的修行，即本支第九首所说的“险途”。亦可参见后文“窄道支”。

（二十九）

【原文】

थिति पाई मन थिर भया, सतगुर करी सहाइ ।

अनिन कथा तनि आचरी, हिरदै त्रिभुवन राइ ।।२९।।

【校记】

蒂本无此诗。

【译文】

幸有真师帮助我，平复心绪得安定。

三界之王驻心中，践行种种非凡事。

（三十）

【原文】

हरि संगति सीतल भया, मिटी मोह की ताप ।

निस बासुरि सुख निध्य लह्या, जब अंतरि प्रगट्या आप ।।३०।।

【译文】

诃利相伴在左右，炽爱消褪生清凉。

待到心中显自我，日夜不离喜乐藏[1]。

【注释】

[1] 喜乐藏：**सुख निध्य**，通 **सुख निधि**。即喜乐的宝藏、宝库，此处指诃利。

（三十一）

【原文】

तन भीतरि मन मानियां, बाहरि कहा न जाइ ।
ज्वाला तैं फिरि जल भया, बुझी बलंती लाइ ।।३१।।

【译文】

心知他就在体内，不会再向外面去。
火苗反而变成水，熊熊欲火被浇灭。[1]

【注释】

[1] 第二行的两个火所指不同，第一个火指的是对诃利的炽热爱意，离别苦火。原本这种火灼烧身心，但在与诃利相会，即亲证大我之后，这股火焰被熄灭了，即上一首所说的“炽爱消褪生清凉”。不仅如此，这股被熄灭的火更是将沉迷俗世的欲火熄灭了。是故诗人主张以神爱消除俗爱。

（三十二）

【原文】

तत पाया तन बीसर्यां, जब मन धरिया ध्यान ।
तपनि गई(1) सीतल भया, जब सुनि किया असनान ।।३२।।

【校记】

（1）**गई**：蒂本作 **मिटी**，语义相近。

【译文】

末那沉思冥想罢，得到真谛忘肉身。

已在空中沐浴毕，炽热褪去清凉生。

【注释】

原文第三足“炽热褪去清凉生”与本支第三十首第二足表述相近，第四足“已在空中沐浴毕”与本支第一首第二足原文一样。“空中沐浴”中的“空”指的是瑜伽修行中的千瓣莲轮（参见本支第八首注［2］），“炽热褪去清凉生”指以神爱求得与神相会，进而消除尘世俗欲（参见上一首注释），可见诗人实际上将瑜伽修行与神爱视为互相促进、补充的修行法门。

（三十三）

【原文】

जिनि पाया तिनि सुगह गह्या (1), रसनाँ लागी स्वादि ।

रतन निराला पाईया, जगत ढंढौल्या बादि ।।३३।। (2)

【校记】

（1）**सुगहगह्या**：希本作 **सु गह गह्या**，不合诗律且断词有误。今据古本、辛本、夏尔马写本改。

（2）蒂本无此诗。

【译文】

舌尖品尝美滋味，[1]得到之人牢牢握。

遍寻尘世实徒劳，稀有珍宝已得到。

【注释】

［1］有关亲口品尝至高存在或真谛、真理的意象，参见后文“汁液支”。

（三十四）

【原文】

कबीर दिल स्याबति भया, पाया फल संम्रथ्थ ।
सायर मांहि ढंढीलतां, हीरै पड़ि गया हथ्थ ।।३४।।

【译文】

格比尔说，
我心已证悟，得到有用果。
遍寻汪洋海[1]，钻石[2]入我手。

【注释】

[1] 汪洋海：尘世轮回。

[2] 钻石：同前诗所说的珍宝、真谛、真理、主人、丈夫、诃利、罗摩。

（三十五）

【原文】

जब मैं था तब हरि नहीं, अब हरि हैं मैं नांहि ।
सब अँधियारा मिटि गया, जब दीपक देख्या मांहि ।।३५।।(1)

【校记】

（1）辛本第二行为 प्रेम गली अति साँकरी, या में दो न समाँहि “爱的小巷很狭窄，难以容纳两个人”。

【译文】

昔日有我无诃利，今有诃利已无我。[1]
当我看见心中灯，一切黑暗皆消退。

【注释】

[1] 第一行阐明了诗人的一元论立场以及一切修行最终的目的在于消除自我、与神归一。从这个角度来看，辛本给出的译文（参见本诗校记）是对第一行的进一步阐释，较其余诸本的第二行更加

贴近主题。

（三十六）

【原文】

जा कारणि में ढूंढता(1), सनमुख मिलिया आइ ।

धन मैली पिव ऊजला, लागि न सकौं पाइ ।।३६।।

【校记】

（1）ढूंढता：蒂本作 **जाइथा** “已经去”。

【译文】

苦苦寻觅只为他，我终于能当面见。

女子污秽夫光耀，如何能触他双脚？

（三十七）

【原文】

जा कारणि मैं जाइ था, सोई पाई ठौर ।

सोई फिरि आपण भया, जासू कहता और ।।३७।।

【译文】

我曾离去只为他，终在某处[1]找到他。

一直唤他作别人，他却化作我自己。

【注释】

[1] 某处：各注释本均注为“自己的地方”，即体内。

诗人虽然劝诫世人寻觅至高存在，但究其根本并不将人与至高存在视为对立的二元，第二行所表达的便是这层含义。

（三十八）

【原文】

कबीर देख्या एक अंग(1), महिमा कही न जाइ ।

तेज पुंज पारस धणीं, नैंनूं रहा समाइ ।।३८।।

【校记】

（1）**अंग**：蒂本、辛本作 **अगम**“难以企及的”。

【译文】

格比尔说，

仅仅看到一支节[1]，伟大便已难言说；

点金大师[2]光万丈，双眼消融在其中。

【注释】

[1] 支节：**अंग**。可以指身体、文本、思想等诸多事物的一部分，如钵颠阇利《瑜伽经》便将瑜伽修行法分为八支（**अष्टांग**）。中世纪时无形派由于禁绝偶像崇拜，故先师圣言汇编而成的写本被视同圣典，亦被理解为至高存在在世间的“身体”，故此处的 **अंग** 既可以理解为化作圣典的至高存在的躯干一部分，也可以理解为神圣知识的一部分。

[2] 点金大师：**पारस धणीं**，其中 **पारस** 既可以指试金石，也可以指炼金术传说中的“贤者之石”，即可以点铁成金的神秘物质。从古代炼金术的实践来看，这种传说可能源自古人从金汞齐中提炼黄金的冶金工艺。水银也是格比尔诗歌中核心概念之一“仙液”的物质原型之一。参见后文“汁液支”。此处点金大师指拥有贤者之石的炼金术师，即能够令人解脱尘世的神、上师或真理。

（三十九）

【原文】

मानसरोवर सुभर जल, हंसा केलि कराहिं ।

मुकताहल मुकता चुगैं, अब उड़ि अनत न जाहिं ।।३९।।

【译文】

玛纳斯湖[1]水充沛，水中天鹅嬉戏欢。

啄食珍珠解脱果[2]，不再飞往他处去。

【注释】

[1] 玛纳斯湖：**मानसरोवर**，即位于中国西藏境内的圣湖玛旁雍错，是印度许多宗教的圣地。

[2] 印度神话中认为天鹅以珍珠为食，又常以天鹅比喻个体灵魂。诗人在此基础上运用 **मुकता**（通 **मुक्ता**）一词将“珍珠”和“解脱”两个意象串联起来，描绘了个体抵达至高存在的所在之后获得解脱、再无他求的终极状态。

（四十）

【原文】

गगन गरजि अंमृत चवै, कदली कवल प्रकास ।

तहां कबीरा बंदिगी, कै कोई निज दास ।।४०।।

【译文】

天空响雷降甘露，[1]芭蕉树上莲花耀。[2]

格比尔向彼处拜，其他奴仆[3]亦如此。

【注释】

[1] 天空响雷降甘露：军荼利尼瑜伽法修行达成的状态，此时在千瓣莲脉轮（即天空、虚空、空）发出了永恒的“无击之声”（**अनाहद नाद**），即上文提到的“无乐”（**निरति**，参见本支第二十二首），是为“天空响雷”。此后，从千瓣莲脉轮降下甘露。

[2] 芭蕉树上莲花耀：同样指修行得道之后达成的神秘状态。芭蕉树，比喻中脉苏殊那，尤其是达成终极俱生状态之后的中脉。莲花指各个脉轮。甘露落下之后滋润各个脉轮，脉轮绽放，光芒四射。

［3］奴仆：原文为 **निज दास**，即“自己的奴仆”。这既可以理解为“神自己的奴仆”，又因为诗人认为神与我根本为一，所以“自己”便是神，“自己的奴仆”也就是“神的奴仆”。

（四十一）

【原文】

नींव बिहूंणां देहुरा, देह बिहूंणां देव ।
कबीर तहां बिलंबिया, करे अलष की सेव ।।४१।।

【译文】

神庙无地基，天神无躯体。
格比尔说，
驻留在彼处，侍奉无相者。

（四十二）

【原文】

देवल माँहैं देहुरी, तिल जेहै(1) बिसतार ।
माँहैं पाती मांहि जल, माँहैं पूजणहार ।।४२।।

【校记】

（1）**जेहै**：蒂本、辛本作 **जेता**，同义。

【译文】

神庙[1]之中有神像，大小如同芝麻粒。[2]
既有圣草也有水，有人供养作拜祭。[3]

【注释】

［1］神庙：此处指身体。

［2］大我以个体灵魂的形式寄居于肉身之中，一种说法认为其非常细微，但仍然有一定大小。

［3］总体而言，本诗旨在将印度教徒常见的在神庙中拜神的场

景纳入对瑜伽修行的隐喻之中。诗人最终认为应当敬拜体内大我，而非执迷于外在宗教仪式。

（四十三）

【原文】

कबीर कवल प्रकासिया, ऊग्या निर्मल सूर ।

निस अँधियारी मिटि गई, बाजे अनहद तूर(1) ।।४३।।

【校记】

（1）**तूर**：希本作 **नूर**，讹。

【译文】

格比尔说，

莲花[1]放光芒，无垢太阳[2]升。

夜晚黑暗[3]消，无击喇叭[4]鸣。

【注释】

［1］莲花：千瓣莲脉轮。

［2］无垢太阳：智慧。

［3］夜晚黑暗：无明、愚昧。

［4］无击喇叭：无击之声，参见本支第四十首注［1］。

（四十四）

【原文】

अनहद बाजै नीझर झरै, उपजै ब्रह्म गियान ।

आबगति अंतरि प्रगटै, लागै प्रेम(1) धियान ।।४४।।(2)

【校记】

（1）**प्रेम**：古本作 **परम**“至上”。

（2）蒂本无此诗；夏尔马写本无第二行，仅将本诗第一行与下一首第一行合为一首。

【译文】

无击声鸣瀑布落，梵之智慧知识生。

不显者在内中现，专注冥想虔诚爱。

（四十五）

【原文】

आकासे मुखि औंधा कुवाँ, पाताले पनिहारि ।

ताका पांणि(1) को हंसा पीवै,(2) बिरला आदि बिचारि ।।४५।।(3)

【校记】

（1）辛本作 **जल**，同义。

（2）第三足合 17 拍，较双行律多 4 拍。

（3）蒂本无此诗。

【译文】

虚空之井口朝下[1]，汲水女子[2]居地下[3]。

天鹅畅饮井中水，[4]鲜有人能知源头。

【注释】

[1] 井口朝下：另一个常用于比喻千瓣莲脉轮的意象。

[2] 汲水女子：军荼利尼。

[3] 地下：根基脉轮。

[4] 天鹅畅饮井中水：比喻军荼利尼由根基脉轮上升至千瓣莲脉轮。

（四十六）

【原文】

सिव सकती दिसि कौण जु(1) जोवै(2), पछिम दिसा उठै धूरि(3) ।

जल मैं स्यंघ जु घर करै, मछली चढ़ै खजूरि ।।४६।।(4)

【校记】

（1）कौण जु：辛本作 को。

（2）第一足合 16 拍，较双行律多 3 拍。

（3）धूरि：希本作 थूरि，讹，今据古本、辛本及夏尔马写本改。

（4）蒂本无此诗。

【译文】

湿婆神女[1]望何方？西方[2]尘土正飞扬[3]。

狮子[4]安家在水中，鱼儿攀爬上枣树[5]。

【注释】

[1] 神女：原文为 सकती，即 शक्ति，亦译作萨克蒂，既可以指人格化的女神（本诗特指湿婆配偶雪山神女），也可以指阴性的力量。军荼利尼瑜伽融合体内阴阳二力的理念亦可视为对湿婆与女神交合修行的一种模仿，以湿婆为千瓣莲脉轮，以神女为军荼利尼。

[2] 西方：中脉苏殊那。

[3] 尘土飞扬：起风，比喻运气中脉。

[4] 狮子：末那。狮子入水比喻将末那（意）转为超意。

[5] 鱼上树：比喻军荼利尼升至千瓣莲轮。

（四十七）

【原文】

अंमृत बरिसै हीरा निपजै(1)，घंटा पड़ै टकसाल ।

कबीर जुलाहा भया पारषू，अनभै उतर्या पार ।।४७।।(2)

【校记】

（1）第一、三足合 17 拍，较双行律多 4 拍。

（2）蒂本无此诗。

【译文】

甘露雨落生钻石[1]，铸币场[2]中铃声响。

格比尔说，

织工[3]已成点金石，无所畏惧[4]渡彼岸。

【注释】

[1] 钻石：此处可以理解为以钻石来形容甘露稀有宝贵。此外，有密教瑜伽士相信可以通过特定方式修炼成如钻石一般的金刚不坏之身。一些推崇军荼利尼瑜伽的瑜伽士相信炼成瑜伽甘露并喝下之后可以长生不死。故此处也可以理解为以瑜伽仙液（甘露）造就不坏之身（钻石）的大成就。

[2] 铸币场：原文为 **टकसाल**，通 **टङ्कशाला**。在纳特瑜伽士的文献中该词已被解读为“纯洁的、纯净的”。本诗语境涉及钻石、黄金，亦可取其基本义，比喻瑜伽士大成就的珍贵无比。

[3] 织工：即朱拉哈，此处为诗人自称。

[4] 无所畏惧：瑜伽士修行达成俱生三摩地之后的状态也被称作“无畏足”（**अभय पद**）。此处既可以指诗人以无比的勇气渡过轮回，抵达彼岸，也可以指达成了最终的修行状态方可抵达彼岸。

（四十八）

【原文】

ममिता मेरा क्या करै, प्रेम उघाड़ीं पौलि ।
दरसन भया दयाल का, सूल भई सुख सौड़ि ।।४८।।

【校记】

蒂本无此诗。

【译文】

贪恋尘世有何用？唯有爱可将门开。
终于见到慈悲者，苦变喜乐作被褥。

六、汁液支（रस कौ अंग）

“汁液支”共收录双行诗 8 首。尽管数量不多，但却事关秘密功修的核心要义。这种修行法的源头可以追溯到印度古代炼丹术。和历史上其他地区的同行相似，印度古代术士也希望以各类物理、化学方式炼制水银，并以此为主要原料制作长生药。古代术士认为金属和其他众生一样也有生命，并把黄金稳定的化学性质视为黄金的“长生不老”。他们进而推断可以通过打造“金身”让人如黄金一般长生不老。于是，印度术士试图将以水银炼金的尝试纳入以水银炼制长生药的实践之中。[①] 到 11 世纪，印度术士已经创作了如《水银之海》（*Rasārṇava*）之类系统的炼丹术著作，代代相传到格比尔活跃的 15~16 世纪。

虽然多数格比尔传记未提到格比尔与炼丹术之间的关系，但名

① 相关技术最早见诸《利论》，《利论》规定负责管理矿产的官员需要了解以蒸馏的方式提炼水银（rasa）的工艺。此外，《利论》也提到可以通过金贡齐即水银和黄金的化合物提炼黄金。

为《成就师礼敬》(*Siddha Vandanām*)的炼丹术著作将格比尔视为第五十位重要的炼丹术成就师。[①] 以往研究格比尔的学者不曾提及这一说法，但从格比尔诗歌对“仙液”的描述来看，《成就师礼敬》的说法并非空穴来风，诗人至少了解炼丹术的基本概念，尤其是水银在炼金和炼制长生药方面的作用，而“汁液”的原型之一便是水银。

此外，本支所说的“汁液”的另一个意象是以紫荆木花(mahuā，拉丁学名 *Madhuca Indica*)酿制的蒸馏酒。相比篇幅有限的双行诗，下面这首唱词描述得更加具体：

我以身作酒贩醪，导师教诲成红糖。欲怒惑醉与嫉妒，一一切开来揉碎。(1)十四世界作炉子，业已升起梵之火。(2)俱生音生盖美酒，苏殊那当作导管。不死甘露瀑布出，由是迷醉瑜伽士。(3)

W178/S133

格比尔诗歌中同时出现水银和紫荆木花酒两个“汁液”的物质原型。这两个看似明显不同的物质却有着以下相似之处。第一，炼丹术士提炼的水银和酿酒工制成的紫荆木花酒均为高纯度液态物质，都属于“汁液”的具体形式。第二，紫荆木花酒和炼制水银长生药使用相同的蒸馏工艺。蒸馏法作为一种不同于发酵法的工艺，最早见诸提炼水银的工艺描述。酿酒和提炼水银的工艺和所用器具高度相似。正是因为有这些相近之处，诗人才可以将炼丹术和酿酒实践融入同一个“汁液”概念之中。

(一)

【原文】

कबीर हरि रस यौं पिया, बाकी रही न थाकि(1) ।

① David Gordon White, *The Alchemical Body: Siddha Traditions in Medieval India*, Chicago: University of Chicago Press, 1996, p.85.

पाका कलस कुँभार का, बहुरि न चढ़ई चाकि ।।१।।

【校记】

（1）**थाकि**：蒂本、辛本作 **छाकि**“迷醉”。

【译文】

格比尔说，

喝下诃利汁[1]，不再觉疲劳。

陶工烧好罐，不再上陶轮。[2]

【注释】

[1] 诃利汁：**हरि रस**。在格比尔诗歌中，“诃利”“罗摩”“拉赫曼”等婆罗门教和伊斯兰教对神的称呼常被混用。本支便出现了“罗摩汁液”和“诃利汁液”两种表述，其实并无差别。

[2] 本诗中的“不再疲劳”和“不上陶轮”均指不再堕入轮回，获得解脱。

（二）

【原文】

राम रसाइन प्रेम रस, पीवत अधिक रसाल ।

कबीर पीवण दुलभ है, मांगै सीस कलाल ।।२।।

【译文】

罗摩仙液[1]虔爱味，畅饮起来非常甜。

格比尔说，

然而要喝却很难，酒贩要人拿头换[2]。

【注释】

[1] 仙液：原文 **रसाइन**，通 **रसायन**，由 **रस** 一词派生而来，特指炼丹术士以水银等为原材料炼制的丹药，古代亦译为“长生药”。“罗摩仙液”有两层含义：第一层指罗摩名号，即世人只要虔心念诵罗摩名号便可获得永生（参见前文思念支等表述）；第二层指通过瑜伽修行在体内炼成的神秘内丹。前者适用于普通信众，后者则由上师

秘密传授。

［2］索要人头的意象在格比尔诗歌中不止一次出现，旨在突出求道之难。这种表述的源头可以追溯到一些异端的左道修行法。

（三）

【原文】

कबीर भाठी कलाल की, बहुतक बैठे आइ ।

सिर सौंपै सोई पिवै, नहीं तौ(1) पिया न जाइ ।।३।।

【校记】

（1）**नहीं तौ**：蒂本作 **नातर**，同义。

【译文】

格比尔说，

酒贩之炉旁，已坐许多人。

献头才能饮，不然没得喝。

（四）

【原文】

हरि रस पीया जांणिये, जे उतरै न जाइ खुमार ।(1)

मैमंता घूँमत रहै, नांही तन की सार ।।४।।

【校记】

（1）希本、古本、辛本第二足为 **जे कबहू न जाइ खुमार**，语义相近；今据蒂本及夏尔马写本改。各本第二足均合 14 拍，较双行律多 3 拍。

【译文】

饮罢诃利汁觉悟，从此沉醉不再醒。

酣醉之人久徘徊，身体不再有意识。

（五）

【原文】

मैमंता तिण नां चरै, सालै चिता सनेह ।
बारि जु बांध्या प्रेम कै, डारि रह्या सिरि षेह ।।५।।

【译文】

怀春醉象不吃草，为情折磨心煎熬。
绑在爱情之门口，只把土往头顶撒[1]。

【注释】

[1] 大象往身上喷撒泥土是为了防蚊虫、降体温，此处被用来比喻陷入迷狂的信徒做出的反常举止。

（六）

【原文】

मैमंता अविगत रता, अकलप आसा जीति ।
राम अमलि माता रहै, जीवत मुकति अतीति ।।६।।

【译文】

醉象爱上不显者[1]，战胜种种虚妄欲；
沉醉无垢罗摩中，即身解脱[2]终超脱。

【注释】

[1] 不显者：不显露自身者，指至高存在。

[2] 即身解脱：参见“师尊支”第二十六首注 [2] 及后文“活死支”。

（七）

【原文】

जिहि सर घड़ा न डूबता, अब मैंगल मलि(1) न्हाइ ।

देवल बूडा कलस सूं, पंषि तिसाई जाइ ।।७।।

【校记】

（1）मलि：古本、蒂本、辛本均作 मलि मलि。

【译文】

湖中本难浸水罐，大象现可把澡洗。

神庙穹顶已淹没，鸟儿依然口干渴。

（八）

【原文】

सबै रसांइण मैं किया, हरि सा और न कोइ ।

तिल इक[1] घट मैं संचरै, तौ[2] सब तन कंचन होइ ।।८।।

【校记】

（1）तिल इक：蒂本作 रंचक“稍许”。

（2）तौ：辛本无此词。

【译文】

我曾炼制众仙液，均难媲美诃利汁。

只需罐中滴一粒，全身便可成黄金。

七、高深支

（लांबि कौ अंग）

“高深支”共收录双行诗 4 首，以深不可测的海洋比喻至高存在。

（一）

【原文】

काया[1] कमंडल भरि लिया, उज्जल निर्मल नीर ।

तन मन जोबन भरि पिया, प्यास न मिटी सरीर ।।१।।[2]

【校记】

（1）**काया**：希本作 **कया**，讹，今据古本改。

（2）蒂本无此诗。

【译文】

闪闪放光无垢水，满满装满身体罐。

身心畅饮青春汁[1]，体内干渴仍未消。

【注释】

[1] 青春汁：青春亦可引申为“乳房”，故此处既可以指虽身心年轻依然无法消除求证大道的饥渴，亦可指贪恋俗世女色无益解脱。

（二）

【原文】

मन उलट्या दरिया मिल्या, लागा मलि मलि न्हांन ।

थाहत थाह न आवई, तूं पूरा रहिमांन ।।२।।

【译文】

反转末那得大海，可去洗刷并沐浴。

你是至仁至慈者[1]，纵使丈量亦难测。

【注释】

[1] 至仁至慈者：原文为 **रहिमांन**，即拉赫曼，安拉的九十九尊名之一。

（三）

【原文】

हेरत हेरत हे सखी, रह्या कबीर हिराइ ।

बूंद समानी समद मैं, सो कत हेरी जाइ ।।३।।

【译文】

女伴啊——

寻寻又觅觅，格比尔迷失。

水滴融海中，何处去寻它？

【注释】

本诗与下一首诗集第三足有细微差别之外，内容完全一致。本诗第三足以“水滴融海中”比喻小我融入大我之中，下一首诗则以“海融水滴中”比喻大我蕴含于一切小我之中。这两首诗互为对照，均阐述了大小我同一的一元论思想。

（四）

【原文】

हेरत हेरत हे सखी, रह्या कबीर हिराइ ।
समंद समाना बूंद मैं, सो कत हेरी जाइ ।।४।।

【译文】

女伴啊——
寻寻又觅觅，格比尔迷失。
海融水滴中，何处去寻它？

八、不可描述支

（जर्णी कौ अंग）

本支标题甚是晦涩，各家注解均不一致。沃德维尔对各种说法整理如下：① जीर्ण，破旧的、古老的，引申为不可知、不可见；② जरना，燃烧；③ 消解，完全融入。沃德维尔认为从行文内容来看“不可描述、不可知”更加符合主题[①]，译者取此译法。本支共收录双行诗 4 首，旨在突出至高存在的不可言说、不可描述，并且认为自身所传播的秘密教义较之已有正统圣典更加殊胜。

（一）

【原文】

भारी कहौं त बहु डरौं, हलका(1) कहूँ तौ झूठ ।
मैं का जांणौं राम कूं, नैनूं कबहुँ न दीठ ।।१।।

① Charlotte Vaudeville, *Kabir Granthavali (Doha)*, Pondichéry: Institut Français d'Indologie, 1957, p.107, note. 110.

【校记】

(1) हलका：古本作 हलवा，蒂本作 हरुवा，同义。

【译文】

说得重了人生畏，说得轻了成谎话。

关于罗摩我知甚？毕竟不曾亲眼见。

(二)

【原文】

दीठा है तौ कस कहूँ, कह्यां न को पतियाइ ।

हरि जैसा है तैसा रहो, तूं हरिषि हरषि गुण गाइ ।।२।।(1)

【译文】

(1) 第二行两足分别合 15 拍和 13 拍，均较双行律多 2 拍。

【注释】

看见又如何描述？说出来也没人信。

诃利永远那般样，你只须欢颂美德。

(三)

【原文】

ऐसा अद्भुत जिनि(1) कथै, अद्भुत राखि लुकाइ ।

बेद कुरानौं गमि नहीं, कह्यां न को पतियाइ ।।३।।

【校记】

(1) जिनि：蒂本作 मति，同义。

【译文】

别说这般稀有事，把稀有者[1]藏起来。

吠陀古兰未提及，[2]说出来也没人信。

【注释】

[1] 稀有者：有关至高存在的真理、真谛。

［2］吠陀和《古兰经》分别是婆罗门教和伊斯兰教的天启圣典。尽管格比尔诗歌在许多表述上借鉴了正统宗教的术语，但从本足可以看出格比尔教义的反正统特点。历史上许多新兴宗教都会通过破除已有宗教圣典的权威来建立新的精神权威，但在传教初期并不会将这种理念大肆宣扬，以免遭受迫害。因此本支诗歌反复劝诫信徒莫要声张，并强调即便说出来也不会有人相信。

（四）

【原文】

करता की गति अगम है, तू चलि अपणैं अनमान ।
धीरैं धीरैं पाव दे, पहुँचैंगे परवान ।।४।।

【校记】

蒂本无此诗。

【译文】

造物之道[1]不可循，你依自己推理行。
保持耐心慢落脚，终有一天能证道。

【注释】

［1］道：**गति**，古译“趣”，亦为“六道轮回”之“道”。此处指造物主的道法。

本诗劝诫信徒逐步戒骄戒躁，耐心探索功修之道。

九、惊讶支

（हैरान कौ अंग）

“惊讶支”仅收录双行诗 2 首。从仅有的两首诗的内容来看，诗人强调自己已经证悟了对传统学者“班智达”来说深不可测、不明所以的至高存在。从这个角度来看，这一支和“不可描述支”中的第三首一样，都旨在强调自己的思想高于已有教义。

（一）

【原文】

पंडित सेती कहि रहे, कह्यां न मानै कोइ ।

ओ अगाध एका कहैं, भारी अचिरज होइ ।।१।।

【校记】

蒂本无此诗。

【译文】

不断劝说班智达[1]，无奈丝毫不接纳。

所说唯一不可测，深感愕然又惊诧。

【注释】

[1] 班智达：古代对宗教学者，尤其是婆罗门学者的敬称。

（二）

【原文】

बसे अपंडी पंड मैं, ता गति लषै न कोइ ।
कहै कबीरा संत हौ, बड़ा अचंभा मोहि ।।२।।

【校记】

蒂本无此诗。

【译文】

无身[1]住在身体中，没人见过他足迹。
格比尔说，真士啊——
我已体证大奇迹！

【注释】

[1] 无身：无身体者，指无形无相的至高存在。

十、消融支（लै कौ अंग）

“消融支”共收录双行诗 3 首。将自己融入至高存在之中是各宗教神秘主义者功修的一大目的。第一首双行诗讲的是“消融”对应的精神状态，即消除我执，控制感官等；第二首和第三首分别以不同的双关语秘密教授瑜伽修行的法门，具体解释可以参见前文对瑜伽修行法的说明。

（一）

【原文】

जिहि बन सीह न सँचरै, पंषि उड़े नहीं जाइ ।
रैनि दिवस का गमि नहीं, तहां कबीर रह्या ल्यौ लाइ(1) ।।१।।

【校记】

（1）蒂本第四足为 **तहां रहा कबीर लौ लाइ**，同义；各本第四足均合 15 拍，较双行律多 4 拍。

【译文】

有座森林狮[1]不入，鸟[2]儿同样难飞去。

白日、黑夜[3]均不及，格比尔已融其中。[4]

【注释】

[1] 狮：隐喻我慢，我执，强烈的自我意识。

[2] 鸟：隐喻感官。

[3] 白日、黑夜：隐喻二元对立。

本诗以一座不可思议的森林为喻体，说明了修行人消解自我之后的状态，不再执着于我慢，不再受感官掌控，不再受制于二元对立。

（二）

【原文】

सुरति ढीकुली लेज ल्यौ(1), मन नित ढोलन हार ।

कँवल कुवाँ मैं प्रेम रस, पीवै बारंबार ।।२।।

【校记】

（1）**लेज ल्यौ**：希本作 **ले जल्यौ**，断词有误，今据古本、蒂本、辛本改。

【译文】

妙乐[1]作桶融[2]作绳，日夜打水心不停。

莲花井[3]中爱汁液，畅饮一遍又一遍。

【注释】

[1] 妙乐：参见前文相会支第二十二首注释。

[2] 融：消融的状态。

[3] 莲花井：千瓣莲脉轮。

（三）

【原文】

गंग जमुन उर अंतरै, सहज सुंनि ल्यौ घाट ।
तहां कबीरै मठ-रच्या, मुनि जन जोवैं बाट ।।३।।

【译文】

心存恒河[1]叶木拿[2]，俱生空中消融道。
格比尔在彼建庙，牟尼众人翘首盼。

【注释】

[1] 恒河：比喻左脉。

[2] 叶木拿：比喻右脉。

十一、贞女支

（निहकर्मी पतिव्रता कौ अंग）

“贞女支”共收录双行诗 18 首。诗人在这一系列双行诗中将自己比作忠贞不渝的女子，将至高存在比作丈夫，进而以女子的口吻表达对至高存在的坚定信念，并将世人留恋俗世、膜拜多神视为不贞、放荡。

（一）

【原文】

जै(1) प्रीतड़ी तौ(2) तुझ सौं, बहु(3) गुणयाले कंत ।
जे हँसि बोलौं और सौं, तौं नील रँगाऊँ दंत ।।१।।

【校记】

（1）**जै**：诸现代校本均无此词，仅夏尔马写本有。希本、古本、辛本、夏尔马写本均以落款 **कबीर** 开篇，因不计入节拍，故此处略去，调整之后第一足合 13 拍。

（2）प्रीतड़ी तौ：蒂本此处断词有所不同，作प्रीति रीति。

（3）बहु：蒂本及夏尔马写本在 बहु 前另有 मेरे/मैरे“我的”。

【译文】

只向你来表爱意，夫君具足众美德[1]。

若向他人作笑语，牙齿抹上蓝黑色[2]。

【注释】

[1] 美德：此处的含义较汉语更加宽泛，内在、外在之美均为美德。

[2] 牙齿抹上蓝黑色：将牙齿涂抹成蓝黑色曾经是印度民间妓女的常见妆容。此处为女子赌咒若对丈夫不忠则甘愿沦为妓女。诗人以此比喻虔诚敬神之心。

（二）

【原文】

नैनां(1) अतरि आव तूं, ज्यूं हौं नैन झँपेउं(2) ।

नां हौं देखौं और कूं, नां तुझ देखन देउं ।।२।।

【校记】

（1）नैनां：希本作 नानां，讹，今据古本、蒂本、辛本改。

（2）辛本第二足作 नैन झाँपि तोहि लेउँ“将你关在眼睛中”。

【译文】

你就住我眼中吧！我即刻就闭上眼。

我不再看其他人，也不让你再示人。

（三）

【原文】

मेरा मुझ मैं कुछ नहीं, जो कुछ है सो तेरा ।

तेरा तुझकौं सौंपतां, क्या लागै है मेरा ।।३।।

【译文】

我中皆非我所有，一切本就属于你。

你的东西交还你，对我来说有何妨？

【注释】

在诗人看来，个人本就属于神，那么将自己虔心交付于神本就是顺理成章之事，不应有任何迟疑。

（四）

【原文】

कबीर रेख स्यंदूर की, काजल दिया न जाइ ।

नैंनूं रमइया(1) रमि रह्या,(2) दूजा कहां समाइ ।।४।।

【校记】

（1）**रमइया**：蒂本作 **प्रीतम**“爱”，疑为合诗律而减 1 拍。

（2）第二足多 1 拍。

【译文】

格比尔说，

发缝抹朱砂[1]，不再涂烟油[2]。

双眼钟情他，怎融其他人？

【注释】

[1] 依照印度民俗，女子出嫁时需要在头发分缝处抹上朱砂。反之，未出阁的姑娘和寡妇则不能抹朱砂。此处诗人以此作比，表示将自己献身于神。

[2] 印度以大眼为美，女子以一种黑色的油膏涂抹眼圈用以妆饰。此处诗人的意思是出嫁之后不需再妆饰自己以吸引他人。此外，眼膏亦可引申为俗尘，故此处亦可理解为禁断俗欲。

（五）

【原文】

कबीर सीप समंद की, रटै पियास पियास ।
समदहि तिणका बरि गिणै, स्वाँति बूंद की आस ।।५।।

【译文】

格比尔说，
贝壳身处大海[1]中，依然遍遍喊口渴。
它视大海如草芥，只求角星一滴雨。

【注释】

[1] 大海：尘世轮回。

（六）

【原文】

कबीर सुख कौं जाइ था, आगैं मिलिया(1) दुख ।
जाहि सुख घरि आपणैं, हम जाणौं अरु दुख ।।६।।(2)

【校记】

（1）मिलिया：希本、古本作 आया “来”，如此则第二足合 10 拍，少 1 拍。今据辛本、夏尔马写本改。

（2）蒂本无此诗。

【译文】

格比尔说，
本为喜乐[1]动身去，却遇痛苦[2]迎面来。
“喜乐你且回家去，我与苦乃旧相识。”

【注释】

[1] 喜乐：此处指俗世享乐。

[2] 痛苦：此处指虔爱敬神所带来的离别之苦，参见前文“离别支”。

（七）

【原文】

दोजग(1) **तौ हम अंगिया, यहु डर नाहीं मुझ ।**

भिस्त न मेरे चाहिये, बाझ पियारे तुझ ।।७।।

【校记】

（1）**दोजग**：希本作 **दो जग**“两个世界”，断词有误，今据其余诸本改。

【译文】

地狱我接受，我并不怕它。

爱人啊——

但若没有你，天堂我不要！

（八）

【原文】

कबीर कहै(1) **जे वो एक जांणियाँ, तौ जांण्या सब जांण ।**(2)

जे वो(3) **एक न**(4) **जांणियां, तो सबहीं जाण अजांण ।।८।।**

【校记】

（1）**कबीर कहै**：希本、辛本无，古本、蒂本有 **कबीर**，今据夏尔马写本改。

（2）第一行诗律不齐，各足拍数分别为 19-11-13-11，若不计算第一足落款则为 12-11-13-11。

（3）**वो**：希本、古本作 **ओ**，辛本作 **यह**，今据蒂本、夏尔马写本改。

（4）**न**：希本无，脱，其余诸本皆有。

【译文】

格比尔说，

如果谁能知道一[1]，便已通晓诸知识。

如果不能知道一，知晓一切亦无知。

【注释】

[1] 一：一元的至高存在，唯一、终极。

（九）

【原文】

कबीर एक न जांणियां, तौ बहु जांण्यां क्या होइ ।

एक तैं सब होत है, सब तैं एक न होइ ।।९।।

【译文】

格比尔说，

若是未曾知道一，知道许多又何益？

万物皆由一所生，一却不由万物生。

（十）

【原文】

जब लग भगति सकांमता, तब लग निर्फल सेव ।

कहै कबीर वै क्यूं मिलैं, निहकामी निज देव ।।१०।।(1)

【校记】

（1）第二行两足各多 1 拍。

【译文】

若是虔诚为私利，纵使敬奉亦无果。

格比尔说，

自我之神无欲求，如此怎能见到他？

【注释】

“自我之神”即内在的自我。诗人认为真正的自我是无欲无求的，如果世人心存私念，那么不管怎么敬神、供奉，都绝不可能证悟。

（十一）

【原文】

आसा एक जु राम की, दूजी आस निरास ।

पांणी माहिं घर करैं, ते भी मरैं पियास ।।११।।(1)

【校记】

（1）蒂本第二行作 **जैसे सीप समंद मैं, नहीं स्वाति बिन प्यास** “如同海中珍珠蚌，只有角星能解渴”。

【译文】

唯一渴求即罗摩，其他所求皆无望。

纵使安家在水[1]中，干渴依旧致身亡。

【注释】

[1] 水：此处指尘世轮回、有情之海。本诗可以对照本支第五首阅读。

（十二）

【原文】

जे मन लागै एक सूं, तौ निरबाल्या जाइ ।

तूरा दुइ मुखि बाजणां, न्याइ तमाचे खाइ ।।१२।।

【译文】

心若系唯一，当持之以恒。

口吹俩喇叭，就该被掌掴。

（十三）

【原文】

कबीर कलिजुग आइ करि, कीये बहुतज मीत ।

जिन दिल बंधी एक सूं, ते सुखु सोवै निच्यंत(1) ।।१३।।(2)

【校记】

（1）निच्यंत：希本、古本、辛本作 नचींत。

（2）蒂本无此诗。

【译文】

格比尔说，

降生来到迦利时，结交许多好朋友[1]。

只有心系唯一者，方可欢喜寐无忧。

【注释】

[1] 许多好朋友：许多其他神明或尘世享乐，贬义，与第二行“心系唯一者”形成对照。本诗两行为转折关系。

（十四）

【原文】

कबीर कूता राम का, मुतिया मेरा नांउं ।

गलै राम की जेवड़ी, जित खैंचै तित जाउं ।।१४।।

【译文】

格比尔说，

我乃罗摩一条狗，我的名叫穆迪亚[1]。

罗摩索套系脖上，任他拉拽去何方。

【注释】

[1] 穆迪亚：मुतिया 一词的音译，字面义为“小珍珠”，常用作狗的名字。该词亦可比喻获得解脱之人。

（十五）

【原文】

तो तो करै त बाहुडौं, दुरि दुरि करै तो जाउं ।

ज्यूं हरि राखै त्यूं रहौं, जो देवै सो खाउं ।।१५।।

【校记】

蒂本无此诗。

【译文】

"去去"我就跑开去，"哆哆"我就回身来。[1]

任由诃利来摆弄，他给什么吃什么。

【注释】

[1]"去去"和"哆哆"分别是逗弄小狗时所说的话和发出的声音，此处诗人将自己比作小狗，把诃利比作主人。

（十六）

【原文】

मन प्रतीत न प्रेम रस, नां इस तन मैं ढंग ।

क्या जाणौं उस पीव सूं, कैसें रहसी रंग ।।१६।।

【校记】

蒂本无此诗。

【译文】

若心不喜爱汁液，此身亦不得方法。

如何能知彼情郎？爱恋又怎能持久？

（十七）

【原文】

उस संम्रथ का दास हौं, कदे न होइ अकाज(1) ।

पतिब्रता नाँगी रहै, तो उसही पुरिस कौं लाज(2) ।।१७।।

【校记】

（1）अकाज：夏尔马写本作 अकास"天空"。

（2）第四足合 15 拍，较双行律多 4 拍。

【译文】

我乃全能者之奴，怎会一事也不成？[1]

贞洁妻子身赤裸，她家丈夫定丢人。[2]

【注释】

[1] 第二足若取夏尔马写本的表述，即“无时不刻不身处天空之中”，则神秘主义含义更强，关于天空的隐喻参见前文相关注释。

[2] 诗人在这首诗中自比奴仆和贞洁的妻子，将神比作主人和丈夫。因为神关爱信徒、无比慈悲，故断然无法对奴仆一事无成或是妻子赤身裸体袖手旁观，必将赐予恩惠。

（十八）

【原文】

घरि परमेसुर पांहुणां, सुणौं सनेही दास ।

षट रस भोजन भगति करि, ज्यूं कदे न छाड़ै पास ।।१८।।

【校记】

蒂本无此诗。

【译文】

听啊——

大自在天[1]之爱仆，他将做客来你家。

虔爱作成六味食[2]，永不向你抛索套。

【注释】

[1] 大自在天：原文作 **परमेसुर**，通 **परमेश्वर**。该词多用于指称湿婆，但也可以泛指至高存在。伊斯兰教传入印度之初也曾被用于翻译“安拉”。

[2] 六味指甜、咸、苦、辣、涩、酸六种味道，此处“六味食”泛指风味各异的各种美食。

本诗描述了信徒预备美食，迎接圣人来家的场景。

十二、警诫支

（चितावणी कौ अंग）

“警诫支”共收录双行诗 62 首，是篇幅最长的一支。在本支中，诗人主要围绕以下几个相关主题向世人提出了忠告：① 降生为人的机会十分难得，不要轻易浪费。和印度许多其他宗教导师一样，格比尔同样相信业报轮回，并且相信在诸道轮回中，唯有人道才可以助人解脱。但无奈肉身易死，诗人劝诫世人不要虚度光阴，错失获得解脱的良机。② 不要贪恋尘世，无论荣华富贵，还是俊美的身躯，都不过是昙花一现，不值得骄傲自大。其中尤以第八至十二首以“究竟有何可骄傲”起首的一组诗歌阐述得最为直白而透彻。③ 应当把握为人的机会虔信罗摩 / 诃利 / 安拉，从而牢牢把握住解脱的机会。第三十至三十三首诗以“从不知道罗摩名”为主题，描述种种虚度光阴的可能性，实际上是为世人树立了反面的典型。从表现手法来看，诗人使用了大量比喻意象，展现了出色的文学技巧。

（一）

【原文】

कबीर नौबति आपणीं, दिन दस लेहु बजाइ ।

ए(1) पुर पाटण(2) ए(3) गली, बहुरि न देखै आइ ।।१।।

【校记】

（1）（3）ए：蒂本作 **यह**，同义。

（2）**पाटण**：希本作**पटन**，古本作 **पटण**，均少 1 拍，今据夏尔马写本改。蒂本、辛本作 **पट्टन**，亦不违诗律。

【译文】

格比尔说，

自家鼓乐队[1]，演奏仅十天[2]。

此城此街巷，不复再相见。

【注释】

[1] 鼓乐队：原文 **नौबति**，通 **नौबत**，波斯语词。富贵人家常在节庆之时雇佣鼓乐队演奏，此处引申为尘世喧嚣。

[2] 十天：此处为虚指，表示时间短暂。

本诗旨在说明尘世生活稍纵即逝，劝诫世人勿要留恋一时荣华。

（二）

【原文】

जिनकै नौबति बाजती, मैंगल बँधते बारि ।

एकै(1) हरि के नाँव बिन, गए जन्म सब हारि ।।२।।

【校记】

（1）**एकै**：蒂本作 **एकहि**，同义。各本第三足均少 1 拍。

【译文】

纵有鼓乐齐奏鸣，还有绳索缚醉象。

只要没有诃利名，人生终究虚度尽。

【注释】

中世纪时，能够雇佣鼓乐队演奏并豢养大象的均是非富即贵的显赫之家。诗人以此作为象征符号，比喻尘世财富与权力。

（三）

【原文】

ढोल दमामा दुड़बड़ी[1], सहनाई संगि भेरि ।
औसर चल्या बजाइ करि, है कोइ राखै फेरि ।।३।।

【校记】

（1）दुड़बड़ी：蒂本作 गड़गड़ी，辛本作 डुगडुगी，均指某种类型的鼓。

【译文】

大大小小各色鼓，还有唢呐和喇叭。
待到鼓乐演奏毕，时机已逝难挽回。

【注释】

本诗共提到了四种乐器。其中有三种鼓。第一足共提到了三种鼓：第一种鼓 ढोल 是一种大型的双面鼓；第二种鼓 दमामा，又称 नगाड़ा，是一种从波斯传入印度的小鼓；第三种鼓 दुड़बड़ी 具体所指不明。唢呐在历史上亦由波斯传入印度、中国等地。①

（四）

【原文】

सातौं सबद जु बाजते, घरि घरि होते राग ।
ते मंदिर खाली पड़े, वैसण[1] लागे काग ।।४।।[2]

① 有关波斯唢呐的传播历史参见穆宏燕："亦喜亦悲话唢呐"，《波斯札记》，郑州：河南大学出版社，2014 年，第 161~168 页。原文刊载于《北京青年报》2011 年 9 月 26 日"历史纵横版"。

【校记】

（1）**वैसण**：辛本作 **बैठन**，同义。

（2）蒂本无此诗。

【译文】

曾经演奏七声乐[1]，家家户户奏拉格[2]。

如今庙宇空寂寥，只剩乌鸦犹端坐。

【注释】

[1] 七声乐：原文 **सातौं सबद**，指拥有七种声音的（音乐）。印度古代音乐采用一种类似西方音乐的七声音阶。① 故“七声乐”实际上泛指各类乐曲。相比之下，诗人在前文所推崇的神圣声音是无声的。

[2] 拉格：本词为多义词。第一，印度古典音乐的旋律；第二，爱欲。译文取第一个释义。若取第二个释义，则第二足可以译为“家家户户生爱欲”。这两重含义符合本支以鼓乐比喻尘世享乐的手法。

（五）

【原文】

कबीर थोड़ा जीवणां, माड़े बहुत मँडाण ।

सबही ऊभा मेल्हि गया(1), राव रंक सुलितान ।।५।।

【校记】

（1）**मेल्हि गया**：蒂本作 **पंथ सिर**“道路的尽头”。

【译文】

格比尔说，

纵使百般饰，人生终究短。

穷人苏丹王[1]，起身归一处。

---

① 这七个音（Svara）的唱名分别是萨（Sa）、利（Re）、嘎（Ga）、马（Ma）、巴（Pa）、达（Dha）、匿（Ni）。有关印度音乐的基本介绍参见陈自明：《印度“拉格”初探》，《中央音乐学院学报》，1983 年第 3 期，第 3~12 页。

【注释】

[1] 苏丹王：因字数原因缩略了两个不同的单词，分别是：**राव**，通 **राजा**“王 / 罗阇”；**सुलितान**，通 **सुलतान**“苏丹”。中世纪时，统治地域较大的穆斯林统治者多以苏丹自称。部分印度教徒出身的豪强沿用了“王 / 罗阇”一词，但他们统治的区域多小于“苏丹”。

（六）

【原文】

इक दिन ऐसा होइगा, सब सूं पड़ै बिछोह ।

राजा राणा छत्रपति, सावधान कि न(1) होइ ।।६।।

【校记】

（1）**कि न**：诸本均断为 **किन**“为何”，但各本均注释为“为何不”，因 **कि** 亦可作“为何”之义，今改。

【译文】

终究会有这一天[1]，一切所有皆抛下。

国王君侯或领主，为何不能稍警醒？

【注释】

[1] 这一天：人死去的那一天。

（七）

【原文】

कबीर पाटण(1) कारिवां, पंच चोर दस द्वार ।

जम रांणौं गढ भेलिसी, सुमिरि लै करतार ।।७।।(2)

【校记】

（1）**पाटण**：希本、古本作 **पटण**，少 1 拍，今据夏尔马写本改。辛本作 **पट्टन**，亦不违诗律。

（2）蒂本无此诗。

【译文】

商旅篷车[1]驻城中，五个小偷[2]十城门[3]；
眼看阎王将破城，速速祷念创造者。

【注释】

[1] 北印度西部旁遮普、拉贾斯坦、古吉拉特等地民众历来多行商，故格比尔诗歌传入西部之后也相应地加入了许多富有商旅色彩的元素。这种特色在东部流传的格比尔诗歌中较为少见。

[2] 五个小偷：古本、辛本均将其注释为“五病”，分别是爱欲（**काम**）、愤怒（**क्रोध**）、贪婪（**लोभ**）、愚痴（**मोह**）、癫狂（**मद्**）。但是，结合“十城门”的瑜伽术语语境，将其视为“五根”，即五种感官更加合适，这五根分别是眼、耳、鼻、舌、身。世人常以五根感知俗世万物，进而误以为俗世便是真实。因此这五根反而成了干扰求知的阻碍，就如同在抵抗外敌时破坏城防的小偷一样。

[3] 十城门：瑜伽细身有十门一说，人死时命气同样是从这十门散去。故为了求得长生，就需要严守十门，以免如第三足所说，死神阎王攻破城门，夺人性命。

（八）

【原文】

कबीर कहा गरबियौ,(1) **इस जोबन**(2) **की आस ।**
केसू(3) **फूले दिवस चारि**(4),(5) **खंखर भये पलास ।।८।।**

【校记】

（1）第一足合 12 拍，少 1 拍。以下几首均存在这个问题。

（2）**जोबन**：希本作**जीवन**，讹，今据古本、蒂本、夏尔马写本改。

（3）**केसू**：希本、蒂本作**टेसू**，讹，今据古本、辛本、夏尔马写本改。

（4）**चारि**：蒂本、辛本、夏尔马写本作 **दोइ**“二”，均为虚指，于诗义无妨。

（5）第三足合 14 拍，多 1 拍。

【译文】

格比尔说，

究竟有何可骄傲？青春岁月好期望？

波罗奢[1]花再红艳，花开四日[2]必凋零。

【注释】

[1] 波罗奢：即紫矿，原文पलास，通पलाश，豆科紫矿属植物，拉丁学名为 *Butea monosperma*。南亚、东南亚各国常见植物。花色艳丽，但花期不长，故此处被诗人用来比喻青春易逝，勿要自恃年少而贪恋俗世。

[2] 四日：虚指，形容时间短暂。

（九）

【原文】

कबीर कहा गरबियौ, देहा देखि सुरंग ।

बीछड़ियाँ मिलिबौ नहीं(1), ज्यूं कांचली भुवंग ।।९।।

【校记】

（1）蒂本第三足为 आजु काल्हि तजि जाहुगे“迟早都会离你去”。

【译文】

格比尔说，

究竟有何可骄傲？身躯看来甚美艳？

如同蛇虫蜕下皮，一旦离开不再见。

（十）

【原文】

कबीर कहा गरबियौ, ऊँचे देखि अवास ।

काल्हि पर्यूं भ्वैं लेटणां(1), ऊपरि जामैं घास ।।१०।।

【校记】

(1) **लेटणां**：蒂本、辛本作 **लोटना** “散落”。

【译文】

格比尔说，

究竟有何可骄傲？高宅大院不可攀？

来日坍塌倒在地，杂草丛生在其上。

(十一)

【原文】

कबीर कहा गरबियौ, चांम पलेटे हड ।

हैंबर ऊपरि छत्र सिरि(1), ते भी देबा खड ।।११।।

【校记】

(1) **सिरि**：蒂本、辛本作 **तर**。

【译文】

格比尔说，

究竟有何可骄傲？不过皮肉包骨头。

头顶华盖骑良驹，[1] 终究还是要死去。

【注释】

[1] 头顶华盖骑良驹：这是对帝王生活的描述。

(十二)

【原文】

कबीर कहा गरबियौ, काल गहै कर केस ।

नां जांणौं कहां मारिसी, कै घरि कै परदेस ।।१२।।

【译文】

格比尔说，

究竟有何可骄傲？迦罗抓住手和发。[1]

不知将死在何处，或在家中或他乡。

【注释】

[1] 第二足亦可译为“迦罗以手抓头发”。

（十三）

【原文】

यहु ऐसा संसार है, जैसा सैंबल फूल ।
दिन दस के ब्यौहार कौं, झूठै रंगि न भूलि ।।१३।।

【校记】

蒂本无此诗。

【译文】

这便是尘世轮回，如同木棉[1]花一般。
花开不过十日间，勿陷虚假艳色中。

【注释】

[1] 木棉：拉丁学名为 *Bombax ceiba*，木棉科木棉属乔木。与本支第八首所说的波罗奢/紫矿相似，是一种花色艳丽但花期不长的植物，因此也被用来比喻人生短暂，劝人莫要贪恋。

（十四）

【原文】

जांमण मरण बिचारि करि, कूडे(1) कांम निबारि ।
जिनि पंथूं तुझ(2) चालणां, सोई पंथ सँवारि ।।१४।।

【校记】

（1）कूडे：辛本作 कूरे“凶狠”。

（2）तुझ：蒂本、辛本作 तोहि。

【译文】

一心思考生与死，情欲抛入火坑中。

注定你要行此路，做好准备去上路。

（十五）

【原文】

बिन रखवाले बाहिरा, चिड़ियें खाया खेत ।

आधा परधा(1) ऊबरै, चेति सकै तौं चेति ।।१५।।(2)

【校记】

（1）**परधा**：希本作 **प्रधा**，少 1 拍，今据古本、辛本改。

（2）蒂本无此诗。

【译文】

庄稼[1]无人守，鸟雀[2]饕餮吃。

尽力救庄稼，尽量多悟道。

【注释】

[1] 庄稼：比喻人的生命。

[2] 鸟雀：比喻尘世享乐。

（十六）

【原文】

हाड़ जलै ज्यूं लाकड़ी, केस जलैं ज्यूं घास ।

सब तन(1) जलता देखि करि, भया कबीर उदास ।।१६।।

【校记】

（1）**तन**：蒂本作 **जग**“世界、世间一切众生”。

【译文】

骨头燃烧如木柴，毛发燃烧如杂草。

目睹全身火中烧，格比尔看破一切[1]。

【注释】

[1] 看破一切：此处为意译。原文为 **भया उदास**，其中 **उदास** 有两

重含义：第一，忧伤，即格比尔目睹火葬仪式之后感到忧伤；第二，漠不关心，即格比尔在目睹火葬仪式之后看到肉身终究如同草木，不值得留恋，由此看破俗世，不再心存俗欲。又，中世纪也将一部分修行人称为 **उदासी**，字面义为“漠不关心（尘世）的人”，锡克教有一支出家僧团便以此自称。

（十七）

【原文】

कबीर मंदिर(1) ढहि पड़्या, सैंट भई सैंबार ।

को(2) चेजारा चिणि गया, मिल्या न दूजी बार ।।१७।।(3)

【校记】

（1）**मंदिर**：夏尔马写本作 **देवल**“神庙”。

（2）**को**：希本、辛本作**कोई**“某位”，多两拍，今据夏尔马写本改。

（3）蒂本无此诗。

【译文】

格比尔说，

庙宇[1]已坍塌，砖石遍苔藓。

哪位工匠[2]造？不复再相见。

【注释】

[1] 庙宇：肉身，下一首诗同。

[2] 工匠：造物主。

在诗人看来，若不能把握人生在世的良机获得解脱，便无法证得大我，见到造物主。

（十八）

【原文】

कबीर देवल ढहि पड़्या, ईट भई सैंवार ।

करि चिजारा सौं प्रीतिड़ी, ज्यूं ढहै न दूजी बार ।।१८।।

【校记】

蒂本无此诗。

【译文】

格比尔说，

神庙已坍塌，砖石遍苔藓。

只要爱工匠，不会再坍塌。

【注释】

本诗第一行与上一首诗第一行相同，但本诗第二行给出了一个积极的结局，即通过虔诚爱神而免于死亡。

（十九）

【原文】

कबीर मंदिर लाष का, जड़िया हीरें लालि ।

दिवस चारि का पेषणां, बिनसि(1) जाइगा काल्हि ।।१९।।

【校记】

（1）**बिनसि**：希本作 **बिकस**“开花、开心”，讹，今据蒂本、辛本改。

【译文】

格比尔说，

紫胶造宫殿[1]，镶钻嵌红石。

赏玩四日[2]间，不日被烧灭。

【注释】

[1] 紫胶造宫殿：典故出自大史诗《摩诃婆罗多》中的“火烧紫胶宫”。持国百子为迫害般度五子，以易燃的紫胶为材料营造了一座宫殿，待后者入住紫胶宫之后便派人纵火，想要烧死般度五子。

[2] 四日：虚指，形容时光短暂。

本诗以紫胶宫比喻肉身，以宫殿镶嵌的各类宝石比喻凡人对肉身的种种妆饰。然而，人生苦短。到火葬之时，肉身归于烈火，恰如富丽堂皇的紫胶宫毁于大火。

（二十）

【原文】

कबीर धूलि सकेलि करि, पुड़ी ज बांधी एह ।
दिवस चारि का पेवणं, अंति षेह की षेह ।।२०।।

【译文】

格比尔说，
本是尘埃汇聚成，外有一叶包裹住。
赏玩不过四日间，尘土终究归尘土。

【注释】

本诗行文省略了主语“肉身”。

（二十一）

【原文】

कबीर जे धंधै तौ धूलि, बिन धंधै धूलै नहीं ।
ते नर बिनठे मूलि, जिनि धंधै मैं ध्याया नहीं ।।२१।।(1)

【校记】

（1）本诗与双行律不符。蒂本无此诗。

【译文】

格比尔说，
人若作为[1]便成土[2]，无所作为[1]不成土。
身陷作为[1]犹不思，此人根本[3]遭毁灭。

【注释】

[1] 作为：此处特指因受摩耶迷惑而做出的行为举止，进而导致陷入业障的束缚，含贬义。

[2] 土：此处延续了上一首诗的理念，即肉身不过是尘土，之

所以降生为人是因为依然受到业障束缚，挣脱了业障束缚、获得解脱的个体就不会再降生为人。

［3］根本：人的根本，即生命。

（二十二）

【原文】

कबीर सुपनैं रैनि कै, ऊघड़ि आये नैंन ।
जीव पड़्या बहु लूटि मैं, जागै तौ लैंण न देण ।।२२।।

【译文】

格比尔说，
夜晚迷梦[1]中，双眼已睁开。[2]
一生多所得，醒来知无用。

【注释】

［1］夜晚迷梦：比喻尘世轮回。

［2］睁眼：比喻醒悟。

（二十三）

【原文】

कबीर सुपनैं रैनि कै, पारस जीय मैं छेक ।
जे सोऊं तौ दोइ जणां, जागूं तौ एक ।।२३।।

【译文】

格比尔说，
夜晚迷梦中，点金石穿心。
睡时只知二[1]，醒来方知一[2]。

【注释】

［1］二：将大小我对立起来，泛指各类谬误、错误的思想观念。

［2］一：既可以指唯一的至高存在，也可指将大小我视同一体

的真理。

（二十四）

【原文】

कबीर इस संसार में, घणै मनिष मतिहींण ।
राम नाम जांणैं नहीं, आये टापा दीन ।।२४।।

【校记】

蒂本无此诗。

【译文】

格比尔说，
这个轮回中，多是愚笨人。
不知罗摩名，可怜被束缚。

（二十五）

【原文】

कहा कियो(1) हम आइ करि, कहा कहैंगे जाए ।
इत के भए न उत के,(2) चाले मूल गँवाइ ।।२५।।

【校记】

（1）**कियो**：希本作**कीयौ**，如此则第一足多1拍，今据辛本改。

（2）第三足合12拍，少1拍。

【译文】

来了[1]做过哪些事？将来[2]我该怎么说？
此间彼处[3]皆不留，自己行径毁根本。

【注释】

[1] 来了：出生为人。

[2] 将来：死后向神禀报自己为人期间的所作所为。

[3] 此间彼处：此间指人世，彼处指神的所在。因为已经死去，

所以不归人世；但因为行前世径卑劣，所以不被神界所接纳。

（二十六）

【原文】

आया अणआया[1] भया, जे बहुरता[2] संसार ।

पड़या भुलांवां गाफिलां, गये कुबुधी हारि ।।२६।।

【校记】

（1）**अणआया**：希本作 **अणआय**，脱，今据蒂本、辛本、夏尔马写本改。

（2）**बहुरता**：蒂本、辛本作 **बहु राता** “非常享受”。

【译文】

来了成没来，[1] 打回轮回中。

深深陷无知，屡被愚昧劫。

【注释】

[1] 出生为人是获得解脱的最好机会，但有人虚度人生，终致错失良机，重返轮回，因此被诗人称作“来了成没来”。

（二十七）

【原文】

कबीर हरि की भगति बिन, ध्रिग जीमण संसार ।

धूंवाँ केरा धौलहर, जात न लागै बार ।।२७।।

【译文】

格比尔说，

若不爱诃利，该惨轮回噬。

烟尘作宫殿，顷刻便消散。

（二十八）

【原文】

जिहि हरि की चोरी करी, गये राम गुण भूलि ।
ते बिधना बागुल रचे, रहे अरध मुखि झूलि ।।२८।।

【译文】

他已背信弃诃利，罗摩功德皆遗忘。
造主[1]如此打造他，如鹤向下晃动喙[2]。

【注释】

[1] 造主：既可以理解为人格化的造物主，也可以理解为抽象的命运。

[2] 在印度文学创作中，鹤将喙插入水中捕鱼的行为常被视为欺骗，诗人以此比喻不信神之人。

（二十九）

【原文】

माटी मलणि कुँभार की, धणीं सहै सिरि लात ।
इहि औसरि चेत्या नहीं, चूका अब की घात ।।२९।।

【校记】

蒂本无此诗。

【译文】

陶工[1]摔打捏陶土[2]，当头重击得承受。
此前良机[3]不觉悟，如今只能受伤害。

【注释】

[1] 陶工：各注释本理解不一，沃德维尔认为陶工指死神迦罗/阎王，辛本认为陶工指轮回。

[2] 陶土：个体。

[3] 良机：出生为人的机会，本诗同样旨在劝诫世人莫要等到

将死之时才悔恨未能及早敬神信神，以至于碌碌无为、一事无成。

（三十）

【原文】

इहि औसरि चेत्या नहीं, पसु ज्यूं पाली देह ।

राम नाम जाण्या नहीं, अंति पड़ी मुख षेह ।।३०।।

【校记】

蒂本无此诗。

【译文】

此前良机不觉悟，畜生徒然有人形。

从不知道罗摩名，死后落入尘土口。

【注释】

在诗人看来，世间众生唯有人可以通过修行获得解脱。但不能珍惜这一良机之人就如同徒有人形的畜生，终究只是碌碌无为地度过一生。

（三十一）

【原文】

राम नाम जाण्यौं नहीं, लागी मोटी षोड़ि ।

काया हाँडी काठ की, ना उँ चढ़ै बहोड़ि ।।३१।।

【译文】

从不知道罗摩名，身负沉重罪恶业。

肉身如同木头匣，[1]他[2]绝不再来附身。

【注释】

[1] 印度通行火葬，故此处将肉身比作木制容器，在死亡（烈火）面前不堪一击，同样旨在劝诫世人人生难得，不应虚度。

[2] 他：灵魂。

（三十二）

【原文】

राम नाम जाण्यां नहीं, बात बिनंठी मूल ।
हरत इहां ही हारिया, परति पड़ी मुखि धूल ।।३२।।

【校记】

蒂本无此诗。

【译文】

从不知道罗摩名，精华根本遭毁灭。
强盗反而被洗劫，终究堕入尘土口。

【注释】

本诗将贪恋俗世权势享乐之人比作强盗，然而他们在自以为占有了大量财富、权力的时候，却不知自己宝贵的生命已经成为死神洗劫的对象，故有“强盗反而被洗劫”一说。

（三十三）

【原文】

राम नाम जाण्यां नहीं, पाल्यो कटक कुटुंब ।
धंधा ही में मरि गया, बाहर हुई न बंब ।।३३।।

【译文】

从不知道罗摩名，辛苦养活一大家。
死在凡俗事务中，呐喊呼救亦不能。

（三十四）

【原文】

मनिषा जनम दुर्लभ है, देह न बारंबार ।
तरवर थैं फल झड़ि पड़्या,(1) बहुरि न लागै डार ।।३४।।

【校记】

（1）蒂本、辛本第三足为 **पाका फल जो गिरि परा** “已经落下来的成熟的果实”。

【译文】

人生实难得，不会反复给。
果已落下树，不再挂枝头。

（三十五）

【原文】

कबीर हरि की भगति करि, तज विषिया रस चोंज ।
बार बार नहीं पाइए, मनिषा जन्म की मौज ।।३५।।

【译文】

格比尔说，
你须虔诚信诃利，务必抛弃尘俗趣。
出生在世成人类，如此欢喜难再得。

（三十六）

【原文】

कबीर यहु तन जात है, सकै तो ठाहर लाइ(1) ।
कै सेवा करि साध की, कै गुण गोबिन्द के गाइ ।।३६।।

【校记】

（1）**ठाहर लाइ**：辛本作 **ठौर लगाय**，同义。

【译文】

格比尔说，
这具身躯正死去，尽力阻拦让他[1]停：
或是恭敬侍贤士，或颂牛得之功德。[2]

【注释】

[1] 他：第一足所说正在死去的肉身。

[2] 第二行是在诗人看来可以阻拦肉身死去的可行方法。

（三十七）

【原文】

कबीर यहु तन जात है, सकै तौ लेहु बहोड़ि ।
नागे हाथूं ते गये, जिनकै लाख करोड़ि ।।३७।।

【译文】

格比尔说，
这具身躯正死去，大可尝试去挽回。
纵使拥有亿万财，终究只能空手去。

（三十八）

【原文】

यहु तन काचा कुंभ है, चोट चहूँ दिसि खाइ ।
एक राम के नाँव बिन, जदि तदि प्रलै जाइ ।।३८।।

【校记】

蒂本无此诗。

【译文】

这身躯是泥胚罐，四面八方受击打。
若无唯一罗摩名，终有一刻遭覆灭。

（三十九）

【原文】

यह तन कचा कुंभ है, लियां फिरैं था साथि ।

ढबका लगा फूटि गया, कछू न आया हाथि ।।३९।।

【译文】

这身躯是泥胚罐，你却结伴来旋转[1]。

敲打一下就破碎，手中什么都不剩。

【注释】

[1] 旋转：陶工制陶时把泥胚放在陶轮上旋转，此处诗人将其比作与脆弱的肉身结伴沉醉尘世，不求解脱。

（四十）

【原文】

काँची कारी जिनि करै, दिन दिन बधै बियाधि ।

राम कबीरै रुचि भई यही, ओषदि साधि ।।४०।।

【校记】

蒂本无此诗。

【译文】

切莫病急乱投医，日复一日况愈下。

格比尔说，

生出钦慕罗摩情，方是起死回生药。

（四十一）

【原文】

कबीर अपनें जीवतैं, ए दोइ बातैं धोइ ।

लोभ(1) बड़ाई करणौ, अछता मूल न खोइ ।।४१।।(2)

【校记】

（1）लोभ：蒂本作 मांन “尊重”。

（2）本诗第二、三足均合 12 拍，分别多 1 拍、少 1 拍。

【译文】

格比尔说，

从自己心中，洗去两污点：

贪婪与自大，因它亏本金[1]。

【注释】

[1] 本金：原文为 **मूल** “根本”，此处依古本、辛本注释为 **मूलधन** “本金”，比喻出生为人的机遇。

（四十二）

【原文】

खंभा ऐक गइंद दोइ, क्यूं करि बंधसि बारि ।

मानि करै तौ पीव नहीं, पीव तौ मानि निवारि ।।४२।।

【译文】

一根柱子两头象，怎将两者捆门口？

傲慢不能得情郎，要情郎须除傲慢。

（四十三）

【原文】

दीन गँवाया दुनी सौं, दुनी न चाली साथि ।

पाँइ कुहाड़ा मारिया, गाफिल अपणै हाथि ।।४३।।

【译文】

因为俗世废信仰，俗世亦不随你去。

无知无识当作手，挥斧砍向自己脚。

（四十四）

【原文】

यह तन[1]तौ सब बन भया, करंभ भए कुहाड़ि ।

आप आप कूं काटि हैं, कहै कबीर बिचारि ।।४४।।[2]

【校记】

（1）**तन**：希本作 **मन**，讹，今据其余诸本改。

（2）蒂本无此诗。

【译文】

这具身躯是树林，业障化作伐木斧。

格比尔说想想吧！自己正在砍自己。

（四十五）

【原文】

कुल खोयाँ कुल ऊबरै, कुल राख्याँ कुल जाइ ।

राम निकुल कुल भेंटि लै, सब कुल रह्या समाइ ।।४५।।

【译文】

抛弃家族皆[1]得救，死守家族一切消。

无家罗摩得一切，一切融入他之中。

【注释】

[1] 家族、皆：原文都是 **कुल**。**कुल** 是多义词，可以表示家族、世系、一切。后三足中的“一切”原文也是 **कुल**。就“家族”而言，既可以指俗世生活中的家庭，也可以指密教修行的师承，古本还将“家族”注释为人的肉身。因此，本诗实际上可以作多重解读，这为教授、传唱这首双行诗的宗教导师提供了很大的发挥空间。

（四十六）

【原文】

दुनिया के धोखै मुवा, चलै जु कुल की कांणि ।
तब कुल किसका लाजसी, जब ले धर्या मसांणि ।।४६।।

【译文】

墨守家律循族规，困死俗世骗局中。
待到身处焚尸场，还有什么家族名？

（四十七）

【原文】

दुनियां भाँडा दुख का, भरी मुहांमुह भूष ।
अदया अलह राम की, कुरहै(1) ऊंणीं कूष ।।४७।।(2)

【校记】

（1）**कुरहै**：辛本作 **कुरलै**，同义。

（2）蒂本无此诗。

【译文】

世界是个痛苦罐，装满饥饿到罐口。
安拉罗摩[1]真无情，创造女阴与子宫[2]。

【注释】

[1] 安拉罗摩：格比尔诗歌中时不时出现将印度教和伊斯兰教神明称号连用的情况，这也是格比尔诗歌打破两教隔膜、宣扬两教融合的体现。最有名的一首诗当属下面这首唱词，其中先后使用了安拉、罗摩、真主、拉赫曼、诃利等两教至高神的名号：

安拉、罗摩啊，众生与你相同；我的主人啊，赐给奴仆恩惠！（副歌）为何用身体敲击大地？为何要在水中沐浴？强迫他人的人成了谦卑的真士；美德荡然无存。（1）洗手念祷清洗何用？为何要在清真寺磕头？心存虚伪地做礼拜，为何要去克尔白朝觐？（2）婆罗门在二十四个第十一天作斋戒；法官在斋月。十一个月为何是空的？集中在一个月中？（3）如果清真寺是真主的，那么其他地方是谁的？（如果）罗摩住在圣地和偶像中，两者之中为什么找不到他呢？（4）东方是诃利的住所？西面是安拉的所在？在心中找！用心找！就会在其中找到罗摩、拉赫曼。（5）创造多少男男女女，这些都是你的形象。格比尔是安拉、罗摩的孩子，诃利是我的导师、教长。（6）

W280/S223

［2］出世意味着堕入轮回，故诗人将这种现象归罪于神的无情。这种“指责”近乎情话，是中世纪诗人表达虔诚之情的常用技法之一。

（四十八）

【原文】

जिहि जेवड़ी जग बंधिया, तूं जिनि बँधै कबीर ।

हैसी आटा लूंण ज्यूं, सोना सँवा सरीर ।।४८।।

【译文】

格比尔说，

莫要被绳套，捆在这俗世。

否则金贵身[1]，如盐入面粉。[2]

【注释】

［1］金贵身：原文 **सोना सँवा सरीर**，通 **सोना समान शरीर**，字面义为“如黄金一般的身体”。因为出生为人的机会十分宝贵，所以诗人将人的身体视若黄金。

［2］盐贵而面粉贱，但如果将盐撒入面粉之中则再也无法析出。诗人以此比喻在凡俗世界中虚度人生。

（四十九）

【原文】

कहत सुनत जग जात है, बिषै न सूझैं काल ।

कबीर प्यालै प्रेम कै, भरि भरि पिवै(1) रसाल ।।४९।।(2)

【校记】

（1）**पिवै**：古本、夏尔马写本作 **पीव**，可以理解为“喝”（同义）或“情郎”。

（2）蒂本无此诗。

【译文】

言谈之间俗世灭，陶醉尘俗不知死。
格比尔说，
且把虔爱作杯盏，斟满畅饮美味汁。

（五十）

【原文】

कबीर हद के जीव सूं, हित करि मुखां न वोलि ।

जे लागे बेहद सूं(1) तिन सूं अंतर खोलि ।।५०।।

【校记】

（1）蒂本、辛本第三足作 **जे राचे बेहद्द सौं** “心向无限之人”。

【译文】

格比尔说，
众生受限制，爱却不开口。
不受限制者，内心已敞开。

（五十一）

【原文】

कबीर केवल राम की, तूं जिनि छाड़ै ओट ।

घण अहरणि बिचि लोह ज्यूं, घणीं(1) सहै सिर चोट ।।५१।।(2)

【校记】

（1）**घणीं**：希本作 **घड़ीं**，讹，今据古本、夏尔马写本改，另辛本作 **घनी**。

（2）蒂本无此诗。

【译文】

格比尔说，

你可千万别抛弃，唯一罗摩庇护所。

否则如同砧上铁，屡遭当头重捶打。[1]

【注释】

［1］第二行字面义为：“如同身处锤子和铁砧之间的铁条，屡屡当头遭受重击。”

（五十二）

【原文】

कबीर केवल राम कहि, सुध(1) गरीबी झालि ।

कूड़ बड़ाई बूडसी, भारी पड़सी काल्हि ।।५२।।

【校记】

（1）**सुध**：夏尔马本作 **शुध**，均少 1 拍。古本括注 **सुध्ध**，蒂本、辛本作 **सुद्ध**，补足 1 拍。

【译文】

格比尔说，

念颂唯一之罗摩，生活须守清贫苦。

若陷愚蠢自大中，明日即刻担重负。

（五十三）

【原文】

काया मंजन क्या करै, कपड़ा(1) धोइम धोइ ।

उजल हूवा न छूटिए, सुख नींदड़ीं न सोइ ।।५३।।

【校记】

（1）कपड़ा：希本作 कपड़，脱。今据蒂本、辛本、夏尔马写本改。

【译文】

一遍一遍洗衣服，擦拭身体有何用？

只是干净难解脱，不应沉睡俗乐中。

（五十四）

【原文】

उजल कपड़ा पहरि करि,(1) पान सुपारी खांहि ।

एकै हरि का नाँव बिन, बांधे जमपुरि जांहि ।।५४।।

【校记】

（1）第一足合 12 拍，较双行律少 1 拍。

【译文】

身上穿着光鲜衣，口中嚼着槟榔包[1]。

不念唯一诃利名，捆住押往阎摩堡。

【注释】

[1] 印度人嚼槟榔之后常常吐出红色渣沫，这被视为不净的行为。此处比喻道貌岸然之人表面清净，但内心却十分肮脏。

（五十五）

【原文】

तेरा संगी को नहीं, सब स्वारथ बँधी लोइ(1) ।

मनि परतीति न ऊपजै, जिय(2) बेसास न होइ ।।५५।।

【校记】

（1）第二足合 13 拍，较双律多 2 拍。

（2）**जिय**：希本、古本、辛本皆作 **जीव**，同义，但如此则第四足多 1 拍；今据蒂本、夏尔马写本改。

【译文】

无人与你结成伴，众人皆被自私缚。
心中不生虔诚爱，命里没有信仰念。

（五十六）

【原文】

मांइ बिड़ाणी बाप बिड़, हम भी मंझि बिड़ांह ।
दरिया केरी नाव ज्यूं, संजोगे मिलियांह ।।५६।।

【校记】

蒂本无此诗。

【译文】

父母不过是外人，我在其中亦外人。
如同船舶海上行，因缘际会才相逢。

（五十七）

【原文】

इत प्रघर उत घर, बणजण आये हाट ।
करम किरांणां बेचि करि, उठि ज लागे बाट ।।५७।।

【校记】

蒂本无此诗。

【译文】

此乃他人家，我家在彼处；
只是来市集，做点小买卖。
业是小杂货，贩卖售一空；

然后才起身，上路归彼处。[1]

【注释】

本诗原文内容较多，故译为四行，原文一行对应译文两行。如前所述，诗人将出生为人视为灵魂消除业障、获得解脱的良机，本诗将此比作客商来到集市贩卖杂货。“集市”即俗世，“杂货”即前世所造之业，“贩卖一空”即消除业障，“归彼处”即重归大我，与至高存在融为一体。

（五十八）

【原文】

नांन्हां काती चित दे, महँगे मोलि बिकाइ ।

गाहक राजा(1) राम है, और न नेडा आइ ।।५८।।(2)

【校记】

（1）**राजा**：希本作 **ताजा**，讹。

（2）蒂本无此诗。

【译文】

用心纺细线，[1] 高价来出售。

只卖罗摩王，再无其他客。

【注释】

[1] 纺纱织布在格比尔诗歌中常被用作比喻为修行。如下面这首唱词：

兄弟啊，尽可能来织布吧！背后莫责怪罗摩！（副歌）一织布机一织工，其中共有五股气；其中有一漠然者，织啊织啊一切灭。（1）如果绕线六十四，无法与五股相连；五股之上织六股，气便可以欢快续。（2）先要把经纱织好，然后再来织纬纱；经纬交错都织好，罗摩王才给全款。（3）织啊织啊已黄昏，女子妇人缚心智；格比尔想了想说：现在我的梭已空！（4）

W321/S248

（五十九）

【原文】

डागल ऊपरि(1) दौड़णां, सुख नींदड़ी न सोइ ।

पुन्यें(2) पाये द्यौंहड़े, ओछी ठौर न खोइ ।।५९।।

【校记】

（1）ऊपरि：希本、古本、夏尔马写本作 उपरि，少 1 拍。今据蒂本、辛本改。

（2）पुन्यें：希本、古本作 पुनें，少 1 拍。蒂本、辛本作 पुन्नें。今据夏尔马写本改。

【译文】

奔走崎岖山路上，切莫沉睡欢娱中。

只因功德[1]得时日，莫要荒废在死地[2]。

【注释】

[1] 功德：此处特指前世所造善业。正是因此人才降生为人。

[2] 死地：险恶、难行之地，比喻尘世轮回。

（六十）

【原文】

मैं मैं बड़ी बलाइ है, सकै त(1) निकसी भाजि ।

कब लग राखौं हे सखी, रूई पलेटी(2) आगि ।।६०।।

【校记】

（1）त：希本、古本、蒂本、辛本作तौ，多 1 拍，今据夏尔马写本改。

（2）पलेटी：蒂本作 लपेटी，同义。

【译文】

“我——我——”[1]实乃大灾祸，尽你所能须摆脱。

女伴啊——

棉花已被火点着，又能保命到几时？

【注释】

[1]“我——我——”：张口闭口只谈自己，比喻自傲自大。

（六十一）

【原文】

मैं मैं मेरी जिनि करै, मेरी मूल बिनास ।

मेरी पग का पैंषड़ा, मेरी गल की पास ।।६१।।(1)

【校记】

（1）蒂本无此诗。

【译文】

“我——我——我的”莫要作，“我的”毁掉你本金；

“我的”实为脚上镣，“我的”实为颈间套。

（六十二）

【原文】

कबीर नाव जरजरी, कूड़े खेवणहार ।

हलके हलके तिरि गये, बूड़े तिनि सिर भार ।।६२।।

【校记】

蒂本无此诗。

【译文】

格比尔说，

船儿[1]要散架，艄公[2]是蠢货。

轻者[3]渡彼岸，头负重者[4]溺。

【注释】

[1] 船：身体。

[2] 艄公：被尘俗凡欲所困的心思、意识。

[3] 轻者：没有背负业障之人。

[4] 头负重者：印度人多习惯以头顶重物，此处比喻背负沉重罪业之人。

十三、末那支

（मन कौ अंग）

“末那支”共收录双行诗 30 首。诗人在这一系列诗歌中详细探讨了应当如何克服内心的弱点，从而提升自身的修行水平。**मन** 通梵语词 **मनस्**，是人类六种感官（六根）中的第六感官，古称“意根”。人虽然有其他感官，但是所有感觉知识都需要经过意根的加工才能够为“我”所感知。在这个过程中，许多信息都被“末那”扭曲。因此在包括末那支在内的双行诗中，**मन**“末那”被人格化为故意阻碍修行的敌人。如果任由沉溺于红尘俗世的末那掌控人生，那么结果就是“阎摩朝堂上，将受重责罚”（十七）。因此，修行人需要以种种方式如敲打、射杀、切碎、碾碎等方式摆脱末那。之所以要用看似如此残忍的方式，是因为末那只要一接触到凡俗欢娱就会死灰复燃（二十三，二十四）。除了末那，还应当警惕其余“五个贼”，即同样贪恋俗世的眼、耳、鼻、舌、身——“五根”。经过种种努力克制了末那之后，修行的最终目的是“献上末那得超意”（九），只有达成这种状态，原本如同迷醉的大象一般巨大而不受控制的末那才能变得“轻薄又柔和”（十四），方能进入狭窄的“帕克蒂之门”（二十六），并最终让修行人达成如同创世者一般的终极境界（十）。值得注意的是，有关控制末那达成修行的方式与戈勒克纳特传世诗歌颇多相似之处。此外，本支也有两首诗歌（一,三）借助纺织术语表达宗教义理，反映出了诗人的职业身份。

（一）

【原文】

मन कै मतै न चालिये, छाडि जीव की बांणिं ।
ताकू केरे सूत ज्यूँ, उलटि अपूठा आंणिं ।।१।।

【译文】

不要跟随末那走，众生改掉这习惯！
如同收回松散线，重新缠到纺锤上。[1]

【注释】

[1] 第二行译文略有增删，原文字面义为“如同纺锤上的棉线，重新拉了回来”。本诗以织布工艺作比，劝诫世人不要追随自己的末那。流传下来的戈勒克纳特双行诗中也有一首内容相似：

阿沃徒德啊——
这个末那正游荡，你通过他知一切。
如同织工收纺线，反向拉动收回来。

（二）

【原文】

चिंता चिति(1) निबारिये, फिरि बूझिये न कोइ ।
इंद्री पसर मिटाइये, सहजि मिलैगा सोइ ।।२।।(2)

【校记】

（1）चिता：希本作 चिति，少 1 拍，辛本作 नित्ति，今据夏尔马写本改。

（2）蒂本无此诗。

【译文】

你且克制心中忧，不必询问其他人。
不让感官四处窜，自然而然遇见他。

【注释】

[1] 他：最高存在。

（三）

【原文】

आसा का ईंधण करूं, मनसा करूं बिभूति ।
जोगी फेरी फिल करौ, यौं बिननां वैं सूति ।।३।।

【校记】

蒂本无此诗。

【译文】

我以欲望作薪柴，我把末那烧成灰。
瑜伽士四处云游，我依此样纺纱线。

【注释】

本诗将纺织比作瑜伽士涂灰云游的修行生活，本体喻体对应关系如下：点火（消灭尘俗欲望）、烧灰（杀死末那）、云游（转动纺轮，纺纱成线）。

（四）

【原文】

कबीर सेरी सांकडी, चंचल मनवां चोर ।
गुण गावै लैलीन होइ, कछू एक मन मैं और ।।४।।(1)

【校记】

（1）第二行两足分别合 14 拍和 13 拍，与双行律不符。蒂本无此诗。

【译文】

格比尔说，
道路崎岖已难行，还有躁动末那贼。
本应颂德融其中，心却另有其他人。

（五）

【原文】

कबीर मारूं मंन[1] कूं, टूक टूक है जाइ ।
विष की क्यारी बोइ करि, लुणत कहा पछिताइ ।।५।।

【校记】

（1）**मंन**：希本、蒂本、辛本作 **मन**，今据夏尔马写本改。盖因第一足少 1 拍，若有鼻音，则在诵读时可以根据需要将鼻音延长 1 拍以合诗律。

【译文】

格比尔说，
我要杀末那，碎尸一块块。
种下毒苗床，收时何其悔！

（六）

【原文】

इस मन कौं बिसमल करौं, दीठा करौं अदीठ ।
जे सिर राखौं आपणां, तौ पर सिरिज अंगीठ ।।६।।

【校记】

蒂本无此诗。

【译文】

猛击敲碎这末那，见到原本不见者。[1]

谁能放下自己头，谁人之上生火焰。[2]

【注释】

[1] 译文为一种解读，即通过杀死末那来证悟无形无相的至高存在。另一种解读为通过杀死末那来使它不再注视那些尘世间有形之物。

[2] 放下自己的头颅比喻舍弃一切尘世所有，只有这样才能燃起足以烧毁一切凡尘俗欲的火焰。

（七）

【原文】

मन जांणैं सब बात, जाणत ही(1) औगुण करै ।

काहे की कुसलात, कर दीपक कूँवै पड़ै ।।७।।(2)

【校记】

（1）जाणत ही：蒂本作 जांनि बूझि“已经知道并明了”。

（2）本诗为索拉塔律诗，各足拍数为 11-13-11-13。

【译文】

末那什么都知道，知道却不做好事。

这样又有什么用？掌灯依然落井中。

（八）

【原文】

हिरदा भीतरि आरसी, मुख देषणां न जाइ ।

मुख तौ तौपरि देखिए, जे मन(1) की दुविधा जाइ(2) ।।८।।

【校记】

（1）मन：蒂本作 दिल，同义。

（2）第四足合 13 拍，较双行律多 2 拍，辛本括注 जे。

【译文】

心中虽然有明镜，真容面庞不曾见。

待到心中二元[1]消，脸庞方才现镜面。

【注释】

[1] 二元：原文为 दुविधा，通 द्विविध，“两种”。可作多解，如将小我与大我视为对立二元，或者心系其他神明或世俗享乐的“二心”等，泛指各类错误见解。

（九）

【原文】

मन दीयां मन पाइए, मन बिन मन नहीं होइ ।

मन उनमन उस अंड ज्यूं, अनल(1) अकासां जोइ ।।९।।(2)

【校记】

（1）अनल：希本作 खनल，讹。今据辛本、夏尔马写本。

（2）蒂本无此诗。

【译文】

献上末那得到意，没有末那不成意。[1]

末那超意即彼卵[2]，如同火焰之虚空[3]。

【注释】

[1] 为方便翻译，译文选用了“末那”和“意”两个译名 मन。前者指一般意义上的“末那”，后者是“超意”（उन्मन）的简写。

[2] 彼卵：那个卵，即梵卵、宇宙。

[3] 火焰虚空，即密教修行中所说的虚空，参见前文相关注释。

（十）

【原文】

मन गोरख मन गोविंदौ, मन हीं औघड़ होइ ।
जे मन राखै जतन करि, तौ आपैं करता सोइ(1) ।।१०।।

【校记】

（1）第四足合 13 拍，较双行律多 2 拍。

【译文】

末那是牛护[1]，末那是牛得，
唯依末那成，无畏瑜伽士[2]；
若是作努力，控制末那识，
自己便成他，创造世界者。[3]

【注释】

[1] 牛护：原文 **गोरख**，通 **गोरक्ष**，字面义为“牛的守护者”，此处指瑜伽士成就师戈勒克纳特。

[2] 无畏瑜伽士：原文 **औघड़**，通 **अघोर**，字面义为“不可怕的”。今多指印度教湿婆派的一个分支，该支派苦行僧多尊奉湿婆令人畏惧的形象怖畏金刚 **भैरव**，且多践行极端左道的修行方式。此外，纳特瑜伽士也将尚未穿耳（纳特瑜伽派出家入派时必撕裂耳垂）的瑜伽士称为 **अघोर**。因为格比尔并不认同穿耳仪式，故将能够控制末那但不拘泥于穿耳之仪的无畏瑜伽士视为真正的修行人。

[3] 本诗原文内容较多，故译为四行，原文一行对应译文两行。

（十一）

【原文】

एक ज दोसत हम किया, जिस गलि लाल कबाइ ।
सब जग धोबी धोइ मरै, तौ भी रंग न जाय ।।११।।

【校记】

蒂本无此诗。

【译文】

我就这么一朋友[1]，他的项间戴红巾[2]。
世间洗工洗到死，依旧无法洗掉色。

【注释】

[1] 朋友：此处指末那。

[2] 戴红巾：此处指沾染世俗欲望。

（十二）

【原文】

पांणीं हीं तैं पातला, धूंवाँ ही तैं झीण ।
पवनां बेगि उतावला, सो दोसत कबीरें कीन्ह(1) ।।१२।।

【校记】

（1）第四足合 14 拍，较双行律多 3 拍。

【译文】

比水更柔和，比烟更轻薄。
格比尔说，
比风更迅捷，与他做朋友。

（十三）

【原文】

कबीर तुरी पलांणियां, चाबक लीया हाथि ।
दिवस थकां सांई मिलौं, पीछैं पड़िहै राति ।।१३।।

【译文】

格比尔说，
手中紧紧握马鞭，坐上马鞍驯烈马。

白天[1]奔走见主上，只因此后是黑夜[2]。

【注释】

[1] 白天：人活着的时候。

[2] 黑夜：人死后。

（十四）

【原文】

मनवां तौ अधर(1) बस्या, बहुतक झीणां होइ ।

आलोकत(2) सचु पाइया(3), कबहूँ न न्यारा सोइ ।।१४।।

【校记】

（1）**अधर**：蒂本作 **अंतरि**“内部”。

（2）**आलोकत**：蒂本、辛本作 **अमरलोक**“不死界”。

（3）**सचु पाइया**：希本视为一词，今据蒂本、辛本改。

【译文】

末那已住无根[1]中，变得轻薄又柔和。

已经亲眼见真理[2]，不再与他分离别。

【注释】

[1] 无根：此处指虚空坛城或千瓣莲脉轮。

[2] 真理：原文 **सचु**，亦可理解为“欢喜”。格比尔诗歌继承后期密教思想，将神秘的大乐视同终极存在、终极真理，故两种理解均合理。

（十五）

【原文】

मन न मार्या मन करि, सके न पंच प्रहारि ।

सील साच सरधा नहीं, इंद्री अजहु उघारि ।।१५।।

【校记】

蒂本无此诗。

【译文】

未能决意杀末那，未能杀死五个人[1]。

不守戒[2]、真[3]与净信[4]，如今诸根无遮掩[5]。

【注释】

[1] 五个人：此处既可以指五种感官，也可以指五种不足。参见前文相关注释。

[2] 戒：戒律。

[3] 真：真理。

[4] 净信：纯粹、坚定的信仰。

[5] 无遮掩：完全暴露在凡尘俗世之中。

（十六）

【原文】

कबीर मन बिकरै पड़्या, गया स्वाद कै साथि ।

गलका खाया बरजता, अब क्यूं आवै हाथि ।।१६।।

【校记】

蒂本无此诗。

【译文】

格比尔说，

末那心识已畸变，感官欢娱一并消。

脖颈被咬将终了，现在还有什么用？

（十七）

【原文】

कबीर मन गाफिल भया, सुमिरण लागै नाहिं ।

घणीं सहैगा सासनां, जम की दरगह माहिं ।।१७।।

【译文】

格比尔说，

不思亦不念，末那实无知！

阎摩朝堂上，将受重责罚。

（十八）

【原文】

कोटि कर्म पल मैं करै, बहु मन बिषिया स्वादि ।

सतगुर सबद न मानई, जनम गँवाया बादि ।।१८।।

【译文】

末那遍尝尘俗欢，瞬间造下深重[1]业。

真师教诲不接受，虚度人生终徒劳。

【注释】

[1] 深重：原文 कोटि，一千万，虚指，形容罪孽深重。

（十九）

【原文】

मैमंता मन मारि रे, घटहीं माहिं घेरि ।

जबहीं चालै पीठि दे, अंकुस दे दे फेरि ।।१९।।

【译文】

杀死醉末那[1]！围困陶罐中。

若它转身逃，用钩[2]赶回来。

【注释】

[1] 醉末那：诗人在本诗中将沉醉于红尘俗世的末那心识比作喝醉了的大象。

[2] 钩：此处指一种赶象人用来驱赶、训练大象的钩子。

（二十）

【原文】

मैमंता मन मारि रे, नांन्हां करि करि पीसि ।
तब सुख पावै सुंदरी, ब्रह्म(1) झलकै सीसि ।।२०।।

【校记】

（1）ब्रह्म：蒂本作 पदुम “莲花”。

【译文】

杀死醉末那！细细来碾碎。
梵耀头顶时，美女[1]得喜乐。

【注释】

[1] 美女：比喻凡人。

（二十一）

【原文】

कागद केरी नाँव री, पांणी केरी गंग ।
कहै कबीर कैसें तिरूं, पंच कुसंगी संग ।।२१।।

【译文】

面对滔滔[1]恒河水，只有一条纸糊船。
格比尔说，
同行还有五恶贼，让我怎么渡过河？

【注释】

[1] 面对滔滔：根据上下文语义增译。

（二十二）

【原文】

कबीर यहु मन कत गया, जो मन होता काल्हि ।

डूंगरि बूठा मेह ज्यूं, गया निबांणां चालि ।।२२।।

【校记】

蒂本无此诗。

【译文】

格比尔说，

昨天他还在这里，这个末那去哪了？

如同云朵抵山巅，降下雨水行迹消。

（二十三）

【原文】

मृतक कूं धी जौं नहीं, मेरा मन बी है ।(1)

बाजै बाव बिकार की, भी मूवा जीवै ।।२३।।(2)

【校记】

（1）本诗第二、四两足均合 10 拍，较双行律少 1 拍。

【译文】

我的末那如死人，不曾丝毫有觉悟。

若是奏响堕落琴，死人也能活过来。

【注释】

本诗批评末那心识只爱尘俗享乐（堕落琴），不喜思考觉悟。

（二十四）

【原文】

काटौ कूटौ माछली(1), छींकै धरी चहोड़ि ।

कोइ एक अषिर मन बस्या,(2) दह मैं पड़ी बहोड़ि ।।२४।।(3)

【校记】

（1）**माछली**：希本作 **मछली**，脱，今据辛本、夏尔马写本改。

（2）第三足合 15 拍，较双行律多 2 拍。

（3）蒂本无此诗。

【译文】

鱼[1]已被切割，挂在绳索上。

一字[2]摄心识，又回池塘中。

【注释】

[1] 鱼：末那。

[2] 一字：与俗世享乐相关的一丝讯息。

本诗主旨与上一首相近，以鱼死而复生比喻心识一心向红尘，难以控制。

（二十五）

【原文】

कबीर मन पंषी भया, बहुतक चढ्या अकास ।

उहां हीं तै(1) गिरि पड़्या, मन माया के पास ।।२५।।

【校记】

（1）**उहां हीं तै**：蒂本作 **ऊँहां तैं फुनि** “再次从那里”。

【译文】

格比尔说，

末那本已化作鸟，展翅高飞入天际。

只因摩耶下圈套，末那跌落自彼处。

（二十六）

【原文】

भगति दुवारा संकड़ा, राई दसवैं भाइ ।

मन तौ मैंगल ह्वै रह्यो, क्यूं करि सकै समाइ ।।२६।।

【译文】

帕克蒂门甚狭窄，十分之一芥子大。

末那一直如醉象，哪里能够容得下？

（二十七）

【原文】

करता था तौ क्यूं रह्या, अब करि क्यूं पछताय ।
बोवै पेड़ बबूल का, अंब कहां तैं खाय ।।२७।।

【校记】

蒂本无此诗。

【译文】

为何一直作[1]？现在又后悔？
种下金合欢[2]，哪来芒果吃？

【注释】

[1] 作（一声）：原文 **करता था**，字面义为“做、造”（业），在本诗语境中与中文口语中“作”（死）含义相仿。

[2] 金合欢：豆科植物，生长于干旱地区的多刺灌木。叶小且果实无法食用，故无法为旅人提供荫蔽或果实，被视为无用的植物。诗人以此比喻虚度的人生，无助于解脱。

（二十八）

【原文】

काया देवल मन धजा, बिषै लहरि फहराइ ।
मन चाल्यां देवल चलै, ताका सर्वस जाइ ।।२८।।

【译文】

末那为旗身为庙，滚滚尘俗来摇曳。
末那动摇庙亦晃，一切所有皆消亡。

（二十九）

【原文】

मनहि[1] मनोर्थ छाड़ि दे, तेरा किया न होइ ।
पांणी मैं घी[2] नीकसै[3], तौ रूखा खाइ न कोइ[4] ।।२९।।

【校记】

（1）**मनहि**：希本、古本作 **मनह**，蒂本作 **मनां**，辛本作 **मना**，今据夏尔马写本改。

（2）**घी**：希本、古本作 **घीव**，衍，今据蒂本、辛本、夏尔马写本改。

（3）**नीकसै**：古本、夏尔马写本作 **नीकलै**，同义。

（4）第四足合 13 拍，较双行律多 2 拍。

【译文】

你做什么都没用，务必放下心中欲。
水中若能生酥油，还有谁会吃干粮？

（三十）

【原文】

काया कसूं कमांण ज्यूं, पंचतत्त करि बांण ।
मारौं तौ मन मृग कौं, नहीं तौ मिथ्या जांण ।।३०।।

【译文】

身体绷紧如张弓，五种真谛作箭镞。
射出击中末那鹿，否则生命成虚妄。

十四、窄道支
（सूषिम कौ अंग）

“窄道支”共收录双行诗 10 首。所谓“窄道”，指的便是通往终极、与大我归一之道。芸芸众生若是找不到这条路，那么终究只能“徘徊在此终迷失”（一）。此处的“窄”既可以理解为字面意义上的狭窄难行，如“信徒之家在山巅，山路光滑皆皂石”（七）、“蚂蚁尚且爬不上，芥子一样放不住”（八），更有一种微妙不可言说的神秘感。更重要的是，即便已经有人经由此路通往终极，但均无法回到现世告知他人此路的奥妙所在，故说“纵使走通难回头，谁能回来说妙法”（六）。虽然天神、凡人、修行人均无法找到这条神秘的“窄道”，格比尔却凭借着真师的教诫，达到了终极所在的彼处，并在那里安居（九，十）。

（一）

【原文】

कौंण देस कहां आइया, कहु क्यूं जांण्यां जाइ ।

उहु मारग(1) पावैं नहीं, भूलि पड़े इस मांहि ।।१।।

【校记】

（1）：मारग希本作 मार्ग，少 1 拍。今据古本、蒂本、辛本、夏尔马写本改。

【译文】

我从哪里[1]来这里？你说究竟如何知？

不曾走上那条路[2]，徘徊在此[3]终迷失。

【注释】

[1] 哪里：生命的源头。一切众生皆源自终极，但因深陷轮回却浑然不自知。

[2] 那条路：可以让人重新回到源头，获得解脱的正道。

[3] 此：尘世轮回。

（二）

【原文】

उतीथैं कोइ न आवई, जाकूं पूछूं(1) धाइ ।

इतथैं सबै पठाइये(2), भार लदाइ लदाइ ।।२।।

【校记】

（1）पूछूं：希本、古本、辛本作 बूझौं，有歧义。今据夏尔马写本改。蒂本作 पूछौं。

（2）सबै पठाइये：蒂本作 सब कोई गए“所有人都离开了”，辛本作 कोइ जात है“所有人都离开”。

【译文】

逐一询问过来人，彼处情况皆不晓。

但凡从彼遣来者，人人背负重包袱[1]。

【注释】

[1] 包袱：业。

（三）

【原文】

सबकूं बूझत मैं फिरौं, रहण कहै नहीं कोइ ।
प्रीत न जोड़ी राम सूं, रहण कहां थैं होइ ।।३।।

【译文】

四下奔走问众人，没人说出他住处。
不曾心系爱罗摩，如何能去他住处？

（四）

【原文】

चलौ चलौं सबको कहै, मोहि अंदेसा और ।
साहिब सूं पर्चा नहीं, ए जांहिगें किस ठौर ।।४।।

【校记】

蒂本无此诗。

【译文】

众人皆说“走啊走”，我却另有一疑虑：
从来不曾见主上，这样走往何处去？

（五）

【原文】

जाइबे कौं जाइगह(1) नहीं, रहिबे कौं नहीं ठौर ।
कहै कबीरा संत हौ, अबिगति की गति और ।।५।।(2)

【校记】

（1）**जाइगह**：希本作 **जागा**，讹。今据古本、夏尔马写本改。辛本作 **जागह**。本足较双行律多两拍。

（2）蒂本无此诗。

【译文】

没有地方可以去，想要驻留也不行。
格比尔说真士啊！不显[1]另有他去处。

【注释】

[1] 不显：不显现自身者，指最高存在。

（六）

【原文】

कबीर मारिग कठिन है, कोई न सकई जाय ।
गए ते बहुड़े नहीं,⁽¹⁾ कुशल कहै को आइ ।।६।।

【校记】

（1）第三足少 1 拍。

【译文】

格比尔之路难行，没有谁人能走通。
纵使走通难回头，谁能回来说妙法？

（七）

【原文】

जन कबीर का सिषर घर, बाट सलैली सैल ।
पाव न टिकै पपीलका, लोगनि लादे बैल ।।७।।

【译文】

格比尔说，
信徒之家在山巅，山路光滑皆皂石[1]。

蚂蚁尚且站不稳，人们还要背阉牛[2]。

【注释】

［1］皂石：一种硅酸盐矿物，手感光滑。

［2］阉牛：印度，尤其是南印度多以阉牛负重、拉车，亦可引申为愚蠢的人，或者拖累灵魂的沉重肉身。本足可作多种理解：① 人们还要背着阉牛上山；② 人们还要如阉牛一般（愚蠢地）背负重物上山；③ 人们还要背负沉重的肉身上山。

本诗有另一个相近的版本在印度民间流传甚广，但常被视为格比尔之女苏非卡迈利之作，而非格比尔的作品。相关故事如下：

南印度有一婆罗门班智达名为全喜（Sarvānand），在印度各地的论战中击败了许多学者。他得知格比尔博学多闻，便动身北上挑战格比尔。全喜为了击败格比尔，赶着牛车带着大量经书前来找格比尔辩论，他向卡迈利询问格比尔的住址，结果却被讥笑道：

格比尔家在山巅，那里山路皆皂石。
蚂蚁尚且脚打滑，班智达却牵着牛！

全喜听罢羞愧难当，经卡迈利引荐拜入格比尔门下，并在日后娶卡迈利为妻，成为了格比尔的女婿。究竟是西传诗歌记录了这则传说，将其纳入格比尔诗集，还是后人以传说为诗歌作注，今人已不得而知。

（八）

【原文】

जहां न चींटी चढ़ि सकै, राई(1) ना ठहराइ।
मन पवन का गमि नहीं, तहाँ पहूँचे जाइ।।८।।

【校记】

（1）蒂本作 **गई**，讹。今据古本、蒂本、夏尔马写本改。

图 14.1　卡迈利教导婆罗门全喜，瓦拉纳西格比尔·乔拉庙①

【译文】

蚂蚁尚且爬不上，芥子一样放不住。

末那与风[1]皆不达，那般境界已达到。[2]

【注释】

[1] 风：既可以指一般意义上的风，也可以指瑜伽修行时激发的体内之气。

[2] 第四足原文为无人称被动句，根据上下文判断施事者应该是格比尔。

（九）

【原文】

कबीर मारग अगम है, सब(1) मुनिजन बैठे थाकि ।

तहां कबीरा चलि गया, गहि सतगुर की साषि ।।९।।

【校记】

（1）**सब**：蒂本、辛本无，如此则第二足合 11 拍。依希本、古本、夏尔马写本保留 **सब** 则第二足合 13 拍，较双行律多 2 拍。

---

① 译者摄于 2015 年 5 月。

【译文】

格比尔之路难行，牟尼信徒都累瘫。
紧握真师之证悟[1]，格比尔已到彼处。

【注释】

[1] 证悟：原文 **साषी**，通现代标准印地语 **साखी**。原指见证，后逐渐用来指代各类传授教义的双行诗。如格比尔双行诗在中世纪写本中也多被称作 **साखी**。故此处既可以理解为牢记上师的教诫，也可以指牢记上师传授的此类证道诗。

（十）

【原文】

सुर नर थाके मुनि जनां, जहां न कोई जाइ ।
मोटे भाग कबीर के, तहां रहे घर छाइ ।।१०।।

【译文】

神人牟尼与信徒，累倒皆未达彼处。
格比尔有大福运，就在那里把家安。

十五、细生支

（सूषिम जनम कौ अंग）

“细生支”仅收录双行诗两首，且所言晦涩。各注释本大致有两种注释倾向：其一，认为“细生”指人的生命，因其短暂易逝，故称“细生”；其二，认为“细生”指修行者的“细身”。又因本支紧接着上文“窄道支”，故亦可理解为唯有把握“细生”的机会，方有可能进入“窄道”，证得终极。

（一）

【原文】

कबीर सूषिम सुरति का, जीव न जांणैं जाल ।
कहै कबीरा दूरि करि, आतम अदिष्टि काल ।।१।।

【译文】

格比尔说，
细微妙乐网，众生不知晓。

格比尔说，

不显之自我[1]，可驱逐迦罗！

【注释】

[1] 不显之自我：至高存在。

（二）

【原文】

प्रांण पंड कौं तजि चलै, मूवा कहैं सब कोइ ।

जीव छतां(1) जांमैं मरै, सूषिम लखै न कोइ ।।२।।

【校记】

（1）**छतां**：蒂本、辛本作 **आछत**，同义。

【译文】

气命离开身躯逝，众人皆说已死去。

有命不过须臾[1]间，细微之处无人识。

【注释】

[1] 须臾：此处为意译。原文 **जांमैं**，通 **याम**，古印度计时单位，合 3 小时。此处为虚数，指人生短暂。

十六、摩耶支
（माया कौ अंग）

“摩耶支”共收录双行诗32首，主要劝诫世人勿要沉溺尘世。“摩耶”概念最早见诸《梨俱吠陀》，最初指伐楼那、因陀罗创造世界时所用的幻力。到年代较晚的“奥义书”中，摩耶已经被等同于经验世界。格比尔双行诗中的摩耶基本承袭了这种普遍的理解，即将尘世间一切都视为摩耶，并将摩耶拟人化，比作一位擅长勾引、诱骗世人的“妓女”“有罪女”。她以自己的魅惑之力使人远离正信，迷恋尘世，不能自拔。即便是智者、修行人、牟尼也无法阻挡她的魅力，只有接受了真师教导、亲近真士的人才能免于被摩耶愚弄。与摩耶对诗人的勾引相呼应的便是诗人内心的贪欲、虚荣等情感，正是有了这些情感，人们才留恋黄金、女色等尘俗之物，将虔诚敬神抛诸脑后，终究如棉花投火一般有去无回。

（一）

【原文】

जग हटवाड़ा स्वाद ठग, माया बेसां लाइ ।
रामचरन नीकां गही, जिनि जाइ जन्म[1] ठगाइ ।।१।।[2]

【校记】

（1）**जन्म**：希本、古本、辛本作**जनम**，多1拍，今据夏尔马写本改。

（2）蒂本无此诗。

【译文】

尘世集市情欲匪，带着摩耶妓女来。
抓住吉祥罗摩足，莫令人生陷骗局！

（二）

【原文】

कबीर माया पापणीं, फंध ले बैठी हाटि ।
सब जग तौ फंदै फंदिया[1], गया कबीरा काटि ।।२।।

【校记】

（1）**फंदै फंदिया**：希本、古本作**फंधै पड्या**，少1拍。今据蒂本、夏尔马写本改。辛本作**फन्दे परा**。

【译文】

格比尔说，
摩耶是个有罪女，拿着索套坐市集。
世间众生皆入套，格比尔把索套割。

（三）

【原文】

कबीर माया पापणीं(1), लालै लाया लोग ।

पूरी किनहूँ न भोगई, इनका इहै बिजोग ।।३।।

【校记】

（1）**पापणीं**：希本作**पापड़ीं**，讹，今据古本、夏尔马写本改。

【译文】

格比尔说，

摩耶是个有罪女，把人抚摸又逗弄。

没人能够尽享她，终究如此分别离[1]。

【注释】

[1] 分别离：与她（摩耶）分离，指死去，离开尘世。

（四）

【原文】

कबीर माया पापणीं(1), हरि सूं करै हराम ।

मुखि कड़ियाली कुमति की, कहण न देई राम ।।४।।

【校记】

（1）**पापणीं**：希本作**पाषणीं**，讹，今据古本、夏尔马写本改。

【译文】

格比尔说，

摩耶是个有罪女，对诃利行大不韪。

恶念缰绳封住口，绝不让人念罗摩。

（五）

【原文】

जाणौं जे हरि कौं भजौं, मो मनि मोटी आस ।
हरि बिचि घालै अंतरा, माया बड़ी बिसास ।।५।।

【译文】

若知诃利并祷念，希望充满在我心。
我与诃利被离间，反而深深信摩耶。

（六）

【原文】

कबीर माया मोहनी, मोहे जांण सुजांण ।
भागीं ही छूटै नहीं, भरि भरि मारै बांण ।।६।।

【译文】

格比尔说，
摩耶美妙迷人女[1]，智者皆被她所惑。
拉弓满弦射出箭，狂奔亦然难逃脱。

【注释】

[1] 美妙迷人女：原文 **मोहनी**，通 **मोहिणी**，音译为摩醯尼。往世书中有一则故事讲述毗湿奴曾化身名叫“摩醯尼”的美女迷惑修行的婆罗门仙人，防止他们因为自己的苦行功德而自傲、不敬神。

（七）

【原文】

कबीर माया मोहनी, जैसी मीठी खाँड़ ।
सतगुर की कृपा भई, नहीं तौ करती भाँड़ ।।७।।

【校记】

蒂本无此诗。

【译文】

格比尔说，
摩耶美妙迷人女，甜甜蜜蜜如红糖。
幸亏已受真师恩，否则亦被她愚弄。

（八）

【原文】

कबीर माया मोहनी, सब जग घाल्या घांणि ।
कोइ एक जन ऊबरै, जिन तोड़ी कुल की कांणि ।।८।।

【译文】

格比尔说，
摩耶美妙迷人女，世间众生被欺骗。
个别信徒得解脱，只因抛弃家族名[1]。

【注释】

[1] 家族名：家族的荣誉、尊严。

（九）

【原文】

कबीर माया मोहनी, माँगी मिलै न हाथि ।
मनह उतारी झूठ करि, तब लागी डोलै साथि(1) ।।९।।(2)

【校记】

（1）第四足合 13 拍，较双行律多 2 拍。

（2）蒂本无此诗。

【译文】

格比尔说，

摩耶美妙迷人女，主动追求不得手。

若是假装不在意，她便又来身边晃。

（十）

【原文】

माया दासी संत की, ऊँभी देइ असीस ।

बिलसी अरु लातौं छड़ी, सुमरि सुमरि जगदीस ।।१०।।

【译文】

摩耶为婢侍真士，敬立赐福给他们。

不断祷念世界主，尽情享用蹂躏她。

【注释】

本诗不同于前几首，摩耶在本诗中不仅不再祸害他人，反而成为了真士的女奴。在印度部分地区有一些神庙以神的女奴（देवदासी）的名义豢养庙妓，本诗的意象或源自类似社会现象。

（十一）

【原文】

माया मुई न मन मुवा, मरि मरि गया सरीर ।

आसा त्रिष्णां नां मुई, यौं कहि गया(1) कबीर ।।११।।

【校记】

（1）गया：蒂本作 दास “奴仆”。

【译文】

摩耶末那皆未死，只有肉身反复死[1]。

欲望渴求[2]亦未死，格比尔说便如此。

【注释】

[1] 肉身不断死：肉身一次又一次死去，灵魂不断堕入轮回、不得解脱的状态。

[2] 欲望渴求：指凡尘俗欲。

本诗将摩耶、末那、欲望、渴求四者置于解脱的对立面，只要这四者依然存在，那么世人只能深陷“肉身不断死”的痛苦状态而不得解脱。

（十二）

【原文】

आसा जीवै जग मरै, लोग मरे मरि जाइ ।

सोइ मूवे धन संचते, सो उबरे जे खाइ ।।१२।।

【译文】

欲望存活世界死，人们死去几多回。

积攒钱财之人死，散尽家财[1]得救渡。

【注释】

[1] 散尽家财：本诗旨在劝人守得清贫，供养圣徒。

（十三）

【原文】

कबीर सो धन संचिये, जो आगैं कूं होइ ।

सीस(1) चढांयें पोटली, ले जात न देख्या कोइ ।।१३।।

【校记】

(1) **सीस**：蒂本作 **मूड**，同义。

【译文】

格比尔说，

积攒存钱财，来世有何用？

从不见有人，头顶包袱[1]走。

【注释】

[1] 包袱：此处指钱财。

（十四）

【原文】

त्रीया त्रिष्णाँ पापणीं, तासु प्रीति न जोड़ि ।

पैंडी चढ़ि पाछां पड़ै(1), लागै मोटी खोड़ि ।।१४।।(2)

【校记】

（1）पड़ै：希本作 वड़ै，讹，今据古本、夏尔马写本改。

（2）蒂本无此诗。

【译文】

渴求有罪女，却不将他爱。

随她上台阶，坠入深穴中。

（十五）

【原文】

त्रिष्णां सींची नां बुझै, दिन दिन बधती जाइ ।

जवासा(1) के रूष(2) ज्यूं, घण मेहां कुमिलाइ ।।१५।।

【校记】

（1）जवासा：蒂本、辛本作 जावासा，同义。

（2）रूष：希本作 रूप，讹，今据古本、蒂本、辛本、夏尔马写本改。

【译文】

渴望之火浇不灭，日复一日火势涨。

如同骆驼刺之树，乌云反令它凋零。[1]

【注释】

[1] 骆驼刺在雨季落叶，故有此说。

诗人认为欲壑难填，故若是以世俗享乐去消除对摩耶的渴求，不仅不能熄灭欲火，反而是火上浇油。

（十六）

【原文】

कबीर जग की को कहै, भौ जलि बूडैं दास ।
पारब्रह्म पति छांड़ि करि, करें मानि की आस ।।१६।।

【译文】

格比尔说，
奴仆尚且溺水亡，何况世间之众生？
抛弃夫君至上梵，反而希望有尊严[1]？

【注释】

[1] 尊严：原指正面的个体或者家族的自尊、荣誉感等，但在这一系列诗歌中表述为反面概念，即不应留恋的俗世荣誉。

（十七）

【原文】

माया तजि तौ का भया, मानि तजि नहीं जाइ ।
मानि बड़े मुनियर मिले, मानि सबनि कौं खाइ ।।१७।।

【译文】

抛弃摩耶会怎样？唯有尊严放不下。
优秀牟尼尚被吞，尊严能够噬一切。

（十八）

【原文】

रांमहिं थोड़ा जांड़ि(1) करि, दुनियां आगैं दीन ।
जीवा कौं राजा कहैं, माया के अधीन ।।१८।।

【校记】

（1）जांणि：希本、古本作 जांड़ि，讹，蒂本、辛本作 जांनि，今据夏尔马写本改。

【译文】

只要稍许知罗摩，便知世事皆可悲。
所谓众生国王者，不过摩耶一附庸。

（十九）

【原文】

रज बीरज की कोथली(1), तापरि साज्या रूप ।
रांम नांम बिन बूडिहै, कनक कांमणीं कूप ।।१९।।

【校记】

（1）कोथली：古本、辛本作 कली“花苞”，少2拍。今据蒂本、夏尔马写本改。

【译文】

精血交汇成肉身，形体样貌饰其上。
若不念诵罗摩名，终堕黄金女色井。

（二十）

【原文】

माया तरवर त्रिविध का, साखा दुख सांताप ।
सीतलता सुपिनै नहीं, फल फीकौ तनि ताप ।।२०।।

【译文】

摩耶之树有三种[1]，痛苦煎熬是树枝。
迷梦之中无清凉，果实无味身灼烧。

【注释】

[1] 三种：三德。因印度认为世间一切皆由三德汇聚而成，故有此说。

（二十一）

【原文】

कबीर माया डाकणीं, सब किसही कौं खाइ ।

दांत उपाड़ौं पापणीं, जे संतौं नेड़ी जाइ ।।२१।।

【译文】

格比尔说，

摩耶是个女贼匪，一切都被她吃掉。

若敢走到真士旁，罪女牙齿必被拔。

（二十二）

【原文】

नलनी सायर घर किया, दौं लागी बहुतेणि ।

जलही माहैं जलि मुई, पूरब जनम लिषेणि ।।२२।।

【校记】

蒂本无此诗。

【译文】

莲花[1]安家大海[2]中，彼处烈火熊熊燃。

身处水中被烧死，只因前世已注定。

【注释】

[1] 莲花：个体小我。

[2] 大海：尘世轮回。

（二十三）

【原文】

कबीर गुण की बादली, तो तरवानीं छांहि ।

बाहरि रहे ते उबरे(1), भीगे मंदिर माँहिं ।।२३।।(2)

【校记】

（1）**उबरे**：希本、古本、辛本作 **ऊबरे**，多 1 拍。今据夏尔马写本改。

（2）蒂本无此诗。

【译文】

格比尔说，

诸德汇聚成云朵[1]，云影斑斓如鹧鸪。[2]

身处庙宇被淋透，在外反而能得救。

【注释】

[1] 云朵：摩耶。

[2] 云影斑斓如鹧鸪：摩耶所形成的各色诱惑形形色色，如同鹧鸪羽毛的颜色一样多种多样，令人迷惑。

（二十四）

【原文】

कबीर माया मोह की[(1)], भई अँधारी लोइ ।

जे सूते ते मुसि लिए, रहे बसत कूं रोइ ।।२४।।

【校记】

（1）**मोह की**：辛本作 **मोहिनी**“美妙迷人女”。

【译文】

格比尔说，

摩耶令人痴迷爱，世间众生堕黑暗。

若是沉睡必被盗，亏光本金哭不止。

（二十五）

【原文】

संकल[(1)] ही तै सब लहै[(2)], माया इहि संसार ।

ते क्यूं छूटैं बापुडे, बाँधे सिरजनहार ।।२५।।[(3)]

【校记】

（1）**संकल**：辛本作**साँकर**，同义。

（2）**सब लहै**：辛本作 **सबल है** “有力量的”。

（3）蒂本无此诗。

【译文】

众生皆被锁链缚，此般俗世即摩耶。
造物之主将其绑，可怜之人怎挣脱？

（二十六）

【原文】

बाड़ि चढंती बेलि ज्यूं, उलझी आसा फंध ।
तूटै पणि छूटै नहीं, भई ज बाचा बंध ।।२६।।

【译文】

如同藤蔓爬上架，陷入欲望索套中。
纵使斩断难解脱，已被诺言牢牢缚。

（二十七）

【原文】

सब आसण आसा तणां, निवर्तिकै को नाहिं ।
निवरत्ति कै निबहै नहीं, परवर्ति परपंच मांहिं ।।२७।।

【校记】

蒂本无此诗。

【译文】

一切体式[1]皆欲望，没有谁人能逃脱。
难以保持不受骗，深深陷入骗局中。

【注释】

[1] 体式：哈塔瑜伽修行的种种特殊动作。格比尔诗歌中对哈

塔瑜伽的态度有矛盾，疑为不同文献窜入所致。

（二十八）

【原文】

कबीर इस संसार का, झूठा माया मोह ।
जिहि घरि जिता बंधावणा, तिहिं घरि तिता अँदोह ।।२८।।

【校记】

蒂本无此诗。

【译文】

格比尔说，
这轮回中人，都爱假摩耶。
家有几多喜，便有几多愁。

（二十九）

【原文】

माया हमसौं यों कह्या, तू मति दे रे पूठि ।
और हमारा हम बलू[(1)] गया कबीरा रूठि ।।२९।।

【校记】

（1）**हम बलू**：辛本、蒂本作 **बसि पड़े**“被（我）控制”。

【译文】

“你可不要背弃我！别人都听我使唤！”
摩耶对我这般说，格比尔愤然离去。

（三十）

【原文】

बुगली नीर बटालिया, सायर चढ्या कलंक ।

और पँखेरू पी गए, हंस न बोवै(1) चंच ।।३०।।

【校记】

(1)बोवै：蒂本、辛本作 बोरै，同义。

【译文】

飞鹤[1]吐脏水，大海[2]染污秽。

其他鸟[3]喝下，天鹅[4]不伸喙。

【注释】

[1] 飞鹤：摩耶。

[2] 大海：轮回。

[3] 其他鸟：沉溺于尘世的芸芸众生。

[4] 天鹅：证悟大道、获得解脱之人。

（三十一）

【原文】

कबीर माया जिनि मिलै, सौ बरियां दे बांह ।

नारद से मुनियर गिले, किसौ भरौसौ त्यांह ।।३१।।

【校记】

蒂本无此诗。

【译文】

格比尔说，

莫要去把摩耶见，纵她招徕千百遍。

吞噬牟尼那罗陀，如何还能相信她？

（三十二）

【原文】

माया की झल जग जल्या, कनक कांमिणीं लागि ।

कहु धौं किहि बिधि राखिये, रुई पलेटी(1) आगि ।।३२।।

【校记】

（1）पलेटी：蒂本作 लपेटी，同义。

【译文】

只凭黄金与欲女，摩耶之火漫世间。

棉花非要缠着火，你说还有什么救？

十七、阇那迦耶支

（चांणक कौ अंग）

“阇那迦耶支”共收录双行诗22首，主要讽刺欺世盗名的学者和宗教导师，也告诫世人不要执着于尘世享乐。各注释本对本支标题 **चांणक** 有几种不同的理解：沃德维尔将其理解为 **जांचक**“乞讨者、苦行僧”；辛本将其理解为 **चाणक्य**，即孔雀王朝开国帝王旃陀罗笈多（Candragupta，亦称月护）的宰辅、《利论》的作者阇那迦耶（亦称憍底利耶），认为诗集的编者以此讽刺各类宗教学者挖空心思欺骗、利用信徒。从本支诗歌的内容来看，第一至十七首均符合这一主题。在诗人看来，许多所谓圣人、班智达、学者、导师不过是一些自己尚不明事理却敢误人子弟的小丑、骗子，与真正掌握真理的上师相比，他们的教导完全不值一提。第十八至二十二首在一定程度上偏离了这一主题，主要劝诫世人不要执着于尘世，与“警诫支”的内容较为接近。

（一）

【原文】

जीव बिलंब्या जीव सौं, अलष न लखिया जाइ ।

गोबिंद मिलै न झल बुझै, रही बुझाइ बुझाइ ।।१।।

【译文】

不曾见证无相者，众生只能求众生。

纵使不断扑烈焰，不见牛得火不灭。

（二）

【原文】

इही उदर कै कारणैं, जग जांच्यौ निस जाम ।

स्वामींपणौ(1) सिर चढ्यो, सर्या न एको काम ।।२।।

【校记】

（1）स्वामींपणा：希本作 स्वांमीं पणौ，断词有别，今据古本改。

【译文】

在这世上为果腹，日夜乞讨要饭吃。

若把自己当圣人，[1] 终究一事也不成。

【注释】

[1] 第三足原文字面义为“成为圣人的感觉爬上了头”。此处的 स्वामी 并非对主人的敬称，而是对许多出家人的称谓。此处形容一些欺世盗名的宗教导师自高自大，把自己当成了主宰，对至高存在不怀敬畏之情。

（三）

【原文】

स्वांमीं हूंणा सोहरा, दोद्धा हूंणां दास ।

गाडर अंणीं ऊन कूं, बांधी चरै कपास ।।३।।

【校记】

蒂本无此诗。

【译文】

做个圣人[1]并不难，做个奴仆[2]却很难。

牵来山羊为羊毛，捆它棉花却被吃。[3]

【注释】

[1] 圣人：同上一首诗，指欺世盗名的宗教人士。

[2] 奴仆：虔诚信神的忠实信徒。

[3] 原本希望从山羊（宗教导师）那里获得帮助（羊毛），但却不想这山羊非但不产羊毛，还把身边的棉花苗（信徒、追随者的生命）消耗殆尽。

（四）

【原文】

स्वांमीं हूवा सीत(1) का, पैका कार पचास ।

राम नांम कठि रह्या, करें सिषाँ की आस ।।४।।

【校记】

（1）सीत：蒂本、辛本作 संत，同义。

【译文】

圣人是个生意人，使唤仆人五十[1]个。

罗摩名号挂一旁，一心只想收徒弟。

【注释】

[1] 五十：虚指，形容数量多。

（五）

【原文】

कबीर तष्टा टोकणीं, लीए फिरै सुभाइ ।
राम नांम चीन्हैं नहीं, पीतलि ही कै चाइ ।।५।।

【译文】

格比尔说，
拿着铜盆与铜罐[1]，满心欢喜四处逛。
从来不认罗摩名，一心一意想要铜[2]。

【注释】

[1] 铜盆与铜罐：原文 **तष्टा टोकणीं**，通 **तसला टोकनी**，均为祭祀用具。

[2] 铜：此处既可以理解为铜质祭祀用具，形容一些宗教人士热衷于替他人操办宗教仪式；也可以进一步引申为金钱，因为在诗人看来，操办这些宗教仪式的根本目的在于牟取钱财，与信仰无关。

（六）

【原文】

कलि का स्वांमी लोभिया, पीतलि धरी षटाइ ।
राज दुवारां यौं फिरै, ज्यूं हरिहाई गाइ ।।६।।

【译文】

迦利时代圣人贪，如同黄铜生锈迹。
徘徊君王家门口，如同一头捣乱[1]牛。

【注释】

[1] 捣乱：原指牲畜不驯服而四处破坏庄稼，本诗以此形容一些宗教人士为了一己私欲不断向君王索要财物。

（七）

【原文】

कलि का स्वांमीं लोभिया, मनसा धरी[1] बधाइ ।
दैंहि पईसा ब्याज कौं, लेखाँ करतां जाइ ।।७।।

【校记】

（1）**धरी**：辛本作 **रहै**“保持”。

【译文】

迦利时代圣人贪，心中所求不断增。
为赚利息借出钱，一笔一笔记账上。

【注释】

印度历史上不乏因广受供养而积攒了大量财富的宗教团体。这些团体中不乏将信徒的供养作为本金放贷者，若经营得当则获利甚多。诗人讽刺的正是这一社会现象。后文第二十二章“真理支”亦有部分诗歌生动地描述了民间高利贷者与纺织业者的互动。

（八）

【原文】

कबीर कलिजुग आइया[1], मुनियर मिलै न कोइ ।
लालच लोभी मसकरा, तिनकूं आदर होइ ।।८।।

【校记】

（1）**कलिजुग आइया**：希本、古本作 **कलि खोटी भई**“迦利时代罪孽重”，今据夏尔马写本、蒂本改。

【译文】

格比尔说，
迦利时代已到来，牟尼翘楚不再有。
那些被人敬重者，不过是贪婪小丑。

（九）

【原文】

चारिउं बेद पढ़ाइ करि, हरि सूं न लाया हेत ।

बालि कबीरा ले गया, पंडित ढूढै खेत ।।९।।

【校记】

蒂本无此诗。

【译文】

四部吠陀已传授，却不教人爱诃利。

格比尔已拾稻穗[1]，班智达[2]还遍地找。

【注释】

[1] 稻穗：比喻真理或令人解脱之道。

[2] 班智达：此处特指教授四吠陀的婆罗门学者。

（十）

【原文】

बांह्मण गुरु जगता(1) का, साधूं का गुरु नाहिं ।(2)

उरझि करि मरि रह्या(3), चारिउँ बेदां माहिं ।।१०।।(4)

【校记】

（1）**जगता**：希本、辛本作**जगत**，少 1 拍，今据夏尔马写本改。

（2）夏尔马写本第二足作 **कंमं ध्रंम कौ षांहि** “业行吞正法”。

（3）**रह्या**：夏尔马写本作 **गया**。

（4）蒂本无此诗。

【译文】

婆罗门是俗世师，而非贤士之上师。

陷入四部吠陀中，纠缠不休终究死。

【注释】

学习吠陀是婆罗门教经学教育的基础，因此教授吠陀的婆罗门学者也是整个婆罗门教学问体系的根基所在。但是，随着印度宗教的发展，单纯教授吠陀的婆罗门教师的地位较早期有所下降。一方面，随着婆罗门哲学、法学等学科体系的成熟，吠檀多论师、法学家等学者的声望、地位逐步超越了普通吠陀师。另一方面，佛教、耆那教等教派的学者更是从根本上否定了吠陀的天启地位。到格比尔活跃的时代，“贤士”群体的种姓来源已经非常广泛，尤其低种姓出身的宗教导师并不认同婆罗门的知识权威，如本诗第一足仅将婆罗门视为“俗世师”。婆罗门学者杜勒西达斯在《罗摩功行之湖·后篇》对这种低种姓抨击婆罗门的现象诟病甚多，足见中世纪不同种姓出身的宗教学者在知识权威方面的分歧。

（十一）

【原文】

साषित सण का जेवड़ा, भींगां सूं कठठाइ ।
दोइ अषिर गुरु बाहिरा, बांध्या जमपुरि जाइ ।।११।।

【校记】

蒂本无此诗。

【译文】

性力崇拜[1]如麻绳，越湿[2]越加勒得紧。
若无上师两音节[3]，定被绑在阎摩城。

【注释】

[1]性力崇拜：原文 साषित，通 शाक्त，一般指婆罗门教三大教派中的萨克蒂派（性力派、女神派）。然而，格比尔及相当一部分中世纪印地语诗歌中的 शाक्त 指的并非教派意义上的萨克蒂派，而是行事有违伦常、生活不检点的人。他们热衷于饮酒杀生，沉溺于世俗享乐，正好站在诗人推崇的“真士、贤士、毗湿奴信徒”的对立面。《格比尔传》（1.1）开篇也将拜入罗摩难陀门下之前的格比尔视为“性力信徒”：

有一朱拉哈，住在迦尸城；
诃利帕克蒂，抓住坚定信。
性力信徒间，荒度许多日；
现在只依靠，诃利美德活。

［2］湿：此处指享受世俗欢娱。耽于俗世享乐的人不知满足，得到越多反而会进一步激发贪欲，最终深陷其中不能自拔。

［3］两音节：此处指“罗—摩—”一词的两个音节，在《格比尔传》等传奇故事中被视为罗摩难陀向格比尔传授的入门经咒。

（十二）

【原文】

पाड़ोसी सू रूसणां, तिल तिल सुख की हांणि ।
पंडित भए सरावगी, पाणी पीवें छांणि ।।१२।।

【校记】

蒂本无此诗。

【译文】

只要稍稍碍喜乐，便向旁人发脾气。
班智达成耆那僧，水过筛子方饮用。

【注释】

本诗讽刺了言行不一的宗教学者。第一行描述的是他们的真实状态：他们的享乐生活哪怕只受到一点点影响，他们就会生气、不满。第二行描述的是这些人在众人面前伪装的样子：他们装得好像如耆那教僧人一般恪守非暴力的原则，甚至连饮水都要过滤，以免伤害水中生物。

（十三）

【原文】

पंडित सेती कहि रह्या, भीतरि भेद्या नाहिं ।

औरूं कौं परमोधतां, गया मुहरकां मांहि ।।१३।।

【译文】

一直告诫班智达，他却从不放心上。

不断开悟其他人，自己却落烈火中。

（十四）

【原文】

चतुराई सूवै पढ़ी, सोई पंजर मांहि ।

फिरि प्रमोधै आंन कौं, आपण समझै नाहिं ।।१४।।

【校记】

蒂本无此诗。

【译文】

鹦鹉[1]身处这牢笼，聪明伶俐会读书。

自己什么都不懂，还要教导其他人。

【注释】

[1] 鹦鹉：比喻只会读书，却不知真正真理的宗教学者。

（十五）

【原文】

रासि पराई राषतां, खाया घर का खेत ।

औरों कौं प्रमोधतां, मुख मैं पड़िया रेत ।।१५।।

【校记】

蒂本无此诗。

【译文】

看护他人家谷堆，自家田地却被吃。

不断教导其他人，沙土落入自己口。

【注释】

本诗第一行为比喻，第二行为本体，同样讽刺了误人子弟的宗教学者。

（十六）

【原文】

तारा मंडल वैसि करि, चंद बड़ाई खाइ ।

उदै भया जब सूर का, स्यूं तारा छिपि जाइ ।।१६।।

【校记】

蒂本无此诗。

【译文】

窜入星辰[1]环绕中，月亮[2]自然受追捧。

待到太阳[3]升起时，销声匿迹如繁星。

【注释】

[1] 星辰：比喻迷茫的芸芸众生。

[2] 月亮：比喻各类所谓学者、导师。

[3] 太阳：比喻真正掌握真理的上师。

（十七）

【原文】

देषण के सब को भले, जिसे सीत के कोट ।

रवि कै उदै न दीसहीं, बँधै न जल की पोट ।।१७।।

【校记】

蒂本无此诗。

【译文】

冰霜[1]凝固如城堡，乍看一切都很好。

太阳一出就不见，一丝水迹也不留。

【注释】

[1] 冰霜：比喻欺世盗名之徒传授的所谓教导。在诗人看来，这些教导一旦遇到真正智慧的上师便会原形毕露。

（十八）

【原文】

तीरथ करि करि जग मुवा, उडै(1) पांणीं न्हाइ ।

रांमहि रांम जपंतडां,(2) काल घसीट्यां जाइ ।।१८।।

【校记】

（1）**उडै**：希本、古本、辛本作**डूंघै**，语义不明，古本注为"舀水的器皿"，辛本注为"深"；蒂本作 **जूडै**"累"。今据夏尔马写本改。

（2）蒂本第三足作 **रांम नांम जांने बिनां**"若是不知罗摩名"。

【译文】

朝觐圣地浴泼水，依然死在尘世间。

纵使不断念罗摩，迦罗终将拽住他。

【注释】

本诗省略了主语，即欺世盗名的宗教导师。在诗人看来，因为他们言行不一，所以无论如何沐浴、朝觐，甚至是念诵罗摩之名，他们也难逃死神迦罗的魔掌。然而，若是取蒂本的第三足原文，则本诗是教导世人朝觐、沐浴无用，唯有念诵罗摩名号有用。

（十九）

【原文】

कासी कठैं घर करैं, पीवैं निर्मल नीर ।

मुकति नहीं हरि नांव बिन, यौं कहै दास कबीर ।।१९।।

【译文】

纵使安家迦尸城，畅饮无垢恒河[1]水。

奴仆格比尔说道，[2]

若是没有诃利名，照样无法得解脱。

【注释】

[1] 恒河：原文无，译文根据上下文增译。迦尸城坐落于恒河之畔。

[2] 译文落款行对应原文第四足，译文第二行对应原文第三足。

印度教以恒河之畔的迦尸城（即今瓦拉纳西）为可以令人获得解脱的圣地，以恒河水为救赎众生的圣水。但在诗人看来，唯有诃利的名号才能令人解脱，所谓圣地、圣水并无效用。

（二十）

【原文】

कबीर इस संसार कौं, समझाऊँ कै बार ।

पूंछ ज पकडै भेड़(1) की, उतर्या चाहै पार ।।२०।।

【校记】

（1）भेड़：希本作，讹 भेद。今据其余诸本改。

【译文】

格比尔说，

这个尘世之众生[1]，我已教导几多回！

却还抓着山羊尾[2]，就想泅渡达彼岸。

【注释】

[1] 原文“这个尘世”之后仅有后置词 कौं。中世纪印地语后置词较现代印地语而言数量较少，可对应多个现代印地语后置词或后置词词组。若将此处的 कौं 理解为现代印地语 के，则第一足原文意为“这个尘世的”，省略了具体对象，译文根据上下文增加“众生”一

词。此外，此处的 **कौं** 亦可理解为现代印地语 **के लिए** 或 **के बारे में**，则第一足可以理解为“有关这个尘世轮回（的情况）”。

[2] 山羊尾：欺世盗名的宗教导师所作的不可靠的教导。

（二十一）

【原文】

कबीर मन फूल्या फिरै, करता हूँ मैं(1) ध्रंम ।

कोटि क्रम सिरि ले चल्या, चेत न देखै भरंम(2) ।।२१।।

【校记】

(1) **भरंम**：希本作 **भ्रंम**，少 1 拍，今据古本、蒂本、辛本、夏尔马写本改。

(1) **हूँ मैं**：蒂本作 **हूं ज**；夏尔马写本作 **हौंर** “我的”。

【译文】

格比尔说，

只道我已履责任[1]，心花怒放四处逛。

不知头顶千万业，盲目前行已迷途。

【注释】

[1] 责任：原文 **ध्रंम**，通 **धर्म**，多译为“法”或“达磨”。婆罗门教为不同出身的民众制订了有差别的“法”，要求民众以此为根据履行各自的职责。但在诗人看来，这些凡俗尘世的法不仅不能助人解脱，反而会增加业障。

（二十二）

【原文】

मोर तोर की जेवडी, बलि बंध्या संसार ।

कांहसी(1) कडूंबा सुत कलित,(2) दाझणि(3) बारंबार ।।२२।।

【校记】

（1）**कांहसी**：蒂本、辛本作 **कांसि**，辛本注为一种草；古本作 **कांहसि**，今据夏尔马写本改，多两拍。

（2）希本第三足断为 **कां सिकडूं बासुत कलित**，语义不明。

（3）**दाझणि**：希本作 **दाझण**，今据古本、蒂本、辛本、夏尔马写本改。

【译文】

“我的——你的——”[1] 是绳索，紧紧将人捆轮回。
家人妻儿是什么？反复投你入火中。[2]

【注释】

[1]“我的——你的——”：区分自己的和他人的事物，是我慢的一种表现。

[2] 反复投你入火中：印度各地多实行火葬，人死后由家人操办葬礼。此处诗人有意曲解这一习俗，并以火葬之火暗喻轮回的煎熬。在诗人看来，人们对家人妻儿的留恋从本质上讲是对尘世轮回的执着，而正是这种执着令人深陷轮回，不得解脱。

十八、只说不做支

（करणीं बिना कथणीं कौ अंग）

“只说不做支”共收录双行诗 5 首，旨在劝诫世人务必心口如一、言行一致。

（一）

【原文】

कथणीं कथी त[1] क्या भया, जे करणीं नां ठहराइ ।[2]

कालबूत के कोट ज्यूं, देषतही ढहिं जाइ ।।१।।

【校记】

（1）त：希本、古本、蒂本作 तौ，辛本作 तो，多 1 拍。今据夏尔马写本改。

（2）各本第二足均合 13 拍，较双行律多 2 拍。

【译文】

如果什么都不做，只是说说有何用？

城堡实乃脚手架，眼看它就要崩塌。

（二）

【原文】

जैसी मुख तैं नीकसै, तासी चालै चाल ।
पारब्रह्म नेडा रहै, पल मैं करै निहाल ।।२।।

【校记】

蒂本无此诗。

【译文】

怎么把话说出口，步子就该怎么走。
至上大梵在近旁，眨眼之间可赐福。

（三）

【原文】

जैसी मुष तैं नीकसै, तैसी चालै नाहिं ।
मानिष नहीं ते स्वान गति, बांध्या जमपुर जांहिं ।।३।।

【译文】

怎么把话说出口，步子却不那样走。
猪狗行径不是人，绑上押送阎摩城。

（四）

【原文】

पद गायां[1] मन हरषियाँ, साषी कह्यां[2] अनंद ।
जौ[3] तत नांव न जांणियां, गल मैं पडिया फंध ।।४।।

【校记】

（1）**गायां**：希本作 **गोएँ**，讹，今据古本改。蒂本作 **गाएँ**，辛本作

गाए，同义。

（2）**कह्यां**：蒂本作**कहैं**，辛本作**कहैं**，词义相近，时态与第一足不一致。

（3）**जौ**：希本、古本作 **सो**“这个”，今据蒂本、辛本改。

【译文】

唱着唱词[1]心欢娱，念着对句[2]亦欢喜。

名号真谛若不知，脖子仍落索套中。

【注释】

[1] 唱词：此处特指各类有助于证道的唱词。

[2] 对句：此处特指各类有助于证道的双行诗。

本诗强调若不能明白名号的真谛，哪怕念诵、演唱上师教授的证道诗词也毫无用处。

（五）

【原文】

करता दीसै कीरतन, ऊँचा करि करि तूंड ।

जांणैं बूझै कुछ नहीं, यौंही आंधां रूंड ।।५।।

【译文】

表演唱赞歌，鼻子仰甚高[1]。

不知也不问，如同空树干。

【注释】

[1] 鼻子仰甚高：吟游诗人在演唱敬神的赞歌时往往会陶醉地抬起下巴，诗人在此讽刺这些吟游诗人只是矫揉造作、装模作样地表演，并不明白这些颂歌中的真谛。

十九、只做不说支

（कथणीं बिना करणीं कौ अंग）

“只做不说支”共收录双行诗 4 首，强调名号、音节的神秘作用，反对完全依赖书本知识。

（一）

【原文】

मैं जांन्यूं पढ़िबौ भलौ, पढ़िबा थैं भलौ जोग ।
रांम नांम सूं प्रीति करि, भल भल(1) नींदौ लोग ।।१।।

【校记】

（1）भल भल：蒂本作 भावै “欢喜”。

【译文】

我也知道读书好，书中自有好方法[1]。
我已爱上罗摩名，哪怕遭致众人骂。

【注释】

[1] 方法：原文**जोग**，通 **योग**，即瑜伽。格比尔诗歌中的“瑜伽”一词含义较为广泛，既可以特指基于身体修行的哈塔瑜伽，也包括广义的能力、方法等，此处为泛指，且略含贬义，因为在诗人看来一切方法都比不上念诵罗摩名号。

（二）

【原文】

कबीर पढ़िबा दूरि करि, पुसतक देइ बहाइ ।

बांवन आषिर सोधि करि, ररै ममैं चित लाइ ।।२।।

【校记】

格比尔说莫读书，抛开书本扔一旁。

寻遍五十二字母[1]，唯有“罗—摩—”[2]入心底。

【译文】

[1] 五十二字母：此处指印地语各字母，泛指各类文字。印度各字体均有帮助初学者学习的字母表。北印度婆罗米字母体系的字母表一般称作 **अक्षरमाला**，即“字母之环”，其中有一种字母表认为天城体共有 52 个字母（含个别常用复合辅音字母）。

[2]“罗—摩—”：天城体字母表中的 **र**、**म** 两个辅音字母。诗人实际上在此处强调了自己对“罗摩”这个神圣名号本身的关注，这与诗人否定有形象的人格神的理念是一致的。

（三）

【原文】

कबीर पढ़िबा दूरि करि, आथि पढ्या संसार ।

पीड़ न उपजी प्रीति सूं(1), तौ क्यूं करि करै पुकार(2) ।।३।।

【校记】

（1）**प्रीति सूं**：蒂本作 **जीव में**“生命之中”。

（2）**करै पुकार**：蒂本作 **पावै करतार**“得到创世者”。

【译文】

格比尔说莫读书，已将轮回读个遍。
爱情若是不痛苦，你该如何呼唤他？

（四）

【原文】

पोथी पढ़ि पढ़ि जग मुवा, पंडित भया न कोइ ।
एकै अषिर पीव(1) का, पढ़ै सु पंडित होइ ।।४।।

【校记】

（1）**पीव**：蒂本作 **प्रेम**“爱”。

【译文】

众生读书读到死，仍无人成班智达[1]。
情郎名号一字母，读它便成班智达。

【注释】

［1］班智达：此处的“班智达”并非前文调侃、讽刺的婆罗门学者，而是具备真正学识、洞悉世间真谛的智者。

二十、好色之徒支

（कामी नर कौ अंग）

“好色之徒支”共收录双行诗27首。各本对本支标题表述有别，希本写作 **काम नरी**，其余诸本中古本写作 **काम नर**，夏尔马写本写作 **कामी नर**。从下文内容来看，本支主要抨击了贪恋尘俗享乐，尤其是贪恋女色的行为，故译者最终采纳了夏尔马写本的写法，译为“好色之徒”。在诗人看来，“好色之徒/淫棍”（一，十七，十九，二十二，二十三，二十五）沉溺于感官俗乐，贪恋女色，尤其是“放荡而美丽的女子”（一，二，十一，十二）和“他人的妻子”（三至六），必将掏空身体，荒废人生，最终无法逃脱堕入地狱的报应。这种现象不仅限于在家人，甚至出家人、所谓的智者也有可能沉溺凡俗享乐不能自拔。对于这样的人，格比尔希望他们能够发愿虔信至高存在，获得救赎。

（一）

【原文】

कांमणि काली नागणीं, तीन्यूं लोक मँझारि ।
रांम सनेही ऊबरे, विषई खाये झारि ।।१।।

【译文】

放荡美女如黑蛇，身处在这三界中。
好色淫棍皆被吃，爱罗摩者[1]方得救。

【注释】

[1] 爱罗摩者：原文 **रांम सनेही**，通 **राम स्नेही**。18世纪时，拉贾斯坦地区出现一个以此为名的宗教团体，开山祖师为拉姆·查兰（Rām Caraṇ，1720~1799）。该派教义有许多与格比尔思想相似之处，如反对偶像崇拜、崇尚无形罗摩等。该派至今仍相当活跃。

（二）

【原文】

कांमणि मींनीं षांणि की(1), जे छेड़ौं तौ(2) खाइ ।
जे हरि चरणां राचियां, तिनके निकटि न जाइ ।।२।।

【校记】

（1）**मींनीं षांणि**：蒂本作 **सुंदर सर्पिनीं**“美丽的母蛇”。
（2）**तौ**：蒂本作 **तिहिं**“他”。

【译文】

放荡女如贪吃猫，人若碰她必被咬。
只要深爱诃利足，她便不会来身旁。

（三）

【原文】

पर नारी राता फिरैं, चोरी बिढ़ता खांहिं ।

दिवस चारि सरसा रहै, अंति समूला जांहि ।।३।।

【校记】

蒂本无此诗。

【译文】

贪恋他人妻[1]，窃取不义财。

欢娱只四日[2]，终了全消散。

【注释】

[1] 贪恋他人妻：觊觎他人的妻子甚至与其偷情通奸是一种客观存在的社会现象。但是，印度一直有部分服务于上层的世俗和宗教文献试图合法化这种行为。《欲经》（*Kāmasutra*）中有一章教授如何与有夫之妇偷情，性力派、后期佛教金刚乘和毗湿奴派均不乏将与有夫之妇的偷情关系赋予某种神秘、神圣的色彩，甚至鼓吹与“他人妻”修行的殊胜之处。格比尔诗歌不仅反对作为一种普通社会现象的偷情，更反对试图将这种不道德现象合法化的解读和诠释。

[2] 四日：虚指，形容时间短暂。

（四）

【原文】

पर नारी पर सुंदरी, बिरला बंचै कोइ ।

खातां मींठी खाँड सी, अंति कालि विष होइ ।।४।।

【校记】

蒂本无此诗。

【译文】

他人美女他人妻，鲜有人能过此关。

吃时甘甜如红糖，终了之时成毒药。

（五）

【原文】

पर नारी कै राच्चणौं, औगुण है गुण नांहि ।

षार समंद मैं मंछला, केता बहि बहि जांहिं ।।५।।

【校记】

蒂本无此诗。

【译文】

迷恋贪求他人妻，这是罪过非美德。

如鱼身处苦涩海，随波逐流何其多！

（六）

【原文】

पर नारी को राच्चणौं, जिसी ल्हसण की षांनि ।

षूणौं(1) बैसि(2) र षाइए(3), परगट होइ दिवानि(4) ।।६।।

【校记】

（1）**षूणौं**：蒂本、辛本作 **कोने** “角落”。

（2）**बैसि**：蒂本、辛本作 **बैठ** “坐”。

（3）**र षाइए**：希本作 **रषाइए**，断词有误。古本作 **र खाइए**，蒂本、辛本作 **खाइए**。

（4）**दिवानि**：古本、蒂本、辛本作 **निदांनि** “最终”。

【译文】

迷恋贪求他人妻，如同咀嚼吃大蒜。

吃下蒜味入血液，上朝[1]之时掩不住。

【注释】

[1] 上朝：比喻人死后接受审判。

（七）

【原文】

नर नारी सब नरक है, जब लग देह सकाम ।
कहै कबीर ते रांम के, जे सुमिरैं निहकाम ।।७।।

【译文】

体内只要有淫欲，男女皆要下地狱。
格比尔说，
不染情欲思罗摩，方有可能被接纳。

（八）

【原文】

नारी सेती नेह, बुधि बबेक सबहीं हरै ।
कांइ गमावैं देह, कारिज कोई नां सरै ।।८।।(1)

【校记】

（1）本诗为索拉塔律诗。

【译文】

只爱沉溺女色中，聪明智慧丢失尽。
最终一事也不成，为何浪费这肉身？

（九）

【原文】

नाना भोजन स्वाद सुख, नारी सेती रंग ।
बेगि छाडि़ पछिताइगा,ह्वैहै मूरति भंग ।।९।।

【校记】

蒂本无此诗。

【译文】

沉溺女色欢娱中，还有种种美味食。

快快放下这一切，身体废时将后悔！

（十）

【原文】

नारी नसावै तीनि सुख(1), जा नर पासैं होइ ।

भगति मुकति जिन ग्यान मैं, पैसि न सकई कोइ ।।१०।।

【校记】

（1）सुख：蒂本、辛本作 गुन“德”。

【译文】

落入女色索套者，三种欢喜[1]皆被毁。

虔爱、解脱、自我智，再也无法入其中。

【注释】

[1] 三种欢喜：第三足所说的三种令人欢喜的状态：虔爱（帕克蒂）之喜、解脱之喜、以智慧证悟自我之喜。

（十一）

【原文】

एक कनक अरू कांमनीं, विष फल कीए उपाइ(1) ।

देखै हीं थैं विष चढ़ै, खांयें सूं मरि जाइ ।।११।।

【校记】

（1）कीए उपाइ：希本断为 कीएउ पाइ，今据其余诸本改。

【译文】

黄金还有放荡女，都会结出毒果子。

只要看见就中毒，若是吃下必定死。

（十二）

【原文】

एक कनक अरु कांमनी, दोऊ अगनि की झाल ।
देखें हीं तन प्रजलै, परस्यां ह्वैं पैमाल ।।१२।।

【译文】

黄金还有放荡女，两者都是烈火苗。
一看就引火上身，若碰一定焚烧尽。

（十三）

【原文】

कबीर भग की प्रीतड़ी, केते गए गडंत ।
केते अजहूँ जाइसी, नरकि हसंत हसंत(1) ।।१३।।(2)

【译文】

（1）**हसंत**：希本作 **हसंय**，讹，今据其余诸本改。

（2）蒂本无此诗。

【注释】

格比尔说，
只因贪恋女阴户，何其多人已覆灭！
如今又有几多人，嬉戏欢笑赴地狱！

（十四）

【原文】

जोरू जूठणि जगत की, भले बुरे का बीच ।
उत्यम ते अलगे रहैं, निकटि रहैं तें नीच ।।१४।।

【译文】

妇人如尘世剩饭，介于好与坏之间。[1]

高尚之人远离她，卑鄙之人亲近她。

【注释】

[1] 第二足表述不甚明了，译文为字面直译。古本注释为“好人和坏人对待她的方式并不一样”，辛本注释为“她可以用来检验一个人是好是坏”，考虑到 **बीच** 只有“在……之间”的意思，且难以进一步引申为“差别、检验”，故两种注释也不完全令人信服。此外，两本均未能说明“尘世剩饭”的具体含义。

（十五）

【原文】

नारी कुंड नरक का(1), बिरला थंभै(2) बाग ।

कोइ साधू जन उबरै(3), सब जग मूवा लाग ।।१५।।

【校记】

（1）各本第一足合 11 或 12 拍，与双行律不符。

（2）**थंभै**：蒂本作 **थांमैं**，辛本作 **थाँभै**，同义。

（3）**उबरै**：各校本均作 **ऊबरै**，多 1 拍，今据夏尔马写本改。

【译文】

女人是地狱深渊，很少有人能勒马。

偶有贤士得救渡，众生皆因执着死。

（十六）

【原文】

सुंदरि थै सूली भली, बिरला बंचै(1) कोइ ।

लोह लिहाला(2) अगनि मैं(3), जलि बलि कोइला होय ।।१६।।

【校记】

（1）**बंचै**：蒂本作 **बांचै**，同义。

（2）**लिहाला**：希本、蒂本作 **निहाला**“铁砧”。

（3）मैं：蒂本作 ज्यूं“如同”。

【译文】

刑杖也比美女好，鲜有人过美女关。
将人投入烈火中，钢铁也被烧成炭。

（十七）

【原文】

अंधा नर चेतै नहीं, कटै न संसै सूल।
और गुनह हरि बकससी, कांमीं डाल न मूल॥१७॥

【译文】

眼盲男子不觉悟，疑惑苦痛不能断。
诃利宽恕其他罪，唯有淫欲不能饶。[1]

【注释】

[1] 第四足原文字面义为“淫欲的问题无论是树干（比喻问题严重），还是枝叶（比喻问题轻微）都不可（饶恕）”，表达诃利对好色之徒绝不宽容的立场，以此劝诫世人勿要沉溺女色。

（十八）

【原文】

भगति बिगाड़ी कांमियां, इंद्री केरै स्वादि।
हीरा खोया हाथ थैं, जनम गँवाया बादि॥१८॥

【译文】

纵欲毁弃虔爱心，沉浸感官享乐中。
手中钻石[1]已遗失，人生白白浪费掉。

【注释】

[1] 钻石：比喻第四足所说的“人生”，参见前文“警诫支”等劝说世人珍惜宝贵人生的诗歌及相关注释。

（十九）

【原文】

कामीं अमीं न भावई, विषई कौं ले सोधि ।
कुबधि(1) न जाई जीव की, भावै स्यंभ रहौ(2) प्रमोधि ।।१९।।

【校记】

（1）**कुबधि**：蒂本、辛本作 **कुबुधि**，同义。

（2）**स्यंभ रहौ**：蒂本作 **ज्यौं**“如同”，辛本无 **रहौ**。蒂本、辛本符合双行律，希本、古本多 2~3 拍。

【译文】

并不喜爱甘露汁，好色之徒寻毒药。
众生邪念难消除，取悦自在[1]方赐教。

【注释】

[1] 自在：原文 **स्यंभ**，通 **स्यंभू**“自在生”，指至高存在，因字数限制而简写为“自在”。

（二十）

【原文】

बिषै बिलंबी आत्मां, ताका मजकण खाया सोधि ।(1)
ग्यांन अकुर न ऊगई, भावै निज प्रमोध ।।२०।।(2)

【校记】

（1）第一行与双行律不符，第一、二足分别合 11、15 拍。

（2）蒂本无此诗。

【译文】

自我留恋尘俗乐，精髓尽失不复得。
智慧之苗难发芽，自珍自爱方觉悟。

（二十一）

【原文】

विषै कर्म की कंकुली(1), पहरि हुआ नर नाग ।

सिर फोड़ै सूझै नहीं, को आगिला अभाग ।।२१।।(2)

【校记】

（1）कंचली：希本作 कंकुली，讹，今据古本改。辛本作 केंचुली，通。

（2）蒂本无此诗。

【译文】

俗欲业障作衣裳，人若穿上便成蛇。

想破脑袋犹不知，谁还能比他不幸！

（二十二）

【原文】

कांमीं कदे न हरि भजै, जपै न केसौ जाप ।

रांम कह्यां थैं जलि मरै, को पूरिबला पाप ।।२२।।

【校记】

蒂本无此诗。

【译文】

淫棍从不颂诃利，凯沙瓦[1]咒亦不念。

前世所造之罪孽，念诵罗摩便烧毁。

【注释】

［1］凯沙瓦：神的名号。参见第二章“思念支”第十六首注释。

（二十三）

【原文】

कांमीं लज्या नां करै, मन मांहै अहिलाद ।

नीद न मांगै सांथरा, भूष न मांगै स्वाद ।।२३।।

【译文】

好色之徒不知羞，心中满是欢娱喜。

困乏不求有床褥，饥饿不求多美味。[1]

【注释】

[1] 第二行原文表述比较简略，补充省略的词汇之后表述如下：就好像困乏至极的人只要有地方休息就行，不在乎是不是有舒适的床褥；就好像饥饿难耐的人只要有吃的就行，根本不在乎食物的味道怎么样。诗人以此形容好色之徒饥不择食，毫无羞耻之心。

（二十四）

【原文】

नारि पराई आपणीं, भुगत्या नरकहिं जाइ ।

आगि आगि सब ऐक(1) है, तामैं हाथ न बाहि ।।२४।।

【校记】

（1）**सब ऐक**：希本作 **सबरौ**，今据夏尔马写本改。古本、蒂本、辛本作 **सब एक**，同。

【译文】

乐享女子下地狱，不分自家或别家。

这火那火都一样，不能伸手入其中。

（二十五）

【原文】

कबीर कहता जात हौं, चेतै नहीं गँवार ।

बैरागी गिरही कहा, कामी वार न पार ।।२५।।

【译文】

格比尔一直劝说，蠢货一直不觉悟。

出家[1]、在家又怎样？好色之徒难计数。

【注释】

［1］出家：原文 **बैरागी**，通 **वैराग्य**，基本义为摆脱一起欲望，引申为出家修行。一般将信奉毗湿奴的修行人称作 **वैरागी**。不过从第四足可以看出，本诗认为关键不在于形式上的出家或是在家，因为两者中都不乏好色之徒。

（二十六）

【原文】

ग्यांनीं(1) तौ नींडर भया, मांनैं नांहीं शंक ।

इंद्री केरे बसि पड़्या, भूँचै(2) विषै निसंक ।।२६।।

【校记】

（1）**ग्यांनीं**：希本作 **ग्यांमीं**，讹，今据古本、蒂本、辛本、夏尔马写本改。

（2）**भूँचै**：辛本作 **भूँजै**，同义。

【译文】

智者[1]本已无所谓，不会犹豫不疑虑。

若被感官所控制，乐享俗欲无顾忌。

【注释】

［1］智者：**ग्यांनीं**，通 **ज्ञानी**，泛指有知识的人，帕克蒂运动兴起之后，如锡克教等新兴宗教团体内熟知圣典的神职人员逐渐被统一称为 **ज्ञानी**，成为专有名词。

（二十七）

【原文】

ग्यांनी मूल गँवाइया, आपण भये करता ।

ताथैं संसारी भला, मन मैं रहै डरता ।।२७।।

【译文】

智者已将根本毁，自视我是创造者。
轮回众生比他好，至少心中存敬畏。

二十一、俱生支（सहज कौ अंग）

“俱生支”共收录双行诗4首。俱生乘是密教后期出现的一股思潮，认为“与生俱来的”本性是超越一切的绝对存在，主张以人生而有之的身体体证这种自然得来的本性，也就是“以俱生为方式求俱生”。相比祭祀、拜神等方式，这种方式无疑简单“易行”，又能达到比涅槃更好的俱生成就，俱生乘据此认为其他宗教活动都不如俱生修行。因此，**सहज**根据不同语境，既可以直译为“俱生”（强调万物与生俱来的终极本性），也可以意译为“自然”，还可以译为“容易”（强调俱生修行顺应本性，相比其他修行法的殊胜之处）。密教论著如《喜金刚本续》（*Hevajratantra*）、《俱生成就》（*Sahajasiddhi*）以及被称作《俱生要门细疏》（*Sahajāmnāya-pañjikā*）[1]的阿波布朗舍语诗歌注释本皆探讨了如何以瑜伽修行等方式证得俱生成就。格比尔不仅继承了俱生乘成就师所使用的双行诗、

① Muhammad Shahidullah, *Les Chants Mystiques de Kāṇha et de Saraha*, Paris: Adrien-Maisonneuve, 1928, p.3.

唱词等文学体裁，更传承了俱生乘思想。

本支双行诗强调应当控制感官、摒弃尘世享乐、证悟大我才可以谈俱生，反对许多人不懂装懂，空谈俱生。考虑到俱生乘日后的发展有许多与左道修行融合的例子，诗人试图以此与崇尚性力修行的俱生乘修行者划清界限。

（一）

【原文】

सहज(1) सहज सबकौ कहै, सहज न चीन्हें कोइ ।
जिन्ह सहजैं विषिया तजी, सहज कहीजै सोइ ।।१।।

【校记】

（1）**सहज**：希本作 **सहल**，讹，今据其余诸本改。

【译文】

无人真正知俱生，却把一切称俱生。
谁能轻易脱俗乐，他才可以说俱生。

（二）

【原文】

सहज सहज सबको कहै, सहज न चीन्हें कोइ ।
पाँचू राखै परसती, सहज कहीजै सोइ ।।२।।

【校记】

蒂本无此诗。

【译文】

无人真正知俱生，却把一切称俱生。
谁能掌控五感官，他才可以说俱生。

（三）

【原文】

सहजैं सहजैं सब गए, सुत बित कांमणि कांम ।
एकमेक है मिलि रह्या, दासि कबीरा रांम ।।३।।

【译文】

妻儿美女与情欲，自然而然皆消散。
奴格比尔与罗摩，相会合一永不分。

（四）

【原文】

सहज सहज सबको कहै, सहज न चीन्हैं कोइ ।
जिन्ह सहजैं हरिजी(1) मिलै, सहज कहीजै सोइ ।।४।।

【校记】

（1）**हरिजी**：蒂本、辛本作 **साहिब** “主上”。

【译文】

无人真正知俱生，却把一切称俱生。
谁能轻易见诃利，他才可以说俱生。

二十二、真理支

（साँच कौ अंग）

“真理支”共收录双行诗 17 首，涉及多个不同的主题。第一至四首生动地描绘了城市纺织工的生活。注释部分对其暗含的宗教教诫进行了解读，但即便没有这层含义，这种站在底层百姓的视角描绘经济生活的文学作品在印度文学史上也十分少见。也正因为这种原因，格比尔被许多后世印地语作家视为印地语现实主义文学的鼻祖。第五至十二首主要面向穆斯林宣教。诗人并不反对伊斯兰教所要求的种种礼俗，但反对为了口腹之欲而杀生，反对不能虔心信神而盲从仪式。第十三、十四两首主要批评了萨克蒂（性力派）的宗教社会生活。第十五至十七回到本支的主题，强调坚持真理的重要意义。

（一）

【原文】

कबीर[1] पूंजी साह की, तूं जिनि खोवै ष्वार ।

खरी बिगूचनि होइगी, लेखा देती बार ।।१।।

【校记】

（1）**कबीर**：希本作 **कबी**，脱，今据其余诸本改。

【译文】

格比尔说，

财主借你的本金，可怜虫可别亏本。

否则等到交账时，一定重重责罚你。

【注释】

格比尔是一名城市纺织工，这一组诗歌以写实的笔法描述了中世纪普通城市纺织工的经济生活。城市纺织工，尤其是自雇的纺织工的生产活动非常依赖民间高利贷的金融支持。本诗的口吻像是帮助财主打理账目的账房先生训斥可怜的纺织工。辛本亦将财主解读为造物主，将本金解读为人生，认为诗人是以包括这首在内的一系列描述纺织工经济生活的诗歌劝诫世人珍惜人生，勿要虚度光阴。

（二）

【原文】

लेखा देणां सोहरा(1), जे दिल साँचा होइ ।

उस चंगे(2) दीवांन मैं, पला न पकड़ै कोइ ।।२।।

【校记】

（1）**सोहरा**：古本、夏尔马写本作 **सोरहा**“主子”。

（2）**चंगे**：蒂本作 **सांचै**“真正的”。

【译文】

如果心里没有鬼，交个账本有何难？

在这圣洁朝堂[1]上，没有谁能袒护你[2]。

【注释】

[1] 朝堂：中世纪印度不乏成功的银行家加官晋爵，成为一方领主，拥有自己的“朝堂”也不足为奇。另外，此处也可以理解为

人死后阎摩根据每个人前世所造之业加以审判，或理解为末日审判时安拉的审判。

［2］袒护你：原文 **पला पकड़ै**，字面义为“抓住某人衣服的边”，引申为寻求他人的庇护。

（三）

【原文】

कबीर चित चमंकिया, किया पयाना दूरि ।

काइथि कागद काढ़िया, तब दरिगह लेखा पूरि ।।३।।

【校记】

蒂本无此诗。

【译文】

格比尔说，

已然离家到远方[1]，心中突然吓一跳。

文书[2]拿出记账本，当堂索要所欠账[2]。

【注释】

［1］远方：死后。

［3］文书：原文 **काइथि**，通 **कायस्थ**，文书，在印度既可以指从事文书、财会工作的个体，也可以指一个特定的种姓。需要指出的是，并不是所有文书、财会都出自文书种姓，也不是所有出身文书种姓之人一定从事此类工作。

［3］欠账：虚度人生和不积德所造下的恶业。

（四）

【原文】

काइथि कागद काढिया, तब लेखै वार न पार ।

जब लग सांस सरीर मैं, तब लग रांम(1) सँभार ।।४।।

【校记】

（1）**रांम**：蒂本、辛本作 **नाम**“名号”。①

【译文】

文书拿出记账本，所欠账目无穷尽。
体内还有一口气，就应牢牢记罗摩。[1]

【注释】

[1] 牢记罗摩之名可以减轻罪孽，也就是“还债”。但是无奈欠债太多，所以只能无时无刻都牢记罗摩才能还上这笔高利贷。

（五）

【原文】

यहु सब झूठी बंदिगी, बरियां पंच निवाज ।
साचै मारै झूठ पढि, काजी करै अकाज ।।५।।

【校记】

蒂本无此诗。

【译文】

要做五次乃玛孜[1]，这些礼拜皆骗局。
去掉真话念谎话，法官[1]净作无用功。

【注释】

[1] 乃玛孜：穆斯林的日常礼拜，是基本功课之一。

[2] 法官：格比尔诗歌中所说的法官并非位阶较高的法学家，而是管理基层穆斯林社区事务的阿訇、伊玛目。

① “罗摩”和“名号”互相替换无论在文献还是唱诵实践中都十分常见。

（六）

【原文】

कबीर काजी स्वादि बसि, ब्रह्म हतै तब दोइ ।
चढि मसीति एकै कहै, दरि क्यूं साचा होइ ।।६।।

【校记】

蒂本无此诗。

【译文】

格比尔说，
法官杀生因贪吃，此时将梵作两分。
清真寺上念唯一，还能有什么真话？

【注释】

本诗讽刺阿訇言行不一，下面几首诗均与这一话题有关。在诗人看来，阿訇一方面宣扬万物归于真主的一元论，另一方面却又不介意杀生吃肉。在诗人看来，既然一切都归于唯一的存在，那么就不应该杀生，阿訇这么做就是言行不一，不可信赖。受印度本土文化影响，印度历史上曾有不少苏非圣人主张素食，格比尔的这种主张亦非特例。

（七）

【原文】

काजी[1] मुलां भ्रंमियां, चल्या दुनीं कै साथि ।
दिल थैं दींन बिसरिया, करद[2] लई जब हाथि ।।७।।[3]

【校记】

（1）**काजी**：希本作**काली**，讹，今据其余诸本改。

（2）**करद**：希本作**करन**，讹，今据其余诸本改。

（3）蒂本无此诗。

【译文】

法官毛拉已迷路，尘世作伴盲目行。

当他手拿匕首时，心中已把信仰忘。

（八）

【原文】

जोरी करि जिबहै करैं, कहते हैं ज हलाल ।

जब दफतर देखैगा दई, तब हैगा कौंण हवाल ।।८।।(1)

【校记】

（1）蒂本无此诗。本诗各足节拍数分别为 11-11-15-13，与双行律不符。

【译文】

强行杀生灵，却口称合法。

待神查账时，又该怎么办？

（九）

【原文】

जोरी कीयां(1) जुलम है, मांगै न्याव खुदाइ ।

खालिक दरि खूनी खड़ा, मार मुहे मुहिं खाइ ।।९।।

【校记】

（1）**जोरी कीयां**：蒂本、辛本作 **जोर किया सो**，同义。

【译文】

强行作恶犯下罪，却向真主索正义。

凶手站在神门口，面颊挨打受惩罚。

（十）

【原文】

सांई सेती चोरियां, चोरां सेती गुझ ।

जांणैंगा रे जीवड़ा, मार पड़ैगी तुझ ।।१०।।

【译文】

与小偷合谋，反把主上偷。

众生啊——

待到受罚时，你才能悔悟！

（十一）

【原文】

सेष सबूरी बाहिरा, क्या हज काबै जाइ ।

जिनकी दिल स्याबति नहीं, तिनकौं कहां खुदाइ ।।११।।

【译文】

谢赫[1]没有忍耐力，朝觐天房[2]有何用？

人心若是不坚定，哪里还能有真主？

【注释】

[1] 谢赫：阿拉伯语词，原指老人家、长辈，后多引申为对宗教学者、穆斯林法官的敬称。

[2] 天房：原文 **काबै**，即克尔白，因诗句音节有限，简译为天房。

本诗认为品行高尚的人于四处皆可证得安拉，若是不具备坚毅的品质、坚定的信仰，纵使去麦加朝觐、目睹天房也不会有什么用。

（十二）

【原文】

खूब खांण(1) है खीचड़ी, जे टुक बाहै लूंण ।(2)

हेड़ा(2) रोटी खाइ करि, गला कटावै कौंण ।।१२।।

【校记】

（1）**खांण**：希本、古本、辛本作 **खाँड**“红糖”，略显突兀。今据夏尔马写本改，蒂本作 **खान**，同。

（2）希本、古本第二足作 **मांहि पड़ै टुक लूंण**，语义相近，但表述不如夏尔马写本自然。今据蒂本、夏尔马写本改。

（3）**हेड़ा**：希本、辛本作 **पेड़ा**，一种面点，亦可成立，但意象对比不如夏尔马写本、蒂本鲜明。

【译文】

豆饭[1]之中放点盐，便可吃得好又多。

为了吃点肉和饼，为何有人要割颈[2]？

【注释】

［1］豆饭：原文 **खीचड़ी**，通 **खिचड़ी**（现代标准印地语）或 **खिच्चा**（梵语），印度家常主食之一，用大米、小扁豆（拉丁学名 *Lens culinaris*）制成，一般不用香料，口味较为单一。

［2］割颈：既指杀生，也指自杀。在诗人看来，为了满足口腹之欲而杀生取肉，都会反过来因为积累罪业而伤及自身。

（十三）

【原文】

पापी पूजा बैसि करि, भषैं मांस मद दोइ ।

तिनकी दष्या मुकति नहीं, कोटि नरक फल होइ ।।१३।।

【校记】

蒂本无此诗。

【译文】

罪人端坐行敬拜，又是喝酒又吃肉。

如此再也难解脱，千万地狱是果报。

（十四）

【原文】

सकल बरण इकत्र है, सकति पूजि मिलि खांहि ।

हरि दासनि की भ्रांति करि, केवल जमपुरि जांहि ।।१४।।

【校记】

蒂本无此诗。

【译文】

诸色[1]人等聚一堂，拜萨克蒂[2]共用餐。

诃利奴仆受迷惑，径直去往阎摩城。

【注释】

[1] 色：原文 **बरण**，通 **वर्ण**，即婆罗门、刹帝利、吠舍、首陀罗四大种姓，此处泛指各类不同出身的人。

[2] 萨克蒂：此处既可以理解为人格化的女神，也可以理解为抽象的性力。这首诗反对的对象既可以理解为狭义的性力派，也可以理解为广义上有违伦常的社会文化生活方式。

（十五）

【原文】

कबीर लज्या लोक की, सुमिरै नांहीं साच ।

जानि बूझि कंचन तजै, काठा(1) पकड़ै काच ।।१५।।

【校记】

（1）**काठा**：蒂本作 **क्यौं तू** “你为什么”。

【译文】

格比尔说，

只因俗事而羞愧，却从不把真理想。

明知黄金仍抛弃，却把木头、玻璃[1]抓。

【注释】

[1] 木头、玻璃：这两者容易破损，与可以恒久保存的黄金、钻石对照鲜明。

（十六）

【原文】

कबीर जिनि जिनि जांणियाँ, करता केवल सार ।
सो प्रांणीं काहै चलै, झूठे जग की लार ।।१६।।

【译文】

格比尔说，
如果有谁能知晓，唯一造物主精华。
如此生灵怎会去，追逐虚假之尘世？

（十七）

【原文】

झूठे कौं झूठा मिलै, दूणां बधै सनेह ।
झूठे कूं साचा मिलै, तब ही तूटै नेह ।।१७।।

【校记】

蒂本无此诗。

【译文】

谎言见谎言，爱意增两倍。
谎言见真理，当即爱断绝。

二十三、迷惘而死支

（भ्रम बिधौंसण कौ अंग）

“迷惘而死支”共收录双行诗 11 首，主要抨击了印度教中的形式主义。第一至七首批评了将娑罗石作为毗湿奴在世间显现的一种形式并加以膜拜的宗教习俗。第八至十一首反对包括朝觐、受戒等外在的修行方式，强调内在修行的意义。

（一）

【原文】

पांहण केरा पूतला, करि पूजैं करतार ।
इही भरोसै जे रहे, ते बूडे काली धार ।।१।।

【译文】

石头[1]作偶像，当造物主拜。
一直信奉它，堙没黑水中。

【注释】

［1］石头：结合后文内容来看，此处特指被许多印度教毗湿奴信徒奉为圣物的娑罗石（**शालग्राम**）。娑罗石多为搜集自河边的黑色菊石，便于携带，深受信徒喜爱。

（二）

【原文】

काजल केरी वोबरी(1)**, मसि के कर्म कपाट ।**

पांहनि बोई पृथमीं, पंडित पाड़ी बाट ।।२।।(2)

【校记】

（1）**वोबरी**：古本、夏尔马写本作 **कोठरी**，同义。

（2）蒂本无此诗。

【译文】

烟油[1]作小屋，以墨[2]作业门。

地上种石头，班智达抢劫。

【注释】

［1］烟油：印度人常以此涂抹眼圈。但因烟油极易着色，诗人以此隐喻众生沾染尘俗，沉沦堕落。

［2］墨：此处指以墨写成的宗教圣典。

（三）

【原文】

पांहन कु का पूजिए, जे जनम न देई जाब(1) **।**

आंधा नर आसामुषी, यौहीं खोवै आब ।।३।।

【校记】

（1）第二足合 13 拍，较双行律多 2 拍。

【译文】

石头有何可祭拜？一生都不给答复。

瞎子落入欲望口，如此便将自我丢。

（四）

【原文】

हम भी पांहन पूजते, होते रन के रोझ ।
सतगुर की कृपा भई, डार्या सिर थैं बोझ ।।४।।

【译文】

我也曾经拜石头，鲁莽冲动如羚羊[1]。
幸有真师施恩惠，头顶重负卸下来。

【注释】

[1] 或许诗人认为羚羊低头吃草的样子像是在膜拜石头。

（五）

【原文】

जेती देषौं(1) आत्मा, तेता सालिगरांम ।
साधु प्रतषि देव हैं, नहीं पाथर सू कांम ।।५।।(2)

【校记】

（1）देषौं：辛本作 दीसै，同义。

（2）蒂本无此诗。

【译文】

大德[1]我已见许多，亦见许多娑罗石。
贤士就是人间神[2]，石头却无丝毫用。

【注释】

[1] 大德：原文为 आत्मा“自我、灵魂”，各注释本均未作进一步注解。从行文来看，此处应对应第三足“贤士”，故此处将其理解为 महात्मा，并依古译作“大德”。

[2] 人间神：此处为意译，原文字面义为“可以直接看见的神”。

本诗认为世人应当敬拜的是贤士大德，而非一无是处的娑罗石。

（六）

【原文】

सेवैं सालिगरांम कूं, मन की भ्रांति न जाइ ।
सीतलता सुपिनैं नहीं, दिन दिन अधकी लाइ ।।६।।

【译文】

敬拜娑罗石，心中惑不消。
梦中无清凉，日日更灼烧。

（七）

【原文】

सेवैं सालिगरांम कूं, माया सेती हेत ।
वोढैं काला कापड़ा, नांव धरावैं सोत ।।७।।

【校记】

蒂本无此诗。

【译文】

敬拜娑罗石，并把摩耶爱。
穿着黑衣衫，用着白衣[1]名。

【注释】

[1] 白衣：毗湿奴信徒多着白衣，但在诗人看来，膜拜黑色娑罗石的人已经沾染无明，宛如身着黑衣。

（八）

【原文】

जप तप दीसैं थोथरा, तीरथ ब्रत बेसास ।

सूवै सैंबल(1) सेविया, यौं जग चल्या निरास ।।८।।

【校记】

（1）**सैंबल**：希本作 **सैं बल**，今据其余诸本改。

【译文】

祷念苦行不见效，莫信朝觐与戒行。
如同鹦鹉拜木棉，世界陷入无望中。

（九）

【原文】

तीराथ ब्रत(1) सब(2) बेलड़ी, सब जग मेल्या छाइ ।
कबीर मूल निकंदिया, कौंण हलाहल खाइ ।।९।।

【校记】

（1）**ब्रत**：希本作**त**，脱，今据古本、蒂本改，夏尔马写本作 **बर्त्र**，同。

（2）**सब**：蒂本、辛本作 **बिख/बिष**“毒药”。

【译文】

朝觐戒行皆藤蔓，已然笼罩全世界。
格比尔连根拔起，谁会吃下这毒物？

（十）

【原文】

मन मथुरा दिल द्वारिका, काया कासी जांणि ।
दसवां द्वारा देहुरा, तामैं जोति पिछांणि ।।१०।।

【译文】

意马图拉心多门，身体当作迦尸城。[1]
神庙门户第十扇，看到其中火光耀。

【注释】

[1] 第一行出现了三个地名：马图拉、多门（岛）和迦尸城，均为印度教重要圣地。诗人分别以此比喻末那（意）、心和身体，旨在以此体现重视个人身心修行的修行之法的意义。

（十一）

【原文】

कबीर दुनियां देहुरै, सीस नवांवण जाइ ।

हिरदा भीतरि हरि बसै, तूं ताही सौं ल्यौ लाइ ।।११।।

【译文】

格比尔说，

世间有神庙，需要低头拜。

心中住诃利，你可融入他。

二十四、伪装支

（भेष कौ अंग）

“伪装支”共收录双行诗 26 首，主要讽刺欺世盗名的修行人，但也涉及其他主题。第一至十首的关键词是“念珠”。印度各宗教信徒均有佩戴念珠的习俗，一般以拨动念珠配合念诵神名。诗人以这一组诗歌讽刺了只注重表面上拨动念珠，却不能控制心绪、真心信神的作法。第十一至十四首的关键词是“剃发”。剃发是许多印度宗教出家修行人的标志，但在诗人看来，如果这种形式不能搭配与之相应的内在修行，则同样徒劳无益。第十五、十六首进一步描述了伪善之人如何凭借种种伪装在世间逍遥。第十七首第一行较好地概括了诗人的这种理念，即“人皆可成瑜伽身，鲜有人得瑜伽心”，强调了内心修行的重要性。其余诸首与本章标题的相关程度不尽一致，第十八、十九首的“伪装”并非如前面诸首指道貌岸然之人的伪装，而是至高存在“无相者”在世间所展现的种种形象，无人指点的人皆耽于这些不同的呈现形式而未能意识到终极、唯一，却又蕴藏在自身体内的“无相者”。第二十至二十六首则结合不同的情境劝诫世人抛下俗世杂念，抒发了对神的虔敬之心。

（一）

【原文】

कर सेती माला जपै, हिरदै बहै डंडूल ।

पग तौ पाला मैं गिल्या, भाजण लागी सूल ।।१।।

【译文】

手拨念珠静静祷，心中翻涌暴风雨。

脚陷冰雪已溶解，想要逃跑亦艰难。

（二）

【原文】

कर पकरैं अंगुरी गिनैं, मन धावै चहुँ वोर(1) ।

जाहि फिरांयां हरि मिलै, सो भया काठ की ठौर(2) ।।२।।

【校记】

（1）**वोर**：蒂本、辛本作 **ओर**，同义。

（2）**की ठौर**：古本、辛本作 **कठौर**“硬”。第四足合 13 拍，较双行律多 2 拍。

【译文】

仅凭手握指计数，末那犹向四处窜。

拨动之间见诃利，念珠[1]方可成木屋[2]。

【注释】

[1] 念珠：原文无此词，译文根据诸注释本及译本增译。

[2] 木屋：最高存在居住的地方。

本诗两行分别描述了两种使用念珠的方式，第一种是无效的方式，修行人只是一味追求拨动念珠的次数，但却不能控制自己的内心；第二种是有效的方式，修行人在每一次拨动念珠时都证得诃利，这样一粒粒念珠就成为了神的寓所。

（三）

【原文】

माला पहरैं मनमुषी, ताथैं कछू न होइ ।

मन माला कौं फेरतां, जग[(1)] उजियारा सोइ[(2)] ।।३।।

【校记】

（1）**जग**：蒂本、辛本作 **घट**“罐”。

（2）**सोइ**：蒂本、辛本作 **होइ**，助动词。

【译文】

念珠挂心口，并没什么用。

转动末那珠，光耀照世界。

（四）

【原文】

माला पहरे मनमुषी, बहुतैं फिरैं अचेत ।

गांगी रोलै बहि गया, हरि सूं नांहीं हेत ।।४।।

【译文】

念珠挂在心口处，不曾觉悟瞎拨弄。

从来不把诃利爱，终随恒河水流逝。

（五）

【原文】

कबीर माला काठ की, कहि समझावै तोहि ।

मन न फिरावै आपणां, कहा फिरावै मोहि ।।५।।

【校记】

蒂本无此诗。

【译文】

格比尔说，

木头念珠说，要和你理论：

“自己心不转，为何要转我？”

（六）

【原文】

कबीर माला मन की, और सँसारी भेष ।

माला पहर्यां हरि मिलै, तौ अरहट कै गलि देष[1] ।।६।।

【校记】

（1）第四足合 13 拍，较双行律多 2 拍。

【译文】

格比尔说，

末那才是真念珠，余皆尘俗作伪装。

若戴念珠得诃利，且看旋转水车轮。

【注释】

在诗人看来，若不能以心（末那）为珠，虔心念神，而只是装模作样地摆弄念珠，那么这样的人只不过是为了在他人面前摆样子而已。毕竟机械地数念珠又和水车转动有什么区别呢？

（七）

【原文】

माला पहर्यां कछु नहीं, रुल्य मूवा[1] इहि[2] भारि ।

बाहरि ढोल्या हींगलू, भीतरि भरि भँगारि ।।७।।[3]

【校记】

（1）**रुल्य मूवा**：辛本作 **डारि मुवा** “杀死”。

（2）**इहि**：夏尔马写本作 **था**，助动词；辛本作 **गल** “脖子”。

（3）蒂本无此诗。

【译文】

佩戴念珠没有用，重负杀死迷路人。

外表化妆朱砂红，里面塞满污秽物。

（八）

【原文】

माला पहर्यां कुछ नहीं, काती मन कै साथि ।

जब लग हरि प्रगटै नहीं, तब लग पतड़ा(1) हाथि ।।८।।

【校记】

（1）पतड़ा：希本作पड़ता，讹，今据其余诸本改。

【译文】

格比尔说，

若是心中有把刀，佩戴念珠亦无用。

只要诃利不现身，手中只有干树叶[1]。

【注释】

［1］干树叶：无用之物。

（九）

【原文】

माला पहर्यां कुछ नहीं, गांठि रिदै(1) की खोइ ।

हरि चरनूं चित राखिये, तौ अमरापुर होइ(2) ।।९।।

【校记】

（1）रिदै：希本作 हिरदा，蒂本、辛本作 हिरदै，同义，但多1拍，今据夏尔马写本改。

（2）होइ：蒂本作 जोइ “看见”。

【译文】

内心包裹若丢失，佩戴念珠亦无用。

永远心系诃利足，便可身居不朽城。

（十）

【原文】

माला पहर्यां कुछ नहीं, भगति न आई हाथि ।

माथौ(1) मूंछ मुंडाइ करि, चल्या जगत कै साथि ।।१०।।

【校记】

（1）माथौ：蒂本作 दाढ़ी “胡须”。

【译文】

如果手中无虔爱，佩戴念珠亦无用。

头发胡须剃干净，却与尘世作伴行。

（十一）

【原文】

सांई सेंती साँच चलि, औरां सूं सुध भाइ ।

भावै लंबे केस करि, भावै घुरड़ि मुड़ाइ ।।११।।

【译文】

须以真心追随主，须以真情待他人。

喜欢头发便蓄发[1]，喜欢削发[2]便剃净。

【注释】

［1］蓄发：在家修行。

［2］削发：出家修行。

本诗认为在家修行或者出家修行的形式并不重要，关键在于是否能够坚定虔诚爱神的真心。

（十二）

【原文】

केसौं कहा बिगाड़िया, जे मूंडै सौ बार ।
मन कौं काहे न मूंडिए, जामैं बिषै बिकार ।।१२।।

【译文】

头发究竟有何错？将它反复剃百遍。
为何不曾将心“剃”？毒药病灶在其中。

（十三）

【原文】

मन मैवासी मूंडि ले, केसौं मूंडे कांइ ।
जे कुछ किया सु मन किया, केसौं कीया नांहि ।।१३।।

【译文】

为何要把头发剃？应剃贪图安逸心。
头发什么都没做，所作所为皆因心。

（十四）

【原文】

मूंड मुंडावत दिन गए, अजहूँ न मिलिया राम ।
रांम नांम कहु क्या करे, जे मन के औरै कांम(1) ।।१४।।

【校记】

（1）第四足合 13 拍，较双行律多 2 拍。

【译文】

削发之间光阴逝，至今犹未得罗摩。
心中若有其他欲，念罗摩名有何用？

（十五）

【原文】

स्वांग पहरि सोरहा भया, खाया पीया षूंदि ।
जिहि सेरी साधु नीकले, सो तौ मेल्ह मूंदि ।।१५।।

【译文】

披上伪装作掩护，吃吃喝喝欢欣舞。
贤士脱身离小巷[1]，你恰被困在那里。

【注释】

[1] 小巷：尘世。

（十六）

【原文】

बैसनौं भया तौ का भया, बूझा नहीं बबेक ।
छापा तिलक बनाइ करि, दगध्या लोक अनेक ।।१६।।

【译文】

若是不能辨真假，算何毗湿奴信徒？
画上符志与印记[1]，灼烧折磨几多人。

【注释】

[1] 符志与印记均为教派标志。诗人反对这种以外在形式，而非内在品行来判断一个人是否是毗湿奴信徒的作法。

（十七）

【原文】

तन कौं जोगी सब करैं, मन कों बिरला कोइ ।
सब सिधि सहजै पाइए, जे मन जोगी होइ ।।१७।।

【译文】

人皆可成瑜伽身，鲜有人得瑜伽心。
若可达成瑜伽心，所有成就自然得。

（十八）

【原文】

कबीर यहु तौ एक है, पड़दा दीया भेष ।
भरम करम सब दूरि करि, सबहीं मांहिं अलेष ।।१८।।

【校记】

蒂本无此诗。

【译文】

格比尔说，
原本只有他一个，只因伪装盖帷幕。
祛除迷惑与业障，万物之中见无相。

（十九）

【原文】

भरम न भागा जीव(1) का, अनंतहि(2) धरिया भेष ।
सतगुर परचै बाहिरा, अंतरि रह्या अलेष ।।१९।।

【校记】

（1）जीव：希本作 जीय，讹，今据其余诸本改。
（2）अनंतहि：辛本作 बहुतक “许多”。

【译文】

众生未曾脱迷途，因他[1]伪装有无数。
如若不是遇真师，不知无相在心中。

【注释】

［1］他：第四足所说的“无相（者）”、至高存在。

（二十）

【原文】

जगत जहंदम राचिया, झूठे कुल की लाज ।

तन बिनसें कुल बिनसि है, गह्यौ न रांम जिहाज ।।२०।।

【译文】

为了虚幻家族名，沉醉尘世与地狱。

未能登上罗摩舟，肉身家族终将灭。

（二十一）

【原文】

पष ले बूडी पृथमीं, झूठी कुल की लार ।

अलष बिसार्या[1] भेष मैं, बूडे काली धार ।।२१।।

【校记】

（1）**बिसार्या**：希本作 **बिझार्यौं**，讹，今据其余诸本改。

【译文】

看重虚幻家族名，纵使大地亦沉没。

耽于伪装忘无相，沉入黑水终毙命。

（二十二）

【原文】

चतुराई हरि नां मिलै, ए बातां की बात ।

एक[1] निसप्रेही निरधार का, गाहक गोपीनाथ ।।२२।।

【校记】

（1）**एक**：蒂本无，现第三足合 16 拍，较双行律多 3 拍。

【译文】

千言万语终此句：取巧无法得诃利。

唯一无欲自立[1]者，他是贵宾牧女主[2]。

【注释】

[1] 自立：原文 **निरधार**，通 **निराधार**，不依靠他者存在，此处指最高存在。

[2] 牧女主：**गोपीनाथ**，常被用于称呼黑天。

（二十三）

【原文】

नवसत साजे कांमनीं, तन मन रही सँजोइ ।

पीव कै मनि भावै नहीं, पटम(1) कीयें क्या होइ ।।२३।।

【校记】

（1）**पटम**：蒂本、夏尔马写本前另有 **तौ**。

【译文】

多情女子十六妆，身体内心皆妆饰。

若是情郎不喜欢，妆扮又有什么用？

（二十四）

【原文】

जब लग पीव परचा नहीं, कन्यां कँवारी जांणि ।

हथलेवा हौंसैं लिया, मुसकल(1) पड़ी पिछांणि ।।२४।।(2)

【校记】

（1）**मुसकल**：希本作 **मुसकाल**，讹，今据其余诸本改。

（2）蒂本无此诗。

【译文】

尚未遇情郎[1]，处子[2]却知他。

落入情欲[3]手，便难再相认。

【注释】

[1] 情郎：比喻至高存在，即第二足所说的“他”。

[2] 处子：比喻心思纯洁的信徒。

[3] 情欲：特指尘世情欲，与第一行所说的对至高存在的神爱正好相反。

（二十五）

【原文】

कबीर हरि की भगति का, मन मैं षरा उल्हास ।

मैंवासा(1) भाजै नहीं, हूण मतै(2) निज दास ।।२५।।

【校记】

（1）मैंवासा：蒂本作 मन मनसा “心意、末那”。

（2）हूण मतै：蒂本作 होन चाहत，辛本作 होन चहै “想要成为”。

【译文】

格比尔说，

虔诚爱诃利，心生大欢乐。

“守城不会逃，莫杀自家奴！”[1]

【注释】

[1] 第二行为诗人向神的祈求。

本诗及下一首富有军旅色彩，若将诃利 / 罗摩理解成为现实生活中的君王，则这两首诗亦可以被视为守城将领对君王的效忠之词。

（二十六）

【原文】

मैंवासा मोई किया, दुरिजन काढे दूरि ।

राज पियारे रांम का, नगर बस्या भरिपूरि ।।२६।।

【校记】

蒂本无此诗。

【译文】

建造自我作城堡，恶人[1]尽皆被驱逐。
如今住在城中者，无不虔诚爱罗摩。

【注释】

[1] 恶人：人心中的恶念。

二十五、恶伴支
（कुसंगति कौ अंग）

“恶伴支”共收录双行诗 7 首。“近朱者赤，近墨者黑”，在诗人看来，若是个体不能找到良善之人一同精进，则很容易受到俗世诱惑，沉沦而不得解脱。本支主要呈现了交友不慎导致的恶果，而后文“良伴支”则主要呈现了有贤良之人相伴左右的正面效果。格比尔诗歌中的这种理念对于无形派逐渐由一股思潮发展成一个又一个相对独立的宗教团体影响甚大，正是因为强调“道不同不相为谋”，无形派的许多分支日后才逐渐走上了构建独立宗教身份认同、形成新兴宗教共同体意识的道路。

（一）

【原文】

निरमल बूंद अकास की, पडि गई भोमि बिकार ।
मूल बिनंठा मांनवी[1], बिन संगति भठछार ।।१।।

【校记】

（1）**मांनवी**：蒂本、夏尔马写本作 **मानई**“享受，接受”。

【译文】

本是空中无垢水，落到地上被玷污。
若无贤人伴左右，[1] 人性之本成灰烬。

【注释】

[1] 此处原文仅有 **संगति**，即“陪伴、相聚”，“贤人”为依据上下文，参照各注释本及译本增译，即后文所说的“贤士相聚、贤聚”。

（二）

【原文】

मूरिष संग न कीजिए, लोहा जलि न तिराइ ।
कदली सीप भवंग मुषी, एक बूंद तिहुं भाइ ।।२।।

【译文】

莫与愚人相作伴，铁块不能浮水上。[1]
大蕉、珠蚌、蛇口中，一滴水变三种样[2]。

【注释】

[1] 如果试图背负着沉重的铁块渡河，不仅不能抵达彼岸，反而会受其拖累沉入水中。在诗人看来，与愚人作伴如同抱着铁块过河，终究不得解脱。

[2] 三种样：据说雨水落入大蕉树中长出樟脑，落入珠蚌中结成珍珠，落入毒蛇口中变成毒液。诗人将原本一心向善的人比作雨滴，以此强调与贤人而非愚人作伴的重要性。

（三）

【原文】

हरिजन सेती रूसणां, संसारी सूं हेत ।

ते नर कदे न नीपजै, ज्यूं कालर का खेत ।।३।।

【译文】

怒向诃利之信徒，却向俗世表爱意。

此人如同盐碱地，永不开花不结果。

（四）

【原文】

मारी मरूं कुसंग की, केला(1) काठि बेरि ।

वो हालै वो चीरिये, साषित संग न बेरि ।।४।।

【校记】

（1）केला：古本作 केली，今据其余诸本改。

【译文】

我是芭蕉有恶邻，身边枣树将我杀。

枣叶[1]晃动将我伤，绝不再随性力徒[2]。

【注释】

［1］枣叶：原文无，此处根据上下文增译。因枣叶锋利，芭蕉柔嫩，故枣叶晃动时容易划伤芭蕉。诗人以此比喻“我”因为交友不慎而误入歧途。

［2］性力徒：原文 साषत，通 शाक्त，但不能将此简单理解为崇拜女神者，或者性力派（萨克蒂）信徒。具体参见前文相关注释。

（五）

【原文】

मेर नींसांणी मीच की, कुसंगति ही काल ।

कबीर कहै रे प्रांणियां, बांणीं ब्रह्म संभाल ।।५।।

【校记】

蒂本无此诗。

【译文】

我执已是死亡兆，恶伴更是如迦罗。
格比尔劝诫众生，大梵教诲须牢记！

（六）

【原文】

माषी गुड मैं गडि रही, पंष रही लपटाइ ।
ताली पीटै सिरी धुनैं, मीठै बोई माइ ।।६।।

【校记】

蒂本无此诗。

【译文】

苍蝇陷红糖，翅膀被粘住。
拍手又挠头，深陷甜食中。

（七）

【原文】

ऊँचै कुल क्या जनमियाँ, जे करणीं ऊँच न होइ ।
सावन कलस सुरै भर्या, साधूं निंद्या सोइ ।।७।।

【译文】

如果行为不高尚，出身高贵有何用？
金罐[1]却把烈酒[5]装，贤士鄙视这行径！

【注释】

[1] 金罐：比喻高贵的出身。

[2] 烈酒：比喻卑劣的品行。

二十六、结伴支

（संगति कौ अंग）

“结伴支”共收录双行诗 8 首，主题承上一支，劝诫世人甄别世人，结识同道中人。

（一）

【原文】

देखा देखी पाकड़ै, जाइ अपरचै छूटि ।

बिरला कोई ठाहरै, सतगुर सांम्हीं(1) मूठि ।।१।।

【校记】

（1）**सांम्हीं**：希本作 **सांमीं**“直面”，今据古本、蒂本改。

【译文】

只知抓住可见者，错失不可感知者[1]。

鲜有人能得保全，速速抓住真师拳！[2]

【注释】

［1］不可感知者：最高存在。

［2］第四足指紧紧追随真师，求得赐教。

（二）

【原文】

देखा देखी भगति है(1), कदे न चढ़ई रंग ।
बिपति पड्या यूं छाड़सी, ज्यूं कंचुली भवंग ।।२।।

【校记】

（1）है：蒂本、辛本作 का “的”。

【译文】

表面看似有虔爱，实际从未染上色［1］。
待到落难便抛开，恰如蛇虫蜕掉皮。

【注释】

［1］染上色：此处比喻虔心敬神。

（三）

【原文】

करिए तौ करि जांणिये, सारीषा सूं संग ।
लीर लीर लोई थई, तऊ न छाड़ै रंग ।।३।।

【译文】

如要结伴须清楚，只与相似者结伴。
毯子纵使撕成条，颜色依旧不会变。［1］

【注释】

［1］第二行表达的意思类似“江山易改，本性难移”，旨在劝诫世人勿要与不同道者结伴。

（四）

【原文】

यहु मन दीजे तास कौं, सुठि सेवग भल सोइ ।(1)

सिर ऊपरि आरास है, तऊ न दूजा होइ ।।४।।

【校记】

（1）**सुठि सेवग भल सोइ**：蒂本作 **जो सुठि सेवग होइ**，语义相近。

【译文】

如此之人可交心，贤明善良神信徒。

纵有刀锯架头顶，他仍不会变丝毫。[1]

【注释】

[1] 第二行形容的是第一行所称颂的信仰坚定、品行高尚的信徒。

（五）

【原文】

पांहण टांक न तौलिए, हाडि न कीजै बेह ।

माया राता मांनवीं, तिन सूं किसा सनेह ।।५।।

【校记】

蒂本无此诗。

【译文】

称石不用小砝码[1]，陶罐无法穿孔洞。[2]

人若乐享摩耶幻，如何还能将他[3]爱？

【注释】

[1] 小砝码：原文为 **टांक**，通 **टंक**，约合 4 克。

[2] 陶罐材质甚脆，一旦穿孔便会破碎。

[3] 他：此处指最高存在。

本诗第一行两足列举了两种不匹配的现象，在诗人看来，虔诚爱神和乐享摩耶同样是难以并存的。

（六）

【原文】

कबीर तासूं प्रीति करि, जे(1) निरबाहै ओडि ।

बनिता बिबिध न राचिये, देषत लागै षोडि ।।६।।

【校记】

（1）**जे**：希本作 **जी**，讹，今据夏尔马写本改，古本、蒂本作 **जो**，同义。

【译文】

格比尔说，

由始至终坚定者，你应虔心敬爱他[1]。

莫娶一房又一房，[2]瞧看便染十六恶。

【注释】

[1] 他：能虔诚爱神之人，即真士、贤士。

[2] 诗人将频繁转换门庭，不能坚定信神或始终如一地追随一位品德修行高尚的宗教导师比作频繁娶妻纳妾。

（七）

【原文】

कबीर तन पंषी भया, जहां मन तहां उडि जाइ ।

जो जैसी संगति करै, सो तैसे फल खाइ ।।७।।

【校记】

蒂本无此诗。

【译文】

格比尔说，

我身化飞鸟，飞向心所在。

结伴与何人，便吃何种果。

（八）

【原文】

काजल केरी कोठड़ी, तैसा यहु संसार ।

बलिहारी ता दास की, पैसि र निकसणहार ।।८।।

【校记】

蒂本无此诗。

【译文】

这般尘世之轮回，宛如烟油所造屋。[1]

进去又能全身退，如此信徒我拜服。

【注释】

[1] 将尘世轮回比作烟油搭建的房屋的意象参见第二十三支“迷惘而死支”第二首注释。

二十七、不善支

（असाध कौ अंग）

“不善支”收录双行诗 3 首，讽刺了道貌岸然之人。

（一）

【原文】

कबीर भेष अतीत का, करतूति करै अपराध[1] ।

बाहरि दीसै साध गति, माहैं महा असाध ।।१।।[2]

【校记】

（1）第二足合 13 拍，较双行律多 2 拍。

（2）蒂本无此诗。

【译文】

格比尔说，

装作超脱者，行骗造罪孽。

貌似贤士状，内中大不善。

（二）

【原文】

उज्जल देखि न धीजिये, बग ज्यूं माँडै ध्यान ।

धौंरै बैठि चपेटसी, यूं ले बूडै ग्यांन ।।२।।

【校记】

蒂本无此诗。

【译文】

看似光鲜莫相信，假装冥想如飞鹤。

坐在近旁把鱼抓，恰如泯没他人[1]智。

【注释】

[1] 他人：原文无，根据上下文及注释本增译。

本诗以飞鹤捕鱼比喻道貌岸然之人欺骗他人，泯灭他人的智慧。

（三）

【原文】

जेता मीठा बोलणां, तेता साध न जांणि ।

पहली थाह दिखाइ करि, ऊँडै देसी आंणि ।।३।।

【译文】

言语越是甜又蜜，越不可当作贤士。

先是展示水深度，然后带你入深渊。

二十八、贤士支

（साध कौ अंग）

“贤士支”共收录双行诗13首，沿袭前几支的主题，强调了追随贤良之人的殊胜之处。在格比尔双行诗中，贤士（साधु）、虔士（भक्त）、真士（सन्त）、奴仆（दास）、信徒（जन）、毗湿奴信徒（वैष्णव）、诃利信徒（हरिजन）都是近义词。在诗人看来，虔诚敬神、品行高尚的贤士如檀香一般能够以自己的芬芳感染他人，将凡夫俗子转化为贤良之人。因此，对有识之士来说，寻找贤士甚至比朝觐、礼拜更加重要。一旦有机会遇到这样的贤良之人，一定不可犹豫，应当全身心地“献上自己”，拜服他，追随他。

（一）

【原文】

कबीर संगति साध की, कदे न निरफल होइ ।
चंदन होसी बांवना, नींब न कहसी कोइ ।।१।।

【译文】

格比尔说，

若有贤士可作伴[1]，终究可以得善果。

纵使檀香再低矮，没人当它柠檬树。

【注释】

[1] 贤士作伴：संगति साध की，通 साधुओं की संगति “贤士的陪伴”，也可以理解为被称作 सत्संग “贤聚”的一种宗教生活形式，即志同道合之人聚在一起探讨义理、唱歌颂神等。

（二）

【原文】

कबीर संगति साध की, बेगि(1) करीजै जाइ ।

दुरमति दूरि गँवाइसी(2), देसी सुमति बताइ ।।२।।

【校记】

（1）बेगि：蒂本作 नित प्रति “每天”。

（2）गँवाइसी：蒂本作 बहावसी “使流走”。

【译文】

格比尔说，

若有贤士可作伴，应当速速去相聚。

他能祛除邪恶心，传授告知贤良心。

（三）

【原文】

मथुरा जावै भावै(1) द्वारिका, भावै जावै जगनाथ ।

साध संगति हरि भगति बिन, कछु न आवै हाथ ।।३।।(2)

【校记】

（1）भावै：希本无，今据蒂本、夏尔马写本增。

（2）本诗各足拍数分别为 15-13-13-10，与双行律不符。

【译文】

欣然前往世主城，马图拉城、多门岛。[1]

不信诃利无贤伴，手中什么皆不得。

【注释】

[1] 马图拉、多门岛以及世主城（即贾格纳特普里，此处因字数所限而意译）均为毗湿奴派朝觐圣地。

（四）

【原文】

मेरे संगी दोइ जणां, एक बैष्णों एक राम ।

वो है दाता मुकति का, वो सुमिरावै नांम ।।४।।

【译文】

我的同伴有两人，罗摩、毗湿奴信徒。

一个[1]赐予我解脱，一个[2]让我念名号。

【注释】

[1] 一个：原文为 **वो** “他”，此处指罗摩。

[2] 一个：原文为 **वो** “他”，此处指毗湿奴信徒。

本诗将作为至高存在的罗摩与毗湿奴信徒并列为自己的两个同伴，足见诗人对贤士的重视。

（五）

【原文】

कबीर बन बन मैं फिरा, कारणिं आपणैं रांम ।

रांम सरीखे जन मिले, तिन सारे सब काम ।।५।।

【译文】

格比尔说，

为了自己的罗摩，徘徊遍寻众森林。

如罗摩一般之人[1]，遇他可成一切愿。

【注释】

[1] 如罗摩一般之人：贤士、真士。

（六）

【原文】

कबीर सोइ दिन भला, जा दिन संत मिलांहिं ।

अंक भरे भरि भेंटिये, पाप सरीरौं जांहिं ।।६।।

【译文】

格比尔说，

见到真士时，便是吉祥日。

相会紧拥抱，身负罪孽消。

（七）

【原文】

कबीर चंदन का बिडा, बैध्या(1) आक(2) पलास ।

आप सरीखे करि लेए, जे होते उन पास ।।७।।

【校记】

（1）बैध्या：बैठ्या“坐”，古本、辛本作 बेढ्या“包围”，今据蒂本、夏尔马写本改。

（2）आक：蒂本作 ढाक“紫矿”。

【译文】

格比尔说，

断肠草与紫矿花，在檀树旁亦芬芳。

有人若在他[1]身旁，皆可成为他一样。

【注释】

[1] 他：真士、贤士，即第一行中檀香树比喻的本体。

（八）

【原文】

कबीर खाई कोट की, पांणीं पिवै न कोइ ।

जाइ मिलै जब गंग मैं, तब सब गंगोदिक होइ ।।८।।

【译文】

格比尔说，

城堡壕沟水[1]，不会有人喝。

汇入恒河[2]中，皆成恒河水。

【注释】

[1] 壕沟水：比喻普通人。

[2] 恒河：比喻真士、贤士。

印度人以恒河水为圣水。诗人以此比喻普通人若能与贤士结伴，则可以由遭人嫌弃的“壕沟之水”，变成神圣的“恒河之水”。

（九）

【原文】

जांनि बूझि साचहि तजैं, करैं झूठ सूं नेह ।

ताकी संगति राम जी, सुपिनैं ही जिनि देहु ।।९।।

【校记】

蒂本无此诗。

【译文】

明知真理仍抛弃，一心只把谎言爱。

罗摩啊——

即便只是在梦中，亦不当与他结伴。

（十）

【原文】

कबीर तास मिलाइ, जास हियाली तूं बसै ।

नहीं तर बेगि उठाइ, नित का गंजन को सहै ।।१०।।

【校记】

本诗为索拉塔律诗，各足拍数为 11-13-11-13。蒂本无此诗。

【译文】

格比尔说，

谁人心中你常驻，他才值得去相见。

否则即刻起身去，日日煎熬[1]怎承受？

【注释】

[1] 煎熬：在诗人看来，与不虔心敬神之人朝夕相处便是一种致命的痛苦煎熬。

（十一）

【原文】

केती लहरि समंद की, कत उपजै कत जाइ ।

बलिहारी ता दास की, उलटी मांहि समाइ ।।११।।

【校记】

蒂本无此诗。

【译文】

大海[1]之浪[2]何其多，起落生灭永不息。

奴仆反而融其中[3]，应当向他[4]献自己[5]。

【注释】

[1] 大海：比喻尘世轮回。

[2] 浪：比喻芸芸众生。

[3] 融其中：归于至高存在。

[4] 他：第三足所说的能够融入至高存在之中的虔诚信徒。

[5] 第四足“向某人献身”的说法常用于表达对他人的尊崇。

世间众生轮回转世，不得解脱。本诗推崇那些能够逆流而动、融入大我的贤士，并劝诫世人敬重、追随他们。

（十二）

【原文】

काजल केरी कोठड़ी, काजल ही का कोट ।

बलिहारी ता दास की, रहै(1) राम की ओट ।।१२।।

【校记】

（1）**रहै**：希本在 **रहै** 前另有关系代词 **जे**，如此则第四足多 2 拍，今据蒂本、夏尔马写本改。

【译文】

房舍已是黑烟油，城堡也是黑烟油。

罗摩庇护之奴仆，应当向他献自己。

（十三）

【原文】

भगति हजारी कपड़ा, तामैं मल न समाइ ।

साषित काली कँाबली, भावै तहाँ बिछाइ ।।१३।।

【校记】

蒂本无此诗。

【译文】

虔爱白衣上千件，从来不会染尘埃。

性力则如黑色毯，随心所欲铺展开。[1]

【注释】

[1] 黑毯走到哪就铺到哪，性力修行也如同黑毯一样藏污纳垢。

二十九、亲证贤士支

（साध साषीभूत कौ अंग）

“亲证贤士支”共收录双行诗 21 首，主要旨在教导世人如何甄别贤士。格比尔认为，贤士应当具备如下特征：博爱众生（一）；体态清瘦（三，四，九，十，）；摆脱情欲（一，十一，十二）；虔诚敬神（一，十二至十五）；坚守本性（二）；清醒觉悟（五至七）；砥砺心性（八）；无私利他（十五）。总的来说，诗人认为这样的贤士在众生之间必然会显露出独到之处，“纵使竭力抑，他仍放光芒”（十六）。第十七至二十一内容与本支主题联系并不十分紧密，疑为后期归入。

（一）

【原文】

निरबैरी निहकांमता, सांई सेती नेह ।

विषिया सूं न्यारा रहै, संतनि का अंग एह ।।१।।

【译文】

没有敌意[1]无欲求，一心只把主上爱。

超越情欲脱尘俗，上述特征[2]真士具。

【注释】

[1] 没有敌意：诗人认为真正的贤士因一心爱神，故而也爱神创造的一切众生，因此绝不会憎恶他人，也不会有真正意义上的敌人。这与儒家所说的"仁者无敌"有相近之处。

[2] 特征：原文为 **अंग**，即身体的一部分。此处依照上下文及各注释本注解引申为真士应当具备的特征。本诗旨在教人依据这些特征甄别真士。

（二）

【原文】

संत न छाड़ै संतई, जे कोटिक मिलैं असंत ।(1)

चँदन भुवंगा बेठिया, तउ सीतलता न तजंत ।।२।।

【校记】

（1）第二足多 1 拍。

【译文】

纵遇恶人千千万[1]，真士依然是真士。[2]

檀木即便被蛇缠，仍能予人以清凉。

【注释】

[1] 千千万：原文为 **कोटिक**，通 **करोड़** "一千万"，此处为虚指。

[2] 原文第一足（译文第二足）字面义为"真士也不会失去作为真士的特征"。

（三）

【原文】

कबीर हरि का भांवता, दूरैं थैं दीसंत ।
तन षीणां मन उनमनां, जग रूठड़ा फिरंत ।।३।।

【译文】

格比尔说，
人若真心爱诃利，相距甚远亦可见：
心已超意身消瘦，淡泊云游尘世间。

（四）

【原文】

कबीर हरि का भांवता, झीणां पंजर तास ।
रैणि न आवै नींदड़ी, अंगि न चढ़ई मास ।।४।।

【校记】

蒂本无此诗。

【译文】

格比尔说，
人若真心爱诃利，他的体态必消瘦：
夜晚[1]丝毫无睡意，身上根本不长肉。

【注释】

[1] 夜晚：既可以理解为一般意义上的夜晚，也可以进一步理解为人生。大多数凡夫俗子不觉人生苦短，一味贪图享受，如同沉溺梦境；唯有证道之人时时警醒，不至于沉溺尘世。

（五）

【原文】

अणरता सुख सोवणां, रातै[1] नींद न आइ ।
ज्यूं जल टुटै मंछली, यूं बेलत बिहाइ ।।५।।[2]

【校记】

（1）希本、辛本作 **रातै**“夜晚”，上下文关系不密切；今据古本、夏尔马写本改。

（2）蒂本无此诗。

【译文】

不爱神者喜入眠，虔爱神者难入睡。
宛如鱼儿离开水，痛苦挣扎度时日。

（六）

【原文】

जिन्य कुछ जाण्यां नहीं, तिन्ह सुख नींदड़ी बिहाइ ।
मैं र[1] अबूझी बूझिया[2], पूरी पड़ी बलाइ ।।६।।[3]

【校记】

（1）**मैं र**：希本作 **भैर**，讹，今据其余诸本改。

（2）**बूझिया**：希本作 **दूझिया**，讹，今据其余诸本改。

（3）蒂本无此诗。

【译文】

欢欣入睡度日者，其实什么都不知。
我若请教无知人，注定落入灾厄中。

（七）

【原文】

जांण भगत का नित मरण, अणजांणें का राज ।

सर अपसर समझै नहीं, पेट भरण सूं काज ।।७।।

【译文】

有知虔士每天死[1]，无知人却如君王：

不知高尚或低贱，所作只为口腹欲。

【注释】

[1] 每天死：由于虔士早已超脱尘世，所以对他们来说，活着的每一天都和死亡无异。相比之下，不能超脱尘世的人却只知尽情享受。

（八）

【原文】

जिहि घटि जांण बिनाण(1) है, तिहि घटि आवटणां घणा ।

बिन षंडै संग्रांम, नित उठि मन सौं झूझणां ।।८।।(2)

【校记】

（1）बिनाण：辛本作 विजान，同义。

（2）蒂本无此诗。本诗为索拉塔律诗。

【译文】

哪个罐子炽热烫，知识智慧罐中存。

日日宣战与末那，如此战斗永不停。[1]

【注释】

[1] 第二行所说的战斗既符合瑜伽士通过“杀死末那”达成超意的表述，也符合伊斯兰教功修所强调的内在“大圣战”的表述。

（九）

【原文】

रांम बियोगी तन बिकल, ताहि न चीन्हैं कोइ ।

तंबोली के पांन ज्यूं, दिन दिन पीला होइ ।।९।।

【校记】

蒂本无此诗。

【译文】

离开罗摩身憔悴，鲜有人能看出来。

如商贩卖槟榔包，一日焦黄胜一日。

（十）

【原文】

पीलक दौ़डी सांइयां, लोग कहैं पिंड रोग ।

छांनै लंघण नित करै, रांम पियारे जोग(1) ।।१०।।(2)

【校记】

（1）夏尔马写本第四足为 **कहूं पनौतै जोग**，所言不明。

（2）蒂本无此诗。

【译文】

主上啊——

焦黄之色染身体，人们只道患疾病。

日日独自守斋戒，欲与爱人罗摩会！

（十一）

【原文】

काम मिलावै रांम कूं, जे कोई जांणै राषि ।

कबीर बिचारा क्या करै, जाकी सुखदेव बोलैं साषि ।।११।।

【译文】

“若有人能把持住，由欲即可见罗摩。”[1]

修格德沃[2]已证明，可怜格比尔怎办？

【注释】

[1] 第一行是诗人转述性力派的观点，即主张人可以在控制自身情欲的情况下藉由性力修行证得大我。诗人并不认同这种主张。

[2] 修格德沃是毗耶娑仙人之子，据说他出生时为了尽量避免与尘世接触，直接从母亲腹中化作一只鹦鹉飞走。诗人以此证明性力派的主张实际上是不可行的，如果连修格德沃仙人尚且需要极力躲避尘世情欲，那么卑微的格比尔又怎么可能真正掌控情欲，甚至借由情欲来证得大我？

（十二）

【原文】

कांमणि अंग बिरकत(1) भया, रत्त भया हरि नांइ ।

साषी गोरखनाथ ज्यूं, अमर भये कलि मांहि ।।१२।।

【校记】

（1）**बिरकत**：蒂本、夏尔马写本作 **अरत**，语义相近。

【译文】

不再贪恋美女身，转而爱上诃利名。

诚如牛护[1]所证明，迦利时中成不朽。

【注释】

[1] 牛护：此处指瑜伽士戈勒克纳特，亦译作瞿罗叉，因此处译文字数限制意译为牛护。传说戈勒克纳特修得不死之身。诗人在此将其视为戈勒克虔信诃利的善果，并以此为例劝诫众生。

（十三）

【原文】

जदि बिषै पियारी प्रीति सूं, तब अंतरि हरि नांहिं ।
जब अंतर हरि जी बसै, तब बिषिया सूं चित नांहिं[1] ।।१३।।[2]

【校记】

（1）第四足合 13 拍，较双行律多 2 拍。

（2）蒂本无此诗。

【译文】

若爱尘俗胜虔诚，心中必定无诃利。
诃利住在心中时，绝不会再恋俗尘。

（十四）

【原文】

जिहिं घट मैं सांसौ[1]बसै, तिहिं घटि रांम न जोइ ।
रांम सनेही दास बिचि, तिणां न संचर होइ ।।१४।।[2]

【校记】

（1）**सांसौ**：希本作 **संसौ**，古本作 **संसा**，辛本作 **संसै**，均少 1 拍。今据夏尔马写本改。

（2）蒂本无此诗。

【译文】

哪个罐中存疑惑，其中不得见罗摩。
罗摩就在爱奴间，一草距离也不隔。

（十五）

【原文】

स्वारथ को सबको सगा, जग[1] सगलाही जांणि ।
बिन स्वारथ आदर करै, सो हरि की प्रीति पिछांणि[2] ।।१५।।

【校记】

（1）**जग**：希本作 **जब**，讹，今据其余诸本改。

（2）第四足合 13 拍，较双行律多 2 拍。

【译文】

世人皆知道，人性[1]本自私。
无私崇敬者，方知爱诃利。

【注释】

［1］人性：原文 **सगा**，血亲，引申为本性、人性。

（十六）

【原文】

जिहि हिरदै हरि आइया, सो क्यूं छांनां होइ ।
जतन जतन करि दाबिये, तऊ उजाला सोइ ।।१६।।

【校记】

蒂本无此诗。

【译文】

诃利已入心，如何藏得住？
纵使竭力抑，他仍放光芒。

（十七）

【原文】

फाटै दीदै मैं फिरौं, नजरि न आवै कोइ ।
जिहि घटि मेरा सांइयां, सो क्यूं छांनां होइ ।।१७।।

【校记】

蒂本无此诗。

【译文】

泪眼婆娑我徘徊，一切全然看不见。
我主究竟在何罐？为何隐匿不现身？

（十八）

【原文】

सब घटि मेरा सांइयां, सूनीं सेज न कोइ ।

भाग तिन्हौं का हे सखी, जिहि घटि परगट होइ ।।१८।।

【译文】

所有罐皆有我主，没有哪张床落空。

女伴啊——

若他现身某罐中，那便实在太幸运！

【注释】

这两行诗看似矛盾，但可作如下理解。首先，第一行诗阐述的是一个普遍的道理，即大我存在于每一个小我之中。但是，并非每一个个体都能够体会到这一点。能够悟出这一点的人便可以在自己心中找到大我，也就是见到他“现身”。这样的人便是诗人所说的贤士、虔士、真士、奴仆，无疑是十分幸运的！

（十九）

【原文】

पावक रूपी रांम है, घटि घटि रह्या समाइ ।

चित चकमक लागै नहीं, तार्थे धूंवां है है जाइ(1) ।।१९।।

【校记】

（1）第四足合 15 拍，较双行律多 4 拍。

【译文】

罗摩其形如火焰，每个罐中[1]皆常驻。

心之燧石点不着，只有烟雾冒出来。

【注释】

[1] 每个罐中：比喻一切众生。

本诗与第十八首表述的思想内容相似，即虽然每个小我之中都存在大我，但若不能以心证悟，那么也并不能真正达成功修的目的。

（二十）

【原文】

कबीर खालिक जागिया, और न जागै कोइ ।
कै जागै बिषई बिष भर्या, कै दास बंदगी होइ(1) ।।२०।।

【校记】

（1）第四足合 13 拍，较双行律多 2 拍。

【译文】

格比尔说，
唯有造物主清醒，鲜有他人能醒来。
饱受尘俗毒害者，或是虔诚奴仆醒。[1]

【注释】

[1] 诗人认为只有在两种极端的情况下人才有可能醒悟：第一种人因为饱受尘俗情欲荼毒而痛彻心扉，进而大彻大悟；第二种人因为虔诚敬神而得以醒悟。结合其他诗歌来看，第一种情况下的人虽然有可能醒悟，但却会因为虚度人生而错失解脱良机，故诗人推崇的实际上还是第二种情况。

（二十一）

【原文】

कबीर चाल्या जाइ था, आगैं मिल्या खुदाइ ।
मीरां मुझ सौं यौं कह्या, किनि(1) फुरमाई गाइ ।।२१।।

【校记】

（1）किनि：蒂本作 तुझै कीन्हि，कीन्हि 为“做”，तुझै 为“你”。

【译文】

格比尔说，

我已动身路上行，遇见真主迎面来。

主上这样质问我："为何不曾高歌颂？"

【注释】

各注释本对"上路"的去向和真主质问的内容解释不一：古本未作详细说明；辛本将启程的去向视为"回家"，疑指死后前往最终的审判之所，结合第四足的诘问，即真主质问"我"为何不曾在世间宣扬正道；沃德维尔将去向视为克尔白天房，将第四足译为"是谁让你这么做？"则本诗为借真主之口质疑穆斯林赴天房朝觐的意义。译文取辛本注释。

三十、贤士伟大支

（साध महिमा कौ अंग）

“贤士伟大支”共收录双行诗 11 首，颂扬了贤士的美德。在这一系列诗歌中，诗人进一步明确将毗湿奴信徒、诃利信徒与真士、贤士等同起来，其毗湿奴教派色彩愈加明显。

（一）

【原文】

चंदन की कुटकी भली, नां बँबूर की अबरांउं ।
बैशनों(1) की छपरी भली, नां साषत का बड गाउँ ।।१।।(2)

【校记】

（1）**बैशनों**：蒂本作 **साधुन** “贤士”。

（2）本诗各足拍数为 13-13-14-13，与双行律不符。

【译文】

宁要檀香小树苗，好过满园金合欢[1]。

毗湿奴徒小茅棚，胜过性力信徒村。

【注释】

[1] 金合欢：参见第十三支第二十七首注释。

（二）

【原文】

पुरपाटण सूबस बसै, आनंद ठांयें ठांइ ।
रांम सनेही बाहिरा, ऊजँड़ मेरे भाइ ।।२।।

【译文】

身居金碧辉煌城，处处皆可得欢喜。
然而若不爱罗摩，一切于我皆荒漠。

（三）

【原文】

जिहिं घरि साध न पूजिये, हरि की सेवा नांहि ।
ते घर मड़हट सारषे, भूत बसै तिन मांहि ।।३।।

【译文】

谁家不把贤士拜，不把诃利来侍奉。
如此屋舍同坟冢，鬼魅就在其中住。

（四）

【原文】

है गै गैंवर(1) सघन घन, छत्र धजा फरराइ ।
ता सुख थैं भिष्या भली, हरि सुमिरत दिन जाइ ।।४।।

【校记】

（1）गैंवर：蒂本、辛本作 बाहन “坐骑”。

【译文】

骏马战象[1]密如云，华盖旌旗齐飘扬。

乞食比之喜更甚，日复一日念诃利。

【注释】

[1] 战象：原文共有两个词表示大象，分别是 **गैं** “大象”、**गैंवर** “象中翘楚”，译文合为一词。

本诗描绘了君王出行的场景，但这并非诗人所羡慕或称赞的生活方式。在诗人看来，若能虔诚敬神，就算乞食维生也胜过这种帝王的生活。

（五）

【原文】

है गै गैंवर(1) सघन घन, छत्रपती की नारि ।

तास पटंतर नां तुलै, हरिजन की पनिहारि ।।५।।

【校记】

(1) **गैंवर**：蒂本、辛本作 **बाहन** “坐骑”。

【译文】

骏马战象密如云，嫁此君王[1]作王后。

如此依然比不上，诃利信徒卑贱妻[2]。

【注释】

[1] 君王：原文为 **छत्रपती**，通 **छत्रपति**，字面义为“华盖之主”。

[2] 卑贱妻：原文为 **पनिहारि** “汲水的女子”，引申为出身卑微的妻子。

（六）

【原文】

क्यूं नृप नारी नींदये, क्यूं पनिहारी कौं मांन ।

वा मांग(1) संवारै पीव कौं, वा नित उठि सुमिरै राम ।।६।।(2)

【校记】

（1）मांग：夏尔马写本作 माघ“（印历）十一月”。

（2）本诗各足拍数为 13-13-15-13，与双行律不符。

【译文】

为何要把王后骂？为何敬重汲水女？

她[1]只梳妆为丈夫，她[1]却起床念罗摩。

【注释】

[1] 她：第一处指王后，第二处指毗湿奴信徒、出身卑微的妻子汲水女。

（七）

【原文】

धनि ते सुंदरी, जिनि जाया बैसनौं पूत ।

रांम सुमिर निरभै हुवा, सब जग गया अऊत ।।७।।

【译文】

美丽娘子真幸运，生下毗湿奴信徒。[1]

念诵罗摩无畏惧，世间众人皆无后。

【注释】

[1] 第二足原文字面义为“生下一个毗湿奴信徒儿子”，因字数所限省略“儿子”。

（八）

【原文】

कबीर कुल तौ सो भला, जिहि कुल उपजै दास ।

जिहिं कुल दास न ऊपजै, सो कुल आक(1) पलास ।।८।।

【校记】

(1) **आक**：蒂本作 **ढाक** “紫矿”。

【译文】

格比尔说，
奴仆诞生在谁家，谁家便得吉祥福。
家中若无奴仆生，便如紫矿、断肠草。

（九）

【原文】

साषत बांभण मति मिलै, बैसनौं मिलै चँडाल ।
अंक माल दे भेटिये, मांनौं मिले गोपाल ।।९।।

【译文】

即便他是婆罗门，若信性力须远离；
若是信奉毗湿奴，纵是贱民亦可见。[1]
与他[2]相会拥抱他，如见牛护一个样。

【注释】

[1] 因原文第一行术语音节较多，译为两行。

[2] 他：译文第二行所说的信奉毗湿奴的贱民。

（十）

【原文】

रांम जपत दालिद् भला, टूटी घर की छांनि ।
ऊंचे मंदिर जालि दे, जहां भगति न सारंगपांनि ।।१०।।

【校记】

蒂本无此诗。

【译文】

安贫乐念罗摩好，房屋虽破有遮盖。

若不虔爱彩弓手[1]，庙宇巍峨亦焚毁。

【注释】

[1] 彩弓手：原文为 सारंगपांनि，通 सारंगपाणि，毗湿奴名号。

（十一）

【原文】

कबीर भया है केतकी, भवर भये सब दास ।
जहां जहां भगति कबीर की, तहां तहां रांम निवास ।।११।।

【译文】

格比尔成露兜树[1]，所有奴仆作蜜蜂。
哪有格比尔虔爱，罗摩就在哪里住。

【注释】

[1] 露兜树：学名 Pandanus，因其果实形似菠萝，亦称野菠萝、山菠萝等。其花甚香，故此处将格比尔所宣扬的帕克蒂思想比作露兜树（花）。

三十一、中道支

（मधि कौ अंग）

“中道支”共收录双行诗 11 首。格比尔所说的“中道”既关照中世纪印度宗教、族群矛盾尖锐的社会现实，也涉及神秘的瑜伽修行。在诗人看来，“二元对立不可取”（二）。但这种应当摒弃的二元对立之见具体究竟指什么？诗人给出了一些具体的解读，例如天堂与地狱（六）、印度教和伊斯兰教（七、十）、尘世中的痛苦与快乐（八）。从这些解读可以看出诗人反对执着于某一个已有的制度性宗教，反对执着于死后的善恶惩罚，反对执着于一时的痛苦或快乐。但诗人并没有止步于批判，而是以带有神秘主义色彩的语言指出了众生的出路，即“中道”。这既是虚空之中（三），也是险恶山路（五）；既是姜黄石灰相汇之后的一抹红色（九），更是天地之间无拘无束的自在空间（十一）。在这些闪烁却晦涩的言辞背后，依稀可以看到瑜伽修行中合左右两脉而成的苏殊那中脉的奥妙法门、类似佛教中观派哲学中齐涅槃与世间的深邃思考、伊斯兰教所倡导的中正思想，以及吠檀多哲学的一元论。本支虽篇幅有限，但若和前文“窄道支”“相会支”一同阅读，可以感受到格比尔诗歌微言大义、融各派学说为一体的特色。

（一）

【原文】

कबीर मधि अंग जेको रहै, तौ तिरत न लागै बार ।(1)

दुहु दुहु अंग सूं लागि करि, डूबत है संसार ।।१।।(2)

【校记】

（1）第一行若将起首 **कबीर** 计入节拍为 15-13 拍，若不计入则为 11-13 拍，均与双行律不符。

（2）蒂本无此诗。

【译文】

格比尔说，

若是坚守在中道[1]，不用多时便渡过。

若是摇摆两道间，沉没溺毙轮回中。

【注释】

［1］道：原文为 **अंग**，字面义为“支”，为与本诗集章节划分所用的“支”区分并更好地呈现本诗的含义，依据上下文和各注释本译为“道”。

（二）

【原文】

कबीर दुबिधा दूरि करि, एक अंग है लागि ।

यहु सीतल वहु तपति है, दोऊ कहिये आगि ।।२।।

【校记】

蒂本无此诗。

【译文】

格比尔说，

二元对立不可取，犹须坚守唯一道。

这边寒冷那边热，两者都被称作火。

（三）

【原文】

अनल अकासां घर किया, मधि निरंतर बास ।

बसुधा ब्यौम(1) बिरकत(2) रहै, बिन ठाहर(3) बिसवास ।।३।।

【校记】

（1）**ब्यौम**：蒂本作 **बास** “住所”。

（2）**बिरकत**：古本、蒂本、夏尔马写本作 **बिगता**，语义相近。

（3）**बिन ठाहर**：希本作 **बिनठा हर**，古本作 **बि न ठाहर**，断词有误，今据蒂本改。

【译文】

火鸟[1]安家在虚空，居所一直在正中。

不着天空不着地，信仰无需落脚处。

【注释】

[1] 火鸟：由中亚、西亚传入印度的凤凰意象，但本诗并没有使用凤凰“涅槃再生”的意象，而是将其描述为住在虚空之中的神鸟，以此比喻恪守中道的圣人之心。

（四）

【原文】

बासुरि गमि न रैंणि गमि, नां सुपनैंतर गंम(1) ।

कबीर तहां बिलंबिया, जहां छांहड़ी न घंम ।।४।।(2)

【校记】

（1）**सुपनैंतर गंम**：希本作 **सुपनैं तरगंम**，断词有误，今据古本、辛本改。

（2）蒂本无此诗。

【译文】

白天黑夜皆不达，睡梦之中也难抵。

没有影子没阳光，格比尔流连此处。

（五）

【原文】

जिहि[1] पैंडै पंडित गए, दुनियां परी बहीर ।

औघट घाटी गुर कही, तिहिं चढ़ि रह्या कबीर ।।५।।[2]

【校记】

（1）**जिहि**：希本作 **जहि**，讹，今据其余诸本改。

（2）蒂本无此诗。

【译文】

世间众人皆追随，班智达[1]所走之路。

格比尔却要攀援，上师所说险恶途[2]。

【注释】

[1] 班智达：此处特指婆罗门学者。

[2] 险恶途：参见前文“窄道支”及“相会支”相关诗歌。

（六）

【原文】

श्रग नृक थैं[1] हूँ[2] रह्या, सतगुर के प्रसादि ।

चरन कवँल की मौज मैं, रहिस्यूं अंति र[3] आदि ।।६।।[4]

【校记】

（1）**श्रग नृक थैं**：希本作 **श्रगनृकथैं**，今据其余诸本断词。

（2）हूँ：夏尔马写本、辛本作 **मैं**“我”。

（3）**अंति र**：希本作 **अंतिरु**，辛本作 **अंति अरु**，夏尔马写本作 **आतर**，今据古本改。

（4）蒂本无此诗。

【译文】

有赖真师施恩惠，天堂地狱我远离。

莲花之足欢喜中，由始至终我常驻。

（七）

【原文】

हिंदू मूये रांम कहि, मुसलमान खुदाइ ।

कहै कबीर सो जीवता, दुह मैं कदे न जाइ ।।७।।

【译文】

印度人[1]念罗摩死，穆斯林只念胡达。

不将二者区分者，格比尔说可长生。

【注释】

[1]印度人：此处指普通的在家印度教徒，但在中世纪，这个词常被外来穆斯林用以称呼印度次大陆居民，其族群含义强过宗教含义，故此处译为“印度人”。格比尔活跃之时，印度族群构成较为复杂。祖上自中亚、西亚迁入的各族穆斯林均被“印度人”视为“突厥人”，祖上归信伊斯兰教的印度穆斯林则既不被印度教徒视为“印度人”，也不被外来的“突厥人”视为“穆斯林”。

（八）

【原文】

दुखिया मूवा दुख कों, सुखिया सुख कौं झूरि ।

सदा अनंदी रांम के, जिनि सुख दुःख मेल्हे दूरि(1) **।।८।।**(2)

【校记】

（1）第四足合 13 拍，较双行律多 2 拍。

（2）蒂本无此诗。

【译文】

痛苦之人苦中死，享乐[1]之人乐中亡。
罗摩信徒常欢喜[2]，远离痛苦与俗乐。

【注释】

[1] 乐：此处指尘世享乐。

[2] 欢喜：此处指无上大乐。

（九）

【原文】

कबीर हरदी पीयरी, चूना ऊजल भाइ ।
रांम सनेही यूं मिले, दून्यूं बरन गँवाइ ।।९।।

【译文】

格比尔说，
姜黄黄澄澄，石灰白铿亮。
爱妻见罗摩，相汇两色消。

【注释】

姜黄粉中加入石灰后变为红色。诗人以这一现象类比人、神相会之后的情景。从本诗的观点来看，人、神相会之后并非简单地以个体融入整体，而是双方升华形成一种新的状态。这与瑜伽修行所说的集左右两脉而体悟中脉的法门相似，也紧扣了本支“中道”的主题。

（十）

【原文】

काबा फिर कासी भया, रांम भया रहीम ।

मोट[1] चून मैदा भया, बैठि कबीरा जीम ।।१०।।

【校记】

(1) **मोट**：古本、蒂本、夏尔马写本作 **मोठ**，通。

【译文】

克尔白成迦尸城，罗摩成了拉赫曼[1]。

芸豆粉成细面粉，格比尔坐下饱餐。

【注释】

[1] 拉赫曼：即“普慈者”，安拉尊名之一。

本诗体现的是印、伊两教融合的理念，也是另一个层面上的“中道”。

（十一）

【原文】

धरती अरू असमान बिचि, दोइतूं बड़ा अबध ।

षट दरसन संसै पड़्या, अरू चौरासी सिध ।।११।।[1]

【校记】

(1) 蒂本无此诗。

【译文】

天空大地两者间，自由自在无束缚。

六见[1]、八十四悉陀[2]，均已深陷轮回中。

【注释】

[1] 六见：原文为 **षट दरसन**，通 **षट दर्शन**“六种见解、观点（哲学）”。一般用来指数论、瑜伽、胜论、正理、弥曼差、吠檀多婆罗门教正统六派哲学。但在中世纪，“六见”一般用于虚指各派学说。综合格比尔诗歌的批判对象来看，此处亦非特指婆罗门教正统六派。

[2] 悉陀：原文为 **सिध**，通 **सिद्ध**，即成就师。中世纪各派均有“八十四成就师”一说，其中尤以密教后期金刚乘的八十四成就师一说较为流行。在诗人看来，无论是各种理论学说，还是各类有神通法力之人，都受制于轮回，未得解脱。

三十二、把握精华支

（सारग्राही कौ अंग）

“把握精华支”收录双行诗 4 首，旨在劝诫世人明辨是非，掌握真谛。

（一）

【原文】

षीर रूप हरि नांव है, नीर आन व्यौहार।
हंस रूप कोइ साध है, तत का जांनण-हार।।१।।

【译文】

诃利之名是乳汁，其他行为皆如水。
个别贤士如天鹅[1]，唯有他们知真谛。

【注释】

[1] 根据印度神话传说，天鹅能够将兑在一起的水和牛奶分开。本诗以此比喻能够甄别正确与错误的修行方法的贤士。

（二）

【原文】

कबीर साषत(1) को नहीं, सबै बैशनों जांणि ।
जा मुखि रांम न उचरै, ताही तन की हांणि ।।२।।

【校记】

（1）साषत：蒂本、辛本作 साकत，同义。

【译文】

格比尔说，
已无性力的信徒，人皆毗湿奴信徒。
口中不念罗摩者，他的身体已毁灭。

（三）

【原文】

कबीर औगुंण नां गहै, गुंण ही कौं ले बीनि ।
घट घट महु के मधुप ज्यूं, पर आत्म ले चीन्हि ।।३।।

【译文】

格比尔说，
切莫选择无德[1]者，务必挑选有德者。
如同蜂采罐中蜜，须要明辨至上我。

【注释】

[1] 德：此处指美好的品质。

（四）

【原文】

बसुधा बन बहु भांति है, फूल्यौ फल्यौ अगाध ।
मिष्ट सुबास कबीर गहि, विषम गहै(1) किहि साध ।।४।।

【校记】

（1）गहै：希本、古本作 कहै “说”，较难理解，今据蒂本、辛本改。

【译文】

树林广袤覆大地，开花结果数不清。
格比尔说，
只须摘取香甜果，贤士怎会摘苦果？

三十三、思考支
（विचार कौ अंग）

“思考支”共收录双行诗9首，内容较为庞杂，似乎并无特定主题。

（一）

【原文】

राम नाम सब को[1] कहै, कहिबे बहुत बिचार ।
सोई रांम सती कहै, सोई कौतिगहार ।।१।।

【校记】

（1）को：蒂本、辛本作 कोई，同义。

【译文】

众人皆说罗摩名，说时考虑各不同。
有人真诚念罗摩，有人不过是好奇。

（二）

【原文】

आगि कह्यां दाझै नहीं, जे नहीं चंपै पाइ ।

जब लग भेद न जांणिये, रांम कह्या तौ कांइ ।।२।।

【译文】

若不把脚伸入火，口头说“火”烧不着。

若是不能晓秘密，口念罗摩有何用？

【注释】

本诗第一、二足分别是第三、四足的喻体。

（三）

【原文】

कबीर सोचि बिचारिया, दूजा कोई नांहिं ।

आपा पर जब चीन्हियां, तब उलटि समाना मांहिं(1) ।।३।।

【校记】

（1）第四足合 13 拍，较双行律多 2 拍。

【译文】

格比尔思来想去，除他之外[1]再无他。

认清自我与他者[2]，便可反转融其中。

【注释】

[1] 除他之外：根据上下文及各注释本增译。

[2] 此处指认清自我与他者并无区别，终究归一。

（四）

【原文】

पांणीं(1) केरा पूतला, राख्या पवन सँवारि ।

नांनां बांणी बोलिया, जोति धरी करतारि ।।४।।

【校记】

（1）**पांणीं**：蒂本作 **पांनां** “叶子”。希本、古本前另有 **कबीर** “格比尔”，为合双行律，今据蒂本、辛本删去。

【译文】

用水作玩偶，以气作妆扮。

造物主赐光，方说各种话。

【注释】

本诗讲述的是作者对造物主创造人类过程的理解。

（五）

【原文】

नौ मण सूत अलूझिया, कबीर घर घर बारि ।

तिनि सुलझाया बापुड़े, जिनि जाणीं भगति मुरारि(1) ।।५।।(2)

【校记】

（1）第四足合 13 拍，较双行律多 2 拍。

（2）蒂本无此诗。

【译文】

格比尔说，

家家门口缠棉线[1]，各有九满[2]那么多。

唯有虔信牟罗敌，可怜之人方解脱。

【注释】

［1］棉线：此处比喻个人积累的罪业。

［2］满：印度重量单位，1 满约合 40 千克。

（六）

【原文】

आधी साषी सिरि कटै, जौ र[1] बिचारी जाइ ।

मनि परतीति न ऊपजै, तौ राति दिवस मिलि गाइ[2] ।।६।।

【校记】

（1）जौ र：希本作 जोर，今据其余诸本改。

（2）第四足合 13 拍，较双行律多 2 拍。

【译文】

若能认真细思考，半首“萨其”[1]可断头[2]。

若是不发虔爱心，日夜颂歌亦无用[3]。

【注释】

[1] 萨其：本诗集中的双行诗。

[2] 可断头：形容双行诗教诫之宝贵，值得信徒献上自己的生命去换取。

[3] 亦无用：根据上下文增译。

（七）

【原文】

सोई अषिर सोई बैयन, जन जू जू बाचवंत ।

कोई एक मेलै[1] लवणि, अमीं रसांइण हुंत ।।७।।

【校记】

（1）मेलै：古本作 मेलै के，夏尔马写本作 मेल्है के，同义。

【译文】

这些音节[1]这个词[2]，每个信徒皆传诵。

有人往里添点盐，炼成不朽长生药[3]。

【注释】

[1] 字母：**रा**，**मा** 两个音节。

[2] 词：由 **रा** — **मा** —组成的“罗摩”一词。

[3] 长生药：原文 **रसांइण**，通 **रसायण**，前文译为“仙液”（参见前文“汁液支”）。本诗中的 **रसायण** 一词已经不再特指通过水银炼丹术炼成的液态汞，而是将罗摩名号视为足以令人长生不死的灵丹妙药，故译为更宽泛的“长生药”。

（八）

【原文】

हरि मोत्यां की माल है, पोई काचै तागि ।
जतन करी झंटा घंणां, टूटैगी कहूँ लागि(1) ।।८।।

【校记】

（1）第四足合 12 拍，较双行律多 1 拍。

【译文】

诃利珍珠做成链，一根细线串起来。
密林之中被勾拽，断开散落如何串？

（九）

【原文】

मन नहीं छाडै विषै, विषै न छाडै मन कौं ।
इनकौं इहै सुभाव, पूरि लागी जुग जन कौं ।।
खंडित मूल बिनास, कहौ किंम बिगतह कीजै ।
ज्यूं जल मैं प्रतिब्यंब, त्यूं सकल रांमहिं जांणीजै ।।
सो मन सो तन सो विषै, सो त्रिभवन-पति कहूँ कस ।
कहै कबीर व्यंदहु नरा, ज्यूं जल पूर्यां सकल रस(1) ।।९।।(2)

【校记】

（1）रस：古本作 सर，讹。

（2）蒂本无此诗。

【译文】

末那不愿离俗尘，俗尘亦不弃末那。
如此便是彼自性，世世代代束缚人。
根本[1]已经被毁灭，你说还能怎么办?
一切皆如水中影，须知万物皆罗摩。
身、心、俗尘皆是他，如何描述三界主?
格比尔说，
人人皆应膜拜他，如水遍布汁液中。

【注释】

[1] 根本：比喻人生。

本诗第一至三行讲的是人因沉溺于尘世而虚度人生，进而导致深陷轮回，不得解脱。第四至六行阐述的是一切皆罗摩，罗摩无所不在的道理。

三十四、教导支

（उपदेस कौ अंग）

“教导支”共收录双行诗 10 首，内容主题与“警诫支”等相近。

（一）

【原文】

हरि जी यहै बिचारिया, साषी कहौ कबीर ।
भौसागर में जीव हैं, जे कोइ पकड़ै तीर ।।१।।

【校记】

蒂本无此诗。

【译文】

格比尔所说“萨其”，皆是诃利神所想。
有情之海中众生，把握它可抵彼岸。

（二）

【原文】

कली काल ततकाल है, बुरा करौ जिनि कोइ(1)।
अनबावैं लौहा दांहिणैं, बोवै सु लुणतां होइ ।।२।।(2)

【校记】

（1）古本第二足作 **बुरा न करियौ कोइ**，语义接近。

（2）蒂本无此诗。

【译文】

如今已是迦利时，任何坏事皆莫做。
右手持犁垦荒地，种下什么得什么。

（三）

【原文】

कबीर संसा जीव मैं, कोइ न कहै समझाइ।
बिधि बिधि बांणीं बोलता, सो कत गया बिलाइ ।।३।।

【校记】

蒂本无此诗。

【译文】

格比尔说，
众生陷疑惑，无人能解答。
教说纷繁多，究竟听谁的[1]？

【注释】

［1］第四足字面义为“究竟应该融入哪一种？”

（四）

【原文】

कबीर संसार दूरि करि, जांमण मरण भरंम ।

पंचतत तत्तहि मिले, सुरति समाना मंन ।।४।।

【校记】

蒂本无此诗。

【译文】

格比尔说，

轮回生死与迷惘，务必远离莫深陷。

五种元素[1]遇真谛[2]，听闻教诲满末那。

【注释】

[1] 五种元素：辛本注释为地、火、水、风、空五种基本元素。鉴于第四足出现了第六根“末那”（意根），故“五种元素”亦可理解为五根（感官），即眼、耳、鼻、舌、身。

[2] 真谛：此处指真实、正确、智慧的教导。

（五）

【原文】

ग्रिही तौ च्यंता घणीं, बैरागी तौ भीष ।

दुहु कात्यां बिचि जीव है, दौ हनैं संतौ सीष(1) ।।५।।(2)

【校记】

（1）第四足古本 **द्यौह नै संतौ सीष**、夏尔马写本作 **संतौ द्यौने सीष**，语义不明。

（2）蒂本无此诗。

【译文】

在家之人烦扰多，出家之人需乞讨。

众生身处两刃间，真士教人破两难！

（六）

【原文】

बैरागी बिरकत भला, गिरहीं चित्त उदार ।
दुहूं चूकां रीता(1) पड़ै, ताकूं वार न पार ।।६।।

【校记】

（1）रीता：蒂本作 खाली，同义。

【译文】

出家之人须断欲，在家之人须慷慨。
若失两者皆落空，再无此岸或彼岸。

（七）

【原文】

जैसी उपजै पेड़ सूं, तैसी निबहै ओरि ।
पैका पैका जोड़तां, जुड़िसी लाष करोड़ि ।।७।।

【译文】

如同树上结果实[1]，一直延伸到尽头。
存钱[2]一分又一分，终得十万至千万。

【注释】

[1] 果实：原文无，根据上下文及各注释本增译。

[2] 存钱：比喻凡人积累罪业。

（八）

【原文】

कबीर हरि के नांव सूं, प्रीति रहै इकतार ।
तौ मुख तैं मोती झड़ै, हीरे अंत न पार(1) ।।८।।

【校记】

（1）**अंत न पार**：蒂本、辛本作 **अनंत अपार**，同义。

【译文】

格比尔说，

诃利之名号，深爱至永远。

自口落珍珠，钻石难计数。

（九）

【原文】

ऐसी बांणी बोलिये, मन का आपा खोइ ।

अपना तन सीतल करै, औरन कौं सुख होइ ।।९।।

【译文】

如此教导请您说：它可消除心中傲。

它能清凉自己身，还能愉悦其他人。

（十）

【原文】

कोइ एक राखै सावधान(1)**, चेतनि पहरै जागि ।**

बस्त न(2) **बासन सूं खिसै, चोर न सकई लागि ।।१०।।**(3)

【校记】

（1）第一足合 16 拍，较双行律多 3 拍。

（2）**बस्त न**：希本作 **बरतन**，讹，今据其余诸本改。

（3）蒂本无此诗。

【译文】

有人一直很警觉，保持清醒站岗哨。

布匹衣物不掉落，窃贼亦难偷盗走。

【注释】

本诗取材于商旅远行时防备窃贼的场景。诗人以此劝诫世人保持清醒，以免在不知不觉中荒度人生。

三十五、信仰支

（बेसास कौ अंग）

“信仰支”共收录双行诗 21 首，主要强调至高存在对个体生命轨迹的决定性作用，进而劝诫众生虔诚信神，尤其是应当诚心诚意地敬神，而非浮于表面。

（一）

【原文】

जिनि नर हरि[1] जठरांह, उदिकंथैं पंड प्रगट कियौं ।
सिरजे श्रवण कर चरन, जीव जीभ मुख तास दीयौ ।।
उरध पाव अरध सीस, बीस पषां इम रषियौ ।
अंन पान जहां जरै, तहां तैं अनल न चषियौ ।।
इहिं भांति भयानक उद्र में, उद्र न कबहूँ छंछरै ।
कृसन कृपाल कबीर कहि, इम प्रतिपालन क्यों करै ।।१।।[2]

【校记】

（1）**नर हरि**：古本作**नरहरि**“纳罗诃利”，即**नरसिंह**“纳罗辛哈”，毗湿奴的人狮化身。

（2）蒂本无此诗。本诗不符合双行律。

【译文】

子宫之中诃利造，精水生卵[1]显形象；
造出耳朵与手脚，他让众生口生舌。
上方是脚下方头，二十半月如此护；
食物饮水燃烧处，不曾尝到彼处火。[2]
如此骇人之腹中，从不让人空腹饿；[3]
格比尔说，
如此仁慈之黑天，为何不将他敬奉？

【注释】

[1] 精水生卵：诗人认为人体胚胎由精而来，故有此说。

[2] 在诗人看来，肠胃之所以能消化食物是因为腹中有消化之火，而胚胎之所以能免于被火烧是因为得到了神的庇护。

[3] 在诗人看来，人的腹中能够消化各种食物，所以按常理胚胎似乎无从获取食物，但正是因为有了神的庇护，所以胚胎在腹中才没有挨饿。

本诗借用了胚胎学的知识，将种种医学现象解释为神利用母体子宫创造人的过程，以此劝诫世人虔诚信神。

（二）

【原文】

भूखा भूखा क्या करैं, कहा सुनावै(1) लोग ।
भांडा घड़ि जिनि मुख(2) दिया, सोई पूरण जोग ।।२।।

【校记】

（1）**सुनावै**：夏尔马写本作**हसावै**“令人发笑”。

（2）**मुख**：希本作 **मु**，脱，今据其余诸本改。

【译文】

不停喊饿有何用，人人为何这么说？
是谁造出身与口，他[1]定能让你饱腹。

【注释】

[1] 他：此处指造物主，参见本支第一首。

（三）

【原文】

रचनहार कूं चीन्हि लै, खैबे कूं कहा रोइ ।
दिल मंदिर मैं पैसि करि, तांणि पछेवडा सोइ ।।३।।(1)

【校记】

（1）第二、四足均合 13 拍，较双行律多 2 拍。

【译文】

且去认清创造者！为何要为食物哭？
纵使干枯终了时，铺开披肩安入眠。

（四）

【原文】

रांम नांम करि बोंहडा, बांही बीज अघाइ ।
अंति कालि(1) **सूका पडै, तौ निरफल कदे न जाइ**(2) **।।४।।**

【校记】

（1）**अंति कालि**：古本、辛本作 **खंड ब्रह्माण्ड**“一片（地方）和整个宇宙”。

（2）第四足合 13 拍，较双行律多 2 拍。

【译文】

罗摩名号作种子，全心全意去播种。

终了之时纵干枯，也绝不会无果实。

（五）

【原文】

च्यंतामणि मन मैं बसै, सोई चित मैं आंणि ।

बिन च्यंता च्यंता करै, इहै प्रभु की बांणि ।।५।।

【译文】

如意宝珠在末那，务必将它记心头。

胜尊本是无忧者[1]，却常忧心为众生[2]。

【注释】

[1] 无忧者：至高存在，亦即第四足所说的“胜尊”。

[2] 为众生：原文无，根据上下文及各注释本增译。

第二行字面义为：“无忧者（却）担心（众生），胜尊就是这般模样。”

（六）

【原文】

कबीर का तूं चिंतवै, का(1) तेरा च्यंता होइ(2) ।

अणच्यंता हरिजी करै, जो तोहि च्यंत न होइ ।।६।।

【校记】

（1）**का**：希本无，脱，今据其余诸本增。

（2）第二足合 12 拍，较双行律多 1 拍。

【译文】

格比尔说，

你有什么可思虑？纵使思虑有何用？

诃利行事难思议，非你所想能企及。

（七）

【原文】

करम करीमां लिखि रह्या, अब कछू लिख्या न जाइ ।
मासा घटा न तिल बधै, जौ कोटिक करै उपाइ ।।७।।(1)

【校记】

（1）第二、四足均合 13 拍，较双行律多 2 拍。蒂本无此诗。

【译文】

慷慨之主[1]记业账，现在已经不能改。
纵使努力千万种，一丝一毫不会变。

【注释】

[1] 慷慨之主：原文为 **करीमां**，通 **करीम**，阿拉伯语词，安拉尊名之一。

（八）

【原文】

जाकौ जेता निरमया, ताकौं तेता होइ ।
रंती(1) घटा न तिल बधै, जौ सिर कूटै कोइ ।।८।।

【校记】

（1）**रंती**：古本、辛本作 **रत्ती**，同义。蒂本作 **राई**“芥子”。

【译文】

他为你创造多少，你便能够用多少。
纵使拍头想办法，不会改变一丝毫。

（九）

【原文】

च्यंता न करि अच्यंत रहु, सांई है संम्रथ ।

पसु पंषेरू जीव जंत, तिनकी गाडि किसा ग्रंथ ।।९।।

【校记】

蒂本无此诗。

【译文】

莫要担忧莫惊慌，主上强大无不能。

飞鸟走兽诸众生，彼此一环扣一环。

（十）

【原文】

संत[1] न बांधै गांठड़ी, पेट समाता लेइ ।

सांई सूं सनमुष रहै,[2] जहां[3] मांगै तहां[3] देइ[4] ।।१०।।

【校记】

（1）संत：夏尔马写本作 कबीर。

（2）古本、蒂本、辛本作 आगैं पाछैं हरि खड़ा。

（3）जहां...तहां...：古本、辛本作 जो...सो...，蒂本作 जब...तब...。

（4）第四足合 13 拍，较双行律多 2 拍。

【译文】

真士不存食，果腹便足矣。

他就在面前，索要便施予。

（十一）

【原文】

रांम नांम सूं दिल मिली, जम[1] हम पड़ी बिराइ[2] ।

मोहि भरोसा इष्ट का, बंदा नरकि न जाइ ।।११।।

【译文】

（1）जम：希本作 जन，讹。今据其余诸本改。

（2）बिराइ：古本、辛本作 दुराइ “搬走”。

【注释】

心与罗摩名号见，阎摩便被我消灭。

我对神明虔信爱，奴仆不会下地狱。

（十二）

【原文】

कबीर तूं काहे डरै, सिर परि हरि का हाथ ।

हस्ती चढ़ि नहीं डोलिये, कूकर भुसैं जु लाष ।।१२।।

【校记】

蒂本无此诗。

【译文】

格比尔说，

你有什么可畏惧？诃利把手放头上。

纵使登象不摇晃，十万狗吠亦不惧[1]。

【注释】

[1] 亦不惧：原文无，根据上下文及各注释本增译。

（十三）

【原文】

मीठा खांण मधूकरी, भांति भांति कौ नाज ।

दावा किसही का नहीं, बिन विलाइति बड़(1) राज(2) ।।१३।।(3)

【校记】

（1）विलाइति बड़：古本、辛本作 बिलायत。

（2）第四足合 12 拍，较双行律多 1 拍。

（3）蒂本无此诗。

【译文】

乞食所得食物甜，各式各样谷物粮。
绝不依赖任何人，没有国土亦是王。

（十四）

【原文】

मांनि महातम प्रेम रस, गरवा तण गुण नेह ।
ऐ सबहीं अह लागया[1], जबहीं कह्या कुछ देह ।।१४।।

【校记】

（1）अहला गया：希本作 अह लागया，今据其余诸本改。

【译文】

尊严、伟大、爱、情味，骄傲、美德与亲善。
如此一切入炉火，只待开口索取时。

【注释】

在诗人看来，品行高尚之人不应开口索取。

（十五）

【原文】

मांगण मरण समान है, बिरला बंचै कोइ ।
कहै कबीर रघुनाथ सू, मतिर मंगावै मोहि ।।१५।।

【译文】

索取、死亡都一样，很少有人能逃脱。
格比尔说，罗怙主！莫要让我向人要！

（十六）

【原文】

पांडल पंजर मन भवर, अरथ अनूपम बास ।
राम नांम सींच्या अंमी, फल लागा बेसास ।।१६।।

【译文】

身如茉莉心如蜂，欲望如同非凡香。
灌溉甘露罗摩名，结出信仰之果实。

（十七）

【原文】

मेर मिटी मुकता भया, पाया ब्रह्म बिसास(1) ।
अब मेरे दूजा को नहीं, एक तुम्हारी आस ।।१७।।(2)

【校记】

（1）**ब्रह्म बिसास**：蒂本作 **अगम निवास** “不可企及的住所”。

（2）第三、四足分别合 15 拍、12 拍，较双行律分别多 2 拍、1 拍。

【译文】

抹去我慢得解脱，得以虔诚信仰梵。
现在于我再无他，唯有对你一渴求。

（十八）

【原文】

जाकी दिल में हरि बसै, सो नर(1) कलपै कांइ ।
एकै लहरि समंद की, दुख दलिद्र सब जाइ ।।१८।।

【校记】

（1）**नर**：蒂本作 **जन**，同义。

【译文】

诃利住在内心中，他还有何可不安？

只消大海一波浪，痛苦贫穷皆消去。

(十九)

【原文】

पद गांये लेलीन है, कटी न संसै पास ।

सबै पिछोड़े थोथरे, एक बिनां बेसास ।।१९।।

【译文】

仅靠沉浸唱词[1]中，疑惑索套亦不断。

一切空壳[2]终吹走，若不虔诚信唯一。

【注释】

[1] 唱词：此处特指颂神的颂歌。

[2] 空壳：比喻空有信神的形式却无虔诚之心的人。

(二十)

【原文】

गावण हीं मैं रोज है, रोवण ही मैं राग ।

इक बैरागी ग्रिह मैं, इक गृहीं मैं बैराग ।।२०।।

【译文】

歌唱之中有哭泣，哭泣之中有拉格。

出家人中有居士，居士中有出家人。

(二十一)

【原文】

गाया नित पाया नहीं, अणगांयां थैं दूरि ।

जिनि गाया बिसवास सूं, तिन रांम रह्या भरिपूरि[1] ।।२१।।

【校记】

（1）蒂本第四足作 **तिनसौं रांम हजूरि**“他伺候罗摩”。

【译文】

终日歌唱无所得，反而不如不歌唱。

谁若虔心去歌唱，罗摩终日漫其中。

三十六、认夫支

（पीव पिछांणन कौ अंग）

“认夫支”收录双行诗 4 首，阐述了神无形无相的观点。

（一）

【原文】

संपटु मांहिं समाइया(1), सो साहिब नहिं(2) होइ ।

सकल(3) मांड मैं रमि रह्या, साहिब कहिए साइ ।।१।।

【校记】

（1）समाइया：希本作 समाइ，脱，今据其余诸本改。

（2）नहिं：希本作 नहीं，多 1 拍，今据其余诸本改。

（3）सकल：希本作 सफल，讹，今据其余诸本改。

【译文】

放在盒中物[1]，不会是主上。

遍入众生中，方可称主上。

【注释】

[1] 盒中物：此处指娑罗石。娑罗石常放在铜盒中，以便携带、供奉。有关娑罗石参见第二十三支“迷惘而死支”。本诗与前文相关诗歌相似，同样反对供养娑罗石。

（二）

【原文】

रहै निराला मांड थै, सकल मांड ता(1) मांहि ।

कबीर सेवै तास कूं, दूजा कोई नांहिं ।।२।।

【校记】

（1）**ता**：古本、蒂本作 **तिहि**，同义。

【译文】

不与众生同，又在众生中。

格比尔敬他[1]，此外再无他[2]。

【注释】

[1] 他：第一行所描述的至高存在。

[2] 他：其他神明、偶像等膜拜的对象。

（三）

【原文】

भोलै भूली खसम कै, बहुत किया विभचार ।

सतगुरू गुरु बताइया, पूरिबला भरतार ।।३।।

【译文】

受人迷惑忘夫君，犯下许多不忠事。

真师秘密已传授，谁是最初当家人[1]。

【注释】

[1] 当家人：第一足所说的“夫君”，比喻神。

（四）

【原文】

जाकै मुह माथा नहीं, नहीं रूपक रूप(1)।

पुहुप बास थैं पताल, ऐसा तत अनूप ।।४।।

【校记】

（1）**रूपक रूप**：古本、蒂本、辛本作 **रूप कुरूप**“美貌、丑态”。

【译文】

没有面庞没额头，没有形象可查看。

微妙更胜花馨香，这般真谛妙绝伦。

三十七、离染支

（बिकताई कौ अंग）

“离染支”共收录双行诗10首，教导世人修身养德、禁断俗念、摆脱尘世。

（一）

【原文】

मेरे मन मैं पडि गई, ऐसी एक दरार(1)।

फाटा फटक पषांण ज्यूं, मिल्या न दूजी बार ।।१।।

【校记】

（1）**दरार**：希本作**दगर**，讹。夏尔马写本作**बिराइ**“超脱欲望”。今据希本、蒂本、辛本改。

【译文】

我的内心中，突现一裂缝：

如同石头裂，无法再合上。

（二）

【原文】

मन फाटा बाइक बुरै, मिटी सगाई साक ।

जौ परि(1) दूध तिवास का, ऊकटि हूवा आक ।।२।।

【校记】

（1）**जौ परि**：蒂本作 **जैसे** “如同”。

【译文】

恶语碎人心，亲情亦断绝。

奶若放三日，便如断肠草。

【注释】

本诗第一行劝诫世人勿要恶语伤人，因为即便至亲之情也经不住恶语伤人。第二行为对第一行所说道理的比喻。即便如牛奶一般滋养人的饮品，若不能妥善保鲜，也会变得如断肠草一般伤人。

（三）

【原文】

चंदन भागां गुण करै, जैसे चोली पंन ।

दोइ जन(1) भागां नां मिलैं, मुकताइल अरु मंन ।।३।।(2)

【校记】

（1）**दोइ जन**：希本作 **दोइजन**，今据古本断词。辛本作 **दोइ जो** “两者（若）”，语义相近。

（2）蒂本无此诗。

【译文】

檀香木或茜草叶[1]，纵使断裂亦可用[2]。

两人分离难再合，人心如此如珍珠。

【注释】

［1］茜草：梵茜草，染料植物。参见前文“师尊支”第二十四

首注释。

[2] 亦可用：原文为 **गुण करै**，字面义为“发扬美德”，意思是：檀香木即便被切断依然可以用作香料，茜草叶即便被撕断也可以用作染料。

本诗基本观点同上一首诗，认为人心隔阂、情谊断绝不比其他事物，终究难以挽回。

（四）

【原文】

पासि बिनंठा कापड़ा(1), कदे सुरांग न होइ ।

कबीर त्याग्या ग्यांन करि, कनक कामनी दोइ ।।४।।

【校记】

（1）**कापड़ा**：希本作 **कपड़ा**，少 1 拍，脱，今据蒂本、辛本、夏尔马写本改。

【译文】

衣衫若被尘土染，无法再染美丽色。

格比尔说，

黄金女色这两者，我已明智舍弃掉。

（五）

【原文】

चित चेतनि मैं गरक है, चेत्य न देखै मंत ।

कत कत की सालि पाड़िये, गल बल शहर अनंत ।।५।।

【校记】

蒂本无此诗。

【译文】

为何心不入觉悟，进而证悟见明咒？

还要射出何种箭[1]？城中混乱已无边。

【注释】

[1] 射箭：比喻犯错、造孽。

（六）

【原文】

जाता है सो जांण दे, तेरी दसा न जाइ ।

खेवटिया की नाव ज्यूं, घणें मिलैंगे आइ ।।६।।

【校记】

蒂本无此诗。

【译文】

莫要挽留将逝者[1]，你的处境不会变。

如同艄公撑扁舟，总会满载往来人。

【注释】

[1] 将逝者：一切注定终将逝去的人或者物，即尘世一切。

（七）

【原文】

नीर पिलावत क्या फिरै, सायर घर घर बारि ।

जो त्रिषावंत(1) होइगा, पीवेगा(2) झष मारि ।।७।।

【校记】

（1）जो त्रिषावंत：蒂本作 त्रिखावंत जो，仅次序不同。

（2）पीवेगा：希本此前有 तो “那么”，古本有 सो “他”。

【译文】

家家门口向大海，为何四处乞水喝？

若真口渴难忍耐，付出努力定喝到。

（八）

【原文】

सत गंठी कोपीन है, साध न मानै संक ।

रांम अमलि माता रहै, गिणैं इंद्र कौ रंक ।।८।।

【校记】

蒂本无此诗。

【译文】

僧衣打结一百个，[1]贤士丝毫不担忧。

沉醉罗摩酒中人，视因陀罗作穷人。

【注释】

[1] 出家修行的贤士穿的是用许多破布条编织而成的衣服。

因陀罗为神王，地位崇高、富贵非凡，此处可视作比喻君王。但在诗人看来，贤士若是沉醉在“罗摩之酒”中，便不会在意这种肤浅的荣华富贵，即便衣衫褴褛也会怡然自得。

（九）

【原文】

दावै दाझण होत है, निरदावै निसंक ।

जो नर निरदावै रहैं, ते गिणैं इंद्र कौ रंक ।।९।।

【译文】

欲求生出火灼烧，若无欲求亦无畏。

若人永远无欲求，视因陀罗作穷人。

（十）

【原文】

कबीर सब जग हंढिया(1), मंदिल(2) कंधि चढाइ ।

हरि बिन अपनां को नहीं,(3) देखे(4) ठोकि बजाइ ।।१०।।

【校记】

（1）**हंढिया**：辛本作 **हेरिया** “搜寻”。

（2）**मंदिल**：蒂本作 **मादलु**，古本、辛本、夏尔马写本作 **मंदल**，同义。

（3）**हरि बिन अपनां को नहीं**：蒂本作 **कोई काहू को नहीं** “谁也不属于谁”。

（4）**देखे**：古本、蒂本在此前另有 **सब**。

【译文】

格比尔说，

我把鼓儿[1]扛肩头，云游行遍人世间。

奏鼓询问方知晓，唯有诃利属于我。

【注释】

[1] 鼓儿：此处特指一种吟游诗人使用的小鼓。

三十八、全能支
（समरथाई कौ अंग）

“全能支”共收录双行诗 12 首，宣扬了至高存在的无所不能和个体小我的卑微无能。在诗人看来，“所作一切事，皆归功诃利”（一）、“若有所作得以成，作为之人另有他”（二），即便个体看似达成了某些成就，这些成就也应当归功于神。这种论调带有一定的宿命论色彩。在这一判断的基础上，本支后半部分强调了人应当敬奉这一无所不能的神，因为只有他能拯救众生于危难之中，引领众生走出迷途。

（一）

【原文】

नां कुछ किया न करि सक्या(1), नां करणें जोग सरीर ।
जो(2) कुछ किया सु हरि(3) किया, ताथैं(4) भया कबीर कबीर ।।१।।(5)

【校记】

（1）**करि सक्या**：蒂本作 **करहिंगे**，同义。

（2）**जो**：古本作 **जे**，同义。

（3）**सु हरि**：希本作 **सुहरि**，今据其余诸本断词。

（4）**ताथैं**：蒂本无，疑为合双行律而减。

（5）本诗各足拍数分为 13-13-13-15。

【译文】

什么都没做，也没能力做；[1]
我这具肉身，什么都不行。
所作一切事，皆归功诃利；
格比尔因他，成为格比尔[2]。

【注释】

[1]本诗因内容较多，将原文一行译为两行。

[2]格比尔："格比尔"本身是一个多义词，既可以指本诗作者，也可以理解为形容词"大、伟大、至大"。因此，第四足根据吟诵者的实际需要，至少可以作以下两种解读：第一，"本诗作者格比尔正是因为有了诃利的眷顾，所以才能成为现在的格比尔"；第二，"本诗作者格比尔正是因为有了诃利的眷顾，所以才能成为一个伟大的人"。

（二）

【原文】

कबीर किया कछू न होत है, अनकीया सब होइ ।
जे किया कुछ होत है, तौ करता औरे कोइ ।।२।।(1)

【校记】

（1）本诗各足拍数分别为 16-11-12-13。蒂本无此诗。

【译文】

格比尔说，
但凡所作皆不成，不曾作为尽皆成。

若有所作得以成，作为之人另有他。

【注释】

本诗第一行描述的现象类似“有心栽花花不开，无心插柳柳成荫”。第二行尝试分析这种现象背后的原因，认为存在一个独立于个体之外的“作为之人”，即至高存在，在主导世间一切的运行。

（三）

【原文】

जिसहि न कोइ तिसहि तूं, जिस तूं तिस सब कोइ ।
दरिगह तेरी सांईयां, नांमहरूम न होइ[1] ।।३।।

【校记】

（1）第四足希本作 **नांम हरू मन होइ**“夺走名号成就心”，不甚明了。今据古本、蒂本重新断句。蒂本作 **मेटि न सकै कोइ**“谁也不能欺压谁。”

【译文】

一无所有却有你，有你便会有一切。
主上啊！
无论谁去你朝堂，绝对不会空手归。

（四）

【原文】

एक खडा[1] ना[2] ही लहैं, एक[3] खडा बिललाइ ।
साईं मेरा सुलषनां,[4] सूता देइ जगाइ ।।४।।

【校记】

（1）**खडा**：希本、古本、辛本作 **खडे**，今据夏尔马写本、蒂本改。

（2）**ना**：希本无，脱，今据其余诸本增。

（3）**एक**：希本、古本作 **और**，今据夏尔马写本、蒂本改。

（4）蒂本第四足作 **समरथ मेरा सांइयां**“我的主上无所不能”。

【译文】

一人站立得不到，一人站立空悲伤。[1]

我主具足诸妙相，唤醒沉睡中之人。

【注释】

[1] 各注释本对第一行注释各异。古本注释为“一个人（在其他圣墓），得不到自己的（应得之物），只能站在上面徒增哀伤”；辛本注释为“（有的朝堂是这样的，）很多人即便站在那里也什么都得不到，反而只能站在那里徒增哀伤”；蒂本注释为“一个人（满怀期待地）站在那里什么也得不到，另一人站在那里也被抛弃了”。本文选择直译。

（五）

【原文】

सात समंद की मसि करौं, लेखनी सब बनराइ ।

धरती सब कागद करौं, तऊ हरि गुंण लिख्या न जाइ ।।५।।

【校记】

本诗各足节拍数为 13-12-13-15，与双行律不符。

【译文】

七海作墨水，林王[1]全作笔。

大地皆作纸，难写诃利德。

【注释】

[1] 林王：大森林。

（六）

【原文】

अरबन कौं का(1) बरनिये, मौपैं लख्या न जाइ ।

अपना बाना बाहिया, कहि कहि थाके माइ ।।६।।(2)

【校记】

（1）का：夏尔马写本无，脱。

（2）蒂本无此诗。

【译文】

他是无法描述者，我如何能书写他？
超出我所能描述，说着说着力已竭。

（七）

【原文】

झल बांवैं झल दांहिनैं, झलहि माँहि व्यौहार ।
आगैं पीछैं झलमई, राखैं सिरजनहार ।।७।।

【校记】

蒂本无此诗。

【译文】

左边有火右烈焰，火焰之中我行动。
前前后后皆有火，造物主请保护我！

（八）

【原文】

सांई मेरा बांणियां, सहजि करै व्यौपार ।
बिन डांडी बिन पालड़ै, तोलै सब संसार ।।८।।

【译文】

我的主人是商人，轻轻松松做生意。[1]
不用秤杆或秤砣，尘世一切尽称量。

【注释】

［1］本诗第二足也可以译为“他在俱生之中做生意”。有关 सहज 的多重含义，参见前文第二十一支“俱生支”。

（九）

【原文】

कबीर वार्या नांव परि, कीया राई लूण ।

जिसहि चलावै पंथ तूं, तिसहि भुलावै कौंण ।।९।।

【校记】

蒂本无此诗。

【译文】

格比尔说，

献上自己向名号[1]，愿化作盐与芥子。

走上你所指引路，还有谁会失方向？

【注释】

［1］名号：此处指至高存在，即诗人“献上自己”的对象。

（十）

【原文】

कबीर करणीं क्या करै, जे रांम न करै सहाइ ।

जिहिं जिहिं डाली(1) पग धरै(2), सोई नवि नवि(3) जाइ ।।१०।।

【校记】

（1）**डाली**：希本作 **डाल**，少 1 拍。今据古本、辛本、夏尔马写本改。蒂本作 **डारी**，通。

（2）**पग धरै**：夏尔马写本作 **पाव दे**，语义相近。

（3）**नवि नवि**：蒂本、辛本、夏尔马写本作 **नइ नइ**，同义。

【译文】

格比尔说，

如果罗摩不相助，纵有作为有何用？[1]

无论脚立哪条枝，它都一一被折弯。

【注释】

[1] 原文第一足（译文第二足）可作两种解释：第一，若将 **करणीं** 理解为原因、方式，则该足可以理解为“凡人的作为并没有什么用”。此处“作为”可以理解为修行，即离开了罗摩的帮助，一切修行都注定徒劳无功。第二，若将 **करणीं** 理解为 **करै** 的动作对象，则可以译为“可以做些什么呢？”即没有罗摩的指引，凡人很容易迷失方向，不知道该做些什么。两种解读皆可成立，译文选取第一种。

（十一）

【原文】

जदि का माइ जनमियां, कहूँ(1) न पाया सुख ।
डाली डाली मैं फिरौं, पातौं पातौं दुख ।।११।।

【校记】

（1）**कहूँ**：蒂本作 **कदे**，同义。

【译文】

自从母亲生下我，从来不曾得喜乐。
徘徊游荡枝丫[1]间，片片树叶皆痛苦。

【注释】

[1] 枝丫：比喻人生历程。

（十二）

【原文】

साँई सूं सब होत है, बंदे थैं कुछ नांहिं ।
राई थैं परवत करै, परवत राई मांहि ।।१२।।

【译文】

奴仆一事也不成，主上成就一切事：
能将芥子变成山，山中王者入芥子。[1]

【注释】

［1］将细小的芥子化作巍峨的高山（常以神话中的须弥山为喻），或者将巍峨的高山纳入细小的芥子。这常被用以比喻不可思议的大神通。诗人以此形容神的全能。如《维摩经》中亦有“若菩萨住是解脱者，以须弥之高广，内芥子中，无所增减”一说。

三十九、恶言支
（कुसबद् कौ अंग）

“恶言支”共收录双行诗 4 首，旨在劝诫世人不要在意他人的恶语相向，并将忍辱负重、唾面自干视作“贤士”/“诃利信徒”的美德之一。

（一）

【原文】

अणी सुहेली सेल की, पड़ता लेइ उसास ।
चोट सहारै सबद की, तासे गुरु मैं दास ।।१।।

【校记】

蒂本无此诗。

【译文】

标枪锋芒磨锐利，若被刺伤痛苦叹。
他是上师我为奴，圣言之伤须忍受。

【注释】

本诗从字面上看更加接近下一支“圣言支”，即强调上师的教导固然如利刃一般令人痛苦，但作为弟子唯有忍受这种痛苦才能证悟大道。从本支的编排来看，诗人或有意以此开导世人将他人的恶语相向视作“圣言”，进而不要记恨在心。

（二）

【原文】

खूंदन तौ धरती सहै, बाढ[1] सहै बनराइ ।
कुसबद तौ हरिजन[2] सहै, दूजै सह्या न जाइ ।।२।।[3]

【校记】

（1）बाढ：夏尔马写本作 काटन，若不进一步断词，则意为“砍伐”，若进一步断为 काट न，则第二足为“森林之王却忍受不了被人砍伐”；辛本作 काट कूट “砍伐”。

（2）हरिजन：夏尔马写本、辛本作 साधू “贤士”。

（3）蒂本无此诗。

【译文】

大地容忍被挖掘，森林之王忍洪水。
诃利信徒忍恶言，其他人可受不了。

（三）

【原文】

सीतलता तब जांणियें, समिता[1] रहै समाइ ।[2]
पष छाडै निरपष रहै, सबद न दूष्या जाइ ।।३।।

【校记】

（1）समिता：蒂本此前另有 जौ “当、如果”。

（2）夏尔马写本第二足作 सात गिरहै समाइ“落入并融入七（海）之中”。

【译文】

保持融入在同一[1]，方才知晓清凉喜[2]。

抛开偏见无偏倚，便不再因言辞苦。

【注释】

[1] 同一：消除了一切差别之见的状态。

[2] 清凉喜：既可以指物理层面的凉爽，也可以指心理层面的愉悦、慰藉。

（四）

【原文】

कबीर सीतलता भई, पाया ब्रह्म गियान ।

जिहि बैसंदर जग जल्या, सो मेरे उदिक समान(1) ।।४।।(2)

【校记】

（1）第四足合 13 拍，较双行律多 2 拍。

（2）蒂本无此诗。

【译文】

格比尔说，

获得梵智慧，便生清凉喜。

灼烧尘世火，于我如同水。

四十、圣言支

（सबद् कौ अंग）

“圣言支”共收录双行诗 8 首。“圣言”被后世视为格比尔思想的核心概念之一。सबद 通शब्द，其基本义就是“声音、语言、词汇”。早在格比尔之前，已有许多思想家赋予 शब्द 以更加丰富的含义。从本集收录的双行诗来看，格比尔所说的“圣言”至少包括以下两个层面：

第一，作为圣人教诲的圣言。这层含义可以追溯到《正理经》中将“至人的教导，即圣言量”视为逻辑判断的依据之一。中世纪以来，各宗教均强调这种教导的重要性。结合其对上师至高无上地位的推崇，不难理解格比尔继承了这种解读。在他看来，上师的教导即“圣言”，可以帮助人消除迷惑（一），是种种学派教义的精华（二），上师正是通过这种如弓箭、打磨石一般的圣言敲打、雕琢弟子，帮助他们证悟大道。本支双行诗多强调这一层面的圣言。

第二，作为瑜伽修行产生的神秘声音的圣言。许多瑜伽士相信军荼利尼抵达千瓣莲脉轮之际会发出一种神秘的、他人无从得知的声音。这种声音也被称为“无击之声”。这种声音会一直在体内回荡，具有神奇的功效。亦可参见前文第五支“相会支”第二十二首注释。本支第一首双行诗亦可从这个角度加以解读。此外，格比尔西传写本唱词中对于通过瑜伽修行而发出的神秘“圣言”论述更多。

（一）

【原文】

कबीर सबद सरीर मैं, बिनि गुण बाजै तंति(1) ।
बाहरि भीतरि भरि रह्या, ताथै छूटि भरंति(2) ।।१।।

【校记】

（1）**तंति**：蒂本、辛本作 **तांति**，通。

（2）**भरंति**：蒂本、辛本作 **भरांति**，通。

【译文】

格比尔说，
体内有圣言[1]，无弦亦奏鸣。
内外皆盈满，它将迷惑消。

【注释】

[1] 圣言：此处可作二解，其一可以理解为上师的教诲，其二可以理解为通过瑜伽修行在体内激发的神秘声音。

（二）

【原文】

सती संतोषी सावधान, सबद भेद सुबिचार ।
सतगुर के प्रसाद थैं, सहज सील मत सार ।।२।।

【校记】

蒂本无此诗。

【译文】

真诚知足又谨慎，圣言秘密善思索。

真师施恩赐予他，诸教精华俱生行[1]。

【注释】

[1] 行：原文为 सील，通 शील，既可以指具体的戒律、戒规，也可以指高尚的品行、德行。此处所说的 सहज शील 指的是体悟俱生本性之后达成的一种殊胜的状态，并非具体的戒条，故译为“行”。

本诗较为晦涩。第一行描述的是弟子应当具备的特征——真诚坚定、知足常乐、警醒谨慎、愿意钻研上师的教导（圣言）。满足以上条件的弟子若能得到上师的青睐，那么上师便会教授这位弟子种种学说的精华，也就是真正的圣言，从而使他证悟俱生本性，达成“俱生德行”的状态。

（三）

【原文】

सतगुर ऐसा चाहिए, जैसा सिकलीगर होइ ।

सबद मसकला फेरि करे, देह द्रपन करै सोइ ।।३।।(1)

【校记】

（1）本诗各足拍数分别为 13-13-14-13。蒂本无此诗。

【译文】

真师成为打磨匠，恰恰须要这般样：

转动圣言打磨石，他将肉身[1]作成镜[2]。

【注释】

[1] 肉身：此处指弟子。

[2] 镜：各注释本对镜子的意象有两种解释。第一种解释认为诗人取明镜清洁无垢之意，形容从真师处习得圣言之后的弟子不染尘俗；第二种解释认为从真师处习得圣言之后的弟子得以如明镜一般照出世间真相。

本诗与据信为禅宗高僧神秀所作的偈颂“身是菩提树，心如明镜台，时时勤拂拭，勿使惹尘埃”有异曲同工之妙。

（四）

【原文】

सतगुर साँचा सूरिवाँ, सब्द जु बाह्या एक ।
लागत ही भै(1) मिल गया, पड़्या कलेजै छेक ।।४।।

【校记】

（1）भै：古本作 भ्वैं，蒂本作 भुइं，通。

【译文】

真师真英雄，射出一圣言。
射中倒在地，脏腑受伤害。

【注释】

本诗与第一支“师尊支”第七首相同。

（五）

【原文】

हरि रस जे जन बेधिया, सर गुण(1) सींगणि(2) नांहि ।
लागी चोट सरीर मैं, करक कलेजे मांहि ।।५।।(3)

【校记】

（1）सर गुण：希本作 सतगुण，讹，今据其余诸本改。

（2）सींगणि：希本作 सीं गणि，断词有误，今据古本、辛本改。

（3）蒂本无此诗。

【译文】

虽无弓箭亦无弦，仍可射出诃利汁[1]。
击中信徒身负伤，痛苦煎熬在肺腑。

【注释】

[1] 诃利汁：诗人笔下的真师专注于指导弟子虔心敬奉诃利的教诲，故“圣言之箭”也就是“诃利汁液”。

（六）

【原文】

ज्यूं ज्यूं हरि गुण साँभलूं, त्यूं त्यूं लागै तीर ।
साँठी साँठी झड़ि पड़ी, भलका रह्या सरीर ।।६।।

【校记】

蒂本无此诗。

【译文】

每每想起诃利德，一次一次被箭射。
折断箭身可拔除，箭头永留身体中。

（七）

【原文】

ज्यूं ज्यूं हरि गुण साँभलौं, त्यूं त्यूं लागै तीर ।
लागैं थैं भागै(1) नहीं, साहणहार कबीर ।।७।।

【校记】

（1）**भागै**：希本作 **भागा**“不曾逃掉”，前后时态不一致。今据蒂本、辛本改。

【译文】

每每想起诃利德，一次一次被箭射。
因被射中逃不掉，格比尔[1]唯有忍受。

【注释】

[1] 格比尔：因“格比尔”为多义词，故第四足亦可译为“忍受之人真伟大”。

（八）

【原文】

सारा बहुत पुकारिया, पीड़ पुकारै और ।

लागी चोट सबद(1) की, रह्या कबीर ठौर ।।८।।

【校记】

（1）सबद：蒂本、辛本在此前另有关系代词जु，疑为合双行律而增。

【译文】

众人[1]呼唤几多回，越是呼喊痛越甚。

既然已被圣言伤，格比尔留在原地。

【注释】

［1］众人：原文为 सारा，译文随辛本取其最常用释义，即“所有（人）”。沃本另将其注释为 सराक “投掷标枪之人”，即以圣言开悟弟子的上师。综合沃本、古本，则第一行可以译为“投掷标枪之人大叫一声，（被击中而）痛苦之人（即弟子）叫得声音更大”。虽可自圆其说，但略显牵强。从本支其他双行诗来看，诗人主张被圣言所伤之后应当默默忍受，并由此证悟大道，故当前译法更有助于理解第二行诗歌。除此之外，若本诗诵读的语境为民间乡里，则 सारा 亦可通 साला “小舅子”，即用来称呼“家伙”的民间俚语。

四十一、活死支

（जीवन मृतक कौ अंग）

“活死支”共收录双行诗 14 首，重点阐述了诗人有关“活死”的神秘主义教说。在诗人看来，“活死”是通过艰苦修行达成的一种终极状态。在这种状态下，活人已经超越了死亡。这种“死”与一般意义上的肉身死亡完全不同。肉身死后灵魂依然会重新堕入尘世，再受苦难，只有达成“活死”之后，人才能真正超越尘世轮回。“活死”概念和其他双行诗中阐述的“杀死末那”和入“俱生三摩地”息息相关。本支第一至三首介绍了“活死人”的殊胜之处，即他们能够获得神的格外关爱和眷顾。第四至十首重点阐述了“活死”的特点，尤其是其与一般意义上的死亡的区别。诚然，格比尔的“活死”概念源自密教瑜伽士，但他强调这种“活死”与对罗摩 / 诃利的虔诚信仰之间的密切关系，甚至将对罗摩的信仰比作检验活死人的试金石（九）。第十一至十四首劝人勿要伪善、傲慢，应当谦逊虔诚、安贫乐道，这种品质被视为是达成“活死”状态的必要条件。

（一）

【原文】

जीवत मृतक ह्वै रहै, तजै जगत की आस ।
तब हरि सेवा आपण करै,(1) मति दुख पावै दास ।।१।।

【校记】

（1）第三足合 15 拍，较双行律多 2 拍。

【译文】

他虽活着但已死，尘世欲望皆抛弃。
诃利亲自来伺候，不让奴仆再受苦。

（二）

【原文】

कबीर मन मृतक भया, दुरबल भयो सरीर ।
तब पैंडे लागा हरि फिरै,(1) कहत कबीर कबीर ।।२।।(2)

【校记】

（1）第三足合 15 拍，较双行律多 2 拍。辛本括注 **तब**，若删去则第三足合 13 拍。

（2）蒂本无此诗。

【译文】

格比尔之心已死，身体虚弱无气力。
诃利根据他身后，遍遍呼唤“格比尔”。[1]

【注释】

[1] 如同前文第三十八支“全能支”第一首一样，本诗第四足同样可以作多种解读。除以上译文外，以下几种释读同样可行：第一，将两个 **कबीर** 均视为“伟大”，那么跟在身后的诃利所呼唤的便不是诗人的名字，而是称赞达成活死状态之人的伟大。第二，将 **कहत कबीर** 视为诗人落款，即“格比尔说”，将第二个 **कबीर** 视为“伟大”，那么第四足便是诗人歌颂在信徒虚弱无力之时前来相助的诃利。相比之下，第一种解读较第二种更符合本支主题。

（三）

【原文】

कबीर मरि मड़हड गया(1), तब कोइ(2) न बूझै(3) सार ।

हरि आदर आगैं लिया, ज्यूं गउ बछ की लार ।।३।।

【校记】

（1）**गया**：希本作 **गह्या**，讹，今据蒂本、辛本改。古本做 **रह्या**“住在”。

（2）**तब**：蒂本、辛本无，如此则第二足合 11 拍，否则较双行律多 2 拍。

（3）**बूझै**：蒂本、辛本作 **बूझी**，时态有细微差别，于语义无妨。

【译文】

格比尔说，

已然身死赴坟场，真相本质毫不知。

诃利深情[1]偕前行，如同牡牛爱牛犊。

【注释】

[1] 深情：原文为 **आदर**，各注释本均注为“深情、饱含爱意”，根据上下文语境，这一含义较该词基本义“尊重、恭敬”更加合适。

本诗两行分别描述了达成“活死”与否的区别。若成为“活死之人”，那么诃利便会亲自前来守护、陪伴（第二行）；如若不然，直到身死火化，依然懵懂无知（第一行）。

（四）

【原文】

घर जालौं घर उबरै, घर राखौं घर जाइ ।

एक अचंभा देखिया, मड़ा(1) काल कौं खाइ ।।४।।

【校记】

（1）**मड़ा**：蒂本作 **मुआ**，同义。

【译文】

点燃屋子[1]反救屋，守护屋子反失去。

见到一件稀奇事，死人[2]反将死亡噬。

【注释】

[1] 第一行三个“屋子”（घर）可以作以下解读：第一，“屋子”作身体，则第一行可以被解释为“放弃肉身，反而达成了活死成就；守护肉身，到头来也不过是死去火化”；第二，“屋子”作享乐，则第一行可以解释为“放弃（尘世）享乐，反而得到了（无上的）欢喜；一味留恋（尘世）享乐，反而一无所得”。

[2] 死人：此处指已经超越了生死的“活死人”。

（五）

【原文】

मरतां मरतां जग(1) मुवा, औसर मुवा न कोइ ।(2)

कबीर ऐसैं मरि मुवा, ज्यूं बहुरि न मरनां होइ(3) ।।५।।

【校记】

（1）**जग**：夏尔马写本作 **जुग**“时代”。

（2）蒂本第二足作 **मुवै न जांनां कोइ**“没人知道（如何）死”。

（3）第四足合 13 拍，较双行律多 2 拍。

【译文】

死了又死仍在世，死亡时机无人知。

格比尔说，

须要此后不再死，这时方才可以死。

【注释】

在本诗中，死分为两种，第一种死只是肉身之死（即第一足所说的“死”），虽身死却犹在尘世轮回之中。本诗强调世人应当努力追求第二种死，即活死（即第二、四足所说的“死”）。因为唯有达成活死成就，方才能够真正超脱轮回，这样即便在肉身死后也不会再入轮回（即第三足的“死”）。

（六）

【原文】

बैद मुवा रोगी मुवा, मुवा सकल संसार ।
एक कबीरा ना मुवा, जिनि के राम अधार ।।६।।

【译文】

医生病人[1]皆已死，轮回世间一切死。
唯有格比尔未死，因有罗摩支持他。

【注释】

[1] 医生、病人：此处分别指误人子弟的假上师和盲从他人之人。本集多支涉及这一主题。

（七）

【原文】

मन मार्या ममिता मुई, अहं गई सब छूटि ।
जोगी था सो रमि गया, आसणि रही बिभूति ।।७।।

【校记】

蒂本无此诗。

【译文】

末那已死我[1]亦死，一切我慢皆消退。
瑜伽士已入欢愉，座上唯有灰烬存。

【注释】

[1] 我：此处并非人称代词，而指抽象的“自我”。

（八）

【原文】

जीवन थैं मरिबौ भलौ, जौ मरि जानैं कोइ ।

मरनैं पहली जे मरें, तो कलि अजरावर होइ(1) ।।८।।

【校记】

（1）第四足合 13 拍，与双行律不符。

【译文】

若有人知如何死，死亡反比活着好。[1]

如若死[2]前已死去[3]，迦利时代不再死[4]。

【注释】

[1] 第一行两处“死”指的是“活死”。

[2] 此处“死”指的是一般意义上的肉身之死。

[3] 死去：同注释 [1]，指“活死”。

[4] 不再死：不再重新堕入轮回，经受生死折磨。

（九）

【原文】

खरी कसौटी रांम की, खोटा टिकै न कोइ ।

रांम कसौटी सो टिकै, जौ जीवत मृतक होइ ।।९।।

【译文】

罗摩是真试金石，假货绝对逃不过。

使用罗摩试金石，定能验出活死人。

【注释】

本诗认为能够达成活死之人必定是罗摩的坚定信徒。

（十）

【原文】

आपा मेट्यां(1) हरि मिलै, हरि मेट्या(1) सब जाइ ।

अकथ कहांणीं प्रेम की, कहे न(2) को पत्याइ ।।१०।।

【校记】

（1）**मेट्यां**：蒂本、辛本两处皆作 **मेटें**，时态差别，于语义无妨。

（2）न：夏尔马写本无，如此则 को 应作疑问代词，而非不定代词。依此则第四足应为“说来又有谁人信”。

【译文】

抹去自我得诃利，抹去诃利一切逝。
爱[1]之故事难言说，纵使说出无人信。

【注释】

［1］爱：此处特指人对至高存在的神圣之爱。

（十一）

【原文】

निगुसांवां बहि जायगा, जाकै थाघी नहीं कोई(1) ।
दीन गरीबी बंदिगी, करतां होइ सु होइ ।।११।।

【校记】

（1）第二足合 15 拍，较双行律多 4 拍。

【译文】

若是有人没主人，没有依靠终流逝。
谦逊安贫敬奉他，所作终将有所成。

【注释】

本诗及下一首都旨在劝人安贫乐道，虔诚敬神。

（十二）

【原文】

दीन गरीबी दीन कौं, दूंदर कौं अभिमान ।
दुंदर दिल विष सूं भरी, दीन गरीबी राम ।।१२।।

【译文】

穷人清贫心谦逊，傲慢之人只争吵。
争吵心中满毒药，安贫谦逊得罗摩。

（十三）

【原文】

कबीर चेरा संत का, दासनि का परदास ।

कबीर ऐसें है रह्या, ज्यूं पांऊँ तलि घास ।।१३।।

【译文】

格比尔说，

我是真士的徒弟，便是奴仆[1]之奴仆[2]。

如同足底一草叶，格比尔永远如此。

【注释】

［1］奴仆:“我”奉为上师的真士，同时也是神的虔诚奴仆。

［2］奴仆：本诗的叙述者“我”，因为他拜真师为师，虚心学习，故也就成了“神的奴仆（真士）的奴仆”。

（十四）

【原文】

रोड़ा है रहौ बाट का, तजि पाषँड अभिमान ।

ऐसा जे जन है(1) रहै, ताहि मिलै भगवान ।।१४।।

【校记】

（1）है：蒂本作 होइ，同义。

【译文】

抛开伪善与傲慢，如同石头躺路上。

若有信徒能如此，将能见到薄伽梵。

四十二、心虚伪支
（चित कपटी कौ अंग）

“心虚伪支”收录双行诗 3 首，讽刺了表里不一之人。

（一）

【原文】

कबीर तहाँ न जाइए, जहाँ कपट का हेत ।

जालूं कली कनीर की, तन रातौ मन सेत ।।१।।

【译文】

格比尔说，

若爱不过是托辞，劝君莫往彼处去。

我咒夹竹桃花[1]焚，身染红色[2]心仍白。

【注释】

[1] 夹竹桃花：夹竹桃花内白而外红，诗人以此比喻装模作样，并非诚心敬奉神明之人。

[2] 红色：原文为 **रातौ**，多义词，亦可指“爱”。

（二）

【原文】

संसारी साषत भला, कंवारी कै भाइ ।
दुराचारी बैश्नौं बुरा, हरिजन तहाँ न जाइ ।।२।।

【译文】

虽在尘世情犹纯，性力信徒亦善良。[1]
毗湿奴徒若作恶，诃利信徒须绝交[2]。

【注释】

[1] 各注释本对第一行解读不一。古文认为第一行字面义应当理解为“尘世间的性力信徒也是好的，只要他们具备如处子（一般纯粹）的情感，（一心虔爱神）”，译文取此解释。沃本注释为“若是能够保持行为得体，已经嫁人的性力信徒也是好的”。

[2] 须绝交：原文为 **तहाँ न जाइ**，字面义为“不可去往他那里”。

（三）

【原文】

निरमल हरि का नांव सों, कै निरमल सुध भाइ ।
कै(1) लै दूणी कालिमां, भावै सौ मण सावण लाइ ।।३।।(2)

【校记】

(1) **कै**：古本作 **है**。

(2) 蒂本无此诗。第四足合 15 拍，较双行律多 4 拍。

【译文】

诃利名号无尘垢，须向它奉纯粹情。
虔爱作皂洗末那，否则污垢翻倍增。

四十三、寻觅师徒支

（गुरसिष हेरा कौ अंग）

“寻觅师徒支”共收录双行诗 13 首。作者借助这组诗歌感慨在世间寻找合适的上师或弟子艰难不易，道出了自己对高尚、虔诚之人的标准。本支具体内容与前文“结伴支”“贤士支”“亲证贤士支”“贤士伟大支”等章节有许多呼应之处。

（一）

【原文】

ऐसा कोई ना मिलै, हम[1] कौं दे उपदेस ।

भौसागर मैं डूबतां, कर गहि काढ़ै केस ।।१।।

【校记】

（1）हम：夏尔马写本作 मो，同义。

【译文】

如此之人难遇见，能够教导指引我。

湮没轮回海中时，能抓头发将我救。

【注释】

本诗第二行是对第一行“教导指引”的补充说明。

（二）

【原文】

ऐसा कोई नां मिलै, हम कौं लेइ पिछानि ।

अपना करि किरपा करै, लै उतारै मैदानि ।।२।।

【译文】

如此之人难遇见：收我入门作弟子。[1]

他会赐予我恩惠，带我抵达平坦途[2]。

【注释】

[1] 译文第二足综合了原文第二足和第三足部分内容，并根据上下文增译了“入门作弟子”。

[2] 平坦途：原文为 **मैदानि**，字面义为“平原、开阔的地方”。在诗人看来，上师指引迷失方向的弟子，犹如引领迷途的旅人走出崎岖的山路，来到平坦的通途。

（三）

【原文】

ऐसा कोई नां मिलै, राम भगति का मीत(1) ।

तन मन सौंपै मृग ज्यूं, सुनैं बधिक का गीत ।।३।।

【校记】

（1）**मीत**：希本作 **गीत**，讹，今据其余诸本改。

【译文】

如此之人难遇见：结谊罗摩帕克蒂。

如鹿听到猎人歌，身心全部交付他。[1]

【注释】

[1] 据说印度的猎人在猎鹿时会吹奏笛子，鹿受笛声所感会驻足停留。诗人以此比喻虔士如何献出自己，全身心地虔爱罗摩。

(四)

【原文】

ऐसा कोई ना मिलै, अपना घर देइ जराइ ।
पांचूं(1) लरिका पटकि करि, रहै रांम ल्यौ लाइ ।।४।।

【校记】

(1) **पांचूं**：希本、古本作 **पंचूं**，少 1 拍。今据夏尔马写本改。蒂本、辛本作 **पाँचउ**，通。

【译文】

如此之人难遇见：纵火焚烧自家屋[1]。
五个儿子[2]全撵走，一直沉浸罗摩中。

【注释】

[1] 自家屋：自己的肉身。

[2] 五个儿子：眼、耳、鼻、舌、身“五根”。

(五)

【原文】

ऐसा कोई नां मिलै, जासौं रहिये लागि ।
सब जग जलता देखिये, आपहीं अपणीं आगि ।।५।।

【译文】

如此之人难遇见：可以依靠相托付。
世间众生已看遍，皆陷各自烈火中。

【注释】

诗人寻遍世间，却发现世人皆深陷尘世俗欲的烈火之中。这些人尚且难以自保，又如何能够救渡他人？故有此诗为叹。

（六）

【原文】

ऐसा कोइ नां मिलै, जासूं कहूं निसंक ।
जांसूं हिरदै की कहूं, सो फिरि मांडै कंक ।।६।।

【校记】

蒂本无此诗。

【译文】

如此之人难遇见：向他倾诉无顾虑。
我向旁人说心事，事后他却将我伤。

（七）

【原文】

ऐसा कोई नां मिलै, सब बिधि देइ बताइ ।
सुनि मंडल मैं पुरिष एक, ताहि रहै ल्यौ लाइ ।।७।।

【译文】

如此之人难遇见：一切方法皆传授。
空坛城[1]中唯一人[2]，融入沉浸他之中。

【注释】

［1］空坛城：神秘主义术语，参见前文有关“虚空”“空”“坛城”的相关注释。

［2］人：原文为 **पुरिष**，通 **पुरुष**，音译补卢沙，意为人、男人、神我等。此处诗人指的既有可能是神，也有可能是达成俱生成就的上师，或者两者已经合为一体。

（八）

【原文】

हम देखत जग जात है, जग देखत हम जांह ।
ऐसा कोई नां मिलै, पकड़ि छुड़ावै बांह ।।८।।

【译文】

在我看来众生逝，众生看我亦逝去。
如此之人难遇见，抓住手臂将我救！

（九）

【原文】

तीनि सनेही बहु मिलैं, चौथै मिलै न कोइ ।
सबै पियारे राम के, बैठ परबसि होइ ।।९।।

【译文】

众人皆爱前三者[1]，爱第四者[2]人鲜有。
罗摩原本爱众生，无奈众生恋他人[3]。

【注释】

[1] 前三者：人生三大目的法、欲、利。

[2] 第四者：人生第四目的解脱。

[3] 他人：摩耶。

（十）

【原文】

माया मिलै महोबंती, कूड़े आखै बैन ।
कोई घायल बेध्या नां मिलै, साईं हंदा सैंण ।।१०।।

【校记】

蒂本无此诗。

【译文】

摩耶爱人[1]不难找，只会空谈无用话。

受伤之人[2]却难遇，主人留下他印记。

【注释】

[1] 摩耶爱人：沉溺尘世幻觉之人，与虔心敬神的“罗摩爱人”正好相反。

[2] 受伤之人：虔心敬神之人。伤的来源有两个，一是如弓箭一般的“圣言”，参见前文“圣言支”；二是如毒蛇一般的离别之苦，参见前文“离别支”。这种“脏腑之伤”彰显了他对神的虔敬，也就是第四足所说的“印记”。

（十一）

【原文】

सारा सूरा बहु मिलै, घायल मिलै न कोइ ।

घाइल ही घाइल मिलै, तब रांम भगति दिढ़ होइ(1) ।।११।।

【校记】

（1）第四足合 13 拍，较双行律多 2 拍。

【译文】

勇士已经见许多，受伤之人[1]却难有。

唯有真正受伤者，方才坚信爱罗摩。

【注释】

[1] 受伤之人：上一首所说的“伤者”。

（十二）

【原文】

प्रेमी ढूंढत मैं फिरौं, प्रेमीं मिलै न कोइ ।

प्रेमीं कौं प्रेमीं मिलै, तब सब बिष अमृत होइ(1) ।।१२।।

【校记】

（1）第四足合 13 拍，较双行律多 2 拍。

【译文】

寻觅爱人[1]我徘徊，一直未能遇爱人。

爱人相会爱人时，一切毒药成甘露。

【注释】

[1] 爱人：本诗共计四处“爱人”，皆指虔爱至高存在之人。本诗表达了虔士对遇见同道之人的期待。

（十三）

【原文】

हम घर जाल्या आपणां, लिया मुराड़ा हाथि ।

अब घर जालौं तास का, जे चलै हमारे साथि(1) ।।१३।।

【校记】

（1）第四足合 13 拍，较双行律多 2 拍。

【译文】

火把紧握在手中，放火烧毁自家房。[1]

现在烧掉房子者，能够与我相随行。

【注释】

[1] 参见本支第四首有关纵火烧房子的说明。

四十四、恋人相爱支

（हेत प्रीति सनेह कौ अंग）

“恋人相爱支”收录双行诗 4 首，表达了人与神、弟子与上师之间的亲密关系。

（一）

【原文】

कमोदनीं जलहरि बसै, चंदा बसै अकासि ।
जो जाही का(1) भावता, सो ताही कै पास ।।१।।

【校记】

（1）जो जाही का：蒂本作 जो है जाका，同义。

【译文】

莲花住水中，月亮在天空。
若是诚心爱，他便在近旁。

【注释】

本诗原本是一首流行于拉贾斯坦等地的民歌，被收入格比尔诗集。根据印度民间传说，一些品种的莲花受月光滋润而生长，故民间诗人以月亮、莲花比喻相爱至深的恋人。

（二）

【原文】

कबीर गुर बसै बनारसी, सिष समंदां तीर ।
बिसार्या नहीं बीसरै, जे गुंण होइ सरीर ।।२।।

【校记】

蒂本无此诗。

【译文】

格比尔说，
上师住在迦尸城[1]，弟子住在海之滨。
只要体内有美德，纵想忘却亦难忘。

【注释】

[1] 迦尸城：原文为 **बनारसी**，通 **बनारस**“贝拿勒斯”。因字数所限，取古名。

（三）

【原文】

जो है जाका भावता, जदि तदि मिलसी आइ ।
जाकौं तन मन सौंपिया, सो कबहूं छांडि न जाइ(1) **।।३।।**

【校记】

（1）第四足合 13 拍，较双行律多 2 拍。

【译文】

只要一直深爱他，他终究会来相见。

已将身心尽托付，他定永远不离弃。

（四）

【原文】

स्वामी सेवक एक मत, मन ही में मिलि जाइ ।
चतुराई रीझै नहीं, रीझै मन कै भाइ ।।४।।

【译文】

主仆所见同，心中已相会。
精明[1]难取悦，心诚方欢喜。

【注释】

[1] 精明：并不虔心敬神，只知道耍小聪明。

四十五、英勇支

（सूरातन कौ अंग）

“英勇支”共收录双行诗 41 首，主要劝诫世人应当以大无畏之心虔诚信神，追求真理。本支诗歌最大的特点便是融合了许多北印度西部，尤其是拉贾斯坦地区的尚武文化元素，其中部分诗作有可能直接由民歌改写而成。不同于东部地区，拉其普特所代表的尚武文化对西部民众的文化生活影响甚深，由此可以推测格比尔诗歌在传播到西部之后又与地方文化进行了深度融合。由此，我们更容易理解为何本支反复强调了两个对西部民众来说十分熟悉的主题：第一个是勇士从军，英勇奋战，虽身负重伤却仍不退却，直至身死（一至十一，十三至十六，二十七，二十九），第二个是寡妇殉葬（十一，三十三至三十八）。作者将宗教思想与地方民俗融合在一起。若不进行深入解读，则许多诗歌看似与地方民歌无异，但若循着一些关键词作为线索，则可以分析出双关语背后有关修行的教诫。

从义理来说，本支指出芸芸众生实际上处于一种两难境地，或沉沦尘世终至毁灭，或选择克服重重困难，虔诚信神（二十五，二十六，三十二）。然而，虔诚信神之路并非一马平川，而是如前文“窄道支”所描述的危机重重。因此，“英勇”这种品质就显得格外重要。用作者自己的话来说，就是需要有为此献出生命的勇气。也正是基于这种理解，本支收录了许多强调需要亲手向主上献上头颅的诗作（十七至二十四，二十八，三十至三十一）。

（一）

【原文】

काइर हुवां न छूटिये(1), कछु सूरा तन(2) साहि ।
भरम भलका दूरि करि, सुमिरण सेल संबाहि ।।१।।

【校记】

（1）छूटिये：蒂本、辛本作 छूटिहै，时态语态有别，语义相近。

（2）सूरातन：包括本支标题在内，希本均写作 सूरा तन“勇士（的）身体”，今据其余诸本断词，意为“英勇”（抽象名词）。

【译文】

懦弱胆小不解脱，英勇方才是修行。
远离迷惘莫疑惑，思念作箭[1]怒射出。

【注释】

[1] 思念作箭：以对神的虔诚思念作为修行的武器。

（二）

【原文】

पूंणै पड़्या न छूटियो, सुणि रे जीव अबूझ ।
कबीर मरि मैदान मैं, करि इंद्रयां सूं झूझ(1) ।।२।।(2)

【校记】

（1）第四足合 13 拍，较双行律多 2 拍。

（2）蒂本无此诗。

【译文】

无知众生听！已无法突围。

格比尔说，

对抗诸感官，战死沙场上。

【注释】

本诗将民间诗歌中的敌人换成“感官”，将军旅题材转换为宗教修行题材。本支相当一部分诗歌带有类似特征。

（三）

【原文】

कबीर सोई सूरिवां, मन सूं माँडै झूझ ।

पंच पयादा पाड़ि ले, दूरि करै सब दूज ।।३।।

【译文】

格比尔说，

如此方为真勇士，对抗末那激战酣。

击倒砍杀五步兵[1]，驱离一切分别见[2]。

【注释】

[1] 五步兵：眼、耳、鼻、舌、身“五根”，即制约修行的五感官。

[2] 分别见：原文为 **दूज**，字面义为“其他的、区别的、第二的”，指将小我与大我对立起来，并非将二者视为一元的错误思想。

（四）

【原文】

सूरा झूझै गिरद सूं, इक दिसि(1) सूर न होइ ।

कबीर यौं बिन सूरिवां, भला न(2) कहिसी कोइ ।।४।।

【校记】

（1）दिसि：夏尔马写本作 हिस“对手”。

（2）भला न：希本作 भलन。今据其余诸本改。

【译文】

勇士当能征四方，只战一方非英雄。[1]
格比尔说，
若无此英雄气魄，绝对无人称颂他。

【注释】

[1] 结合之前几首诗可知“英雄”需要同时面对许多敌人，即各种感官。

（五）

【原文】

कबीर आरणि(1) पैसि(2) करि, पीछैं रहै सु(3) सूर ।
सांई सूं साचा भया, रहसी सदा हुजूर ।।५।।

【校记】

（1）कबीर आरणि：古本作 कबीर आ रणि，则第一足意为“格比尔说，投身入沙场”，辛本作 कबीरा रन，语义相近。

（2）पैसि：辛本作 पैठिकै，语义相近。

（3）सु：蒂本、辛本作 न，则第二足意为“不落他人之后”。但从夏尔马写本的字迹来看，न 的写本手写体与 सु 相去甚远，सूर 前应为 सु 无疑。故蒂本、辛本所作的修改或许是后人在无法理解原文的基础上所作的改动。

【译文】

格比尔说，
进入森林中，勇士在殿后。[1]
忠诚事主上，[2] 永远听命他。

【注释】

[1] 严格来说，当前诸注释本对第一行的解释均不足以令人信服。译文将本诗场景设定为作战失利之后，君上率军撤入森林之中。本诗着重刻画了在绝境之中依然忠于主君的勇士形象，以此比喻能够克服种种困难的修行人。除此之外，译者认为若将本诗的场景设定为阵前，则须对原文第一行断句及其译文作调整如下：

कबीर आ रणि पैसि करि, पीछैं रहै सुसूर ।

格比尔说，

投身入沙场！落后是岳父！

सुसूर 通 **ससुर** “岳父”。在日常俚语中，这是对年老体迈之人的蔑称，更有侮辱对方家中女性之嫌。若照此理解，则本诗应当是两军对垒之时为以粗俗言辞激发士气而作。

[2] 第三足可作其他解读。译文参照各注释本将 **साचा** 解释为“真实的、忠诚的”，但若取其另一意思，即“真理”，那么第三足可译为“主上即真理”，似也符合本诗语境。

（六）

【原文】

गगन दमांमां बाजिया, पड्या(1) निसानैं घाव ।

खेत बुहार्या सूरिवैं, मुझ(2) मरणे(3) का चाव(4) ।।६।।

【校记】

（1）**पड्या**：蒂本作 **परत**，时态有别，语义相近。

（2）**मुझ**：蒂本作 **अब**“现在”。

（3）**मरणे**：蒂本作 **मरिबे**，同义。

（3）**चाव**：蒂本作 **दाउ**“时机”。

【译文】

战鼓轰鸣响彻天，[1] 鼓面烙下擂打痕。

沙场之中勇士吼："战死正是我所愿！"

【注释】

[1] 第一足可以进一步解读为瑜伽修行的秘密法门。战鼓轰鸣为"无击之声"（参见前文"圣言支"开篇对"圣言"所作的第二重解读），"天"为千瓣莲脉轮，即"天空坛城"。

（七）

【原文】

कबीर मेरै संसा को नहीं, हरि रं लागा हेत ।

कांम क्रोध सूं झूझणां, चौड़े मांड्या खेत ।।७।।

【校记】

蒂本无此诗。

【译文】

格比尔说，

我再无顾虑，一心爱诃利。

开阔沙场上，对抗欲与嗔。

（八）

【原文】

सूरै सार सँबाहिया, पहर्या सहज सँजोग ।

अब कै ग्यांन गयंद चढ़ि,(1) खेत पड़न का जोग ।।८।।

【校记】

（1）蒂本第三足为 **ग्यांन गयंदहिं चढ़ि चला** "登上智慧象启程"。

【译文】

勇士持长矛[1]，俱生[2]穿戴齐。

今驭智慧象[3]，可以下沙场。

【注释】

［1］长矛：原文为 **सार**，亦可指“真谛、精华”。

［2］俱生：各注释本对“俱生”的比喻本体解读不一。辛本认为诗人将“俱生”状态比作战士的盔甲。沃本认为诗人将“俱生”比作瑜伽士的长袍，并说明拉贾斯坦地区拉其普特战士有在出征时披挂瑜伽士长袍的风俗。① 这种风俗背后的含义如下：战士出征如同选择出家遁世云游修行，已经抛弃了一切俗世所有，与死人无异。这种风俗旨在激励战士奋勇作战，放下顾虑。

［3］智慧象：原文为 **ग्यांन गयंद**，通 **ज्ञान गजेंद्र**“智慧的象王”，象王即象中翘楚。译文受字数所限而略译。

本诗使用了大量双关意象，熔军旅与修行意象于一炉。若补足各类双关意象，则本诗内容如下：“如勇士一般的修行人以真谛为长矛，以俱生本性为甲胄，以智慧为战象。登上这战象中的翘楚之后，他投身战场，奋勇搏杀。”

（九）

【原文】

सूरा तबही(1) परषिये(2), लड़ै धणीं कै हेत ।
पुरिजा पुरिजा है पड़ै, तऊ न छाड़ै खेत ।।९।।

【校记】

（1）**तबही**：蒂本作 **सोइ**“这样、这般”。

（2）**परषिये**：蒂本作 **सराहिए**“被赞扬”。

【译文】

虔爱主上奋勇战，方知他是真勇士。
宁可身死无全尸[1]，亦不逃脱离沙场。

---

① Charlotte Vaudeville, *Kabir*, London: Oxford University Press, 1974, pp.224.

【注释】

[1] 身死无全尸：原文字面义为“被砍成一块一块后倒地”。

（十）

【原文】

खेत न छाड़ै सूरिवां, झूझै द्वै दल मांहिं ।
आसा जीवन मरण की, मन मैं आणैं नाहिं ।।१०।।

【译文】

勇士身处两军间，绝不逃脱离沙场。
心中丝毫不在意，究竟是生或是死。

（十一）

【原文】

अब तौ झूझ्यां[1] हीं बणैं, मुड़ि चाल्यां घर दूरि ।
सिर साहिब कौ सौंपताँ, सोच न कीजै सूरि ।।११।।

【校记】

(1) **झूझ्यां**：希本作**झूझयां**，讹。今据古本改。蒂本作 **जूझां**，辛本作 **जूझै**，同义。

【译文】

转身离去家已远，从今往后只征战。
项上人头奉主上，勇士丝毫无顾虑。

（十二）

【原文】

अब तौ ऐसी है पड़ी, मन का रुचित[1] कीन्ह ।
मरनैं कहा डराइये, हाथि स्यंधौरा लीन्ह ।।१२।।

【校记】

（1）**मन का रुचित**：希本作 **ननकारु चित**，讹。今据古本、夏尔马写本改。蒂本作 **मन का भावतु**，语义相近。

【译文】

如今落得这境地[1]，其实正是心所喜。
死亡何曾令人惧？手中拿着朱砂盒[2]。

【注释】

[1] 这境地：丈夫战死沙场，妇人成为寡妇的境地。

[2] 朱砂盒：在拉贾斯坦等地，拉其普特寡妇殉葬时须拿着朱砂盒。因当地人相信殉葬之后妻子将永远与亡夫同在，故需要如出嫁时一般拿着朱砂盒，并以朱砂妆点自己。

本诗与前后几首略有不同。本诗以军人之妻的口吻叙述，相关元素源自拉贾斯坦等地军人战死之后寡妇自焚殉葬的习俗。作者将修行人比作即将赴死，进而与丈夫永远同在的妻子。

（十三）

【原文】

जिस मरनैं थैं जग डरै, सो मेरे आनंद ।
कब मरिहूँ(1) कब देखिहूँ(2), पूरन परमांनंद ।।१३।।

【校记】

（1）**मरिहूँ**：蒂本作 **मारिहौं**“杀死”。

（2）**देखिहूँ**：蒂本作 **भेटहौं**“遇见”。

【译文】

若死能令众生惧，如此死去我甚喜。
究竟何时能死去？完满至喜何时见？

（十四）

【原文】

कायर बहुत पमाँवहीं, बहकि न बोलै सूर ।

काम पड़्या हीं जाणिये, किसके मुख परि नूर ।।१४।।

【译文】

懦夫多吹嘘，勇士不妄语。

有事方知晓，谁脸上有光[1]。

【注释】

[1] 脸上有光：印度俚语，其含义与汉语俚语相似，均指人因获得成就之后被人认可、赞许。

（十五）

【原文】

जाइ पूछौ उस घाइलैं, दिवस पीड़ निस जाग ।

बांहणहारा जाणिहै, कै जांणैं जिस लाग ।।१५।।

【译文】

你去问问那伤者，他因伤痛昼夜醒。

唯有射箭之人知，还有被箭射中人。

【注释】

若将本诗理解为单纯的军旅诗，则第三足“知”的内容是有关箭伤的具体情况，本诗的场景是战斗之后在后方治疗伤员。若进一步挖掘本诗的神秘主义内涵，则“知”的内容是有关世界真相的奥秘。“射箭之人”是神或者上师，“被射之人”是信徒或者弟子，“箭”是圣言或者离别之苦。

（十六）

【原文】

घाइल घूंमैं गहि भर्या, राख्या रहै न ओट ।
जतन कियां जीवै नहीं, बणीं मरम की चोट ।।१६।।

【译文】

伤员激动难自已，四处奔走无掩护。
只因秘密之箭伤，努力抢救[1]亦难活。

【注释】

[1] 抢救：原文无，根据上下文增译。

本诗承上一首，可以作两种解读。若将本诗理解为单纯的军旅诗，则本诗描绘了后方对伤员的抢救。此时的伤员或因伤痛，或因中毒产生幻觉而四处奔走。军医因为不知道箭伤的具体情况而深感无奈。若进一步挖掘本诗的神秘主义内涵，则本诗中的“伤员”对应得道的修行人。他因证悟大道，即被“秘密之箭”所伤而激动万分，四处奔走，不再留恋尘世。

（十七）

【原文】

ऊँचा विरष अकासि फल, पंषी मूए झूरि ।
बहुत सयानें पचि रहे, फल निरमल परि(1) दूरि ।।१७।।

【校记】

（1）**परि**：蒂本、辛本作 **पै**“在”。

【译文】

树高结果悬空中，飞鸟力竭亦不达[1]。
几多智者苦苦求，无垢之果在远方。

【注释】

[1] 亦不达：原文无，根据上下文及各注释本增译。

（十八）

【原文】

दूरि भया तौ का भया, सिर दे नेड़ा(1) होइ ।

जब लग सिर सौंपे नहीं, कारिज सिधि न होइ ।।१८।।(2)

【校记】

（1）नेड़ा：辛本作 नियारा “分离”。

（2）蒂本无此诗。

【译文】

仍在远方怎么办？献上头颅可抵近。

如若不愿献头颅，希冀之事不能成。

【注释】

本诗承上一首，指出了获得“无垢之果”的方法，即全身心地献出自己。以献上自己的头颅比喻全身心敬神的说法同样见诸前文“汁液支”。

（十九）

【原文】

कबीर यहु घर प्रेम का, खाला का घर नांहिं ।

सीस उतारै हाथि करि, सो पैसे घर मांहिं ।।१९।।

【译文】

格比尔说，

此地乃是虔爱家，不是你的姨母家[1]。

砍下头颅端手上，这样才能进家门。

【注释】

[1] 姨母家：俚语，指舒服惬意的地方。诗人以此为反例，强调虔爱敬神必须要付出很大的代价，并非易事。

（二十）

【原文】

कबीर निज घर प्रेम का, मारग अगम अगाध ।

सीस उतारि(1) पग तलि धरै, तब निकटि प्रेमका स्वाद(2) ।।२०।।

【校记】

（1）उतारि：蒂本、辛本作 काटि，语义相近。

（2）第四足合 13 拍，较双行律多 2 拍。

【译文】

格比尔说，

前往自己[1]虔爱家，道路崎岖又难行。

砍下头颅踩脚下，便可接近爱滋味。

【注释】

[1] 自己：自己的，即神的。

（二十一）

【原文】

प्रेम न खेतौ नींपजै(1), प्रेम न हाटि बिकाइ ।

राजा परजा जिस रुचै, सिर दे सो ले जाइ ।।२१।।

【校记】

（1）खेतौ नींपजै：蒂本、辛本作 बारी ऊपजै “长在花园里”。

【译文】

虔爱不在地里长，虔爱不在集市卖。

君王庶民若有意，交出头颅方可得。

（二十二）

【原文】

सीस काटि पासंग दिया, जीव सरभरि लीन्ह ।

जाहि भावे सो आइ ल्यौ, प्रेम आघ(1) हंम कीन्ह ।।२२।।

【校记】

（1）आघ：希本作 आट，讹，今据其余古本、蒂本、夏尔马写本改。辛本作 हाट“集市”。

【译文】

砍下头颅做交换，用命换来一赛尔[1]。

我为虔爱定此价，喜欢之人都来买！

【注释】

[1] 赛尔：印度重量单位，约合 1 千克。

（二十三）

【原文】

सूरै(1) सीस उतारिया, छाडी तन की आस ।

आगैं थैं हरि मुलकिया(2), आवत देख्या दास ।।२३।।

【校记】

（1）सूरै：希本作 सरै，今据古本、辛本、夏尔马写本改。蒂本作 सूरा，同义。

（2）मुलकिया：希本作 मुल किया，所言不明，今据古本、蒂本改。蒂本作 हरखिया“欢欣”，夏尔马写本作 मुलिया，词义不明。

【译文】

勇士砍下头，肉身不留恋。

诃利微微笑[1]，前来见奴仆。

【注释】

[1] 微微笑：原文为 मुलकिया，古本注为 मुसकराया“微笑”，译文

依古本。辛本注为 **पुलकिया** “非常兴奋、高兴的”，语义相近。

（二十四）

【原文】

भगति दुहेली राम की, नहिं कायर का कांम ।
सीस उतारे हाथि करि(1), सो(2) लेसी हरि नांम ।।२४।।

【校记】

（1）**करि**：蒂本作 **सौं** “用”。

（2）**सो**：辛本作**तब** “那时，然后”。

【译文】

虔信罗摩非常难，胆小懦夫做不来。
须要亲手砍下头，方可念诵诃利名[1]。

【注释】

［1］念诵诃利名：此处强调全身心投入地念诵诃利名号。

（二十五）

【原文】

भगति दुहेली रांम की, जैसि षाँडे की धार ।
जे डोलै तौ कटि पड़ै, नहीं तौ(1) उतरै पार ।।२५।।(2)

【校记】

（1）**नहीं तौ**：蒂本、辛本作 **निहचल** “不动摇的”。

（2）第二、四足均合 12 拍，较双行律多 1 拍。

【译文】

虔信罗摩非常难，如同锐利宝剑锋。[1]
摇摆之人必受伤，否则便可渡彼岸。

【注释】

［1］第一行将“帕克蒂”（虔爱）比作唯一可靠的渡人之舟，但这

条船非比寻常，是一把锐利的宝剑。胆小、动摇之人皆不可能由此获得解脱。对这种困难境地的描绘亦可参见前文“窄道支”相关诗作。

（二十六）

【原文】

भगति दुहेली रांम की, जैसि अगनि की झाल ।
डाकि पड़े ते ऊबरे, दाधे कौतिगहार ।।२६।।(1)

【校记】

（1）蒂本无此诗。

【译文】

虔信罗摩非常难，如同烈火炙热焰。
投身其中反得救，围观之人被烧伤。

【注释】

本诗是以“虔信罗摩非常难”开头的一组诗作的最后一首。作者亦以此总结了自己对虔爱的思考。在诗人看来，纵使虔信罗摩有千难万险，但若因为这些困难而畏惧退缩，就相当于慢性自杀。是被罗摩帕克蒂之火焚烧而得解脱，还是被尘世俗欲之火焚烧而灭亡，作者实际上给读者留下了一道二选一的问题。

（二十七）

【原文】

कबीर घोड़ा प्रेम का, चेतनि चढ़ि असवार ।
ग्यांन षड़ग गहि काल सिरि, भली मचाई मार ।।२७।।

【译文】

格比尔说，
虔爱作战马，觉悟登其上。
手持智慧剑，砍下迦罗头。

【注释】

本诗回到了借军旅意象阐述修行之道的主题，参阅本支第一至十一首。

（二十八）

【原文】

कबीर हीरा वणजिया(1), महँगे मोल अपार ।
हाड गला माटी गली, सिर साटैं ब्यौहार ।।२८।।

【校记】

（1）हीरा वणजिया：希本作 हीरावण जिया，断词有误，今据其余诸本改。

【译文】

格比尔说，
出售金刚钻[1]，此物贵无边。
骨销身亦毁，拿头方可换。

【注释】

［1］金刚钻：钻石，比喻真谛、圣言。印度是最重要的钻石生产、加工国之一。

（二十九）

【原文】

जेते तारे रैणि के, तेतै बैरी मुझ ।
धड सूली सिर कंगुरै, तऊ न बिसारौं तुझ ।।२९।।

【译文】

夜晚星辰有几多，我便面对几多敌。
身在刑柱头在垛，依然不会将你忘。

【注释】

本诗取材于勇士牺牲之后的场景，以此表达对神的坚定信仰。

（三十）

【原文】

जे हार्या तौ हरि सवाँ, जे जीत्या तो डाव ।

पारब्रह्म कूं सेवतां(1), जे सिर जाइ तजाव(2) ।।३०।।

【校记】

（1）सेवतां：蒂本、辛本作 खेलतां “游戏、玩耍”。

（2）तजाव：诸本皆作 त जाव，今据上下文改。

【译文】

若败也能像诃利[1]，若能取胜更凯旋。

只有献出头颅者，方可敬奉至上梵。

【注释】

[1] 像诃利：原文为 हरि सवाँ，字面义为“像诃利一样”。在诗人看来，只要奋勇搏杀，纵使最终落败，勇士也已具备了如诃利一般的美德，如英勇无畏、不恋俗世等，故有此说。

（三十一）

【原文】

सिर साटै हरि सेविये, छाड़ि जीव की बांणि ।

जे सिर दीयां हरि मिलै, तब लग हांणि न जांणि ।।३१।।

【校记】

蒂本无此诗。

【译文】

献出头颅奉诃利，众生本色[1]我褪去。

呈上头颅见诃利，从此不再受伤害。

【注释】

[1] 众生本色：即贪生怕死，这是众生的本能。但在诗人看来，

一心向神的虔士应当克服这一本能，向神献上头颅也在所不惜，故有“褪去本色”一说。

（三十二）

【原文】

टूटी(1) बरत अकास थैं, कोइ न सकै झड़ झेल ।(2)
साध सती अरु सूर का, अंणीं ऊपिला खेल ।।३२।।(3)

【校记】

（1）**टूटी**：夏尔马写本作 **तूटी**，同义。

（2）第二足各本写法不一，但语义相近。蒂本作 **कौन सकत है झेल**，夏尔马写本作 **सकै न को झेली**。古本同希本，均较双行律多 1 拍。

（3）蒂本无此诗。

【译文】

绳索断裂自天空，无人可以将其救。[1]
贤士贞女与勇士，剑刃之上做游戏。

【注释】

[1] 第一行所言不详，参照第二行疑为某种高空杂技，诗人似以此比喻虔信之难。

（三十三）

【原文】

सती पुकारै सलि चढ़ी, सुनि रे मींत मसांन ।
लोग बटाऊ चलि गये, हंम तुझ रहे निदान ।।३३।।

【译文】

贞女[1]登上柴堆唤：“听啊朋友焚尸场[2]！”
“旅人皆已离开去，最终只留你和我。”

【注释】

[1] 贞女：本为湿婆之妻萨蒂的名字，字面义为“忠诚的、坚贞的”，后成为殉葬寡妇的通称。

[2] 朋友焚尸场：将自焚殉葬的寡妇以焚尸场为友，诗人以此突显她的勇气。

从本诗开始的一组诗歌借用了寡妇殉葬的场景，部分诗作以贞洁烈女之口展现了其大无畏的精神，并试图以此教导世人虔心敬神。另有部分诗作疑直接取材自西部操持寡妇殉葬的仪式时劝导寡妇自愿殉葬的民歌。由这些文字可以一窥北印度西部寡妇殉葬的风俗。

（三十四）

【原文】

सती बिचारी सत किया, काठौं सेज बिछाइ ।
ले सूती पिव आपणां, चहुँदिसि अगनि लगाई ।।३४।।

【校记】

蒂本无此诗。

【译文】

贞女有心行萨蒂[1]，薪柴堆上铺床盖。
搂着自己情郎睡，四周火焰已点燃。

【注释】

[1] 行萨蒂：字面义为“践行真理”，此处特指寡妇自愿殉葬。

（三十五）

【原文】

सती सूरातन साहि करि, तन मन कीया घांण ।
दिया महौला पीव कूं, तब मड़हट करै बषांण ।।३५।।

【译文】

贞女修行真英勇，身心一并碾成粉。
红色染料献情郎，焚尸场亦称颂她！

（三十六）

【原文】

सती जलन कूं नीकली(1), पीव का सुमरि सनेह ।
सबद सुनत जीव निकल्या(2), भूलि गई सब देह ।।३६।।

【校记】

（1）**नीकली**：蒂本、辛本作 **नीकसी**，同义。

（2）**निकल्या**：蒂本、辛本作 **नीकसा**，同义。

【译文】

贞女起身赴烈火，心中思念情郎爱。
听到圣言命魂出，身体已然无知觉。

（三十七）

【原文】

सती जलन कूं नीकली, चित धरि एकबमेख(1)।
तन मन सौंप्या पीव कूं, तब(2) अंतरि रही न रेख ।।३७।।

【校记】

（1）**एकबमेक**：古本作 **एक बमेक**，蒂本作 **एक बिबेक**，辛本作 **एक उमेख**，均理解为“唯一的分辨 / 智慧”，不甚明了。本文取沃本释译，视作拉贾斯坦方言 **एकमेक**“团聚”。

（2）**तब**：除蒂本外其余诸本皆有，若删去则第四足合双行律。

【译文】

贞女起身入火中，心里只想再重逢。
身心交付予情郎，之间再无界限隔。

（三十八）

【原文】

हौं तोहि पछौं हे सखी, जीवत क्यूं न मराइ ।
मूंवा पीछैं सत करै, जीवत क्यों न कराइ ।।३८।।

【译文】

女伴我要问问你，为何活着不去死？
死后依旧行萨蒂[1]，活着之时怎不做？

【注释】

[1] 行萨蒂：此处指死后火化。本诗有意混淆死后火化与生前殉葬，以此劝说寡妇自愿殉葬。

（三十九）

【原文】

कबीर प्रगट रांम कहि, छानैं(1) रांम न गाइ ।
फूस कजौड़ा दूरि करि, ज्यूं बहुरि न लागै लाइ(2) ।।३९।।(3)

【校记】

（1）छानैं：夏尔马写本作 छादैं，同义。

（2）第四足合 13 拍，较双行律多 2 拍。

（3）蒂本无此诗。

【译文】

格比尔说，
罗摩现身方念诵，罗摩隐身便不颂。[1]
你且远离柴草堆[2]，以免再次被火烧。

【注释】

[1] 第一行讽刺了只知崇拜偶像，却不知体证秘密之人。

[2] 柴草堆：傲慢、贪婪等尘世情感。

（四十）

【原文】

कबीर हरि सबकूं भजै, हरि कूं भजै न कोइ ।

जब लग आस सरीर की, तब लग दास न होइ ।।४०।।

【译文】

格比尔说，

诃利爱众生，无人敬诃利。

若是存肉欲，无法成奴仆。

（四十一）

【原文】

आप सवारथ मेदनीं, भगति(1) सवारथ दास ।

कबीरा रांम सवारथी, जिनि(2) छाड़ी तन की आस ।।४१।।

【校记】

（1）**भगति**：希本、辛本作 **भगत**“虔士”，今据古本、辛本、夏尔马写本改。

（2）**जिनि**：除蒂本外其余诸本皆有，若删去则第四足合双行律。

【译文】

尘世众生逐私利，奴仆只求帕克蒂。[1]

格比尔说，

谁以罗摩为自利，他已抛弃肉身欲。

【注释】

［1］第一行原文的字面意思为：“尘世间的众生以自己（的私利）作为自己的利益；（虔诚的）奴仆却只把帕克蒂作为自己的利益”，因句式冗长，故略译。

四十六、迦罗支

（काल कौ अंग）

“迦罗支”共收录双行诗32首，主要探讨了有关死亡的问题。“迦罗”为 **काल** 的音译。**काल** 可以理解为时间、死亡和黑色。密教后期曾出现一股被称为“时轮乘”（**कालचक्रयान**）的思潮，也有被称为摩诃迦罗（**महाकाल**，亦称“大黑天”）的佛教护法神，该神也被湿婆派信徒视为湿婆的一个化身。格比尔双行诗中多将迦罗视为死神阎摩。

因该词含义丰富，时而作抽象概念，时而作人格化的死神，故当其涵盖两者或仅作人格化死尸时均音译作迦罗，作抽象概念时根据需要译为死亡、时间等。从本支诗作来看，迦罗被描述为吞噬众生、猎捕灵魂、挥之不去的邪恶的人格化死神。诗人希望以此提醒众生莫要虚度人生，更不应留恋肉身以及尘世间的种姓、出身等无用之事，而应当珍惜降生为人的时光，努力寻求罗摩的庇护，以求免遭迦罗猎捕，重新堕入痛苦的轮回。本支在内容主题上与前文“警诫支”相近之处颇多，对日后格比尔道团的神学体系建构影响深远。

（一）

【原文】

झूठे सुख कौं सुख कहै, मानत है मन मोद ।
खलक चबीणां काल का, कुछ मुख मैं कुछ गोद ।।१।।

【译文】

虚喜假乐[1]称喜乐，欣然接受心欢喜。
迦罗咀嚼全世界，已入口中或入腹。[2]

【注释】

[1] 虚喜假乐：尘世的种种享乐。在诗人看来，对尘世享乐的留恋本身就是人格化的死神“迦罗”束缚众生的欺骗性工具。将这种假喜乐当作真喜乐的人自然会放弃寻求解脱，进而堕入死亡，成为第二行中所说的“迦罗的食物”。

[2] 迦罗吞噬众生的意象在《爱海》等格比尔道团后期神话著作中时常出现。后世学者多斥此类著作为伪经，但从包括本诗在内的本支相关诗作来看，早期诗歌和后期神话著作之间确有一定关联。

（二）

【原文】

आज क(1) काल्हि क(2) निसह मैं(3), मारगि माल्हंतां ।
काल सिचांणां नर चिड़ा, औझड़(4) औच्यंतां ।।२।।

【校记】

(1) **आज क**：希本作 **आजक**，古本、蒂本、辛本作 **आज कि**，因此处 **क**，**कि** 通，且夏尔马写本亦写作 **क**，而非 **कि**，故仅改断词为 **आज क**。

(2) **काल्हि क**：希本作 **काल्हिक**，今据古本改，蒂本、辛本作 **काल्हि कि**，通。

(3) **निसह मैं**：希本作 **निस हमैं**，今据古本改，蒂本、辛本作 **निसहि मैं**，通。

（4）औझड：夏尔马写本作 कुछ मुष औझण औंच्यंता。

【译文】

或今或明或夜间，行路之时终将遇[1]。

迦罗如鹰人如雀，突然袭击猝难防。

【注释】

[1] 遇：此处指凡人终将遇见迦罗，如同第二行所说，如鸟雀难以逃脱老鹰的突袭一般。

（三）

【原文】

काल सिराणैं(1) यौं खडा, जागि पियारे म्यंत ।
रांम सनेही बाहिरा, तूं क्यूं सोवै नच्यंत ।।३।।

【校记】

（1）सिराणैं：希本作 सिहणैं，脱，今据夏尔马写本改。古本作सिहांणै，蒂本作 सिर्हानैं，辛本作 सिहाँनै，通。

【译文】

迦罗已经立床头，亲爱朋友快醒醒！

没有罗摩爱眷顾，你怎么能睡得着？

【注释】

作者认为如果信徒因虔诚敬神而受罗摩眷顾，那么即便死神迦罗也不敢随意近身。但世间许多人，即第一行所说的“亲爱朋友”们，既不知虔诚敬神，身陷危险还浑然不自知，故有第二行的反问。

（四）

【原文】

सब जग सूता नींद भरि, संत(1) न आवै नींद ।
काल खड़ा सिर ऊपरैं, ज्यूं तोरणि आया बींद(2) ।।४।।

【校记】

（1）**संत**：蒂本作 **मोहिं** “我”。

（2）第四足合 13 拍，较双行律多 2 拍。

【译文】

世间众生皆沉睡，唯有真士不曾寐。
迦罗站到头顶上，如同新郎抵家门。[1]

【注释】

[1] 将死神比作突然造访的新郎同样见诸苏非谢赫·弗里德传世的诗作。个体的生命如同已经许配给死神的新娘，但新娘并不知道新郎什么时候会来。新郎突然造访，要带走自己的新娘，也就是说死神突然降临，要带走个体的生命。

（五）

【原文】

आज कहै हरि काल्हि भजौंगा,(1) काल्हि कहै फिरि काल्हि ।
आज ही काल्हि करंत ड़ां(2), औरस जासीं चालि ।।५।।

【校记】

（1）第一足合 16 拍，较双行律多 3 拍。

（2）**करंत ड़ां**：古本作 **करंतिया**，时态不同，语义相近。

【译文】

今说明日敬诃利，明日又说复明日。
“今日明日”不断说，难逢良机[1]虚耗尽。

【注释】

[1] 良机：即降生为人的机会，人生。包括作者在内的许多印度思想家都认为世间众生唯有人类可能获得解脱，故人生是千载难逢的解脱良机。

本诗与明代诗人钱福的《明日歌》有异曲同工之妙：“明日复明日，明日何其多？我生待明日，万事成蹉跎。世人若被明日累，春去秋来老将至。朝看水东流，暮看日西坠。百年明日能几何？请君听我明日歌！”

（六）

【原文】

कबीर पल(1) की सुधि नहीं, करै काल्हि का साज ।
काल अच्यंता झड़पसी, ज्यूं तीतर को बाज ।।६।।(2)

【校记】

（1）पल：夏尔马写本前另有 पाव“四分之一”。

（2）蒂本无此诗。

【译文】

格比尔说，
从来不曾有觉悟，只知预备为明日。
迦罗突然来偷袭，如同猎鹰抓鹧鸪。

（七）

【原文】

कबीर टग टग(1) चोघतां, पल पल गई बिहाइ ।
जीव जँजाल न छाड़ई, जम दिया दमांमां आइ ।।७।।

【校记】

（1）टग टग：蒂本、辛本作 टुक टुक“一块一块”。

【译文】

一口一口被啄食，一分一秒光阴逝。
阎摩已经擂鼓来，灵魂[1]难以逃罗网。

【注释】

［1］灵魂：此处指单数的个体小我，而非常用的通称“众生”。

（八）

【原文】

मैं अकेला ए दोइ जणां, छेती नांहीं कांइ ।
जे जम आगैं ऊबरौं, तो जुरा पहूंती आइ ।।८।।

【校记】

本诗各足拍数为 15-11-13-13，与双行律不符。

【译文】

我须独自去面对，两种境况并无异：[1]
阎摩来前纵被救，那时衰老亦已至。

【注释】

[1] 第一行字面义为“我独自一个人，它们有两个（即阎摩或衰老），并没有什么差别”。译文根据各注释本及上下文调整了相关表述。

本诗承接前文，描绘了浑浑噩噩度过一生之人的晚景。此时纵使发心信神，却也终究难以挽回岁月光阴。此类表述在前文“警诫支”等章节亦颇为常见。

（九）

【原文】

बारी बारी आपणीं, चले पियारे म्यंत ।
तेरी बारी रे जीव ड़ा(1), नेड़ी आवै नित ।।९।।

【校记】

（1）जीव ड़ा：希本、古本作 रे जिया “活过了”，不甚通顺，今据夏尔马写本改。蒂本作 जीयरा，通。第三足合 15 拍，较双行律多 2 拍。

【译文】

逐一轮流终有时，亲爱朋友上路吧！
灵魂啊——

如今已经轮到你，他终会来你身旁。[1]

【注释】

[1] 第四足的“他”（迦罗）和“你”（个体灵魂）均为根据上下文增译。

（十）

【原文】

दौं की दाधी लकड़ी(1), ठाढ़ी करे पुकार ।
मति बसि पड़ौं लुहार कै, जालै दूजी बार ।।१०।।

【校记】

（1）लकड़ी：蒂本作 लाकरी，辛本作 लाकड़ी，因原文较双行律少 1 拍，疑为合诗律而增 1 拍，故延长元音。

【译文】

木柴烧成炭[1]，站立高声呼：
“莫入铁匠[2]手，否则又被烧。”

【注释】

[1] 炭：原文无，根据上下文及各注释本增译。此处特指铁匠加热炉子时使用的木炭。

[2] 铁匠：死神迦罗。

本诗出现了两次“烧”。第一足所说的“木柴烧成炭”可以理解为个体灵魂在出生为人之前历经的轮回之苦。第四足所说的“又被烧”指的是因未能解脱而再次落入死亡罗网之苦。

（十一）

【原文】

जो ऊग्या सो आंथबै, फूल्या सो कुमिलाइ ।
जो चिणियां सो ढहि पड़ै, जो आया(1) सो जाइ ।।११।।(2)

【校记】

（1）**आया**：夏尔马写本作 **जाया** “已经逝去者”。

（2）蒂本第四足作 **जांमैं सो मरि जाइ** “出生者终死去”，辛本作 **जन्मे सो मरि जाय**，语义相近。

【译文】

但凡出生终消逝，但有花开终凋零。
建造之物终崩塌，已来之人终离去。

（十二）

【原文】

जो पहर्या सो फाटिसी, नांव धर्या सो जाइ।
कबीर सोई तत्त गहि, जौं गुरि दिया बताइ।।१२।।

【校记】

蒂本无此诗。

【译文】

所穿衣物终破碎，所享名望亦消逝。
格比尔说，
上师亲口授真谛，紧紧将它把握住。

（十三）

【原文】

निधड़क बैठा राम बिन, चेति न[1] करै पुकार।
यहु तन जस का बुदबुदा, बिसनत नाहीं बार।।१३।।

【校记】

（1）**चेति न**：希本、古本作 **चेतनि**，讹，今据蒂本、辛本、夏尔马写本改。

【译文】

不思罗摩茫然坐，不曾醒悟不唤他。

此身如同水中泡，不消一刻便破灭！

（十四）

【原文】

पांणीं केरा बुदबुदा, इसी हमारी जाति ।

एक दिनां(1) छिप जांहिंगे, तारे ज्यूं परभाति ।।१४।।

【校记】

（1）**एक दिनां**：蒂本作 **देखत ही** “一旦看见”。

【译文】

我这种姓与出身，不过如同水中泡。

如同黎明之星辰，终有一天皆掩藏。

（十五）

【原文】

कबीर यहु जग कुछ नहीं, षिन षारा षिन मींठ ।

काल्हि जु बैठा(1) माडियां, आज मसांणां दीठ ।।१५।।

【校记】

（1）**जु बैठा**：蒂本作 **अलहजा** “大君王”。夏尔马写本作 **जु दीठा** “被看见”。

【译文】

格比尔说，

此世什么也不是，忽而苦涩忽而甜。

昨日安坐彩棚[1]下，今日已在焚尸间[2]。

【注释】

[1] 彩棚：印度节日婚庆时搭建的装饰华丽的棚帐，供主宾休憩。

[2] 已在焚尸间：原文字面义为“在焚尸场被人看见”，指死去。

（十六）

【原文】

कबीर मंदिर आपणै, नित उठि करती आलि ।
मड़हट देष्यां डरपती, चौड़ै दीन्हीं जालि ।।१६।।

【译文】

格比尔说，
日日起身在自家，梳妆打扮忙不停。
见焚尸场甚畏惧，终将被烧在旷野。

【注释】

本诗讲述了一名热衷于梳妆打扮的女子因目睹焚尸场的恐怖场景而觉悟到人终有一死，肉身终将归于灰烬。

（十七）

【原文】

मंदिर मांहिं झबूकती, दीबा कैसी जोति ।
हंस बटाऊ चलि गया, काढौ(1) घर की छोति ।।१७।।

【校记】

(1) **काढौ**：蒂本此前另有 **अब** “现在”。

【译文】

宅邸[1]之中光芒[2]耀，灯火亦曾何其明[3]！
待到天鹅[4]迁离去：“污秽之物拖出家！”[5]

【注释】

[1] 宅邸：比喻肉身。

[2] 光芒：比喻灵魂。

[3] 灯火明：比喻人生在世时俊美之态。

[4] 天鹅：灵魂。

[5] 第四足为主人公死后家人所说的话。印度人相信家人死后应尽快火化，以免腐烂的肉身玷污家舍，并耽误亡灵超度。

（十八）

【原文】

ऊँचा मंदर धौलहर, माँटी चित्री पौलि ।

एक रांम के नांव बिन, जंम पाड़ैगा रौलि ।।१८।।

【译文】

楼宇[1]巍峨城堡[1]高，泥塑壁画[2]饰城门。

若无唯一罗摩名，阎摩定能击溃它。

【注释】

[1] 楼宇、城堡：比喻肉身。

[2] 泥塑、壁画：比喻饰品、装饰。

（十九）

【原文】

कबीर कहा गरवियौ(1), काल गहै कर केस ।

नां जांणैं कहां मारिसी, कै घर कै परदेस ।।१९।।

【校记】

（1）**कहा गरवियौ**：蒂本作 **गरब न कीजिए**“你莫要骄傲”。

【译文】

格比尔说，

到底有何可骄傲？迦罗手抓你头发。

不知你将死何处，或在家中或异乡。

（二十）

【原文】

कबीर जंत्र न बाजई, टूटि गए सब तार ।
जंत्र बिचारा क्या करै, चले बजावणहार ।।२०।।

【译文】

格比尔说，
所有琴弦皆折断，无人能再奏琴乐。
抚琴乐师[1]已离去，可怜琴[2]该怎么办?

【注释】

[1] 乐师：比喻灵魂。

[2] 琴：比喻肉身。

（二十一）

【原文】

धवणि धवंती रहि गई, बुझि गए अंगार ।
अहरणि रह्या ठमूकडा, जब उठि चले लुहार ।।२१।।

【校记】

蒂本无此诗。

【译文】

风箱[1]依旧忙鼓风，炉中炭火[2]已熄灭。
铁匠[3]起身离去时，铁砧[4]茫然无作为。

【注释】

[1] 风箱：比喻气息。

[2] 炉中炭火：比喻意识、觉悟。

[3] 铁匠：比喻灵魂。

[4] 铁砧：比喻肉身。

本诗同样使用了铁匠打铁的意象，但不同于本支第十首将死神迦罗比作铁匠，劝人挣脱罗网，本诗将灵魂比作铁匠，阐述了皮囊肉身若离开灵魂便毫无意义的道理。

（二十二）

【原文】

पंथी ऊभा पंथ सिरि, बुगचा बाँध्या पूठि ।
मरणां मुह आगैं खड़ा, जीवण का सब झूठ ।।२२।।

【译文】

旅人伫立在路口，包裹行李[1]捆在背。
待到死亡迎面立，方知人生皆虚幻。

【注释】

[1] 包裹行李：比喻个体在轮回之中积累的业。

（二十三）

【原文】

यहु जिव आया दूरि थैं, अजौं भी जासी दूरि ।
बिच कै बासै रमि रह्या, काल रह्या सब(1) पूरि ।।२३।।(2)

【校记】

（1）**सब**：古本作 **सर**“箭镞”，辛本作 **सिर**“头”。

（2）蒂本无此诗。

【译文】

此魂本从远方来，如今又要去远方。
中途暂驻[1]享欢娱，迦罗一直紧相随。

【注释】

[1] 中途暂驻：灵魂在轮回之中徘徊，获得肉体凡胎之后降生为人，但死后又将重入轮回，故诗人将人生视为灵魂中途暂时停留之处。

（二十四）

【原文】

रांम कह्या तिनि कहि लिया, जुरा पहूंती आए।

मंदिर लागै(1) द्वार थैं, तब कुछ कांढणां न जाइ ।।२४।।

【校记】

（1）**मंदिर लागै**：蒂本、辛本作 **लागी मंदिर**。

【译文】

他们何曾念罗摩？如今衰老已来临。

楼宇之门[1]已紧锁，任何物件搬不走。[2]

【注释】

[1] 楼宇之门：因作者常以楼宇比喻肉身，故此处门盖指人体诸窍，结合注释[2]可以理解为特指“口”。

[2] 古本、辛本对第四足的注释均难以令人信服，沃本对此有另一种注解，即此处将念诵罗摩比喻为从肉身之中搬出某样东西，即发出罗摩名号的声音。若是如此，则本诗旨在感慨若人等到死亡将近之时才想起念诵罗摩名号恐怕为时已晚。

（二十五）

【原文】

बरियां बीती बल गया, बरन पलट्या और।

बिगड़ी बात न बाहुड़ै, कर छिटक्यां कत ठौर ।।२५।।

【校记】

蒂本无此诗。

【译文】

时光流逝力不济，颜色[1]已变面目非。

变质之物难复原，挣脱手心如何留？

【注释】

[1] 颜色：具体所指不明，可能指肤色、发色等。

（二十六）

【原文】

बरियां बीती बल गया, अरू बुरा कमाया ।

हरि जिन छाड़ै हाथ थैं, दिन नेड़ा आया ।।२६।।

【校记】

蒂本无此诗。

【译文】

时光流逝力不济，所得无一是善果。

谁人亲手弃诃利，他的末日已来临。

（二十七）

【原文】

कबीर हरि सूं हेत करि, कूड़ै चित्त न लाव ।

बांध्या बार षटीक कै, तापस कित्ती एक आव ।।२७।।

【译文】

格比尔说，

你应去把诃利爱，不应心系垃圾堆[1]。

牲口[2]被绑屠夫[3]家，寿命还能有几多？

【注释】

[1] 垃圾堆：在印度城镇中，猪等牲畜常以垃圾为食。此处亦可进一步引申为“无用的事”，对应第一足对诃利的爱。

[2] 牲口：比喻人。

[3] 屠夫：比喻死神迦罗。

（二十八）

【原文】

बिष के बन मैं घर किया, सरप रहे लपटाइ ।

ताथैं जियरै डर रह्या, जागत रैंणि बिहाइ ।।२८।।

【译文】

安家尘俗林[1]，毒蛇[2]常盘绕。

心中甚畏惧，彻夜未入睡。

【注释】

[1] 尘俗林：充满了尘世俗欲的树林，此处比喻尘世。

[2] 毒蛇：比喻尘世间的种种诱惑和欲望。

（二十九）

【原文】

कबीर सब सुख राम है, और दुखां की रासि ।

सुर नर मुनियर असुर सब, पड़े कालि की पासि ।।२९।।

【译文】

格比尔说，

罗摩便是一切喜，其余尽皆是痛苦[1]。

神、人、牟尼、阿修罗，皆落迦罗索套中。

【注释】

[1] 痛苦：原文为 **दुखां की रासि**，通 **दुखों की राशि** “痛苦的堆”，形容痛苦多。

（三十）

【原文】

काची काया मन अथिर, थिर थिर कांम करंत ।

ज्यूं ज्यूं नर निधड़क फिरै, त्यूं त्यूं काल हसंत ।।३०।।

【译文】

身躯脆弱心不定，却能造下永恒业。

凡人越是茫然逛，迦罗越是开心笑。

（三十一）

【原文】

रोवणहारे भी मुए, मुए जलांवणहार ।

हा हा करते ते मुए, कासनि करौं पुकार ।।३१।।

【译文】

哭泣之人亦死去，点火之人亦死去。

叹息之人亦死去，我应呼救向何人?

（三十二）

【原文】

जिनि हम जाए ते मुए, हम भी चालणहार ।

जे हमको आगैं मिले,(1) तिन भी बंध्या भार ।।३१।।

【校记】

（1）蒂本第三足为 **हमरै पाछैं पूंगरा** “我们身后的孩童”。

【译文】

生我之人已过世，我也循着这路行。

我在前方遇他人，他也背着沉重负。

四十七、还魂草支

（सजीवनि कौ अंग）

“还魂草支”共收录双行诗 7 首，主要将虔诚敬神以及神的庇护视为可以令人起死回生的灵丹妙药。本支诗作数量虽少，且字面看似浅显易懂，实际上暗含了帕克蒂虔诚思想和俱生乘修行法门两重含义，亦可进一步参阅前文“相会支”“汁液支”以及后文“藤蔓支”相关诗作。

（一）

【原文】

जहाँ जुरा मरण[1] व्यापै नहीं, मुवा न सुणिये कोइ ।

चली कबीर तिहि देसड़ै[2], जहां बैद बिधाता होइ ।।१।।

【校记】

（1）**मरण**：蒂本、辛本、夏尔马写本作 **मीच**，同义。

（2）**देसड़ै**：蒂本、辛本作 **देस कौं**，同义。

【译文】

衰老死亡皆不及，彼处人皆不知死。

医生就是造物主，格比尔已去彼乡。

【注释】

本诗前三足描写了第四足“彼乡”的情况。这既可以理解为通过修行达成的“俱生”境界，也可以被解读为神话意义上的“不朽界”（अमरलोक），众生在那里可以长生不死，亲近至高存在。

（二）

【原文】

कबीर जोगी बनि बस्या, षणि खाये कँद मूल ।

नां जाणौं किस जड़ी थैं, अमर भये असथूल ।।२।।

【译文】

格比尔说，

林栖瑜伽士，挖掘根茎吃。

不知因何根，粗身[1]成不朽。[2]

【注释】

［1］粗身：一般意义上看得见、摸得着的肉身，体内另有由经络、脉轮等构成的细身，仅为修行瑜伽之人所知。

［2］各本对第四足的注解有别。古本将 असथूल 视为 स्थूल 的异体，在 stha 音节前增加一个短元音的现象在印度十分常见，如将 स्त्री 读作 इस्त्री 。因此，古本将 असथूल 译为“粗（身）”。辛本、沃本将 असथूल 视为 स्थूल 的反义词，即 सूक्ष्म“细（身）”，则第四足意为“使（粗身）变成了不朽的细身”。但从“汁液支”以及同时期有关瑜伽修行的文献来看，当时的印度人并不将细身本身视为不朽的，而是需要通过秘密修行将肉身转化为“金刚身”或“金身”方可成就不朽。综合两方面情况，译文取古本解释。

（三）

【原文】

कबीर हरि चरणौं चल्या, माया मोह थैं टूटि ।

गगन मँडल आसण किया, काल गया सिर कूटि ।।३।।

【校记】

蒂本无此诗。

【译文】

格比尔说，

我已皈依诃利足，摩耶之爱尽断绝。

端坐天空曼荼罗，迦罗枭首自逃遁。

（四）

【原文】

यहु मन पटकि पछाड़ि लै, सब आपा मिटि जाइ ।

पंगुल है पिव पिव करै, पीछैं काल न खाइ ।।४।।

【译文】

捶打末那击倒它，自我意识皆抹去。

跛子声声唤情郎，迦罗亦难追赶咬。

【注释】

本诗旨在告知世人如何挣脱迦罗的追杀。若能做到杀死末那（第一足），消除我慢（第二足），虔心敬神（第三足），即便迟缓如“跛子”，也不会被如猎鹰一般敏锐的死神追上。

（五）

【原文】

कबीर मन(1) तीषा किया, बिरह लाइ षरसाँण ।

चित चर्णू मैं चुभि रह्या, तहाँ नहीं काल का पांण ।।५।।(2)

【校记】

（1）**मन**：希本作 **गन**，讹，今据其余诸本改。

（2）第四足合 14 拍，较双行律多 3 拍。

【译文】

格比尔说，

离别当作磨刀石，已将末那磨锋利。

心入[1]神足留其中，彼处迦罗手不及。

【注释】

［1］入：原文为 **चुभि**，刺穿。即凭借第一行所说的锋利的末那刺穿诃利之足，然后将自己的心安置在其中，以免被迦罗带走。

（六）

【原文】

तरवर तास बिलंबिए, बारह मास फलंत ।

सीतल छाया गहर फल, पँषी केलि करंत ।।६।।

【译文】

你且驻留此树下，一年到头皆结果。

树荫凉爽果丰硕，鸟儿飞来嬉戏欢。

【注释】

果树自古以来深受印度人青睐。一来印度气候炎热，树荫可供远行之人避暑，无论是商旅还是修行人。二来印度的热带水果产量颇丰，可供行人充饥解渴。各注释本对本诗所说的果树究竟是何所指注解不一，或可指罗摩的庇护，或可理解为瑜伽士达成的俱生成就。

（七）

【原文】

दाता तरवर दया फल, उपगारी जीवंत ।
पंषी चले दिसावरां, बिरषा सुफल फलंत ।।७।।

【校记】

蒂本无此诗。

【译文】

造物之主施恩泽，如同树赐救命果。
纵使飞鸟去他乡，枝头犹挂美妙果。

四十八、不识货支

（अपारिख कौ अंग）

“不识货支”共收录双行诗 5 首，以各类不同的比喻描述了尘世众生不能明辨真假的状况。

（一）

【原文】

पाइ पदारथ पेलि करि, कंकर लीया हाथि ।

जोड़ी बिछुटी हंस की, पड़्या बगां कै साथि ।।१।।

【校记】

蒂本无此诗。

【译文】

小小石子手中攥，得到句义[1]却抛弃。

不与天鹅相结伴，落得与鹤[2]同随行。

【注释】

[1] 句义：原文为 **पदारथ**，通 **पदार्थ**。该词本指词句的语义，后逐渐引申为范畴、原则、真实存在、元素等。译文取古代汉译。各本对该词在本诗的具体所指注解不一，古本注为无价的珍宝，辛本注为虔诚之心、帕克蒂，沃本注为最好的东西。译者认为此处“句义”犹指真理、真谛。

[2] 鹤：印度民间认为鹤擅长欺骗，此处比喻卑鄙之人，对应第三足“天鹅”比喻的高尚之人。

（二）

【原文】

एक अचंभा देखिया, हीरा हाटि बिकाइ ।

परिषणहारे बाहिरा, कौडी बदलै जाइ ।।२।।

【译文】

看到一件稀奇事，钻石[1]放在集市[2]卖。

没有谁人能鉴别，只能换来小贝壳[3]。

【注释】

[1] 钻石：比喻真谛、真理。参见前文第四十五支“英勇支”第二十八首。

[2] 集市：比喻众生皆沉溺于物质享受的尘世。

[3] 小贝壳：货币替代物，价值低廉。

（三）

【原文】

कबीर गुदड़ी बीषरी, सौदा गया बिकाइ ।

खोटा बांध्या गांठडी, इब कुछ लिया न जाइ ।।३।।

【校记】

蒂本无此诗。

【译文】

格比尔说，

旧货[1]摊一地，买卖[2]便成交。

若带次品[3]来，一件没人要。

【注释】

[1]旧货：比喻人因自身作为所造之业。

[2]买卖：原文为 सौदा，多义词，另可指（对神）的强烈情感。

[3]次品：比喻人因恶行而造的恶业。

本诗以跳蚤市场的场景比喻因果报应。在死后接受审判之时，人只有凭借前世对神的虔诚信仰而得救，若生前造下恶业，必将被神唾弃。

（四）

【原文】

पैंडे मोती बीखर्या, अंधा निकस्या(1) आइ ।

जोति बिनां जगदीश की, जगत उलंघ्यां जाइ ।।४।।

【校记】

（1）निकस्या：希本作 निकर्या，讹，今据古本改。蒂本、辛本作，निकसा 通。

【译文】

珍珠[1]散落在路上，行路之人皆眼盲。

世界之主光不照，尘世众生跨过去[2]。

【注释】

[1]珍珠：比喻真理。参见本支第二首“钻石”注释。

[2]跨过去：因未能看到地上有珍珠而直接跨过。

（五）

【原文】

कबीर यहु जग अंधला, जैसी अंधी गाइ ।

बछा(1) था सो मरि गया, ऊभी चांम चटाइ ।।५।।

【校记】

（1）**बछा**：蒂本、辛本作 **बछरा**，如此则第三足合 13 拍，依希本、古本、夏尔马写本则合 12 拍，较双行律少 1 拍。

【译文】

格比尔说，

尘世众生皆眼盲，如同一头瞎牡牛。

即便牛犊早已死，依然站立舔舐它。

四十九、识货支
（पारिख कौ अंग）

“识货支”共收录双行诗 3 首。对应上一支，本支诗作描述了“识货之人”的表现。

（一）

【原文】

जब गुण गाहक मिलै, तब गुण लाख बिकाइ ।

जब गुण कौं गाहक नहीं, तब कौडी बदलै जाइ ।।१।।

【译文】

美德[1]如遇识货主，可以贩作十万钱。

美德未遇识货主，只能换来小贝壳。

【注释】

[1] 美德：原文为 **गुण**，与汉语日常表述中指美好品行不同，此处指具备种种美好属性、德行之物，即真理、神，亦前文所说的“钻石”。

（二）

【原文】

कबीर लहरि समंद की, मोती बिखरे आइ ।

बगुला मंझ(1) न(2) जांणई, हंस चुणे चुणि खाइ ।।२।।

【校记】

（1）**मंझ**：蒂本作 **परख** “辨别”。

（2）**मंझ न**：辛本作 **मंझन** “泡沫”。

【译文】

格比尔说海浪涌，冲来珠蚌散一地。

飞鹤[1]不知内中物，天鹅[2]一一啄开食。

【注释】

［1］飞鹤：不识货之人。

［2］天鹅：识货之人。

（三）

【原文】

हरि हीराजन जौहरी, ले ले मांडिय डाटि ।

जबर मिलैगा पारिषू, तब हीरां की साटि ।।३।।

【译文】

信徒如同珠宝商，集市买下诃利钻。

待到遇见识货主，方以宝钻相托付。

五十、新生支

（उपजणि कौ अंग）

“新生支”共收录双行诗 12 首。本支标题字面义为“出生”，描述的是虔诚信神之后宛如获得新的生命一般，故译为“新生”。本支前半部分带有一定的密教修行色彩，后半部分主要表现的是帕克蒂思想。

（一）

【原文】

नांव न जांणौं गांव का, मारगि लागा जांउं ।

काल्हि जु काटां भाजिसी, पहिली क्यूं न खड़ाउं ।।१।।(1)

【校记】

（1）蒂本第二行作 **काल्हि गड़ै जो कांटवा, अगमन कस न खुराइ** “明日就将陷荆棘，为何不立即离开”。

【译文】

尚且不知村庄[1]名，我却径直将上路。

明日路断落荒逃，为何不提前出发？

【注释】

[1] 各本对“村庄”的具体所指均未给出令人信服的解读。沃本将其理解为俱生成就。

（二）

【原文】

सीष भई संसार थैं, चले जु सांई पास ।
अविनासी मोहि ले चल्या, पुरई मेरी आस ।।२।।

【校记】

蒂本无此诗。

【译文】

轮回教训已汲取，启程将往主人处。
不灭者[1]来接引我，我所祈望皆如愿。

【注释】

[1] 不灭者：最高存在。

（三）

【原文】

इंद्रलोक अचरिज भया, ब्रह्मा पड्या विचार ।
कबीरा चाल्या रांम पैं, कौतिगहार अपार ।।३।।

【校记】

蒂本无此诗。

【译文】

因陀罗界[1]皆惊讶，梵天深深陷思虑。
格比尔去罗摩处，好奇之人难计数。

【注释】

[1] 因陀罗界：神界，六道轮回中的天道。

本诗采用的手法常见诸各类圣徒传记，即圣人行迹如何令梵天等婆罗门教神祇感到惊讶。

（四）

【原文】

ऊँचा चढ़ि असमान कूं, मेर ऊलंघे ऊड़ि ।

पसु पँषेरू जीव जंत, सब(1) रहे मेर मैं बूड़ि ।।४।।(2)

【校记】

（1）**सब**：辛本括注该词，算上该词后第四足合 13 拍，较双行律多 2 拍。

（2）蒂本无此诗。

【译文】

登高径直入天际，我慢弥卢[1]飞升跃。

飞禽走兽诸生灵，陷入我慢皆溺亡。

【注释】

[1] 我慢弥卢：原文为 **मेर**，通 **मुझे**“我”或 **मेरु**“弥卢山”。“我”在本诗指自我意识、我慢、我执。弥卢山是印度神话中位于宇宙中心的高山，亦作 **सुमेरु**，译为须弥山、妙高山等。此处诗人使用了双关，即人的我慢如弥卢山一般高不可攀，但是修行得到之人却能飞入天际，越过这座高山。

（五）

【原文】

सद पांणीं पाताल का, काढ़ि कबीर पीव ।

बासी पावस पड़ि मुए, विषै बिलंबे जीव ।।५।।

【校记】

蒂本无此诗。

【译文】

地府清澈水，格比尔汲饮。
众生恋尘俗，溺毙此水中。

【注释】

本诗可作两重解读：第一重，如译文字面所述，贪恋红尘情欲的人死后下地狱，将溺死在地府之水中。但如格比尔这般摆脱情欲、修行得道之人却能畅饮此水而无恙。第二重，即将本诗理解为军荼利尼瑜伽修行暗语。地府为根持脉轮，水为军荼利尼。唯有修行得法的瑜伽士方可汲取军荼利尼，贪恋尘俗之人反而会因修行不当而受害。

（六）

【原文】

कबीर सुपनैं हरि मिल्या, सूतां(1) लिया जगाइ ।
आंषि(2) न मींचौं डरपता, मति सुपनां ह्वै जाइ ।।६।।

【校记】

（1）**सूतां**：蒂本在此前另有 **मोहिं**“我”。

（2）**आंषि**：希本作 **आंणि**，讹，今据夏尔马写本改。

【译文】

格比尔说，
梦中遇诃利，惊醒沉睡者。
惶恐不合眼，不再陷睡梦。

（七）

【原文】

गोव्यंद के गुंण बहुत हैं, लिखे जु हिरदै मांहि ।
डरता पांणीं नां पीऊं, मंति वै धोये जाहिं ।।७।।

【校记】

蒂本无此诗。

【译文】

牛护诸美德，一一写心头。
水也不敢喝，只恐被洗去。

（八）

【原文】

कबीर अब तौ ऐसा भया, निरमोलिस निज नाउं ।
पहली काच कथी था, फिरता ठांवैं ठांउं ।।८।।

【校记】

蒂本无此诗。

【译文】

格比尔说，
现在我成这般样，拥有自己无价名。
昔日曾被当玻璃[1]，四下徘徊无定所。

【注释】

[1] 玻璃：比喻卑微、廉价之物，对应黄金。

（九）

【原文】

भौ समंद[1] विष जल भर्या, मन नहीं बाँधै धीर ।

सबल सनेहीं हरि मिले, तब उतरि पारि कबीर ।।९।।

【校记】

（1）**समंद**：希本作 **समद**，少 1 拍，今据古本改。蒂本、辛本作 **सागर**，同义。

【译文】

轮回海中皆毒[1]液，难以牢牢捆末那。[2]

格比尔说，

爱人诃利有力量，遇他方得渡彼岸。

【注释】

[1] 毒：原文为 **विष**，亦可视为 **विषय**“尘俗欲望”的异体字。格比尔双行诗中多次使用该词的双关之意。

[2] 第二足表达的是人们都无法掌控自己的末那，心思很容易被轮回之海中的毒液迷惑，即沉溺世俗享乐。

（十）

【原文】

भला सुहेला ऊतर्या, पूरा मेरा भाग ।

रांम नांव नौका गह्या, तब पांणी पक न लाग ।।१०।।

【校记】

蒂本无此诗。

【译文】

万幸欢喜渡彼岸，我的命运已完满。

抓住罗摩名号舟，不会沾水不染泥。

（十一）

【原文】

कबीर केसौ की दया, संसा घाल्या खोइ ।

जे दिन गये भगति बिन, ते दिन सालैं मोहि ।।११।।

【校记】

蒂本无此诗。

【译文】

格比尔说，

凯沙瓦[1]大发慈悲，根除疑惑去无踪。

无爱[2]之日成往昔，当时我如被针扎。

【注释】

[1] 凯沙瓦：原文为 **केसौ**，通 **केशव**“美发者”，黑天名号之一。此处指至高存在。

[2] 爱：原文为 **भगति**，通 **भक्ति**，特指对神的虔诚之爱，因字数所限而略译。

（十二）

【原文】

कबीर जाचण जाइ था(1), आगैं मिल्या अजंच(2) ।

ले चाल्या घर आपणैं, भारी पाया संच ।।१२।।

【校记】

（1）**जाइ था**：希本作 **जाइथा**，今据古本、辛本重新断词。

（2）**अजंच**：希本作 **अंच**，脱，今据其余诸本改。

【译文】

格比尔说，

原本计划去乞讨，却得无法乞得者[1]。

收下带回自己家，所有真理由此得。

【注释】

[1] 无法乞得者：原文为 **अजंच**，译文依古本、辛本译为“无法乞得之物”，即至高存在或至高真理、真谛。沃本将其理解为“不必向其乞讨之人”，指至高存在。因为纵使信徒不向神乞讨，他也会慷慨赠予，故得此名。

五十一、慈悲无敌支
（दया निरबैरता कौ अंग）

“慈悲无敌支”共收录双行诗 3 首，均有劝人勿恋红尘之意，但与本支标题似有一定差异。夏尔马写本未收录这三首诗，蒂本仅将前两首列入“爱别离”标题之下。

（一）

【原文】

कबीर दरिया प्रजल्या, दाझैं जल थल झोल ।
बस नांहि गोपाल सौं, बिनसै रतन अमोल ।।१।।

【译文】

格比尔说，
大海[1]燃起熊熊火[2]，水与大地[3]烧成灰。
牛护若不施援手，[4]无价珍宝[5]灰飞灭。

【注释】

[1] 大海：轮回之海。古本注为人心，不甚令人信服。

[2] 熊熊火：尘世情欲之火。

[3] 水与大地：既可以依字面理解为海水与大地，也可以进一步引申为水、地这两种构成世界的基本元素，泛指一切物质存在。

[4] 第三足字面义为“不在牛护（神）的掌控之中”，句子的主语既可以是人，也可以是个人的情欲之火。

[5] 无价珍宝：人生。沃本注释为俱生成就，不甚令人信服。

（二）

【原文】

ऊँनमिं विआई बादली, बर्सण लगे आँगार ।

उठि कबीरा धाह दे, दाझत है संसार ।।२।।

【译文】

乌云低沉浓密布，突然降下炭火雨。

格比尔起身大吼：“世间众生被火烧！”

【注释】

乌云降雨原本应是滋润万物、予人清凉的好事，但在诗人看来，世间种种享乐亦如炭火雨一样，虽像雨水一样自天而下，降下的却是一场焚烧众生的大火。

（三）

【原文】

दाध बली ता सब दुःखी, सुखी न देखौं कोइ ।

जहां कबीरा पग धरैं, तहाँ(1) टुक धीरज होइ ।।३।।(2)

【校记】

（1）**तहां**：辛本作 **तहँ**，如此则第四足合 11 拍，依希本、古本作 **तहां** 则合 12 拍，较双行律多 1 拍。

（2）蒂本无此诗。

【译文】

烈火燃烧众生苦，没有谁人露喜色。
格比尔所达之处，方有稍许坚定心。

五十二、美妇支（सुंदरि कौ अंग）

“美妇支”共收录双行诗 5 首，借用印度文学中十分发达的“女主角分类”题材，通过描绘不同的女性传达了劝人虔心敬神的教诫。

（一）

【原文】

कबीर सुंदरि यों कहै, सुणि हो कंत सुजांण ।
बेगि मिलौ तुम आइ करि, नहीं तर तजौं परांण ।।१।।

【译文】

格比尔说，
美妇如是说：“聪慧夫君听！
“速速来见我，否则就自杀！”

【注释】

本诗中少妇的说辞常见诸印度民间故事，中世纪后期的宫廷印地语文学，尤其是“女主角分类”文学中亦常有类似题材的佳作。此诗旨在描述信徒（少妇）如何通过“威胁”的手段来引起神（丈夫）的关爱，从而展现了信徒对神的虔诚之心。

（二）

【原文】

कबीर जे को सुंदरी, जांणि करै विभंचार ।
ताहि न कबहूँ आदरै, प्रेम पुरिष भरतार ।।२।।

【译文】

格比尔说，
若有美艳妇，故意行不忠。
不再受尊重，夫君不爱她。

【注释】

本诗所描绘的女主角正好与下一首诗形成鲜明对比。

（三）

【原文】

जे सुंदरि सांई भजै, तजै आन की आस ।
ताहि न कबहू परहरै, पलक न छाड़ै पास ।।३।।

【译文】

若有美妇敬夫君，不再渴求其他人。
夫君永远不离弃，片刻不离她身旁。

（四）

【原文】

इस मन कौं मैदा करौं, नान्हां करि करि पीसि ।

तब सुख पावै सुंदरी, ब्रह्म झलकै सीस ।।४।।

【译文】

须得碾磨至微粒，末那作成细面粉。

美妇啊——

如此方能得喜乐，大梵光芒耀头顶。

（五）

【原文】

दरिया पारि हिंडोलनां, मेल्या कंत मचाइ ।

सोई नारि सुलषणीं, नित प्रति झूलण जाइ ।।५।।

【校记】

蒂本无此诗。

【译文】

在河彼岸有秋千，与夫团聚盛装美。

此女具足诸妙相，每日皆可荡秋千。

五十三、麝香鹿支

（कस्तूरियां मृग कौ अंग）

“麝香鹿支”共收录双行诗 9 首。麝香鹿不知麝香就在自己的肚脐之中，还四处寻找麝香的比喻在印度家喻户晓，本支以此为引子，从不同方面展开论述，告知听众大我就在小我体内，不应浪费时间在外部徘徊寻找。

（一）

【原文】

कस्तूरी कुंडलि बसै, मृग ढूंढै बन मांहि ।

ऐसैं घटि घटि रांम है, दुनिया देखै नांहिं ।।१।।

【译文】

麝香[1]就在肚脐[2]中，鹿儿却往林中寻。

每个罐中有罗摩，世人同样难辨明。

【注释】

[1] 麝香：一种由麝香鹿、麝香鼠等动物分泌的香料。在印度特指雄性喜马拉雅麝（拉丁学名 *Moschus leucogaster*）分泌的香料，主要有效成分是麝香酮。

[2] 肚脐：此处实际上指的是雄性麝香鹿脐部的腺囊，麝香正是由腺囊中的分泌物干燥制成。

本诗为格比尔诗歌中流传最广的作品之一，家喻户晓，改写版本甚多。

（二）

【原文】

कोइ एक देखै संत जन(1), जाकै पांचूं हाथि ।

जाकै पांचूं बस नहीं, ता हरि संग न साथि ।।२।।(2)

【校记】

（1）第一足合 15 拍，较双行律多 2 拍。

（2）蒂本无此诗。

【译文】

见到某一位真士[1]，五根[2]尽在他掌控。

不能控制五根者，无法相伴与诃利。

【注释】

[1] 真士：原文为**संत जन**，**संत** 为“真士”、**जन** 为“信徒”，因格比尔双行诗中两词同义，故略译。

[2] 根：原文无，根据上下文及各注释本增译。

（三）

【原文】

सो सांई तन मैं बसै, भ्रंम्यौ(1) न जाणौं तास ।v

कस्तूरी के मृग ज्यूं, फिरि फिरि सूँघै घास ।।३।।

【校记】

（1）**भ्रंम्यौ**：蒂本作 **मरम**“秘密”。

【译文】

主人他就住体内，只因迷失不识他。

如同麝香鹿一般，徘徊游荡把草嗅。[1]

【注释】

第二行所说的麝香鹿的故事参见本支第一首。

（四）

【原文】

कबीर खोजी रांम का, गया जु सिंघल दीप ।

रांम तौ घट भीतर रंमि रह्या, जौ आवै परतीत ।।४।।

【校记】

蒂本无此诗。

【译文】

格比尔为寻罗摩，远行及至狮子洲[1]。

若能虔信当知晓，罗摩欢驻在罐中。

【注释】

［1］狮子洲：历史上斯里兰卡被称作“狮子洲”。各注释本均认为诗人以此比喻遥远的地方。译者认为诗人此处似受到了北印度东部苏非神秘主义文学传统的影响，即将“狮子洲”（或称狮子岛）视为令人向往的神秘之地。如加耶西《莲花公主传奇》中的女主人公莲花公主便是狮子洲公主，宝军王历经千难万险方才得以迎娶莲花公主。加耶西以此故事阐述苏非证道之艰辛。本诗第一行亦有异曲同工之妙。

（五）

【原文】

घटि बधि कहीं न देखिये, ब्रह्म रह्या भरपूरि ।

जिनि जांन्यां तिनि निकटि है, दूरि कहैं ते दूरि ।।५।।

【校记】

蒂本无此诗。

【译文】

大梵充盈遍四处，从未见其增或减。

知它它便在近旁，若道甚远亦可远。

（六）

【原文】

मैं जांण्यां हरि दूरि है, हरि रह्या सकल भरपूरि ।

आप पिछाणैं बाहिरा(1), नेड़ा ही थैं दूरि ।।६।।(2)

【校记】

（1）**बाहिरा**：希本作 **पाहिरा**，讹，今据其余诸本改。

（2）蒂本无此诗。

【译文】

我道诃利在远方，其实遍布一切中。

若道自我并非他，[1] 本可亲近反疏远。

【注释】

[1] 第三足意为"将（个体）自我视为不同于他（至高存在）"。

（七）

【原文】

तिंणकैं ओल्है राम है, परवत मेरैं भांइ ।

सतगुर मिलि परचा भया, तब हरि(1) पाया घट मांहिं ।।७।।

【校记】

（1）हरि：蒂本、辛本无，如此则第四足合 11 拍，依希本、古本、夏尔马写本则合 13 拍，较双行律多 2 拍。

【译文】

罗摩藏在草叶中，于我而言同高山。[1]

遇到真师已开悟[2]，我在罐中得诃利。

【注释】

[1] 因为无论微小如草叶，还是巍峨如高山，其中皆有罗摩常驻，故在诗人看来草叶和高山并无差别。

[2] 开悟：原文为 **परचा**，即“相会支”的标题。该词基本义为认识、介绍。相会支强调小我与大我的相会，此处强调真师让我认识到诃利就在身体之中的真理，故根据上下文意译为开悟。

（八）

【原文】

रांम नांम तिहुँ(1) लोक मैं, सकल रह्या भरपूरि ।

यहु चतुराई जाहु जलि, खोजत डोलैं दूरि ।।८।।(2)

【校记】

（1）**तिहुँ**：希本作 **मिहुँ**，讹，今据古本、辛本改。夏尔马写本作 **त्रिहुं**，通。

（2）蒂本无此诗。

【译文】

三界一切事物中，罗摩之名皆遍布。

种种机巧[1]须烧掉，因它人向远处寻。

【注释】

[1] 机巧：小聪明，此处特指各种无效的宗教仪式。

（九）

【原文】

ज्यूं नैनूं मैं पूतली, त्यूं खालिक घट मांहिं ।

मूरिख लोग न जांणहीं, बाहरि ढूंढण जांहिं ।।९।।

【译文】

罐中造物主，如同眼中瞳。

愚人不知晓，只去外面寻。

五十四、辱骂支

（निंद्या कौ अंग）

“辱骂支”共收录双行诗 9 首。本支带有很强的世俗伦理教导色彩，重点阐述应该如何处理骂人的问题。诗人的理念可以归结为以下三条原则：第一，不应辱骂他人，因为这本身就是缺乏智慧的表现，更不用说辱骂地位特殊的贤士；第二，若遭到他人辱骂，则应当躬身自省，并将这些指责视为帮助自己清扫身心尘垢的良机；第三，若确有委屈，应当向神倾诉，而非以牙还牙。

（一）

【原文】

लोग बिचारा नींदई, जिनह न पाया ग्यान ।

रांम नांव राता रहै,(1) तिनहुं न भावै आंन ।।१।।

【校记】

（1）蒂本第三足作 **रांम अमलि माता रहै** “陶醉在无垢罗摩之中”。沃本将其注为罗摩仙液。参见前文“汁液支”。

【译文】

可怜之人才骂人，因他不曾得智慧。[1]

一直乐享罗摩名，其他事物不再爱。

【注释】

[1] 若能证悟世间一切皆是罗摩，则应明白辱骂他人毫无意义。

（二）

【原文】

दोख पराये देख करि, चल्या हसंत हसंत ।

अपनैं च्यंति न आवई, जिनकी आदि न अंत ।।२।।

【译文】

目睹他人错，他只嬉笑过。

从不知自省，不得善始终。

（三）

【原文】

निंदक नेड़ा राखिये, अंगणि कुटी बंधाइ ।

बिन साबण पांणीं बिना, निरमल करै सुभाइ ।।३।।

【译文】

骂人之人留身旁，为他筑棚住家院。

不用皂角不用水，自性亦可无尘垢。

【注释】

尽管诗人不主张责骂他人，但若遭到他人责骂，本诗主张应以他人的指责警醒自己，进而将此化作净化自身的工具。下一首诗与本诗的理念相同。

（四）

【原文】

न्यंदक दूरि न कीजिये, दीजै आदर मांन ।

निरमल तन मन सब करै, बकि बकि आंनहिं आंन ।।४।।

【译文】

莫要驱逐骂人者，你应尊敬重视他。

“这样那样”他絮叨，可令身心全无垢。

（五）

【原文】

जे को नींदै साध कूं, संकटि आवै सोइ ।

नरक कांहिं जांमैं मरै, मुकति न कबहुँ होइ[1] ।।५।।[2]

【校记】

（1）希本第四足作 **मुकती न कबहूं न होइ**，语义有误且不合双行律，今据古本、辛本改。

（2）蒂本无此诗。

【译文】

若是有人骂贤士，灾祸必将临头至。

生死注定地狱中，永世不得获解脱。

【注释】

鉴于“贤士”在格比尔思想中的核心地位（参见前文“贤士支”“亲证贤士支”“贤士伟大支”），本诗诅咒辱骂贤士者永世不得解脱。

（六）

【原文】

कबीर घास न नींदिये, जे पाऊं तलि होइ ।

उड़ि पड़ै जब आंखि मैं, खरा दुहेला होइ ।।६।।

【译文】

格比尔说，

若已将草踩脚下，你便莫要再责骂。

若它扬起落眼中，足以让你吃苦头！

【注释】

本诗与第三首相似，具有很强的世俗道德教诫的意味。诗人以此告诫世人不可过于责骂已经认错或服输之人，否则反而会适得其反，伤及自身。

（七）

【原文】

आपनपौ[1] न सराहिए, और न कहिये रंक ।

नां जांणौं किस ब्रिष तलि, कूड़ा होइ करंक ।।७।।

【校记】

（1）**आपनपौ**：希本作 **आपन यौं**，讹，今据其余诸本改。

【译文】

莫要自己夸自己，勿称他人可怜虫。

不知终埋何树下，骸骨不过是垃圾。

（八）

【原文】

कबीर आप ठगाइये, और न ठगिये कोइ ।

आप ठग्यां सुख ऊपजै, और ठग्यां दुख होइ ।।८।।

【校记】

蒂本无此诗。

【译文】

格比尔说，

宁可你自己吃亏，也不可以欺他人。

自己吃亏生喜乐，欺负他人生痛苦。

（九）

【原文】

अब कै जे सांई मिलै, तौ(1) सब दुख आषौं रोइ ।

चरनूं ऊपरि सीस धरि, कहूँ ज कहणां होइ ।।९।।(2)

【校记】

（1）**तौ**: 辛本括注该词，算上该词后第二足合 13 拍，较双行律多 2 拍。

（2）蒂本无此诗。

【译文】

今天若能见主上，定要哭诉一切苦。

顶礼膜拜他双脚，我要尽诉所欲言。

五十五、无德支

（निगुणां कौ अंग）

“无德支”共收录双行诗 12 首，主要表达了诗人对无法教化的冥顽不灵之人的失望与愤怒。在诗人看来，这些人如同枯木一般，任何教化都不可能改变他们。从本支的叙述来看，“无德”之人的特征主要包括愚昧无知、自高自大、无人指导、沉溺情欲等。

（一）

【原文】

हरिया जांणैं रूषड़ा, उस पांणीं का नेह ।
सूका काठ न जांणई, कबहूँ बूठा मेह ।।१।।

【校记】

蒂本无此诗。

【译文】

唯有绿树[1]知，水对他之爱。

枯木[2]无须知，何时有雨云。

【注释】

[1] 绿树：比喻有意识之人，他们尚能感知神的恩泽或上师的教导。

[2] 枯木：比喻不可救药之人，对他们来说是否下雨已经没有任何意义。

（二）

【原文】

झिरिमिरि झिरिमिरि बरषिया, पांहण ऊपरि मेह ।
माटी गलि सैंजल भई, पांहण वोही तेह ।।२।।

【译文】

云朵就在石上方，淅淅沥沥降下雨[1]。
泥土[2]融水入河流，石头[3]依然那般样。

【注释】

[1] 下雨：比喻神赐予恩泽，或是上师传授知识。

[2] 泥土：比喻可以教化、感化之人。

[3] 石头：比喻冥顽不灵，无法教化、感化之人。

（三）

【原文】

पार ब्रह्म बूठा मोतियां, घड़ बांधी सिषराह ।
सगुरां सगुरां चुणि लिया, चूक पड़ी निगुरांह ।।३।।

【译文】

乌云密布山之巅，大梵降下珍珠雨。
有师之人忙挑拣，无师之人漠视弃。[1]

【注释】

[1] 有师、无师：这是判断一个人是否具备美德的标准之一。就本诗的描述来看，有上师指导之人能够辨别真伪善恶，故能够发现珍珠的价值；相反，没有上师指导之人对此毫无概念。

（四）

【原文】

कबीर हरि रस बरषिया, गिर डूंगर सिषरांह ।
नीर मिवांणा ठाहरै, नांऊँ छा पऱडांह ।।४।।

【译文】

格比尔说，
诃利汁液雨，落在山顶上。
水入蓄水池[1]，不留屋顶[2]上。

【注释】

[1] 蓄水池：比喻谦逊之人，因其地势较低。

[2] 屋顶：比喻自高自傲之人，因其高高在上。

（五）

【原文】

कबीर मूंडठ करमियां, नष सिष पाषर ज्यांह ।
बांहणहारा क्या करै, बांण न लागै त्यांह ।।५।।

【译文】

格比尔说祭司蠢，彻头彻尾如石头。
若是根本射不中，射箭[1]之人有何用？

【注释】

[1] 箭：不同于前文将箭比作上师的“圣言”，此处指的是祭司的说教和仪式。因为这种箭根本就射不中，所以毫无益处。

（六）

【原文】

कहत सुनत सब दिन गए, उरझि न सुरझ्या मन ।

कहि कबीर चेत्या नहीं, अजहूँ सुपहला दिन ।।६।।

【校记】

蒂本无此诗。

【译文】

言谈之间时日尽，困扰心结未解开。

格比尔说，

若是依然未觉悟，今天亦如往昔日。

（七）

【原文】

कहै कबीर कठोर कै, सबद न लागै सार ।

सुध बुध कै हिरदै भिदै, उपजि बिबेक बिचार ।।७।।

【校记】

蒂本无此诗。

【译文】

格比尔说，

或有冥顽不灵人，圣言箭亦射不穿。

只能射穿聪慧心，激发智慧令思索。

（八）

【原文】

सीतलता(1) कै कारणैं, नाग(2) बिलंबे आइ ।

रोम रोम बिष भरि रह्या, अंमृत कहां समाइ ।।८।।

【校记】

（1）**सीतलता**：希本在此前另有**मा**，衍，今据其余诸本改。

（2）**नाग**：希本作**माग**，讹，今据其余诸本改。

【译文】

只为求清凉，毒蛇[1]来盘绕[2]。

浑身满是毒，如何纳甘露[3]？

【注释】

[1] 毒蛇：比喻沉溺于世俗情欲、不可救药之人。

[2] 盘绕：各注释本均将毒蛇盘绕的对象注为檀香树。

[3] 甘露：比喻可以令人获得解脱的教导。在诗人看来，如毒蛇一般之人，即便有心接近如檀香树一般的贤士，也不可能真正接受正确的教导。

（九）

【原文】

सरपहि दूध पिलाइये, दूधैं बिष ह्वै जाइ ।

ऐसा कोई नां मिलै, स्यूं सरपैं बिष खाइ ।।९।।

【译文】

牛奶喂给毒蛇喝，牛奶也变成毒液。

如此之人找不到，一并吃下蛇与毒。

（十）

【原文】

जालौं इहै बडपणां, सरलै पेडि खजूरि ।

पंथी(1) छांह न बीसवैं, फल लागैं ते दूरि ।।१०।।

【校记】

（1）**पंथी**：希本作**पंखी**“鸟”，讹，今据其余诸本改。

【译文】

这般高傲应烧毁，如同高耸甜枣树：

无荫旅人难休憩，结出果实够不着。

【注释】

本诗将不可救药之人比作枣树，将这些人的高傲自大比作枣树的高耸的枝干，虽高高在上，但对行路人毫无益处，诗人以此说明高傲自大的人一无是处，乃为无用之夫。

（十一）

【原文】

ऊँचा कुल कै कारणौं, बंस बध्या अधिकार(1) ।

चंदन बास भेदै नहीं, जाल्या सब(2) परिवार(3) ।।११।।

【校记】

（1）**अधिकार**：蒂本作 **असरार**“持续地”。

（2）**सब**：希本作 **सघ**，讹，今据其余诸本改。

（3）**परिवार**：希本作 **पटिवार**，讹，今据其余诸本改。

【译文】

只因出身高，愈长竹愈高。[1]

檀香难渗入，全家皆被焚。

【注释】

[1] 第二足可作双关句理解。若将 **बंस** 理解为**वंश**“家族、世系”，而非“竹子”，将 **अधिकार** 理解为“权力”，而非“更多”，则第二足可以译为“家族生来有特权”。

（十二）

【原文】

कबीर चंदन कै निडै, नींव भि चंदन होइ ।

बूड़ा(1) बंस बडाइतां, यौं जिनि बूड़ै(2) कोइ ।।१२।।

【校记】

（1）**बूड़ा**：希本作 **बूढा**，讹，今据其余诸本改。

（2）**बूड़ै**：希本作 **दूड़ै**，讹，今据其余诸本改。

【译文】

格比尔说，

若在檀香树近旁，苦楝亦可成檀香。

毛竹高耸自视高，如此终将自己毁。

五十六、祈求支
（विनती कौ अंग）

“祈求支”共收录双行诗 7 首，表达了诗人一心虔诚敬神的思想。

（一）

【原文】

कबीर साँई तौ मिलहिंगे, पूछहिंगे कुसलात ।
आदि अंति की कहूंगा, उर अंतर की बात ।।१।।(1)

【校记】

（1）蒂本无此诗。

【译文】

格比尔说，
待我见到主人时，必将询问我安康。
内心所有一切话，从头到尾向他述。

（二）

【原文】

कबीर भूलि बिगाड़ियां, तूं न करि मैला चित ।
साहिब गरवा लोड़िये(1), नफर बिगाड़ै नित ।।२।।

【校记】

（1）**लोड़िये**：辛本作 **चाहिए**，语义相近。

【译文】

格比尔说，
因为迷失犯错误，你莫让心染尘垢。
仆人总是犯错误，需要找到伟大主。[1]

【注释】

［1］各注释本将原文第三足（译文第四足）译为“主上需要傲慢者”，盖因帕克蒂诗歌中常将神刻画为热衷于解救自高自大、犯下重罪之人。这种解读并不令人信服。故译者未将 **गरवा** 译为“骄傲的、自大的”，而将其译为“重要的、伟大的”（由 **गुरु** 派生而来）。

（三）

【原文】

करता केरे बहुत गुंण, औगुंण कोई नांहि ।
जो दिल खोजौं आपणीं, तौ(1) सब औगुण मुझ मांहिं ।।३।।

【校记】

（1）**तौ**：辛本无，如此则第四足合 11 拍，依其余诸本保留 **तौ** 则合 13 拍，较双行律多 2 拍。

【译文】

具足美德[1]创造者，一丝瑕疵也没有。
搜寻自己内心时，方知病灶[2]皆在我。

【注释】

[1] 美德：美好的属性。

[2] 病灶：原文为 **औगुण**，通 **अवगुण**，字面义为非德、无德。

（四）

【原文】

औसर बीता अलप तन[(1)]**, पीव रह्या परदेस ।**
कलंक उतारौ केसया, भांनौं भरंम अंदेस ।।४।।

【校记】

（1）**अलप तन**：希本作 **अलपतन**，今据其余诸本重新断词。

【译文】

时机消逝身憔悴，情郎依旧在他乡。
凯沙瓦啊——
请你为我消污点，祛除迷惑与不安。

（五）

【原文】

कबीर करत है बीनती, भौसागर के तांई ।
बंदे ऊपरि जोर होत है, जंम कूं बरजि गुसांई ।।५।।

【校记】

蒂本无此诗。

【译文】

身处轮回之海中，格比尔不断祈求：
“牛主请制止阎摩！他向奴仆施暴力。”

（六）

【原文】

हज काबै है है गया, केती बार कबीर ।

मीरा मुझ में क्या खता, मुखां न बोलै पीर ।।६।।

【校记】

蒂本无此诗。

【译文】

格比尔说，

去往克尔白朝觐，如此已有几多回！[1]

主人啊——

我究竟犯什么错？教长[2]不与我说话。

【注释】

[1] 格比尔认为朝觐克尔白天房并无益处。参见前文第二十二支“真理支”第十一首。

[2] 教长：此处可将教长视为“不与我说话”的主语，或者与“主人”一样的呼语。早期旁遮普写本中的格比尔唱词表达了这种观点：“格比尔是安拉、罗摩的孩子，他们都是我的上师、教长。”（W280/M8）

（七）

【原文】

ज्यूं मन मेरा तुझ सौं, यौं जे तेरा होइ ।

ताता लोहा यौं मिलै, संधि न लखई कोइ ।।७।।

【译文】

我心如何系你心，你心同样系我心。

如同热铁黏一块，接缝根本看不见。

五十七、证明支

（साषीभूत कौ अंग）

“证明支”共收录双行诗 3 首。本支主题不甚明确，蒂本仅收录第一首，且将其并入“全能支”。

（一）

【原文】

कबीर पूछै रांम कूं, सकल भवनपति राइ ।
सबही करि अलगा रहौं, सो बिधि हमहिं बताइ ।।१।।

【译文】

格比尔问罗摩道：“主宰一切世界主！
“你造一切又分开，[1] 这是何法告诉我！”

【注释】

[1] 世间万物皆由罗摩创造，从根本上来说也都源自罗摩。但是现在世间众生都因我慢而视自己不同于他人他物。诗人认为造成

这种现象的原因在于造物主有意为之，故第四足询问他是如何做到的。

（二）

【原文】

जिहि बरियां सांईं मिलै, तास न जांण और ।
सबकूं सुख दे सबद करि, अपणीं अपणीं ठौर ।।२।।

【校记】

蒂本无此诗。

【译文】

何时方得见主人？他人并不能知晓。[1]
他在各人自我处，创造圣言[2]悦众人。

【注释】

[1] 第一行设问。对第二足否定答案的解释在第二行。因为“他”就在每个人的内心中，所以何时能够证悟他人并不知道，而取决于每一个个体。

[2] 创造圣言：此处可作多种解释。第一，“圣言”可作：① 上师的教导；② 传世的唱词诗歌；③ 通过瑜伽修行在体内发出的神秘声音。第二，“创造”亦可译为“将（自己）化作”。从格比尔道团的教义发展来看，日后的许多信徒更倾向于第二种解释，即“圣言”（三重含义皆可）实际上就是神在人间的体现。因此，在很长一段历史时期内，基督教传教士常将格比尔所说的“圣言”类比基督教的“逻各斯”。

（三）

【原文】

कबीर मन का बाहुला, ऊंडा बहै असोस ।

देखत हीं दह मैं पड़ैं, दई किसा कौं दोस ।।३।।

【校记】

蒂本无此诗。

【译文】

格比尔说末那渠，永不干涸水甚深。

甫一看见投身入，这还能是谁人过？

【注释】

末那因误导世人而被格比尔视为敌人。本诗将末那比作一条深不见底的水渠。诗人告诫世人不要误入水中，也就是不能任由末那误导自己，如果那样的话，便是咎由自取，怨不得他人。

五十八、藤蔓支

（बेली कौ अंग）

“藤蔓支”共收录双行诗 6 首，数量虽少却是本集中最晦涩的章节之一。各注释本均指出了格比尔诗歌中的这种神奇藤蔓与戈勒克纳特诗歌中的藤蔓的相似之处。这一点从下面两首唱词可以更加直观地感受到。第一首出自西传写本格比尔诗集，第二首出自戈勒克纳特诗集。

罗摩之德如藤蔓，阿沃徒德戈勒克纳特知道！它既无根亦无荫，纵使无水亦生长。（副歌）藤蔓延伸向两端，一直延伸到天空；待到花开俱生藤，枝丫放出叶片来。（1）心往森林驻花园，真师抛出藤蔓套；五个女伴遇气风，花园将水放出来。（2）砍伐藤蔓流出水，湿润之时反枯萎；格比尔说，如此瑜伽士甚少，连绵俱生亦知晓。（3）

W186/S139

抓住真实藤，抓住真实藤！阿沃徒德戈勒克纳特知道；无根无枝无花荫，纵使无水亦生长。（副歌）身林便是你花园，阿沃徒德啊，真师藤蔓实美妙；补卢沙主常浇灌，一直长到家中来。（1）（所结）果实如满月，只有具智者知晓；一旦藤蔓着火烧，眨眼之间发新枝。（2）砍伐藤蔓流出水，湿润之时反枯萎；因摩差因陀罗[①]惠，修士戈勒克说道：它永远为新！（3）

GBP 17

从第一首唱词可以更清楚地看出格比尔笔下的“藤蔓”实际上被诗人用来描述不可思议“罗摩”。这种藤蔓既没有根，也没有树荫，没有水也能生长。现有注释本仅将这种描述视为纯粹的文学笔法，而未能深究藤蔓意象的现实来源。自然界中确实存在寄生于其他植物之上，通过汲取其他植物的养分生长的寄生草本植物。在这些寄生植物中，菟丝子（Cuscuta，印地语 **अमरबेल**，字面义“不死藤”）较为符合诗中所写的部分特征。菟丝子为旋花科下的一个属别，是缠绕、寄生草本植物，通过从寄主体内获取养分而不断延展，直至覆盖寄主全株。这种特殊的生存方式乍看起来十分不可思议，似乎不需要根茎就能生长。在印度民间医学实践中，菟丝子全株及种子皆可入药，内服外敷，用途甚广。[②] 其旺盛的生命力和神奇的疗效或许是戈勒克纳特、格比尔等人想象的来源。

（一）

【原文】

अब तौ ऐसी है पड़ी, नां तूबड़ी(1) न बेलि ।

---

① 摩差因陀罗：成就师瑜伽士，据信是戈勒克纳特的上师，亦称米那巴。

② 菟丝子在印度各地用药方式参见 Kumari Poonam, Gopal S. Singh, “Ethnobotanical study of medicinal plants used by the Taungya community in Terai Arc Landscape, India”, *Journal of Ethnopharmacology*, 2009, no. 1, pp. 167-176. 以及 Parveen, B. Upadhyay, Shikha Roy & Ashwani Kumar, “Traditional uses of medicinal plants among the rural communities of Churu district in the Thar Desert, India”, *Journal of Ethnopharmacology*, 2007, no. 3, pp. 387-399.

जालण आंणीं लाकड़ी, उँठी कूंपल मेल्हि ।।१।।(2)

【校记】

（1）तूबड़ी：希本作 तू बड़ी，断词有误，今据古本改。

（2）蒂本无此诗。

【译文】

现在已经成这样，不是葫芦亦非藤。

抱来薪柴点火烧，却将收获新生芽。

【注释】

本诗“藤蔓”比喻的本体不明。辛本理解为摩耶，第二足的“火”理解为情欲之火，即人若想以情欲之火烧掉摩耶之藤，终究徒劳无功。但考虑到本支对这种神奇藤蔓的赞美之情（如下一首），这种负面的解读似乎不足以令人信服。

（二）

【原文】

आगैं आगैं दौं जलै, पीछैं हरिया होइ ।

बलिहारी ता बिरष की, जड़ कांट्यां फल होइ ।।२।।

【译文】

大火方才烧树林[1]，旋即郁郁又葱葱。

伐[2]掉树根仍结果，我向此树献自身。

【注释】

[1] 树林：沃本将其注为“身体”。

[2] 伐：摒弃尘世欲望，虔心修行。

（三）

【原文】

जे काटौं तौ डहडही, सींचौं तौ कुमिलाइ ।
इस गुणवंती बेलि का, कुछ गुंण कह्या न जाइ ।।३।।

【校记】

蒂本无此诗。

【译文】

砍伐[1]反而结出果，浇灌[2]反而会枯萎。
藤蔓具备诸美德，属性却难言说出。[3]

【注释】

[1]砍伐：同上一首诗。

[2]浇灌：沉溺享乐。

[3]第二行的“具备诸美德”（**गुणवंती**）亦由“属性”（**गुंण**，通**गुण**）一词派生而来。这一行看似矛盾，实则反映了格比尔对至高存在的理解，即至高存在一方面囊括了所有人类可以想象出的美好的品质，但又超越其上，所以若要以人类的语言描述他的属性是不可能的。故包括格比尔在内许多思想家所说的“无属性”（**निर्गुण**）中的“无”实际上是超越了“有”的、更高层次的“无”，而非对“有”的简单否定。

（四）

【原文】

आंगणि बेलि अकासि फल, अण ब्यावर का दूध ।
ससा सींग की धुनहड़ी(1), रमैं बांझ का पूत ।।४।।

【校记】

（1）**धुनहड़ी**：希本作**धूनहड़ी**，多1拍，今据其余诸本改。

【译文】

藤在院中果在天，不孕母牛有奶水。

兔子长角作成弓，石女[1]之子嬉戏欢。

【注释】

[1] 石女：不孕的女子。石女之子和兔角都是印度宗教哲学文献中常见的比喻意象。

本诗为典型的格比尔反话诗，旨在以不可思议之事破除一切固有成见，讲述不可思议法门。

（五）

【原文】

कबीर कड़ई बेलड़ी, कड़वा ही फल होइ ।

सांध(1) नांव तब पाइये, जे बेलि बिछोहा होइ(2) ।।५।।(3)

【校记】

（1）सांध：古本作 सींध “海”，辛本作 सिद्ध “成就者”。

（2）第四足合 13 拍，较双行律多 2 拍。

（3）蒂本无此诗。

【译文】

格比尔说，

藤蔓味苦涩，果实同样苦。

藤蔓若超脱，方得贤士名[1]。

【注释】

[1] 贤士名：贤士之名。若依辛本取“成就者”之意，则 सिद्ध नांव 可译作“成就者之名”，与贤士之名语义相近。若依古本取“海”之意，则 नांव 应理解为“船”，则第四足可译作“方得渡海舟”。诗人或有意一语双关。

（六）

【原文】

सींध[1] भइ तब का भया, चहुँ दिसि फूटी बास।

अजहूँ बीज अंकूर है, भी ऊगण[2] की आस।।६।।[3]

【校记】

（1）**सींध**：辛本作 **सिद्ध** "成就者"。

（2）**भी ऊगण**：希本作 **भीऊगण**，断词有误，今据古本改。辛本作 **फिर ऊगन**，语义相近。

（3）蒂本无此诗。

【译文】

成为成就者之时，四面八方散芳香。

今日只是种子、芽，茁壮成长犹可期。

五十九、不分支

（अबिहड़ कौ अंग）

“不分支”共收录双行诗 3 首，强调了不愿与神分离的虔诚之情。

（一）

【原文】

कबीर साथी सो किया, जाकै सुख दुख नहीं कोइ(1) ।
हिलि मिलि ह्वै करि खेलिस्यू, कदे बिछोह न होइ ।।१।।

【校记】

（1）第二足合 14 拍，较双行律多 3 拍。蒂本、辛本第二足为 **दुख सुख जाहि न कोइ**，同义。

【译文】

格比尔说，
如此之人方结伴，他既无喜亦无悲。
结伴携行同嬉戏，永远不与他分离。

（二）

【原文】

कबीर सिरजनहार बिन, मेरा हितू न कोइ ।

गुण औगुण बिहड़ै नहीं, स्वारथ बंधी लोइ ।।२।।

【译文】

格比尔说，

除去造物主之外，我再没有其他友。

世界已被自私缚，怎分美德与缺德？

（三）

【原文】

आदि मधि अरू अंत लौं, अबिहड़ सदा अभंग ।

कबीर उस करतार(1) का(2), सेवग तजै न संग ।।३।।

【校记】

（1）करतार：希本作करता，同义，但少1拍。今据其余诸本改。

（2）का：希本作की，讹，今据其余诸本改。

【译文】

起始、中途至结束，从未离开不灭者。

格比尔说，

我属于这创造者，奴仆绝不离开他！

附录一 格比尔生平及其历史影响

中世纪印地语诗人格比尔（亦译作卡比尔、迦比尔）出身穆斯林纺织工家庭，15~16 世纪活跃于北印度东部地区。据信格比尔年轻时便发愿虔心敬神，后拜入婆罗门罗摩难陀门下成为一名毗湿奴教派出家人。他广泛结交同道同好，创作了大量脍炙人口的诗歌作品，逐渐跃升为北印度最有名的宗教诗人和宗教导师之一。他抨击迷信、反对歧视、呼吁打破社会隔阂，被后世视为印度中世纪最重要的宗教导师以及印地语文学和印度社会改革运动先驱之一。

有关格比尔生平的记载主要出自罗摩难陀教团和格比尔道团各自编写的各类相关文献。罗摩难陀教团和格比尔道团分别尊罗摩难陀和格比尔为开山祖师。前者对格比尔的生平记载主要见诸《格比尔传》（*Kabīr Paracāi*）、《虔士花鬘》（*Bhaktamāl*）等著作，成书年代较早，主要讲述了格比尔如何虔诚信仰毗湿奴，由一名穆斯林纺织工成为受人尊重的宗教圣人的故事。后者对格比尔的生平记载主要见诸口传和《格比尔曼苏尔》（*Kabīr Manśūr*）等成书年代略晚的著作。格比尔道团虽然不否认包括格比尔曾拜罗摩难陀为师等见诸《格比尔传》等著作的传说故事，但更强调格比尔作为一名独立的宗教导师，而非依附于毗湿奴信仰的一名宗教圣徒，如何开导众生，广收门徒，开山立派。两者表述较为接近的传说故事主要有以下几则。

（一）格比尔拜罗摩难陀为师

某一天，年轻的格比尔发愿归信毗湿奴，但这需要拜一名毗湿奴教派的婆罗门为上师。[①] 正当他一筹莫展时，神启示他应拜罗摩难陀为师。然而，格比尔却心生犹豫，因为在当时，很难想象婆罗门罗摩难陀会接受出身穆斯林[②]家庭的格比尔为徒。就在此时，神又教他如何取巧拜师。于是，格比尔依计趁天不亮时匍匐在罗摩难陀清晨沐浴时的必经之路上。清晨，罗摩难陀前往恒河沐浴，不出意料地踩到了格比尔。罗摩难陀习惯性地说出了“罗摩——罗摩——”。格比尔欣喜万分，感谢罗摩难陀向他传授这一“罗摩”明咒，收他为徒[③]，并开始以罗摩难陀的弟子之名歌颂毗湿奴。罗摩难陀得知后叫来格比尔对质。然而，格比尔却以对神的虔诚之心令罗摩难陀信服，便正式依礼收他为徒。

（二）德里苏丹西坎达尔·洛迪宾服

西坎达尔·洛迪（Sikandar Lodi，1489~1517 年在位）是印度德里苏丹国洛迪王朝第二任苏丹，在位时曾率军四处征战，平定北印度。格比尔与他对峙的故事在印度流传甚广，但由于缺乏官方史料佐证，这则故事同样被视为传说。

据说格比尔反对婆罗门教圣典《吠陀》和伊斯兰教圣典《古兰

---

① 婆罗门教讲求师承谱系，“没有上师的人”被视为不可信。在《格比尔传》作者看来，格比尔试图拜罗摩难陀为师正是为了获得正统毗湿奴派弟子这一身份。

② 穆斯林在当时被婆罗门视为“蔑戾车”，即异教蛮族。

③ 根据婆罗门教的实践，上师在收弟子时需要传授某一段明咒。罗摩难陀教团的标志性明咒并非“罗摩”，格比尔此处实际上是取巧，将罗摩难陀顺口念出的“罗摩”作为入门明咒，以此获得一个合法身份。

经》，并主张印度教徒和穆斯林并无差别。这些观点触怒了伊斯兰教法官和婆罗门以及保守的宗教徒，于是他们向苏丹西坎达尔·洛迪请求处死格比尔。怒不可遏的西坎达尔·洛迪下令用铁链锁住格比尔，然后将他沉入恒河。不想铁链却神奇地松开了，格比尔也顺势浮出水面，不曾溺死。苏丹又令人将格比尔囚禁在一座小屋中并放火，格比尔同样安然无恙。苏丹令人放出战象试图踩死格比尔，不想毗湿奴亲自化身雄狮吓走了大象。苏丹终于意识到格比尔是拥有大神通法力的圣人，于是拜倒在了格比尔的脚下。

（三）格比尔圆寂摩格赫尔

当时，众人皆以瓦拉纳西为圣地，认为人在瓦拉纳西死去可以获得解脱；而把瓦拉纳西北方的摩格赫尔视为不祥之地，认为人在那里死去会转世投胎成为驴。已经年逾百岁的格比尔于是决定前往摩格赫尔并最终在那里离世，从而破除人们对圣地的迷信。

格比尔死后，追随者中的穆斯林和印度教徒又为如何处置遗体争执起来：穆斯林认为应当土葬，印度教徒则坚持火葬。但不想格比尔早已取得大成就，带着肉身获得解脱，待到信徒转过身来，发现格比尔之前躺的床上只剩下了信徒用来覆盖遗体的鲜花。穆斯林和印度教徒追随者们方知自己的争执毫无意义，故化干戈为玉帛，穆斯林将一半鲜花土葬，印度教徒将另一半鲜花火葬。

为纪念格比尔，摩格赫尔所属的县于 1997 年更名为“真士格比尔之城”（Sant Kabīr Nagar），摩格赫尔仅仅是其中的一个潘查亚特管区。今天的摩格赫尔依然矗立着两座仅一墙之隔的格比尔陵墓：一座是苏非式圣墓，由穆斯林管理，其中摆放有一具棺椁；另一座则由格比尔道团信徒管理，其中供奉着格比尔画像和供信徒顶礼膜拜的金属木屐。如此“一圣双陵”的景象甚是罕见。

时至今日，格比尔的影响持久不衰，主要体现在以下几个方面：

第一，宗教影响。格比尔成名之后自立门户，宣教布道，不乏弟子拜入门下，一部分弟子日后创立了“格比尔道团”，其中，苏拉特·戈巴尔、薄伽梵达斯、贾古达斯、达摩达斯创立的格比尔道团各分支至今依然活跃于世界各地。由于 1911 年之后的印度官方人口普查并不将格比尔道团单列统计，加之格比尔道团并不要求信众放弃现有宗教、族群身份，所以格比尔道团信众的确切数字无人知晓。大卫·洛伦森（David Lorenzen）根据 1901 和 1911 年的统计数据估测 1986 年时格比尔道团人数应在 250 万左右。考虑到人口普查往往只将明确放弃了其他宗教身份的格比尔道团信众（主要是出家人）加以登记，因此受格比尔道团影响的信众人数很有可能数倍于此。①2003 年的一项研究估计全印格比尔道团信众总数约 960 万。② 译者 2015 年在印度调研时，仅切蒂斯格尔邦达玛凯拉（Damakheda）一系组织的日常宗教活动就有成百上千名信众参加。信徒介绍和影像资料显示，往年组织的大型活动参加人数可以达到 20 万左右。以此看来，全印范围内实际上参与格比尔道团宗教活动的民众数量应该相当巨大。格比尔道团在非洲、欧洲、美洲、太平洋岛国也有分支。根据一个宗教团体的介绍，格比尔道团在世界范围内有约 2500 万信徒和超过 3000 多座寺庙。③ 格比尔的影响还见诸其他宗教团体。锡克教将格比尔视为最重要的圣人之一。锡克教圣典《古鲁·格兰特·萨哈卜》（*Guru Granth Sāheb*）中收录的格比尔诗歌数量仅次于锡克教历任祖师，远多于其他非锡克教诗人。在拉贾斯坦拥有一定影响力的达都道团、尼兰奇尼道团亦推崇格比尔。此外，摩格赫尔等地的一些穆斯林依然将格比尔视为苏非圣人，世代守护当地的格比尔圣墓，亦常有信徒前往朝觐凭吊。

第二，文学影响。格比尔被视为印地语文学的奠基人物之一。④ 格比尔诗歌的影响跨越宗教、种姓、地理边界，为印度各界所接纳。20 世纪初以来，格比尔的诗歌先后被多位译者译为外语，尤以诺贝

① David N. Lorenzen, "The Kabir Panth and Social Protest", in Schomer& McLeod, *The Sants: Studies in a Devotional Tradition of India*, Delhi: Motilal Banarsidass, 1987, pp. 281-303.

② Peter Friedlander, *Ritual and Reform in the Kabir Panth*, Adelaide, "the 18th Biennial Conference of the Asian Studies Association of Australia", 2010.

③ Peter Friedlander, *Ritual and Reform in the Kabir Panth*, Adelaide, "the 18th Biennial Conference of the Asian Studies Association of Australia", 2010.

④ Hajariprasad Dvivedi, "Foreword" in Prabhakar Machwe, *Kabir*, New Nelhi: Sahitya Akademi, 1968, p.6.

尔文学奖得主罗宾德罗纳特·泰戈尔（Rabindranath Tagore）的英译本《格比尔百咏》（*One Hundred Poems of Kabir*）最为成功，在海外反响巨大。此后，美国诗人罗伯特·布莱（Robert Bly）的英译本《格比尔之书：令人欢喜的格比尔诗歌四十四首》（*The Kabir Book: Forty-four of the Ecstatic poems of Kabir*, 1977）再次大获成功，为格比尔赢得了更多西方读者。近年来，美国读者对格比尔的关注犹有逐渐升温的趋势。① 中国的文学爱好者同样通过英译本转译了部分格比尔诗歌，通过互联网传播。② 此外，格比尔的生平事迹也颇受印度作家喜爱，数百年来，以他为主题的文学创作层出不穷，其中既有中世纪的圣徒传记，也有当代的戏剧、小说。③

第三，更广泛的社会影响。格比尔诗歌中反对宗教形式主义、正统宗教权威、教派冲突的观点影响深远。除了上文提到的格比尔道团、锡克教等宗教团体之外，现当代印度社会改革运动的领袖人物如圣雄甘地、B. R. 安倍德卡尔同样对格比尔推崇有加。时至今日，格比尔依然被视为社会改革的历史代言人，为许多社会改革家所青睐。例如 2013 年开始在德里执政的平民党（Ām Ādam ī Party）在早年发起反腐败运动之时曾于 2005 年成立了一个名为“格比尔”的非政府组织，帮助普通民众争取政府信息公开。

可以看出，格比尔的影响力绵延数个世纪，不仅没有断绝，反而一直能够与印度人的精神生活、社会生活保持紧密的联系。因此，通过原典了解这名极富传奇色彩的纺织工诗人和他的思想，将有助于我们了解过去几个世纪以来印度社会文化的发展历程。

---

① 21 世纪以来，由美国学者翻译的格比尔诗歌英译本包括 Linda Hess, Shukdeo Singh, *The Bījak of Kabir*, New York: Oxford University Press, 2002；Vinay Dharwadker, *Kabir: The Weaver's Songs*, New Delhi: Penguin Books, 2003；Arvind Krishna Mehrotra, *Songs of Kabir*, New York: New York Review of Books, 2011.

② 如万源一译：《爱的海洋：卡比尔的诗》（https://read.douban.com/ebook/ 178999/?dcs=douban-search），访问时间 2016 年 1 月 30 日 10:40。

③ 这其中最有名的当属印度进步主义作家兰盖亚 · 拉加沃（Rāṅgey Rāghav）的《洛伊的经纱》（*Loī kā Tānā*, 1954）和毗湿摩 · 萨赫尼（Bhīṣma Sāhanī）的戏剧《格比尔站在集市中》（*Kabīrā Kha□ā Bāzār me□*, 1981）。

附录二　格比尔诗歌的主要版本系统

格比尔诗歌流传甚广，从发现的写本来看，主要可以分为三大版本系统：

1. 北传写本，主要于 16 世纪后半叶至 17 世纪初成书于旁遮普地区。

2. 西传写本，主要于 16~17 世纪以来成书于拉贾斯坦及周边地区。

3. 东传写本，主要于 19 世纪成书于北印度东部地区。

现存最早的收录了格比尔诗歌的写本出自北传写本，1570~1572 年间编订于旁遮普戈印德瓦尔。以师口体[①]写成，是现存最早的锡克教写本。原本有四卷，目前仅存两卷。1604 年，祖师阿尔琼主持在旁遮普格尔达尔普尔（Kartarpur）编订了另一部重要写本，其

① 师口体（Gurumukhi），字面义为"出自老师之口的"，亦音译作古木基、果鲁穆奇或古鲁穆奇等。师口体源自夏拉达（Śāradā）字体，经锡克教第二任祖师安格德（Angad, 1504~1552）标准化后成为锡克教经典的标准文字，并逐渐成为旁遮普语的标准字体。

改写本是日后锡克教编订圣典《阿底·格兰特》(*Ādi-Granth*)的核心底本。相比之下，北印度东部虽然是格比尔生前主要活动的地区，也是格比尔道团活动的核心区，当地却没有保留下格比尔诗歌的早期写本，现存东传写本均成书于19世纪以后。格比尔道团的信徒对此有两种解释：第一，格比尔曾在弥留之际将包含了自己核心教诫的《比杰克》写本交付给弟子薄伽梵达斯，然而他却将圣典据为己有，秘不示人。[①] 第二，根据格比尔道团的传统，编写者在抄录完一部写本之后，会在写本的落款处写明自己的姓名、编订日期以及一句话“我已抄录所有看到的内容”作为声明，然后销毁旧本。[②] 但这种习俗是否在十五六世纪已经定型也不得而知。

然而，绝大多数格比尔诗歌的早期写本既非出自东部，亦非旁遮普，而是出自拉贾斯坦及其周边地区，是为西传写本。西传写本又可以进一步分为三支：①宫廷写本，以1582年编订于拉贾斯坦法塔赫普尔(Fatehpur，今斋普尔附近)的写本为早期代表；②达都道团写本；③其他宗教团体写本。

在早期格比尔诗歌写本版本系统各分支(见图0.1)中，又以达都道团写本内容最为丰富。达都道团写本又可以进一步分为《格比尔音集》和《全支》两大文献体系。这其中，又以《格比尔音集》质量最好，可视为善本。原因有三：第一，只有《格比尔音集》是格比尔单人的诗集，而在其他早期写本中，格比尔诗歌往往与其他诗人混编在一起。第二，《格比尔音集》的诗歌编排条理更加清晰，双行诗均被分为不同的章节，名为“支”(aṅga)，唱词根据拉格(rāga)[③] 划分。第三，不同编者编写的《全支》在篇幅、内容上相差较大，而不同的《格比尔音集》相对而言差异较小。

① Shukdeo Singh, *Kabir Bijak*. Ilahabad: Lokbharati. 2007. p 1.
② Linda Hess and Shukdeo Singh, *The Bijak of Kabir*. New York: Oxford University Press. 2002. p 165.
③ 音乐术语，印度音乐作品的旋律。

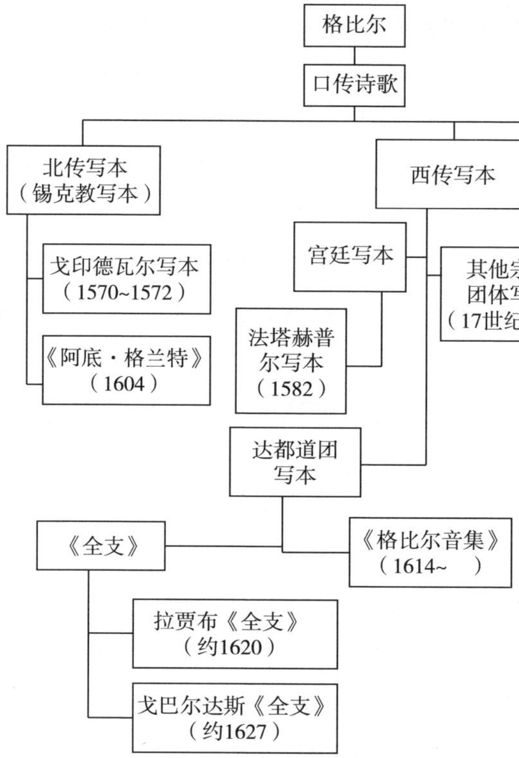

图 0.1　格比尔诗歌的主要版本系统及其分支

然而，最早得到现代研究者系统研究的并非西传写本《格比尔音集》，而是西方殖民者更容易接触到的东传写本《比杰克》。英国印度学家 H. H. 威尔逊（Horace Hayman Wilson）是系统研究格比尔的早期印度学家之一。1819 年，他被派往印度宗教圣城贝拿勒斯工作，与当地格比尔道团的格比尔·乔拉支互动甚多。此后，威尔逊翻译了 100 首出自《比杰克》的诗歌，这逐渐给英语读者留下了这样一个印象，即《比杰克》是最能代表格比尔的作品。19 世纪末，格比尔道团与基督教会的互动日益密切，传教士学者也开始更加系统地研究《比杰克》。1890 年，孟加拉浸礼会牧师、改信基督教的印度人普列姆昌德（Prem Chand）出版了一部《比杰克》译本。1911 年，艾哈迈德·沙（Ahmad Shah）编写了印地语本《比杰克》，并在

1917 年出版了完整的英译本。

然而，并非所有学者都满足于教派色彩较强的《比杰克》，诺贝尔文学奖得主罗宾德罗纳特·泰戈尔便是其中之一。在泰戈尔进行文学创作的过程中，孟加拉民间诗人，尤其是巴乌尔所传唱的各类歌曲为他提供了主要的素材。在巴乌尔所传唱的诗歌中就不乏落款为格比尔的作品。泰戈尔对格比尔诗歌，尤其是其中富有神秘主义色彩的作品赞赏有加，并建议与他志同道合的友人、国际大学梵语教授克什迪·莫罕·森（Kshiti Mohan Sen, 1880~1960）搜集整理全印，尤其是孟加拉地区云游僧人传唱的格比尔诗歌，并将其译为孟加拉语。森于 1910~1911 年间出版了四卷本《格比尔》（*Kabīr*）。1915 年，泰戈尔在此基础上选取了 100 首译为英语，出版《格比尔百咏》（*One Hundred Poems of Kabir*）一书，获得了巨大的成功。此后，泰戈尔译本逐渐取代了英译本《比杰克》，成为印度之外的读者了解格比尔的最主要渠道之一。中国著名文学家郭沫若在年轻时也对泰戈尔赞赏的格比尔甚是倾慕。1920 年，他在《时事新报·学灯》发表了一首名为《三个泛神论者》的诗歌，其中有这样一节：

我爱印度的 Kabir，
因为我爱他的 Pantheism，
因为我爱他是靠编鱼网吃饭的人。[①]

后世研究者对泰戈尔译本褒贬不一。作为一名诗人，泰戈尔更在意发自内心的“心声”，而非具体文字在特定时间空间下的表现形式。这种截然不同的出发点导致无论是森校本，还是泰戈尔的转译本都不以严格考据为目的，故而也难免受到文献学家对文献可信度的质疑。尽管如此，泰戈尔译本确实大大提升了格比尔的国内外知名度。正是在这一背景下，印度作家、印地语诗人阿逾陀·辛格·乌

① 郭沫若：《女神》，北京：人民文学出版社，2000 年，第 69 页。

帕德亚雅“赫利奥特”[①] 编写了《格比尔言义集》(*Kabīr Vacanāvalī*)，1916年由致力于推动天城体印地语作为印度国语的天城体推广协会(Nāgarīpracāriṇī Sabhā)出版。《格比尔言义集》基于当时已经出版的各类格比尔诗集收录了格比尔双行诗781首，唱词228首，一度成为最盛行的格比尔诗集。与此同时，致力于国语运动、民族文化推广的天城体推广协会不断搜集古代文献的写本，并由学者加以整理出版。20世纪20年代初，天城体推广协会找到了两部格比尔诗歌写本，希望赫利奥特对此加以校对出版。然而，由于时间紧张，赫利奥特未能承担，这项工作落到了希亚姆孙达尔达斯身上。

希亚姆孙达尔达斯本《格比尔集》在格比尔研究历史上具有跨时代意义，这是印度学者第一部以古代写本为底本，有意识地将之作为一部需要加以研究的文献进行校对出版的格比尔文献，是印地语现代文献学研究的肇始之作。希亚姆孙达尔达斯在文集的前言部分首先声明了文献来源和基本情况：

> 格比尔达斯著作的这两部写本，一部写于1561年，另一部写于1881年。[②] 两部写本书写精美、保存完好。看到这两部写本就可以知道，现在冠以格比尔达斯之名的诸多作品中甚至只有不到十分之一见诸这两部写本。尽管这两部写本的编写年代相距320年，但两者文本差异很小。[③]

1929年，法国东方学家、印欧比较语言学家儒勒·布洛克(Jules Bloch)根据希亚姆孙达尔达斯发给他的写本影印页判断第一部底本上的编订年份1504年为后人所加，并不足信。[④] 此后的文献

---

① 乌帕德亚雅是20世纪初印地语国语运动的积极参与者，其代表作品为印地语“大诗”《情人远行》(*Priya Pravās*)，赫利奥特是他的笔名。

② 引文原文使用印历纪年，印历1561年为公元1504年、印历1881年为公元1824年。

③ Śyāmasundaradās, *Kabīr Granthāvalī*, Kāśī: Nāgarī Pracāriṇī Sabhā, 1928, bhūmikā p.1.

④ Jules Bloch, “Some Problems of Indo-Aryan Philology Forlong Lectures for 1929”, *Bulletin of the School of Oriental Studies, University of London*, 1930, no. 4, pp. 719-756.

学研究也证实了布洛克的怀疑。[①] 根据印度文献学家舒克德沃·辛格（Shukhdeo Singh）的观点，这部据说编订于 1504 年的写本实际上是一部成书于 17 世纪之后的达都道团写本，[②] 很有可能是某一部达都道团的《格比尔音集》。

希亚姆孙达尔达斯之后，对格比尔文献的研究进一步深入。在印地语学者的推动下，《格比尔集》逐渐成为印度研究格比尔文献的底本，出现了许多以此为名的注释本。故如果说格比尔诗歌是印地语文学的经典之作，西传写本《格比尔音集》是早期写本中的善本，那么，以西传写本为底本的希亚姆孙达尔达斯本（以下简称“希本”）《格比尔集》本身又是一部印地语文学研究的经典之作。因此，本书选择以此为底本开展校勘和翻译。

---

① P. D. Barthwal, *Traditions of Indian Mysticism based on the Nirguna School of Hindi Poetry*, New Delhi: Heritage Publishers, 1978, pp.276-77.

② Winand M. Callewaert, Swapna Sharma& Dieter Taillieu, *The Millennium Kabir Vani*, Delhi: Manohar, 2000, pp.13-14.

附录二 格比尔双行诗的体裁特点

早期格比尔诗歌写本中主要收录了三种体裁的诗歌作品：双行诗、唱词和罗麦尼。从形式来看，双行诗最为简短，也是其他诗歌作品的基本单元之一，而罗麦尼往往是若干行四足律诗加上一首总结性的双行诗，唱词更是常常使用多种不同的格律。从表现形式来看，双行诗和罗麦尼主要用于诵读，唱词主要用于配曲演唱。本书选择校译双行诗，而非其他体裁作品主要基于以下几方面考虑：第一，双行诗简短易读，流传最广，是格比尔诗歌中最有代表性的一类。第二，双行诗是其他体裁诗歌的基石，格比尔唱词、罗麦尼均不乏直接引用双行诗之处，故先全面了解格比尔双行诗也有助于进一步了解格比尔其他体裁的诗歌作品。第三，虽不乏晦涩深奥之作，但比起一些深奥的唱词和罗麦尼，双行诗总体而言较为简洁明了，容易理解。

下文将简要介绍格比尔双行诗的体裁特点。

（一）双行诗的格律

双行诗（dohā）作为一种诗歌体裁，源自阿波布朗舍语（Apabhraṃśa）。阿波布朗舍语是北印度语言由中古印度雅利安语（Middle Indo-Aryan languages）转向早期新印度雅利安语（New Indo-Aryan Languages）时期北印度地方语言的通称。一般认为，印地语 dohā 一词源自梵语 dvidhā 或 dvipaṭha，在阿波布朗舍语中作 duvahā，但是，也不排除该词受波斯语影响的可能性。尽管可能存在词源上的联系，但是双行诗源自民间，使用的是与梵语诗歌常用的音节律（vārṇik chand）不同的节拍律（mātrika chand）。音节律对每个位置的音节轻重有明确要求，节拍律对音节的限制较少，在节拍的计算上也保有相当的自由度。

节拍律将诗歌分为若干句，每一句被称作“足”①。天城体写本一般会在每足之后标上句读符号 yati，以便读者断句，诵读时亦有停顿。如下图 0.2 中的双竖线便是句读符号。

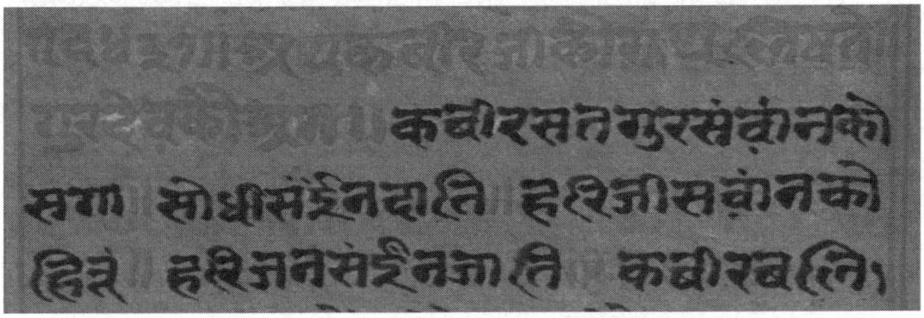

图 0.2　格比尔双行诗第一首，拉贾斯坦东方学研究所藏 39686/2 号写本，第 182 页

节拍律的核心在于控制各足节拍数。在节拍律诗歌中，音节分为长音节和短音节，一个长音节计 2 拍，一个短音节计 1 拍，直接影响诵读时的节奏。若某一个音节符合以下条件中的任意一个即计为长音节：

① 音节为长元音，如 koī 中的 ī 为长音节；

① 印地语文献多用 चरण 一词表示“足”，也有一些地方沿用梵语诗律中的 पाद 一词。

② 音节以长元音结尾，如 koī 中的 ko 亦为长音节；

③ 音节为在复合辅音前的短音节。如 nirmala 中的第一个音节 ni 虽然以短元音落尾，是短音节，但因为其后的音节 rma 是复合辅音，故 ni 仍然计作长音节，合 2 拍，故 nirmala 合 4 拍。

原则上，除此之外的所有音节，包括短元音、以短元音落尾的音节、鼻音均为短音节。然而，在这两条基本规则之外，在实际创作和诵读过程中，还有以下特殊规则：

① 足尾的短元音可以根据实际需要在诵读时延长为长元音，计作 2 拍。

② 由鼻音与其他辅音构成复合辅音时，可以根据实际需要计作半鼻音，则前一个音节依然可以计作 1 拍。如 ānanda 如果读作 ā-na-n-da 则计为 4 拍，如果读作 ā-naṁ-da，则计为 3 拍。由于中世纪印地语写本并不区分半鼻音符号和鼻音符号，所以两者混淆的情况非常常见。

③ 一些特殊的复合辅音，尤其当复合辅音中第二个辅音为半元音、送气音的复合辅音时，它之前的短音节可以根据实际需要不计作长音节，如 kahyau, paryau 均可以仅计作三拍。

印地语兴起之前，曾有不少佛教、耆那教诗人以节拍律创作诗歌。如下面这首诗便被称为出自密教成就师萨罗诃的诗集《双行诗库》(*Dohākośa*)：

【原文】

अक्खर बाडा सअल जगु, नाहि णिरक्खर कोइ ।

ताव स अक्खर घोलिअइ, जाव णिरक्खर होइ ।।[①]

【节拍】

अ	क्ख	र	बा	डा	स	अ	ल	ज	गु	,	ना	हि	णि	र	क्ख	र	को	इ
⌣	_	⌣	_	_	⌣	⌣	⌣	⌣	⌣		_	⌣	⌣	_	⌣	⌣	_	⌣

① Rāhul Sāṃkṛtyāyan, *Dohā-Kośa*, Paṭanā: Bihār Rāṣṭrabhāṣā Pariṣad, 1957, p.7. 如无特殊说明，本书译文均为译者所译。

ता व स अ क्ख र घो लि अ इ , जा व णि र क्ख र हो इ

— ◡ ◡ — ◡ ◡ — ◡ ◡ ◡ — ◡ ◡ — ◡ ◡ — ◡

◡为短音节，—为长音节，下同。

【译文】

一切皆被音节覆，没有谁人无音节。

待到不再有音节，方与不灭者相会。

这是一首典型的双行诗，符合以下格律特征：

① 一首 dohā 分为四足；

② 第一、三足合 13 拍，第二、四足合 11 拍；

③ 第二、四足押韵 3 拍，一般由一个长音节加上一个短音节构成。

然而，《双行诗库》中的诗歌不只有这一种格律，如下面这首诗歌的格律便被称作“巴达库勒克”（pādākulaka）。

【原文】

अइरिएहिं उद्दूलिअ च्छारें । सीससु वाहिअ ए जड भारें ।।

घरही बइसी दीवा जाली । कोणहिं बइसी घण्टा चाली ।।①

【节拍】

अ इ रि ए हि उ द्दू लि अ च्छा रें , सी स सु वा हि अ ए ज ड भा रें

◡ ◡ ◡ — ◡ — — ◡ ◡ — — — ◡ ◡ — ◡ ◡ — ◡ ◡ — —

घ र ही ब इ सी दी वा जा ली , को ण हि ब इ सी घ ण्टा चा ली

◡ ◡ — ◡ ◡ — — — — — — ◡ ◡ ◡ ◡ — — — — —

【译文】

湿婆信徒身抹灰，头上发髻大又沉。

坐在家中把灯点，坐在角落把铃摇。

这首诗分为四足，每足 16 拍，采用了 AABB 的押韵方式，即第一、二足押韵，第三、四足押韵。然而，这种诗律实际上在

① Rāhul Sāṃkṛtyāyan, *Dohā-Kośa*, Paṭanā: Bihār Rāṣṭrabhāṣā Pariṣad, 1957, p.2.

日后的印地语诗学中发展成为“四足律”（caupāī）。除此之外，《双行诗库》中至少有以下三种诗律为日后印地语文学所继承：①索拉塔律（soraṭhā），印地语诗歌沿用；②阿里拉律（aḍilā），即印地语诗歌中的阿里尔律（arill）；③罗拉律（rolā），印地语诗歌沿用。由此可以看出，《双行诗库》中的“双行诗”（dohā）一词实际上有两重含义：广义的“双行诗”指各类两行短诗，可以包括各种格律；狭义的“双行诗”指特定的一种格律或以这种格律创作的短诗。为避免混淆，本书将广义的 dohā 译为“双行诗”，将狭义的 dohā、仅表示特定诗律及符合这一诗律的作品译为“双行律”或“双行律诗”。

按照双行律创作的诗歌简短、明快，类似汉语诗歌中的绝句。但与绝句不同的是，双行律诗属于不对称短长格诗体，即并非每一足的音节长短都一样。例如本集开篇就是一首格律工整的双行律诗。

【原文】

सतगुर सवाँन को सगा, सोधी सईं न दाति ।
हरिजी सवाँन को हितू, हरिजन सईं न जाति ।।१।।

【节拍】

स	त	गु	र	स	वाँ	न	को	स	गा	,	सो	धी	स	ईं	न	दा	ति
◡	◡	◡	◡	◡	—	◡	—	◡	—		—	—	◡	—	◡	—	◡

ह	रि	जी	स	वाँ	न	को	हि	तू	,	ह	रि	ज	न	स	ईं	न	जा	ति
◡	◡	—	◡	—	◡	—	◡	—		◡	◡	◡	◡	◡	—	◡	—	◡

【译文】

有何亲人同真师，无人像他予圣洁。
有何善人同诃利，无种姓同诃利徒。

可以看出，第一行和第二行以 āti 落尾押韵。此外，为了便于诵读，这首双行诗还使用了行内押韵，在第一、三足的相同位置重复了 savāṁna ko，在第二、四足的相同位置重复了 saīṁna，当然，这种额外的押韵并非必须。甚至在很多时候，格比尔双行诗第二、四足的尾韵使用也不是十分规范。

与《双行诗库》相似，格比尔双行诗集中的作品虽然以双行律诗为主，但也不仅限于双行律一种格律。例如本集第三支第十七首双行诗便是一首索拉塔律双行诗。

【原文】

जिहि सरि मारी काल्हि, सो सर मेरे मन बस्या ।

तिहि सरि अजहूं मारि, सर बिन सच पाऊँ नहीं ।।१७।।

【节拍】

जि	हि	स	रि	मा	री	का	ल्हि	,	सो	स	र	मे	रे	म	न	ब	स्या
◡	◡	◡	◡	—	—	—	◡		—	◡	◡	—	—	◡	◡	◡	—

ति	हि	स	रि	अ	ज	हूं	मा	रि	,	स	र	बि	न	स	च	पा	ऊँ	न	हीं
◡	◡	◡	◡	◡	◡	—	—	◡		◡	◡	◡	◡	◡	◡	—	—	◡	—

【译文】

昨日我被弓箭射，弓箭留在我心里。

今日务必再射箭，无箭我不得真理。

除此之外，本集中还有不少诗歌格律并不工整，后文会在校记部分标出节拍数，供对印地语诗歌格律感兴趣的读者参考。

（二）双行诗的文印

文印（chāp）是指在诗行中插入的“某某”（诗歌作者姓名）或“某某说”字样，是标明作者身份的重要标志。这种落款方式同样始于阿波布朗舍语诗歌，例如下面这首诗中的 sarāh bhaṇanti “萨罗诃说道”便是典型的文印。

जामे काम कि कामे राज, सरह भणन्ति अचिन्त सो धाम ।

是因业而生？或因生造业？萨罗诃说道，此法不可知。

格比尔双行诗也继承了这种文印的使用方法，如本集第一支第二十三首。

【原文】

चेतनि चौकी बैसि करि, सतगुर दीन्हाँ धीर ।
निरभै होइ निसंक भजि, केवल कहै कबीर ।।२३।।।

【译文】

坐上觉悟座，真师赐坚定。
格比尔说，
无畏无疑惑，且祷念唯一。

这首诗原文第四足的 kahai kabīra“格比尔说”是一个典型的文印，表明本诗的作者是格比尔。除此之外，此处的文印也可以被视为诗歌叙述的一部分，即第四足也可以理解为“格比尔祷念唯一”。类似情况在中世纪印地语诗歌中并不鲜见。当出现这种情况时，本书译文会选择一种翻译，并标出另一种理解的可能性。

然而，“格比尔说”需要占用 7 个音节，这对原本就表述简洁的双行诗来说实际上构成了一种负担，故在另一些情况下，双行诗的文印仅表述为“格比尔”，但译文考虑到这种落款方式的特殊性，依然译为“格比尔说”。如本集第一支第十四首。

【原文】

कबीर गुर गरवा मिल्या, रलि गया आटैं लूंण ।
जाति पाँति कुल सब मिटे, नाँव धरौगे कौंण ।।१४।।

【译文】

格比尔说，
遇伟大上师，如盐入面粉。
抹去家族姓，该用什么名？

在更多情况下，文印出现在第一足开头，但不被计入第一足音节。如前文图 0.2 中可以清晰地看到双行诗集的第一首诗第一足以“格比尔”开头，但若将其计入第一足则破坏了诗律。正因为这个原因，希本在校订时删去了所有此类双行诗的文印，本书以希本为底本，故同样删去了这些文印，但亦有其他注释本选择保留这些文印。

文印的广泛使用无疑为后世确定诗歌作者提供了很大帮助，但是，文印和现代意义上的作者落款在功能和特点上依然有明显的差别。[①] 有“格比尔”文印的作品除了有可能是格比尔个人所作之外，还有可能是他人根据自己对格比尔的理解续写的诗作。这种做法类似当代大众文化作品中所说的“致敬之作”。此外，在编写写本的时候，编者也有可能将其他诗人的作品误作格比尔的诗歌，并加上格比尔的文印，反之亦然。这种现象在宗教诗歌中广泛存在，这也导致了不断有新的“格比尔诗歌”被创造出来，这固然为研究者追本溯源增加了困难，但也正是“文印”的灵活性才帮助格比尔诗歌获得了永恒的生命力。

① 有关印地语诗歌“文印”的功能可参见 John Stratton Hawley,“Author and authority in the Bhakti poetry of north India”, *Journal of Asian Studies*, 1988, no. 2, pp. 269-290.

附录四 本书校勘、翻译和注释体例

（一）校勘

本书以希亚姆孙达尔达斯本《格比尔集》（1956 年，天城体推广协会第六版）中第一部年代较早的写本为底本进行校勘、翻译，共收录双行诗 808 首。希本《格比尔集》备受后世印度学者推崇，但该版本依然存在以下三点缺憾：第一，底本年代并不十分明确，对此已在前文有所讨论，此处不再赘述；第二，并没有进行多本对勘；第三，尽管一版再版，但后续版本并未对早期版本中的断词、拼写错误加以修订。为尽可能准确地呈现早期写本中的格比尔双行诗风貌并把握诗歌思想内容，本书还选取了以下写本资料和注释本：

1. 夏尔马写本，即印度拉贾斯坦室利・桑贾伊・夏尔马博物馆及研究所藏第 3190 号写本。这是一部编写于 1614~1621 年间的宗教诗集汇编，其中有一部单独的《格比尔音集》，是现存最早的《格比尔音集》。

2. 蒂本，即巴勒斯纳特・蒂瓦里（Pārasanāth Tivārī）编写的精校本，1961年由普拉亚格大学印地语委员会出版。精校本沿用了《格比尔集》的名字，主要以达都道团写本为底本，但也尝试加入了其他版本系统中的格比尔诗歌。他的精校本选取了部分出现在不同写本中的格比尔诗歌，因此在篇幅上小于希本《格比尔集》。然而，蒂瓦里在这部精校本中加入了较多的个人色彩，在一定程度上破坏了古代写本的风貌，并没有被学界广泛接受。

3. 古本，即文献学家玛达普拉萨德·古普塔（Mātāprasād Gupta）的精校本。古普塔是蒂瓦里在安拉哈巴德大学印地语系学习时的导师。他在蒂瓦里精校本问世之后又着手重新编订了一部《格比尔集》注释本，篇幅基本和希本相仿。因为早期版本难以觅得，故本书选用的是1985年修订版。

4. 辛本，即贾亚德瓦·辛哈（Jayadev Siṃh）和瓦苏德瓦·辛哈（Vāsudev Siṃh）合著的《格比尔文学》（*Kabīr Vā□amay*），1967年由瓦拉纳西大学出版社出版。这是另一部《格比尔集》注释本。相比古本，辛本的注释更加详细，对于一些诗歌的深层含义解读得更加透彻，不过有的时候也有过度诠释之嫌。

5. 沃本，即法国印度学家夏洛特·沃德维尔（Charlotte Vaudeville）的法译本《格比尔集》（双行诗），法兰西远东学院1957年出版。这是目前唯一一部基于希本《格比尔集》的完整的格比尔双行诗非印度语言译本。沃德维尔也是20世纪对格比尔研究最为深入的非印度籍学者之一。由于古本、辛本等印地语注释本均存在直接沿用诗歌原文词汇而不加解释的情况，沃本在这种情况下可以提供重要的参考。但是因为沃本在文献上以希本为底本，故仅用于翻译参考，不用于印地语文献的校对。

为了尽可能准确地呈现格比尔双行诗，本书在以希本为底本的同时，以古本、蒂本、辛本为校本，以夏尔马写本为参校本进行对勘。若三本差异不明显，则以希本为准。若希本存在明显的拼写、断词错误，则选取三个主要参校本中比较合理的写法。若三本存在显著差异，则进一步参考夏尔马写本。在依然无法明确的情况下，以夏尔马写本为准。确定文本之后，本书将存在明显语义差异的情况和修改原因、出处写入校记。其中，“脱”指希本原文遗漏了词或音节，“衍”指希本原文有多余的词或音节，“讹”指希本原文有拼写错误。此外，校记还将不同版本的异文也译为中文，以便读者了解不同版本文献的含义。

为避免校记过长，影响阅读，对中世纪文献中一些常见的异文现象不再逐一注释。这些情况包括：① 不同的短元音不加区分；② 发音相近的长元音如 ए/ऐ，ओ/औ 不加区分；③ 部分发音相近的辅音如 र/ल/ड़，श/स，न/ण，व/ब/म 等不加区分；④ ष/ख 异体不加区分；⑤ 半元音与对应的元音如 य/इ，व/उ 不加区分；⑥ 鼻音 / 半鼻音不加区分；⑦ 同一语法现象在不同方言区的不同书写形式不加区分，如人称代词间接格不同写法（जिन/जिनि/जा）等。

（二）翻译

汉语诗歌与印地语诗歌格律各有特色，不尽相同，但从总体风格和刘安武、薛克翘等学界前辈的翻译实践来看，绝句的语言风格与印地语双行诗最为接近。[①] 然而，受限于译者的文学修养，本书译文实际上采用的是一种模仿绝句的四句短诗，每句七字或者五字，不求平仄、押韵。

由于汉语诗歌中并无“文印”，所以译文将文印单列一行，若原文文印出现在第一、二足，则译文以文印为第一行，以原文第一、二足为第二行；若原文文印出现在第三、四足，则译文以原文第一、二足为第一行，文印为第二行，原文第三、四足为第二行。例如第一支第三十一首。

① 刘安武选译的部分诗歌参见刘安武：《印度印地语文学史》，北京：人民文学出版社，1987 年。薛克翘选译的部分诗歌参见薛克翘等：《印度中世纪宗教文学》，北京：昆仑出版社，2011 年。

【原文】

चौपड़ि माँडी चौहटै, अरध उरध बाजार।
कहै कबीरा राम जन, खेलौ संत बिचार।।३१।।

【译文】

十字路口铺棋盘，前后左右皆集市。
格比尔说，
罗摩信徒真士啊，考虑清楚再嬉戏！

但在原文出现使用呼格时，译文偶尔也将呼语单列为一行。此外，也有个别将文印纳入诗足中的情况。这两类情况比较少见，仅为特例。

虽然使用了模仿绝句的体例，但本书并没有刻意使用古雅的语言。格比尔诗歌在当时使用的是一种混合了各地方言元素的大众语言。从现在发现的文献资料来看，实际上格比尔诗歌在各地都被或多或少地进行了“翻译”加工。例如本书所选取的西传写本中固然保留了一些北印度东部方言的特色语素，但更多表现为西部方言，尤其是古拉贾斯坦语的特点。所以，这种语言应当是较容易为读者所接受的语言，故还原这种“易读性”也是本书译文的目标之一。或许一部分读者依然会感觉部分诗歌晦涩难懂，这是因为格比尔双行诗中依然会使用印度常见的宗教、哲学概念，这些概念的汉语译名部分出自古代汉译印度文献，部分为依据古译原则新译。但格比尔诗歌中对部分术语的使用与汉译传统有别，对此，译文之后的注释会尽力给出说明。

中世纪诗歌所使用的印地语毕竟与汉语相距甚远，加之体例限制，故译文实际上无法完全逐字翻译，而是要做一定的增删调整。有一些调整有一定的共性，故在此举例列出，行文中不再一一赘述。

第一，中世纪印地语诗歌很少使用连词，多用定语从句，这对习惯阅读中世纪印地语诗歌的读者来说问题不大，但对现代汉语读者来说会很不习惯，故译文在必要时会补充表达因果、转折、递进等关系的连词。如第四十一支第六首。

【原文】

बैद मुवा रोगी मुवा,मुवा सकल संसार ।
एक कबीरा ना मुवा,जिनि के राम अधार ।।६।।

【译文】

医生病人皆已死，轮回世间一切死。
唯有格比尔未死，因有罗摩支持他。

原文第三、四足是靠 कबीरा（通 कबीर）… जिनि（通 जिन）联系在一起的复合句，第三足为主句，第四足为从句。如依照现代标准汉语的语法，可以直译为“唯有具备罗摩支持的格比尔没有死去”。在鲜少使用表示因果关系连词的中世纪诗歌中，常以此类定语从句表述因果，故译文于此补充“因”，将主从复合句改为并列复合句。

第二，双行诗时常颠倒语序，尤其是先讲结果，后说原因或前提。这样的好处是可以在诵读的时候激发听众的好奇心，进而引出诗人对某一问题的看法或结论。上一首中的第二行“唯有格比尔未死，因有罗摩支持他”便是一例。这种语序在汉语诗歌中并非没有，如“问渠那得清如许，为有源头活水来”（朱熹《观书有感》）便是如此。但在另一些情况下，若按照原文语序将类似表述译为汉语，因果关系则显得不那么清晰。如第一支第十三首。

ग्यान प्रकास्या गुर मिल्या, सो जिनि बीसरि जाइ ।
जब गोबिंद कृपा करी, तब गुर मिलिया आइ ।।१३।।

若遵从原文语序，则译文应作“遇见上师智慧耀，再也不会将他忘。牛得施予恩惠时，上师方能来相会”，因果关系不甚明晰。这是由于这首简短的双行诗实际上包含了多组因果，详细步骤如下：

步骤 1：获得牛得（即神）的恩赐

步骤 2：遇见上师

步骤 3：智慧放光

步骤 4：不会忘记他（神）

这四个步骤在原文中被打乱，并按照如下顺序排列：

ग्यान प्रकास्या गुर मिल्या, सो जिनि बीसरि जाइ ।
3 2 4
जब गोबिंद कृपा करी, तब गुर मिलिया आइ ।।१३।।
1 2

原文通过第一足和第四足中遥相呼应的 मिल्या（步骤 2“遇见上师”）将全诗串联起来，熟读此类诗作的读者不难发现其中的因果关系，但对中文读者来说，更容易接受的还是按照步骤先后排列，先说前提，后说结果。经调整之后译文如下：

牛得施予恩惠时，上师方能来相会。
遇见上师智慧耀，再也不会将他忘。

第三，为精炼语言，印地语双行诗常省略一些对母语读者、听众来说很容易自行理解补充的词汇，例如人称代词、多个否定词中的一个、与上下文谓语语义相近的动词等。遇见类似情况，译文将根据动词变位、上下文和注释本的注解加以补足，以免给中文读者造成不便。

（三）注释

为方便读者理解，在每一支的开篇对本支主要内容进行了概括，并对译文中出现的各类术语以及部分晦涩的诗句加以注解。文中的注释主要分为三种：

1. 对个别词句的注释。在“【注释】”部分以阿拉伯数字编号，对应译文中的相应数字上标编号。

2. 对整首双行诗的注解。在“【注释】”的最后部分另起一行列出，无阿拉伯数字编号。

3. 补充注释和观点出处，标记为页下脚注。

有的双行诗浅显易懂，并无注释，有的双行诗仅有一种注释，另有一些双行诗则多种注释皆有。已经在前文注释中出现过的概念和术语后文将不再注释，读者可以借助附录索引找到相关注释。

应当指出的是，格比尔固然出身寒微，但这不意味着他缺乏深邃的思考；当时通行的中世纪印地语尚未系统化、古典化，这也不意味着印地语双行诗不足以呈现深刻的思想。相反的是，正因为印地语相比古典语大大简化了格尾、变位，并广泛吸纳波斯语和阿拉伯语词汇，其在融合本土与外来文化以及阐述神秘主义思想等方面反而有自己独特的优势。格比尔双行诗能成为印度文学史上的传世之作，自然有其独到之处，个中缘由还需要读者进一步阅读诗作后加以体会。

译后记

第一次了解到格比尔和他的诗歌是在印地语文学史的课堂上。不同于普列姆昌德等现代作家的作品，中世纪印地语的大量作品除了刘安武先生《印度印地语文学史》（1987年首版）中的部分章节和金鼎汉先生翻译的《罗摩功行之湖》（1988年首版）之外，鲜有可以查阅的资料。也正是在这种情况下，2012年博士入学后我选择被视为中世纪印地语文学代表人物之一的格比尔为研究对象，并开始着手翻译格比尔诗歌。如今《格比尔双行诗集》即将作为“中印经典和当代作品互译出版项目”的系列成果之一问世，作为译者，我甚感荣幸。

有关格比尔及其诗歌的基本情况、历史影响和主要特点以及本书的体例，附录部分均作了一定介绍，在此不赘。未曾学习印地语的读者可以结合注释阅读译文，若拙作有幸能够激发读者对印地语文学、印度中世纪宗教的兴趣，以下中文著作和研究论文可以进一步参阅：

刘安武:《印度印地语文学史》，北京：人民文学出版社，1987年版。如今旧版难寻，读者亦可参阅中国大百科全书出版社2015年版。

薛克翘等:《印度中世纪宗教文学》，北京：昆仑出版社，2011年版。

朱明忠:《印度教虔信派改革运动及其影响》，载《南亚研究》2001年第1期，第36~43页。

姜景奎:《一论中世纪印度教帕克蒂运动》，载《南亚研究》2003年第2期，第72~76页。

姜景奎:《再论中世纪印度教帕克蒂运动》，载《南亚研究》2004年第1期，第57~62页。

对诗歌感兴趣的读者亦可阅读以下两部影响较大的英译本：

Rabindranath Tagore. *One Hundred Poems of Kabir*. London: Macmillan and Co., Limited, 1915. 该书版本众多，亦曾以*Songs of Kabir*之名再版。

Robert Bly. *The Kabir Book: Forty-four of the Ecstatic poems of Kabir*. Boston: Beacon Press, 1977. 该书亦多次再版。

这两部英译本的译者均是英语诗人。泰戈尔的地位自不必说，其译本既是影响最大的英译本格比尔诗集，也是一部经典的英语诗歌著作。R. 布莱也是现当代美国文学界颇具影响力的诗人，其英语本在英语世界颇有影响。

已经学习现代标准印地语的读者可以结合原文阅读译文和注释。中世纪印地语虽然在语法上与现代标准印地语存在一定差异，但若剔除动词变位和名词变格，依然不难发现许多相通之处。

本书离不开许多师长、亲友的大力支持。特别要感谢我的导师姜景奎教授。正是在恩师的引领与教导下，我得以进入中世纪印地语文学领域，继而探究格比尔诗歌及其思想的宽广与深邃。翻译与研究过程中的每一份收获都离不开恩师敏锐的学术洞察力与悉心细致的指导。此外，也要感谢北京大学外国语学院的众多师长、同学，尤其是印地语专业的唐仁虎教授、郭童教授、姜永红教授和一同翻译另一部中世纪印地语诗集《苏尔诗海》的同门王靖、任婧、任筱可、贾岩。感谢在我求学期间给予帮助和支持的众多师友。感谢“中印经典和当代作品互译出版项目”专家组的薛克翘研究员、刘建研究员、邓兵教授、黎跃进教授、石海军研究员等专家前辈对我的信任和帮助。感谢薛克翘研究员、姜景奎教授审读译文。感谢中国大百科全书出版社的王宇老师等众多同仁的辛劳付出。感谢我的父母、妻子一如既往的支持。

受限于译者学识、能力，虽反复核对，恐仍有许多未能准确恰当地理解、翻译原文之处。在此致歉，亦恳请指正，译者不胜感激。

译者

2019 年 1 月 1 日

索引

A

B

C

D

F

G

H

J

K

L

M

N

P

Q

S

T

W

X

Y

Z